Besuche Amy im Netz!
amydawsauthor.com/deutsch
Abonniere den deutschen Newsletter:
www.subscribepage.com/amydaws_deutscher_newsletter

www.facebook.com/amydawsauthor
instagram.com/amydawsauthor
www.tiktok.com/@amydawsauthor

DOMINATE

EIN FUSSBALLSTAR ZUM VERLIEBEN

EIN BRITISCHER SPORT-LIEBESROMAN

Amy Daws

Englischer Original-Titel: Dominate
Deutscher Titel: Dominate – Ein Fußballstar zum Verlieben
Deutsche Übersetzung: Noëlle Niederberger

Veröffentlicht durch: Stars Hollow Publishing
PO Box 90022, Sioux Falls, SD 57109, USA
E-Book ISBN: 978-1-944565-60-2
Taschenbuch ISBN: 978-1-944565-61-9
Lektorat: Stephanie Rose
Formatierung: Champagne Book Design
Umschlagdesign: Amy Daws
Cover-Fotografie: Dan Thorson
Cover Model: Adam Spahn

EBENFALLS VON AMY DAWS

<u>Die Harris-Brüder:</u>

Challenge – Ein Bad Boy zum Verlieben
Endurance – Ein Feind zum Verlieben
Keeper – Ein bester Freund zum Verlieben
Surrender – Ein Boss zum Verlieben
Dominate – Ein Fußballstar zum Verlieben

Um herauszufinden, wann diese und weitere Bücher herauskommen, schau hier auf Amys Website nach: amydawsauthor.com/deutsch

Und wenn du einfach per E-Mail informiert werden möchtest, wenn das nächste Buch erscheint, abonniere Amys deutschen Newsletter: www.subscribepage.com/amydaws_deutscher_newsletter

Meiner Figur Vi Harris gewidmet.
Du hast als Mitarbeiterin Vilma in London Bound angefangen.
Dann wurdest du Vi mit vier Brüdern in That One Moment.
Du hast in acht meiner Bücher mitgespielt, und ich verdanke dir
meine Karriere. Danke, dass du mich dazu inspiriert hast, dir
diese Brüder zu geben.
Du hast mich mit den wunderbarsten, hingebungsvollsten und
geduldigsten Lesern bekannt gemacht, die ich je getroffen habe.

ANMERKUNG DER AUTORIN

Es wird einige Fußballdaten, Spiele und Erwähnungen von Turnieren geben, die in diesem Roman nicht den Tatsachen entsprechen. Für diese Geschichte und um sie zu einem angenehmeren Leseerlebnis zu machen, habe ich mir etwas kreative Freiheit genommen und damit herumgespielt. Ich wünsche dir viel Spaß!

EIN TELEFONANRUF IST NIE EINFACH

Vaughn Harris

Ein einfacher Telefonanruf kann dein ganzes Leben verändern.

Ich weiß noch, wie ich den Krankenwagen rief, als meine Frau Vilma starb.

Ich weiß noch, wie ich einen Bestattungsunternehmer angerufen habe, um die Vorbereitungen zu treffen.

Ich weiß noch, wie ich Manchester United angerufen habe, um ihnen zu sagen, dass ich nicht zurückkommen würde. Niemals.

Ich erinnere mich an all diese Anrufe, und jeder einzelne von ihnen hat das Leben, das ich einst geliebt habe, in Mitleidenschaft gezogen.

Ich wollte nicht am Telefon sein. Ich wollte niemanden anrufen. Ich wollte in diesem Bett mit meiner besten Freundin sterben, die mich verlassen hatte, um unsere fünf Kinder allein aufzuziehen. Vier wilde Söhne und eine emotionale Tochter. Ganz allein.

Bevor ich telefonieren musste, sah ich unsere Kinder als einen wahr gewordenen Traum. Unsere Familie war alles, wovon ich nie wusste, dass es das Leben lebenswert machen könnte. Als ich sah, wie Vilma sie zur Welt brachte, wurde alles um uns herum zu einem leuchtenden, kühnen, wunderschönen Farbklecks.

Ich war mir sicher, dass der Rest der Welt noch nie etwas so sehr geliebt hatte, wie ich meine Frau liebte. Meine Familie. Ich hatte vor, mein Leben mit ihr zu verbringen und unsere Kinder aufwachsen zu sehen.

Ich plante, sie in meinem Bett zu behalten, bis wir alt und grau waren.

Das ist die Sache mit Plänen. Sie können ihren eigenen Kopf haben. Das Leben kann dir sagen: „Scheiß auf deine Pläne. So wird es sein."

Das Leben hat sie mir weggenommen.

Meine beste Freundin.

Und aus diesem Grund wollte ich keine weiteren Anrufe tätigen. Ich wollte keine Kontakte mehr knüpfen. Ich wollte mich einschließen und den Tag bereuen, an dem ich mich verliebt hatte. Den Tag bereuen, an dem ich jemandem die Kontrolle über mein Herz überlassen hatte.

Ein einfacher Anruf kann alles verändern, was man über sich zu wissen glaubte.

Ein schrilles Klingeln meines Handys auf dem Schreibtisch lässt mich nach unten blicken, um das Gesicht meiner Tochter Vi auf dem Bildschirm aufleuchten zu sehen. Wenn man seine Phobie vor Telefonanrufen überwinden will, dann wird man Manager eines Fußballvereins oder Vater von fünf erwachsenen Kindern, die alle von zu Hause ausgezogen sind. Man wird ziemlich schnell herausfinden, wie man mit dem Leben zurechtkommt.

Es ist dunkel in meinem Büro im Tower Park. Ich bin vorhin reingekommen, um zu sehen, wie einige Arbeiter die Anzeigetafel reparieren, was viel länger gedauert hat, als nötig gewesen wäre. Beim Warten habe ich mir die Knöchel-Scans von unserem Stürmer Roan DeWalt angesehen. Meine Schwiegertochter Indie sagt mir, dass er sich von der Verletzung, die er letzte Woche erlitten hat, wieder vollständig erholen kann, aber ich bin mir nicht sicher. Bald öffnet das Transferfenster und ich denke, es wird Zeit, dass er sich ein neues Team sucht.

Ich schaue auf die Uhr an meinem Computer und stelle fest, dass es kurz nach elf ist. Vi kann nicht schon aus Manchester zurück sein. Ich wische über den Bildschirm und räuspere mich, bevor ich antworte. „Hallo, mein Schatz. Bist du wieder in London? Wie war Gareths Preisverleihung? Hat er eine Rede gehalten?"

„Dad."

Mit nur einem Wort bin ich auf den Beinen. Es ist unglaublich, wie gut man die Stimme seines Kindes kennt, nachdem man ihr so viele Jahre lang ein Vater war. Selbst wenn ich all die leeren Jahre nach Vilmas Tod berücksichtige, erkenne ich Vis Notfallstimme immer noch ohne Zweifel.

„Was ist passiert?", frage ich.

„Es ist Gareth … und möglicherweise Sloan. Ich weiß es nicht genau. Wir waren etwa eine Stunde außerhalb von Manchester und ich bekam einen Anruf von einem Polizisten. Gareth ist verletzt, Dad. Es ist … schlimm."

„Wie ist er verletzt?", brülle ich. Er hatte nicht einmal ein Spiel. Es ist Freitagabend. Er hat eine Auszeichnung erhalten und nicht Fußball gespielt. Wie kann er sich denn verletzt haben?

„Es gab einen Angriff in seinem Haus."

„Was?", schreie ich, balle meine Hand in meinem grauen Haar zur Faust und drücke die kurzen Strähnen zusammen, bis es ziept. „Was für ein Angriff? Wer zur Hölle ist Sloan? Ich kenne keine Teamkollegen namens Sloan."

„Sloan ist … mit Gareth zusammen."

„Vi, das ergibt keinen Sinn!", rufe ich und presse meine Handfläche auf meine Brust, als ein Schmerz in mir aufsteigt. Gareth hat keine Freundin. Ich würde es wissen. Gareth hat niemanden, mit dem er etwas teilt, außer seinen Brüdern und seiner Schwester. Nur Gott weiß, wie viel er tatsächlich mit ihnen teilt. Er ist eine verschlossene Tür.

„Dad, beruhige dich", flüstert Vi in die Leitung und reißt mich aus meinen Gedanken. „Sloan ist Gareths Stylistin. Sie hat die Jungs für Tanners Hochzeit eingekleidet."

„Oh, seine persönliche Einkäuferin", bestätige ich, während sich die Dinge langsam zusammenfügen. „Warum zur Hölle war sie um diese Zeit dort?"

„Es ist neu. Wir haben sie erst heute Abend offiziell kennengelernt."

„Offiziell? Was redest du denn da, Vi? Sag mir einfach, was passiert ist."

„Ich weiß nicht viele Details darüber, was passiert ist!", ruft sie und ihre Stimme wird immer lauter. „Der Polizist hat gesagt, wir sollen sofort ins Krankenhaus kommen, aber wir stecken im Stau fest. Da vorne ist ein Unfall und wir kommen überhaupt nicht vorwärts. Das ist ein Albtraum. Ich bin kurz davor, auszusteigen und zu rennen. Der Polizist wollte mir nicht einmal sagen, wie es um Gareths Zustand bestellt ist. Nur, dass es einen Einbruch mit mehreren Verletzten gab."

„Scheiße", knurre ich, während sich ein Kloß in meinem Hals bildet.

„Dad, ich habe Angst", sagt Vi mit brüchiger Stimme. „Er wollte mir nicht sagen, ob es Gareth gut geht und das ist bestimmt nicht gut. Was ist, wenn …"

„Vi", belle ich und unterbreche ihren Gedankengang. „Hol einen deiner Brüder ans Telefon."

„Dad", schluchzt Vi. „Es ist Gareth … Er ist unzerbrechlich, richtig?"

„Gib mich an einen deiner Brüder weiter, Liebling", presse ich durch die Zähne hervor.

Eine Sekunde lang ist ein dumpfes Geräusch zu hören, bevor Camdens Stimme durchbricht. „Dad?"

„Camden, jemand muss deiner Schwester helfen. Sie ist am Zusammenbrechen."

„Booker hat sie. Er hält sie fest."

Ich schniefe und kneife die Augen zusammen. „Gut. Welches Krankenhaus?"

„Dad." Camdens Tonfall klingt vorsichtig. Mehr als noch vor einer Sekunde. „Es ist das Royal Trafford Hospital."

Mein Herz stürzt zu Boden.

Nicht dieses Krankenhaus.

Überall, nur nicht dort.

Camden fügt hinzu: „Alles in Ordnung, Dad. Wir sind auf dem Weg dorthin. Wir rufen dich an, wenn wir mehr wissen."

Er kennt meine Probleme mit Krankenhäusern. Camden erlitt vor über einem Jahr eine Knieverletzung und es hat mich all meine Kraft gekostet, durch die Türen des London Royal Hospital zu gehen, wo er operiert wurde. Aber ich habe es geschafft, weil es ein Krankenhaus ist, an das ich keine Erinnerungen habe.

An das Royal Trafford Hospital habe ich die schlimmsten Erinnerungen meines Lebens.

Im Hintergrund höre ich meine Tochter weinen. Sie schluchzt regelrecht. Ich stelle mir vor, wie Booker sie an seine Brust drückt, und das ganze Bild weckt schreckliche Erinnerungen.

„Ich komme", sage ich und krame mit der Hand in der Tasche nach meinen Schlüsseln.

„Du tust was?"

„Ich komme", wiederhole ich dieses Mal etwas fester.

„Wirst du … klarkommen?", fragt Camden, wobei seine Stimme angespannt und ungläubig ist.

Ich nicke zuversichtlich, auch wenn ich es nicht ganz spüre. „Ich komme schon klar. Ich rufe dich an, wenn ich gelandet bin."

Ich beende den Anruf ohne ein weiteres Wort, gehe zur Tür und tippe die Nummer meiner Sekretärin Lilly in mein Telefon. Ich habe bereits einen Jet für einen potenziellen Kunden bereitstehen, mit dem ich mich morgen früh treffen wollte. Dazu wird es jetzt nicht kommen.

Erst auf der Autobahn zum Flughafen merke ich, dass meine Hände taub geworden sind, weil ich das Lenkrad so fest umklammert habe. Als ich meine Finger lockere, ist das Zittern darin beängstigend.

Ich bin seit fünfundzwanzig Jahren nicht mehr in Manchester gewesen. Gareth verletzte sich vor vier Jahren bei einem Fußballspiel und ich konnte mich immer noch nicht dazu durchringen, in die Stadt zurückzukehren, die mich mit der Erinnerung an Vilma verfolgt – die große Liebe meines Lebens.

Und das Royal Trafford Hospital ist genau der Ort, an dem mein Albtraum begann.

ERGEBEN UND DOMINIEREN

Gareth

8 Jahre alt

„Gareth, ich möchte dir von der Zeit erzählen, als ich mich in deinen Vater verliebt habe."

Mums blaue Augen blicken an die Decke, als sie ihren Kopf auf den Sessel zurücklegt und aufhört, in ihr Tagebuch zu schreiben.

Ich atme tief durch und antworte: „Ich will jetzt keine schöne Geschichte über Dad hören. Ich bin sauer auf ihn."

„Du bist nicht sauer, Gareth." Sie senkt ihr Kinn und sieht mich an, wie ich auf einem Hocker neben ihr sitze.

„Ich bin zu sauer. Er ist so gemein. Er schreit schon die ganze Woche alle an."

„Wir haben ein paar harte Tage hinter uns."

„Ich weiß. Er schleppt dich ständig zu den Ärzten. Ich habe ihm gesagt, dass du nicht gehen willst, aber er sagt, du musst. Warum musst du das tun, Mum?"

Sie lächelt ein trauriges Lächeln und atmet tief ein. „Daddy versucht, mir zu helfen, mich besser zu fühlen."

„Aber du siehst immer schlechter aus, wenn du aus dem Krankenhaus zurückkommst. Sie helfen nicht. Sie tun dir nur weh."

„Ich weiß, mein süßer, wunderbarer Junge. Aber das ist es, was dein Dad tun muss, um sicherzustellen, dass er alles in seiner Macht Stehende getan hat."

„Das heißt aber nicht, dass er so ein Fiesling sein muss."

Ihr Kinn bebt und der traurige Ausdruck in ihrem Gesicht lässt meinen Magen Purzelbäume schlagen. Ich will nicht, dass es meiner Mami schlechter geht. Ich will, dass sie sich besser fühlt. Das ist meine Aufgabe.

Ich muss dafür sorgen, dass sie sich besser fühlt. „Erzähl mir, wie es war, als du dich in Daddy verliebt hast."

Sie lächelt. Ich merke, dass sie sich dadurch besser fühlt, und ich fühle mich dann auch besser.

„Nun, wir hatten uns erst am Abend zuvor in einem Pub in London kennengelernt und er behauptete, in mich verliebt zu sein."

„Als du ihn das erste Mal getroffen hast, hat er dich geliebt?", frage ich.

„Ja", antwortet sie mit einem Kichern. Eine kleine Träne gleitet über ihre Wange, aber es scheint keine traurige Träne zu sein. „Er war verrückt. Ich dachte, er wäre nur ein frecher Fußballer, der versucht …" Ihre Stimme verstummt und sie räuspert sich. „… Spaß zu haben. Jedenfalls habe ich ihm nicht geglaubt. Dann fing er an zu erzählen, dass er mich am nächsten Tag zu seinem Spiel in Manchester einladen wollte."

„Aufregend!", antworte ich und genieße diesen Teil der Geschichte.

„Die meisten würden das denken, aber ich bin nicht wie die meisten Mädchen. Ich wollte nicht nach Manchester gehen. Ich hatte Spaß in London mit meinen Freunden. Aber er akzeptierte kein Nein als Antwort. Er bot meinen Freundinnen sogar Karten für das Spiel an. Dann buchte er uns ein Privatflugzeug. Er war völlig verrückt."

„Was hast du getan?"

„Nun, ich ging. Er wollte mich auf jeden Fall dabei haben, und ich wäre dumm gewesen, wenn ich die Reise meines Lebens nicht angenommen hätte. Auf dem Weg dorthin dachte ich, dass er nur ein dummer Fußballer ist, der keinen Verstand hat. Aber das war alles vergessen, als ich ihn spielen sah."

„Er war ziemlich gut, oder?", frage ich und erinnere mich an die Spiele, die ich mit meiner Mutter besucht habe, bevor Dad aufgehört hat zu spielen und wir alle zurück nach London gezogen sind.

„Er war wie ein Traum, Gareth. Seine Bewegungen auf dem Spielfeld waren so, als würde er genau das tun, wofür er im Leben bestimmt war. Er hatte dieses Strahlen an sich, das ich noch nie bei einem Mann gesehen hatte. Und ich wusste, dass ein Mann, der mit einer solchen Freude lebt, viele Dinge im Leben zu schätzen weiß."

„Glaubst du, dass ich gut im Fußball sein könnte, Mum?", frage ich und überlege, wie ich meine Mutter beeindrucken kann, so wie Dad es getan hat.

„Ich glaube, du kannst in allem gut sein, was du tun willst, mein Junge. Es muss nicht unbedingt Fußball sein. Es muss nur Freude und Leidenschaft entfachen. Und du musst dafür bluten wollen, weil du so sehr an die Sache glaubst. Etwas, das du nicht aufgeben willst, bis du es in jeder Hinsicht beherrschst. Verstehst du das?"

Ich nicke und lege meine Stirn in Falten, während ich über die Worte nachdenke, die sie zu mir sagt. Sie scheinen wichtig zu sein. Wichtiger, als ich begreifen kann. Aber ich will, dass Mum glücklich ist, also sage ich, was ich kann, damit sie sich besser fühlt. „Ich verstehe dich, Mum."

Sie lächelt und ich bin glücklich. Ich glaube, ich helfe ihr. Ich glaube, es würde noch mehr helfen, wenn ich wie Dad Fußball spielen würde. Ich glaube, das würde sie für immer zum Lächeln bringen.

Also beschließe ich auf der Stelle, dass ich Fußball spielen werde. Und ich werde sogar besser sein als mein Vater.

BESCHÜTZEN UND VERTEIDIGEN

Sloan

Das Piepsen des Krankenhausmonitors ist wie eine tickende Zeitbombe. Mit jedem Piepen wird es unendlich lauter. Mit jedem Moment, der ohne ein Wort vergeht, wird meine Angst immer größer.

Was zum Teufel ist heute Abend passiert? Wie sind wir überhaupt hierhergekommen? In einem Moment liege ich in Gareths Armen und mache mir Gedanken darüber, was sich zwischen uns ändern wird. Im nächsten Moment liege ich auf dem Boden und er liegt neben mir, während Blut von der Seite seines Kopfes strömt.

Mein Gesicht verzieht sich, als ich auf den roten Fleck starre, der durch den Verband um Gareths Stirn sickert. Er sieht so schwach aus in seinem Krankenhausbett. So gebrochen. So fragil. Ganz anders als der mächtige Mann, der versprochen hat, mich auf eine Art und Weise zu beanspruchen, wie es noch nie ein Mann zuvor getan hat.

Mein Handy vibriert in meiner Hand und ich schlucke den Knoten in meinem Hals herunter, um abzunehmen. „Freya, hallo", krächze ich mit rauer und erschöpfter Stimme.

„Wie geht es dir?", fragt sie.

Ich zucke zusammen, als das Telefon gegen die Beule an meinem Wangenknochen stößt. „Mir geht's gut, denke ich. Die rechte Seite meines Gesichts ist lila, aber ich spüre es kaum. Vielleicht stehe ich noch unter Schock."

„Gott sei Dank ist es nicht noch schlimmer gekommen", antwortet sie mit sanftem Tonfall. „Hat sich bei Gareth etwas verändert?"

„Nein. Er ist immer noch nicht aufgewacht." Ich beiße mir auf die Lippe, um das Schluchzen zu unterdrücken, das mir jedes Mal die Kehle zuschnürt, wenn ich an diese Tatsache denke. „Sie sagten, es könnte Stunden oder Tage dauern … was auch immer das heißen mag."

„Es wird schon gut gehen", sagt sie pragmatisch. Freya ist immer gut in einer Krise. „Kann ich dir eine Tasse Tee bringen?"

„Nein", grummle ich und fahre mit einem Finger an Gareths künstlich beatmeter Hand entlang. „Sie lassen dich nicht hierher und ich will nicht von seiner Seite weichen."

„Ich sage ihnen, dass ich seine Schwester bin oder so."

Ich lächle halb bei dem Gedanken. „Ich habe ihnen schon gesagt, dass ich seine Frau bin. Lass uns die Lügen auf ein Minimum beschränken, damit ich nicht rausgeschmissen werde. Zu wissen, dass du im Wartezimmer bist, ist Trost genug."

Sie hält einen Moment inne, bevor sie fragt: „Was ist, wenn die Presse Wind davon bekommt, dass du dich Gareths Frau nennst?"

Ich stöhne auf, schließe die Augen und kneife mir in den Nasenrücken. „Daran habe ich nicht gedacht, aber es ist mir ehrlich gesagt egal. Er wird hier nicht allein sein. Guter Gott, Freya … Es ist … Gareth. Wir haben gerade erst angefangen. Wenn er sich hiervon nicht erholt, werde ich …"

Freya unterbricht meine Stimme gerade, als sie zu zittern beginnt. „Es gibt keinen Grund, sich über die Was-wäre-wenn-Situation Gedanken zu machen. Sie sind sinnlos und unrealistisch. Gareth wird es gut gehen."

Plötzlich höre ich, wie sich eine Gruppe von Leuten auf dem Flur streitet. Ich sehe langes blondes Haar, das an der Tür vorbeifliegt und dann in dem kleinen Fenster, das in den Raum hineinschaut, wieder auftaucht.

Es ist Gareths Schwester, Vi. Sie trägt immer noch ihr rotes Kleid von vorhin, aber ihr Oberkörper ist jetzt mit einer Anzugsjacke bedeckt. Sie öffnet die Tür und wirft Gareth einen kurzen Blick zu, als ihre Brüder – Camden, Tanner und Booker – hinter ihr auftauchen.

„Ich rufe dich zurück, Freya", sage ich und lege auf, während meine wässrigen Augen Gareths Geschwister sehen, die ins Zimmer schlurfen.

Man könnte eine Stecknadel fallen hören, als sie alle ernst auf ihren ältesten Bruder starren, der bewusstlos daliegt. Sie sind sichtlich erschüttert über diesen Anblick. Ich kann es ihnen nicht verdenken. Er hat viel Blut verloren, ist bleich wie ein Gespenst und hat einen schrecklichen Bluterguss auf der einen Seite seines Gesichts, ganz zu schweigen davon, dass er an einen Monitor angeschlossen ist. Das ist ein erschreckendes Bild.

Hinter ihnen ertönen Schritte und mein Blick fällt auf einen älteren Mann, der gerade den Raum betreten hat. Er drängt sich an allen vorbei und stellt sich auf die andere Seite von Gareths Bett. Er steht mir direkt gegenüber, aber er ist so sehr auf Gareth konzentriert, dass er mich nicht zu bemerken scheint.

Ich nehme mir einen Moment Zeit, um ihn von Kopf bis Fuß zu betrachten. Er ist über einen Meter achtzig groß und hat den Körperbau eines Sportlers, wenn auch etwas weicher als in seinen besten Zeiten, da bin ich mir sicher. Seine Augen haben genau die gleiche Form wie die von Gareth und ich brauche keine zwei Sekunden, um zu erkennen, dass ich Vaughn Harris, Gareths Vater, vor mir habe.

„Wie sind Sie hierhergekommen?", frage ich und meine Stimme überrascht mich. Er war nicht bei der Preisverleihung, wie kann er dann schon hier sein? Der Angriff ist erst ein paar Stunden her.

Er blinzelt schnell und sieht mich mit zusammengekniffenen Augen an. Sein Blick fällt kurz auf die Freizeitkleidung, die Freya vorhin für mich mitgebracht hat. Es ist der Blick eines Drill-Sergeants, der eine Uniform inspiziert. Nicht freundlich.

Wenn er so auf jemanden in sauberen Klamotten reagiert, schaudert es mich bei dem Gedanken, wie er reagieren würde, wenn ich noch mein blutverschmiertes Kleid anhätte.

„Wer sind Sie?", fragt er mit knappem Ton.

Ich schlucke den Knoten in meiner Kehle hinunter. „Ich bin Sloan."

Seine Lippe kräuselt sich. „Warum sind Sie hier bei meinem Sohn?"

„Was meinen Sie?"

„Dad", warnt Vi und stellt sich an das Fußende des Bettes. „Sloan ist mit Gareth zusammen. Das habe ich dir schon am Telefon gesagt, erinnerst du dich?"

„Das ist mir egal", bellt er und sein Blick richtet sich auf den blauen Fleck in meinem Gesicht. „Ich kenne sie nicht und die Schwester hat mir gerade gesagt, dass sie behauptet, die *Frau* meines Sohnes zu sein. Ich habe ein Recht darauf, ihr ein paar Fragen zu stellen."

Ich zucke zusammen. „Ich … musste ihnen das sagen, sonst hätten sie mich nicht herkommen lassen, um bei ihm zu sein. Er war ganz allein. Vi steckte im Verkehr fest …"

„Nun gut. Sie haben meine Frage immer noch nicht beantwortet. Warum sind Sie hier und behaupten, mit meinem Sohn verheiratet zu sein? Wer sind Sie wirklich für ihn?"

Seine Frage beschert mir einen Schlag in den Magen, mit dem ich nicht gerechnet habe. So vieles von dem, was Gareth und ich erlebt haben, fand im Privaten statt. In seinem Haus. Ganz im Geheimen. Wir haben so viel voreinander verborgen, aber ich habe das Gefühl, dass ich ihn kenne. Ich bin für ihn mehr als nur eine Stylistin oder ein Gelegenheitsfick, aber wir haben nie definiert, was wir füreinander sind. Vielleicht im Schlafzimmer, ja. Aber im Moment befinden wir uns noch in einer Grauzone.

Ich trete vom Bett weg und murmle: „Ich bin … niemand."

„Richtig", sagt Vaughn und bestätigt damit, wovon ich befürchte, dass es nach all dem hier wahr sein könnte.

Ich weiß, dass nichts von dem, was heute Abend passiert ist, meine Schuld ist, aber ich bin der Grund dafür, dass Gareth abgelenkt war, als er in sein Haus ging. Hätte ich ihn nicht in eine emotionale Talfahrt geschickt, wer weiß, wo wir jetzt wären. Ich habe in letzter Zeit eindeutig mehr Schaden als Nutzen in seinem Leben angerichtet.

Vis Augen finden die meinen und sie sagt eine stumme Entschuldigung, dann geht sie hinüber und spricht leise mit ihrem Vater. Gareths Brüder scheinen immer noch unter Schock zu stehen, als sie näher an ihn herantreten.

Ich fühle mich plötzlich sehr fehl am Platz.

Das ist seine Familie. Menschen, die er kennt und denen er vertraut. Ich bin eine Außenseiterin und unwillkommen. Ich gehöre nicht hierher.

Als ich gerade gehen will, betritt der ältere, weißhaarige Arzt, mit dem ich vorhin gesprochen habe, mit einem iPad in der Hand den Raum. Er drängt sich an Gareths Brüdern vorbei und stellt sich Vaughn vor.

„Mr. Harris, hallo. Ich bin Dr. Howard."

„Sagen Sie mir, was mit meinem Sohn los ist."

Dr. Howard sieht mich stirnrunzelnd an, bevor er antwortet: „Wie ich seiner Frau schon sagte, beobachten wir Gareth im Moment sehr genau. Schwere Gehirnerschütterungen wie diese können sich innerhalb von Stunden oder Tagen bessern."

„Eine schwere Gehirnerschütterung?" Vaughns Granitgesicht verwandelt sich in Schock.

Der Arzt sieht noch verwirrter aus, weil ich Vaughn diese Information nicht schon mitgeteilt habe. „Ja, aber er ist stabil und sein Gehirn ist nicht angeschwollen, was ein sehr gutes Zeichen ist. Ein Trauma an der Schläfe kann allerdings sehr gefährlich sein, deshalb überwachen wir ihn, um sicherzustellen, dass sich über Nacht keine Hirnblutungen bilden."

Vaughn wirft Dr. Howard einen Blick zu und wendet sich dann Vi zu: „Gut. Wir bringen ihn nach Hause."

„Was?", rufen Vi und ich gleichzeitig aus.

„Ich habe einen Privatjet hier. Wir werden ihn in ein Londoner Krankenhaus bringen. Wir müssen von hier verschwinden." Vaughn sieht sich im Raum um, wobei er die Hände an den Seiten zu Fäusten geballt hat. Ich bemerke einen Schweißtropfen auf seiner Stirn, den ich vorher noch nicht gesehen hatte. Er ist nervös.

Dr. Howard hält eine Hand hoch. „Mr. Harris, ich versichere Ihnen, dass er hier die beste medizinische Versorgung bekommt."

Vaughn sieht nicht überzeugt aus. „Es ist mir egal, was er bekommt. Wir holen ihn heute Abend aus Manchester raus."

„In seinem Zustand ist es nicht ratsam, zu reisen", antwortet der Arzt besorgt.

„Es ist eine kurze Reise. Holen Sie mir einfach die Formulare zum Unterschreiben. Wir bringen ihn nach Hause."

„Dad", sagt Vi, tritt auf Vaughn zu und hebt ihre Hände, die in den langen Ärmeln von Tanners Jackett verborgen sind. „Das ist nicht nötig. Ich finde, wir sollten auf den Arzt hören."

„Vilma!", brüllt Vaughn fast. „Meine Entscheidung ist endgültig."

Unter dem strengen Befehl ihres Vaters duckt sich Vi wie ein geprügelter Welpe. Booker reibt mit seiner Hand über ihren Rücken, während sie ihr Gesicht von Vaughn abwendet. Ich schaue zu Camden und Tanner hinüber und stelle fest, dass auch sie vor Angst erstarrt sind. Oder vielleicht ist es nur Schock? Ich kann es nicht sagen. Auf jeden Fall verhalten sie sich alle wie PTBS-Opfer, die getriggert wurden. Was ist mit dieser Familie los?

„Worauf warten Sie denn noch?", schnauzt Vaughn Dr. Howard an, der zurückschreckt. „Wir brauchen einen Krankenwagen und eine

Krankenschwester, die mit uns fliegt. Oder besser noch, einen Arzt. Vielleicht kenne ich jemanden." Vaughn holt sein Telefon heraus und murmelt leise vor sich hin, während er versucht, Vorkehrungen für seinen bewusstlosen Sohn zu treffen.

Bookers Augen finden die meinen, als er seine Schwester an seine Brust drückt. Sie sehen plötzlich alle so viel jünger aus als noch am Abend zuvor auf der Gala. Booker ist sichtlich versteinert, Camden und Tanner sind wie gelähmt und Vi ist ein schluchzendes Chaos. Sie erinnern mich an meine panische kleine Sopapilla im Krankenhaus, kurz bevor die Krankenschwestern kamen, um ihr einen Zugang zu legen. Währenddessen telefoniert Vaughn und hört sich an wie Hitler, der seine Truppen einberuft.

Dann sehe ich all die überwältigenden Momente, die ich vor Gareth hatte. Die Schwangerschaft. Die Hochzeit. Sophias Krebsdiagnose und dass ich sie festhalten musste, damit die Ärzte sie behandeln konnten. Der unfreiwillige Umzug nach England der aufgedrängte Job, der mir keine Freude macht. Von Callums Mutter Margaret gesagt bekommen, wie ich meine Tochter anziehen soll. Das Fremdgehen, die Scheidung, das gemeinsame Sorgerecht. Das alles lastet auf mir wie das Gewicht einer lebenslangen Unterwerfung.

Dann stelle ich mir Gareth vor. Lebendig und lebensstrotzend. Stark und männlich. Alle körperlichen Attribute, die ein Alphamann haben kann. Aber anstatt mich zu übermannen – anstatt mich zu drängen, mich zu verfolgen und von mir zu verlangen, dass ich mich ihm unterwerfe – geht er auf die Knie. Er gibt sich mir hin, weil er selbstlos ist. Beschützend. Gebend. *Ein wahrer Dominanter.*

„Warten Sie mal eine verdammte Minute", sagt meine Stimme in dem kleinen Krankenhauszimmer, das mit Harrisen gefüllt ist. Ich kaue nervös auf meiner Lippe und stelle mich an Gareths Seite. Ich klammere mich fest an das Geländer seines Bettes, während ich all die Kraft aufbringe, die ich für Sophia hatte, als sie krank war – als sie eine Fürsprecherin brauchte und eine Person, die stark für sie war. „Sie nehmen ihn nirgendwohin mit."

„Von wegen", antwortet Vaughn. „Sie haben hier nichts zu sagen."

„Ich bin seine Frau!", rufe ich aus und schreie meine Lüge als schnippische Vergeltung.

„Ach, Blödsinn", erwidert Vaughn und wirft dem Arzt einen mürrischen Blick zu. „Sie ist nicht die Frau meines Sohnes. Haben Sie ihren Ausweis überprüft? Sie trägt nicht einmal einen Ring."

„Sie kam mit einem Krankenwagen ohne Ausweis, Sir. Wir hatten keinen Grund, ihr nicht zu glauben." Dr. Howard wirft mir einen Blick zu, als wüsste er es besser, aber er wird nichts sagen, weil ich die Einzige in diesem Raum bin, die auf seiner Seite ist.

„Sie wissen doch gar nicht, ob ich seine Frau bin oder nicht", schnauze ich Vaughn an.

Er wirft mir einen warnenden Blick zu. „Ich würde es wissen, wenn mein Sohn verheiratet wäre. Dieses Gespräch ist beendet. Ich habe einen Jet in Bereitschaft und wir bringen ihn zurück nach London. Er kann sich zu Hause bei mir erholen."

„Nein!", brülle ich und presse meine Hände so fest ich kann auf das Geländer. In diesem Moment fühle ich mich so beschützend Gareth gegenüber, dass ich die Entschlossenheit, die durch meine Adern schießt, kaum aushalten kann. „Sie werden ihn nicht mitnehmen. Für wen halten Sie sich?"

„Wie bitte?" Vaughn sieht mich mit zusammengekniffenen Augen an und blickt dann zur Unterstützung zu Vi hinüber. Vi verkümmert unter seinem Blick weiter, was mich total verwirrt, weil sie kein Problem damit hatte, auf der Gala im Waschraum auf mich zuzugehen.

Aber er kann mich anstarren, so viel er will. Ich bin vielleicht noch nicht Gareths Frau oder Freundin oder sogar Freundin mit Vorzügen, weil wir noch keine Gelegenheit hatten, unsere Situation zu besprechen, aber ich weiß, was das Beste für ihn ist. Ich war schon hier. Ich war in seinem Leben. Und Vaughn wird mir Gareth nicht wegnehmen, bevor wir überhaupt angefangen haben.

Ich straffe die Schultern und hebe mein Kinn hoch, um all das Selbstvertrauen zu zeigen, das ich mir gerade noch bewahren kann. „Sie können nicht einfach hier reinmarschieren und Gareth mit nach London nehmen. Manchester ist sein Zuhause. Sein Haus und sein Leben sind hier. Sie konnten heute Abend nicht einmal bei seiner Preisverleihung dabei sein – eine wirklich erstaunliche Leistung, für die er so hart gearbeitet hat. Sie können jetzt nicht einfach hier reinspazieren und den fürsorglichen Vater spielen. So funktioniert das nicht, wenn man ein Elternteil ist!"

„Oh, und ich nehme an, Sie wissen so viel darüber, wie es ist, ein Elternteil zu sein", knurrt er mich an, seine kalten Augen streng auf meine gerichtet.

„Das tue ich!" Ich brülle fast und lehne mich über das Bett, um Vaughn herauszufordern. „Ich habe eine Tochter, die mir die ganze Welt bedeutet. Und wenn sie bewusstlos in einem Krankenhaus läge, würde ich verdammt noch mal hoffen, dass jemand wie ich ihre Gesundheit an erste Stelle setzen würde und nicht Ihren Komfort, nur weil Sie in einer Stadt sind, vor der Sie aus einem unbekannten Grund Angst haben!"

Vaughns Augen sind tödlich auf mich gerichtet, als wir uns über Gareths Krankenhausbett in die Augen sehen. Es ist mucksmäuschenstill und als sich eine vertraute Stimme meldet, denke ich, dass ich vielleicht träume.

„Hast du gerade meinen Vater dominiert, Treacle?", krächzt Gareths Stimme von unten.

Mein Blick fällt auf ihn, während eine Flut von Gefühlen durch meinen ganzen Körper schießt. Seine atemberaubenden haselnussbraunen Augen öffnen sich und sehen mich an, und ich schwöre, dass mir das Herz aus der Brust springen könnte. „Oh mein Gott, Gareth!", rufe ich schluchzend aus, lasse mich auf ihn fallen und nehme sein Gesicht in meine Hände. „Du bist wach."

„Natürlich bin ich wach. Verdammt, ich hätte auf keinen Fall schlafen können, während ihr beide so streitet."

Ich lache unbeholfen und fahre mit den Fingern über seinen bärtigen Kiefer, betrachte die Furche in seiner Stirn und seinen blassen Teint, der sich vor meinen Augen rosa färbt.

„Warum die Tränen?", murmelt er, hebt seine Hand und streicht mit dem Daumen über die Flüssigkeit, die mir über das Gesicht läuft.

„Ich mag dich nicht bewusstlos", antworte ich dumm, weil mir nichts anderes einfällt, als das zu sagen.

„Nun, ich werde versuchen, es in Zukunft nicht mehr zu tun." Gareths Augen verengen sich, als er die Beule auf meinem Wangenknochen sieht. „Verdammt, Tre. Geht es dir gut?"

„Mir geht es gut", krächze ich und halte ein kleines Schluchzen zurück. „Mir geht es gut, weil es dir gut geht."

„Du siehst nicht gut aus", antwortet er mit zusammengebissenen Zähnen und streckt seine Hand aus, um meine Wange erneut zu berühren. „Gott, was zum Teufel ist passiert? Ich weiß noch, wie ich zu meinem Haus kam, aber danach ist alles verschwommen. Wer hat dir das angetan?"

„Wir wurden überfallen, Gareth", sage ich leise, während mich das, was uns passiert ist, mit voller Wucht trifft. „Jemand ist in dein Haus eingebrochen und hat uns beide angegriffen, aber mir geht es gut."

„Fuck", knurrt er, während er sich langsam aufrichtet und der Arzt ihm sein Stethoskop auf die Brust drückt. Gareth schüttelt langsam den Kopf und sieht zu seinen Brüdern hinüber, die plötzlich ein bisschen größer wirken, jetzt, wo ihr Bruder wieder bei Bewusstsein ist. „Ich werde denjenigen umbringen, der …"

Ich drücke meine Finger auf seine trockenen Lippen und bringe ihn zum Schweigen, während der Arzt zurücktritt und nach der Tabelle am Fußende des Bettes greift. „Beruhige dich, Gareth. Die Polizei weiß noch nicht, wer es getan hat. Wir können später über alles reden. Ich bin so froh, dass du wach bist und reden kannst. Und dass du keine Amnesie bekommen und vergessen hast, wer ich bin."

Gareths wütende Augen werden weicher, als ich versuche, einen Witz zu reißen. Er streichelt mein Gesicht und fährt mit seinem Daumen über meine Wange. „Ich könnte meine Frau nie vergessen", sagt er mit einem kleinen Grinsen.

Ich lasse mein Gesicht beschämt auf seine Brust fallen. „Das ist wirklich peinlich."

Er fährt mit seiner Hand über meinen Hinterkopf und seine Brust vibriert mit seiner Stimme. „Ich muss eine Gehirnerschütterung haben, denn ich bin sicher, dass ich nie vergessen würde, dich zu heiraten."

Ich schaue wieder zu ihm hoch und erwarte, dass er mich neckt, aber das sehe ich nicht. Ich sehe … Entschlossenheit. Eiskalte Entschlossenheit.

Plötzlich räuspert sich Dr. Howard hinter mir und ich richte mich auf, um zu sehen, dass Gareths gesamte Familie uns beobachtet. Sie starren uns alle wie gebannt an, als hätten sie noch nie so etwas erlebt, wie das, was sie gerade zwischen uns gesehen haben.

Dr. Howard geht mit seiner Taschenlampe an mir vorbei, um Gareths Augen zu untersuchen, während seine Brüder nach vorne treten und seine Füße unter der Decke berühren.

„Schön, dass du wach bist, Gareth", sagt Booker leise und mit einem schüchternen Lächeln.

„Du hast schon mal besser ausgesehen", fügt Camden mit einem schiefen Lächeln hinzu.

Tanner mischt sich ein: „Ja, danke, dass du uns nicht weggestorben bist, großer Bruder."

„Die Pupillen sind in Ordnung. Ich will nur Ihren Puls überprüfen." Dr. Howard packt Gareths Handgelenk und schaut auf seine Uhr.

Sobald der Arzt Gareths Hand loslässt, liegt Vi in Gareths Armen, weint und murmelt unverständliche Worte in seine Schulter. Er streicht ihr mit der Hand über den Hinterkopf und beruhigt sie, bis sie wieder aufstehen kann.

Sobald sie weggeht, fällt Gareths Blick auf seinen Vater, der sich fast an die Wand drückt. Er fühlt sich so unwohl. Es ist, als hätte Gareths Aufwachen Vaughn daran erinnert, dass er in einem Krankenhaus ist, und jetzt ist er vor Angst erstarrt.

Gareth räuspert sich und wendet seinen Blick von seinem Vater zurück zu Dr. Howard. „Also, was haben Sie meiner Frau über meinen Zustand erzählt? Wie lange bin ich aus dem Fußball raus?"

Ich trete von Gareths Bett zurück und fühle mich plötzlich sehr unsicher. Es war einfacher, Gareths Fürsprecherin zu sein, als er bewusstlos war. Jetzt weiß ich nicht, was ich fühlen soll. Gareths Hand greift schnell nach der meinen und hält sie fest, damit ich mich nicht von ihm wegbewegen kann. Erleichtert schaue ich auf ihn herab. Wie kann er mir helfen, mich stark zu fühlen, wenn er in einem Krankenhaus liegt?

Dr. Howards Augen verengen sich wohlwollend. „Nun, wir müssen einige neue Scans auswerten und einige kognitive Tests durchführen, bevor wir etwas Endgültiges wissen. Aber ich schätze, dass es mindestens ein paar Wochen dauern wird."

Gareth schließt vor Schmerz die Augen. „So schlimm?"

„Bei einer Gehirnerschütterung dieses Ausmaßes ist das notwendig. Nach einem Schlag auf den Kopf brauchen Sie Ruhe und Entspannung. Sie haben großes Glück. Verletzungen an der Schläfe können tödlich sein."

Bei dieser Bemerkung atme ich scharf ein und Gareth drückt beruhigend meine Hand. Als er mich ansieht, antwortet er dem Arzt: „Ich kann etwas Ruhe vertragen."

Vaughn schweigt immer noch, als Dr. Howard Gareth mitteilt, dass er eine weitere Kopfuntersuchung anordnen und ihn über Nacht zur Beobachtung behalten will. Er wirft Gareth einen ernsten Blick zu und fügt hinzu, dass von Reisen abgeraten wird, dann verlässt er den Raum.

Gareth lässt sich von allen seinen Brüdern sanft umarmen und von Vi eine weitere lange, tränenreiche Umarmung. Es ist klar, dass seine Geschwister nicht daran gewöhnt sind, dass ihr großer Bruder außer Gefecht ist.

Schließlich wendet sich Gareths Blick wieder seinem Vater zu, der sich noch immer nicht von der Wand wegbewegt hat. „Träume ich, oder bist du wirklich gerade in Manchester?"

Vaughns Adamsapfel wippt beim Schlucken. „Ich bin hier", antwortet er stoisch – er klingt viel sanfter als noch vor ein paar Minuten.

„Warum?", fragt Gareth verwirrt.

Vaughn sieht sich im Raum um, es ist ihm sichtlich unangenehm, dass er wieder darüber nachdenken muss, wo er ist. „Nun, du bist verletzt. Ich … musste einfach hier sein."

„Ich war schon mal verletzt", erwidert Gareth.

„Nicht so", sagt Vaughn entschlossen und legt die Stirn in Falten. „Deshalb möchte ich, dass du zurück nach London kommst. Dort gibt es die besten Ärzte. Du kannst dich zu Hause bei mir erholen. Ich kann mich um dich kümmern. Vi wird dir helfen."

Meine Kehle schnürt sich mit einem leisen Knurren zu, das Gareth hört. Er blickt zu mir herüber und schenkt mir ein kleines, beruhigendes Lächeln. „Ich glaube, ich bin hier richtig, Dad."

Vaughns Stirn runzelt sich, als er auf unsere verschränkten Hände starrt.

Dann fügt Gareth hinzu: „Aber ich fände es gut, wenn du eine Weile in der Stadt bleiben würdest."

„Hier?", fragt Vaughn, fährt sich mit der Hand in den Nacken und drückt nervös zu.

Gareth atmet aus, und sein Gesichtsausdruck verändert sich von weich und offen zu hart und verschlossen. Die Mauer, die ich schon einmal in seinem Gesicht gesehen habe, kommt zurück. Er bereitet sich auf Ablehnung vor. Er bereitet sich darauf vor, dass sein Vater das tut, was er erwartet: Weggehen. Er wird Manchester und sein Zuhause meiden und jede Erinnerung an ein Leben, das er hier einmal hatte.

Dann spricht Vaughn fünf Worte aus, die alle im Raum schockieren. „Nun gut. Ich werde bleiben."

FRAGE UND ANTWORT

Die furchtbare Beschaffenheit des Krankenhauskittels treibt meinen Blutdruck in die Höhe, aber mein Herz rast auch wegen der Tatsache, dass Sloan so kämpferisch an meiner Seite ist. Es ist kein Wunder, dass sie auf meinen Vater losgegangen ist. Sie ist ganz im Modus der furchteinflößenden Mutter und es fällt mir schwer, mich auf etwas anderes als sie zu konzentrieren.

Aber nachdem meine Familie in den Warteraum gegangen ist, damit die Polizei ihre Aussagen aufnehmen kann, erfahre ich das ganze Ausmaß der Geschehnisse und mein Krankenhauskittel ist das Letzte, woran ich denke.

Sloan und ich haben mein Haus mitten in einem Einbruch betreten. Wahrscheinlich waren es dieselben Einbrecher, die auch in Hobos Haus eingebrochen sind, aber wir müssen sie früh erwischt haben. Soweit die Polizei feststellen konnte, wurde nur ein kleines bisschen Vandalismus festgestellt. Sie arbeitet mit meiner Sicherheitsfirma zusammen, um das Videomaterial zu sichern, das hoffentlich Aufschluss darüber geben wird, wie sie ins Haus gekommen sind, ohne den Alarm auszulösen.

Wer auch immer es war, einer von ihnen muss ein bisschen Gewissen gehabt haben, denn sie benutzten mein Handy, um einen Krankenwagen zu rufen, bevor sie vom Tatort flohen. Als die Rettungskräfte eintrafen, war Sloan gerade wieder zu sich gekommen, aber ich war auf dem ganzen Weg ins Krankenhaus bewusstlos.

Sloans Augen sind rot und niedergeschlagen, als sie der Beamtin, die neben ihr sitzt, beschreibt, woran sie sich erinnert. „Ich bin auf dem Boden im Eingangsbereich aufgewacht und war voller Blut. Ich brauchte eine Minute, bis ich merkte, dass es nicht mein

Blut war, sondern das von Gareth. Sein Telefon lag direkt neben ihm und es fing an zu klingeln, also ging ich ran. Es war die Nummer der Notrufzentrale. Sie sagte, jemand hätte von seinem Telefon aus angerufen und der Krankenwagen sei in der Nähe."

Meine Muskeln spannen sich an, als ich mir vorstelle, wie schrecklich es für sie gewesen sein muss, mich so zu sehen. Zum Glück hat ihre Freundin Freya ihr ein paar Klamotten gebracht, sodass sie nicht mehr mit meinem Blut besudelt ist. Es ist klar, dass sie bis ins Mark erschüttert ist, und ich hasse es, dass ich ihr das alles zugemutet habe. Ich wünschte, ich könnte mich daran erinnern, was genau passiert ist. Alles ist verschwommen.

Während der Befragung erfahren wir, dass es keine Anzeichen für ein gewaltsames Eindringen gab. Wer auch immer in das Haus eingedrungen ist, hatte also entweder den Code oder war geschickt genug, um den großen Sicherheitszaun zu überwinden. Aus diesem Grund müssen meine Mitarbeiter, die Zugang zu meinem Haus haben, befragt werden.

„Haben Sie etwas Ungewöhnliches gesehen oder gehört, als Sie die Tür geöffnet haben?", fragt der Beamte, der neben meinem Bett steht.

Ich schüttle den Kopf. „Ich kann mich an nichts erinnern, nachdem ich aus der Limousine ausgestiegen bin."

„Ms. Montgomery?" Der Mann sieht Sloan an. „Es scheint, dass Ihre Verletzungen weniger schwer waren. Woran können Sie sich erinnern?"

Sloan starrt mich mit nervösen Augen an. Augen, die ich besänftigen und küssen möchte, um ihr diesen hässlichen Schmerz zu nehmen, aber ich kann es nicht.

Sie räuspert sich und antwortet: „Ich habe Männerstimmen gehört, aber ich weiß nicht, was sie gesagt haben. Es ging alles so schnell."

„Denken Sie nach und versuchen Sie es noch einmal", sagt der Beamte und verschränkt die Arme vor der Brust, als ob er sie verhören würde. „Sie sind aus der Limousine ausgestiegen, die Treppe hochgelaufen, hineingegangen und …"

Sloans Gesicht verzieht sich vor Entsetzen, als sie sich an den

Schlag in ihr Gesicht erinnert. Der Schlag, der sie offenbar bewusstlos gemacht hat.

„Ich weiß es nicht", krächzt sie und ihre Augen quellen über vor Tränen.

„Kommen Sie, es ist da", sagt der Beamte und mein Blutdruck steigt augenblicklich an.

„Sie hat Ihnen gesagt, dass sie es nicht weiß", schnauze ich, wobei meine Stimme tief und schroff ist und die dumpfen Kopfschmerzen in meinem Schädel zu einer regelrechten Migräne werden lässt. „Ich denke, es ist Zeit, dass Sie gehen."

Der Beamte lässt seine wachsamen Augen zu mir gleiten. „Mr. Harris, bitte verstehen Sie, dass Ihr Gedächtnis nie wieder so gut sein wird wie im Moment. Je mehr wir jetzt wissen, desto mehr können wir tun, um den Täter zu fassen."

„Das verstehe ich, aber wir erinnern uns an nichts. Und es gefällt mir nicht, wie Sie mit ihr sprechen."

„Gareth, es ist alles in Ordnung", murmelt Sloan leise.

„Ist es nicht", erwidere ich abweisend. „Sie ist hier nicht die Kriminelle. Sie ist das Opfer. Behandeln Sie sie verdammt noch mal auch als solches."

Die Beamtin legt eine beruhigende Hand auf Sloans Schulter. „Sie haben recht. Wir haben genug Informationen für heute Abend. Wir haben Ihre Handynummern und Sie haben unsere Visitenkarten. Rufen Sie uns einfach an, wenn Ihnen noch etwas einfällt."

Der männliche Beamte sieht nicht erfreut aus, aber er folgt der Frau nach draußen. In der Tür hält er inne, dreht sich um und fügt hinzu: „Ihr Haus ist zurzeit ein Tatort, und wir werden einen Tag brauchen, um ihn zu räumen. Bis dahin müssen Sie sich eine andere Unterkunft suchen."

„Na gut", antworte ich mit zusammengebissenen Zähnen. Dieser Trottel ist ein unausstehliches Arschloch auf einem verdammten Egotrip. Ich will, dass er verschwindet.

Sobald der Beamte außer Sichtweite ist, atme ich aus und merke, wie angespannt mein Körper die ganze Zeit war, als sie im Raum waren.

„Gareth, dein Puls rast", sagt Sloan und reibt meine Schulter.

„Verdammter Wichser", murmle ich und versuche, meinen Kiefer zu entspannen.

„Er macht nur seinen Job", sagt Sloan leise.

„Sloan, der Typ hat dich viel zu sehr unter Druck gesetzt. Du wurdest gerade angegriffen, um Himmels willen." Ich schaue zu ihr, wie sie auf dem Stuhl neben meinem Bett sitzt. Sie trägt eine Jeans und ein T-Shirt, ihre unordentlichen Haare hat sie zu einem Pferdeschwanz zurückgekämmt. Die Ringe unter ihren Augen sind schattig, ebenso wie der schwache blaue Fleck, der sich über ihrem Wangenknochen abzeichnet. Jeder kann sehen, dass sie ein Trauma hinter sich hat. „Er hätte alles auf mich richten sollen. Es ist meine verdammte Schuld, dass wir hier sind."

„Wovon redest du?", keucht sie, ihre goldenen Augen sind rot gerändert und glänzen.

Ich balle meine Hände zu Fäusten und starre geradeaus. „Ich hätte aufpassen müssen. Ich hätte merken müssen, dass etwas nicht in Ordnung ist. Ich war so von mir eingenommen, dass ich nicht klar denken konnte. Es ist meine Schuld, dass wir hier sind."

„Nun, ich denke, ein Teil der Ablenkung war auch meine Schuld", erwidert sie mit einem Schnauben.

„Nein, das war es nicht", erkläre ich fest und sehe sie wieder an. „Dräng mich nicht, Sloan. Ich habe eine Scheißangst davor, was dir heute Abend hätte passieren können. Ich kann mir nicht vorstellen, wie es wäre, wenn …" Meine Stimme bricht ab. Ich räuspere mich und bringe den letzten Teil meines Satzes, der fast zu schwer auszusprechen ist, heraus. „Du hast ein Kind."

Sloans Augen füllen sich mit Tränen, die ihr schnell über die Wangen laufen. „Das weiß ich."

„Sie *braucht* ihre Mutter", sage ich dem Universum genauso wie Sloan. Sophia ist fast so alt wie ich es war, als ich meine eigene Mutter verloren habe, und diese Erkenntnis ist mir nicht entgangen.

Sloan schnieft laut und leckt sich dann über die Lippen, während sie meine Hand mit der Faust ergreift. Sie zieht sie zum Mund und drückt mir einen Kuss auf die Fingerknöchel. „Das weiß ich, Gareth. Und mir geht es gut. Sieh mich an. Ich bin genau hier und mir geht es gut."

Angewidert schüttele ich den Kopf. „Wo ist Sophia?"

Sloan schluckt und ihr Kinn beginnt zu beben. „Sie ist bei Callum. Sie hat keine Ahnung, was passiert ist, und das soll auch so bleiben, wenn es geht."

Ich nicke hölzern und weiß, dass es das Beste ist. „Mein Agent wird dafür sorgen, dass das nicht bekannt wird", antworte ich und lasse meinen Kopf zurück auf mein Kissen sinken. „Das hier ist ein Privatkrankenhaus, also wird nichts durchsickern, wie es anderswo der Fall ist. Er wird sich darum kümmern, und ich werde alles tun, damit du nicht in die Zeitung kommst."

Sloan streicht mit ihrer Hand beruhigend über meinen Arm. „Mach dir keine Sorgen um mich, Gareth. Was auch immer passiert, passiert eben. Ich bin nur dankbar, dass es uns beiden gut geht."

Ich atme tief durch, als mein Vater mit meinen Brüdern und Vi zurück ins Zimmer kommt. Sie sind in ein Gespräch vertieft, als ich sie unterbreche: „Die Polizei hat gesagt, dass ich erst nach Hause darf, wenn sie den Tatort geräumt haben, also kann mir einer von euch ein Hotelzimmer buchen?"

Vi nickt und holt ihr Handy aus der Handtasche. „Bin schon dabei."

„Dann solltet ihr alle nach Hause gehen. Sie werden sowieso ein paar Tests mit mir machen. Es macht keinen Sinn, die ganze Nacht hier herumzusitzen."

Vis müde Augen schauen mich scharf an. „Gareth, ich werde dich nicht verlassen. Ich werde auch für mich ein Zimmer buchen."

Sloans Stimme unterbricht Vis Wählvorgang, als sie sagt: „Oder du kannst bei mir wohnen."

Ich wende meinen Blick zu ihr und spüre einen starken Druck in meiner Brust, der nichts mit meinen Verletzungen und alles mit Sloan zu tun hat.

Sie errötet wegen der Aufmerksamkeit, die ihr entgegengebracht wird, und fügt hinzu: „Es gibt Platz für jeden, der bleiben möchte. Natürlich verstehe ich, wenn ihr euch in einem Hotel wohler fühlt."

Mein Vater fängt an zu erklären, warum ein Hotel besser wäre, aber ich unterbreche ihn und sage zu Sloan: „Ich bleibe bei dir."

Ihre Mundwinkel verziehen sich zu einem wackeligen Lächeln, während sie den Blickkontakt mit mir vermeidet. Sie ist nervös. Die

Wahrheit ist, dass ich es auch bin. Sloan öffnet mir ihr Zuhause. Ihr Leben. Verdammt, vielleicht sogar ihr Kind? Bin ich dazu bereit? Das sollte ich verdammt nochmal besser sein. Ich habe ihr gesagt, dass ich mehr will. Keine Grenzen mehr. Keine Geheimnisse mehr. Ich mag zwar verletzt sein, aber meine Gefühle für Sloan sind immer noch so stark wie eh und je. Vielleicht sogar noch stärker nach all dem hier.

Wenn sie mir diesen Olivenzweig anbietet, werde ich ihn annehmen und noch mehr.

LANGSAM UND BESTÄNDIG

Wenn es um die Harris-Geschwister geht, ist es schwer, etwas Bedeutendes ohne die anderen zu tun. Wenn einer geehrt wird, feiern wir alle mit ihm. Wenn einer verletzt wird, leiden wir alle mit ihm. Die Unterstützung und der Zusammenhalt, den wir schon in jungen Jahren entwickelt haben, ist aufgrund unserer Erziehung sehr intensiv. Wir waren elternlos, also war es notwendig, uns zusammenzuschließen, sonst hätten wir uns alle als totale Spinner entpuppt.

Nun, mehr als wir ohnehin schon sind, sollte ich sagen.

Es braucht also viel Überzeugungsarbeit, um meine Brüder dazu zu bringen, zurück nach London zu gehen. Ich weiß, dass ihre Fußballtermine ihnen keine Abwesenheit erlauben, und ich will nicht, dass jemand Spiele verpasst, nur um mir zuzusehen. Ich habe versucht, Vi zu überreden, mit ihnen zu Rocky zu fahren, weil Weihnachten in nur wenigen Tagen vor der Tür steht, aber sie scheint darauf zu beharren, zu bleiben. Wahrscheinlich um sicherzustellen, dass Dad und ich uns nicht gegenseitig umbringen.

Nach der CT-Untersuchung sagte Dr. Howard, ich müsse über Nacht zur Beobachtung bleiben, aber Sloan wurde entlassen, da ihre Verletzungen weniger schwerwiegend sind. Ich sah sie nur ungern gehen, aber sie schien ihr Haus für meine morgige Ankunft vorbereiten zu wollen, also ließ ich die Jungs sie zu ihrem Haus zurückbringen, als sie gingen. Der Drang, sie zu beschützen, ist stark und etwas, das ich noch nie bei jemandem außerhalb meiner Familie erlebt habe. Das ist ein beunruhigendes Gefühl, und so habe ich meinen Agenten gebeten, einen Sicherheitsbeamten zu organisieren, der ihr Haus bewacht. Sloan war zuerst nicht glücklich darüber, aber ich glaube, die

Tatsache, dass ich in einem Krankenhausbett liege, hat sie weniger geneigt gemacht, mit mir zu streiten.

Nach einer unruhigen Nacht, in der Vi und Dad die ganze Nacht auf den Stühlen neben mir saßen, werde ich am nächsten Tag endlich entlassen. Wir steigen in das Auto, das Dad gemietet hat, und fahren zu Sloans Adresse. Sie wohnt in einer ähnlichen Gegend wie mein Vater in Chigwell, was ihn irgendwie zu beruhigen scheint, wie ich feststelle. Das macht mich noch wütender. Er war gestern Abend sehr streng zu Sloan und ich weiß nicht, warum. Aber mein Kopf ist gerade nicht in der Lage, sich mit seinem verspäteten, überfürsorglichen Blödsinn zu beschäftigen.

Ein paar Minuten später halten wir hinter dem Sicherheitsfahrzeug vor Sloans Haus an. Das letzte Mal, als ich hier war, hatte ich keine allzu gute Erfahrung gemacht, also bin ich nervös.

Sloan stürmt aus ihrer Haustür, offensichtlich hat sie unsere Ankunft aus dem Fenster beobachtet. Ich kämpfe ein bisschen, um aus dem Auto zu kommen, weil mich Übelkeit und Schwindel überwältigen. Dad hat sofort seinen Arm um mich gelegt, aber ich ziehe mich frustriert von ihm zurück.

„Mir geht's gut. Gib mir nur eine Minute", sage ich und lehne sein Angebot, seinen Arm zu nehmen, ab, während ich mich an die offene Autotür lehne.

„Der Arzt hat gesagt, dass dir schwindelig sein wird, Gareth", erwidert Dads schroffe Stimme. „Sei nicht so stur und lass mich dir helfen. Du wirst dich doch nicht noch mehr verletzen."

„Ich brauche nur eine Minute", sage ich barsch, als Sloan uns erreicht.

Sie schenkt meinem Vater ein festes Lächeln und streckt dann ihre Hand nach mir aus. „Darf ich?", fragt sie, klemmt sich unter meinen Arm und schlingt ihren Arm um meine Taille. Sie fühlt sich gut an. Warm und weich, und doch ist ihre Berührung fest auf mir.

Sie flüstert so leise, dass nur ich es hören kann: „Keine Widerrede, Harris. Du bist zwar verletzt, aber ich habe nichts dagegen, dich zur Vernunft zu bringen."

Ein überraschendes Lachen durchfährt meinen Körper und ich kann nicht anders, als es einen Moment lang zu genießen. In den letzten vierundzwanzig Stunden hatte ich so wenig Grund, mich gut zu fühlen, sodass es erfrischend ist, wenn Sloan ganz normal mit mir spricht. Ich lege meinen Arm um ihre Schultern und lehne mich an sie, während sie mich zur Haustür begleitet. Dad und Vi kommen hinter mir mit ein paar Tüten voller Kleidung herein, die Vi gestern Abend für uns alle gekauft hat.

Wir treten ein und der Geruch von Essen steigt mir sofort in die Nase. Ich schaue mich kurz um und stelle fest, dass Sloans Haus so sehr nach Sloan aussieht. Es ist hell und fröhlich. Es sieht bewohnt aus.

Neben der Eingangstür steht ein Kleiderständer voller Kleidersäcke. Auf der linken Seite befindet sich ein formelles Esszimmer mit einem Tisch, der mit Stoffen übersät ist, und ein paar offiziell aussehenden Nähmaschinen, die auf beiden Seiten stehen.

„Du hast ein wunderschönes Zuhause, Sloan", sagt Vi aufgeregt und zeigt dann auf den Tisch im Esszimmer. „Ist das der Ort, an dem die Magie stattfindet?"

„Meine Kollegin Freya macht den Großteil der Zauberei", antwortet Sloan und ihre Wangen erröten vor Verlegenheit. „Ich entwerfe nicht viel. Mein Geschäft besteht aus persönlichem Einkaufen, Merchandising und Schneidern, was Freya hervorragend kann."

Plötzlich knallt eine Tür im Flur. Alle unsere Köpfe drehen sich in Richtung des Geräuschs, während ich Sloan instinktiv hinter mich schiebe und mein ganzer Körper vor Alarmbereitschaft erstarrt.

„Huhu!", hallt eine Frauenstimme durch den Flur. „Ich bin's!"

„Das ist nur Freya", erklärt Sloan, während sie ihre Hände auf meinen Arm legt und sich wieder neben mich stellt. „Wir sind im Foyer!"

Sekunden später füllt Freyas Gestalt den Eingang des Flurs. Mit einem Lächeln hebt sie die Augenbrauen in meine Richtung. „Na, hallo zusammen!"

„Hi, Freya. Du erinnerst dich an Gareth", sagt Sloan.

„Natürlich!" Freya strahlt und ihre Augen sind ungewöhnlich groß. „Schön, dich wiederzusehen. Es tut mir so verdammt leid, was bei dir zu Hause passiert ist. Ich hoffe, die Bullen schnappen die Mistkerle, die euch das angetan haben. Ich kann mir gar nicht vorstellen, in welchem Zustand ihr alle sein müsst."

Ich nicke, atme aus und merke, dass ich immer noch etwas angespannt bin. Der Adrenalinschub hat es mir noch nicht erlaubt, das Geschehene vollständig zu verarbeiten. Ich räuspere mich und antworte:

„Danke, Freya. Es ist schön, dich wiederzusehen. Das sind mein Vater, Vaughn, und meine Schwester Vi."

Freya wendet den beiden ihr Lächeln zu. „Oh ja, natürlich. Ich habe sie im Wartezimmer des Krankenhauses gesehen, aber es ist schön, euch beide offiziell kennenzulernen. Herzlich willkommen!"

„Freya wohnt in dem Gästehaus hinter dem Haus", erklärt Sloan und sieht mich nervös an. „Wir sind Kolleginnen, aber mehr wie eine Familie."

„Ihr arbeitet also beide von hier aus?", frage ich, als ich einen Blick in das Esszimmer werfe und feststelle, dass Freya die Mitbewohnerin ist, die Sloan zuvor erwähnt hat.

Freya antwortet: „Ja, das tun wir! Ich wollte nur kurz reinschauen, um etwas zu erledigen, aber ich setze den Wasserkocher auf und mache uns allen einen Tee, bevor das Mittagessen fertig ist. Nichts beruhigt die Nerven so sehr wie eine gute Tasse Tee."

„Tee klingt gut", sagt Vi mit einem Lächeln. „Kann ich helfen?"

„Natürlich! Mr. Harris, möchten Sie sich zu uns setzen? Sie bleiben doch zum Mittagessen, oder?"

Mein Vater sieht mich fragend an, aber Freya packt ihn am Arm und zieht ihn durch den Flur, bevor er widersprechen kann. Er ist völlig aus seinem Element. Verdammt, sogar ich bin ein bisschen aus meinem Element. Als die drei außer Sichtweite sind, atme ich erleichtert auf.

„Wie geht es dir? Willst du dich setzen?" Sloan dreht sich um und zeigt auf den Wohnbereich. „Ich kann den Fernseher einschalten. Oder tut dir das vielleicht weh? Wenn du nur sitzen willst, hole ich dir einen Tee."

Sie macht einen Schritt, um mir wieder beim Gehen zu helfen, aber ohne Zögern schiebe ich sie an die Wand und presse meine Lippen auf sie. Sie stößt einen leisen, überraschten Schrei aus, dann wird sie weich, als ich ihr Gesicht in meine Hände nehme und meinen Körper an den ihren drücke.

Langsam öffnen sich ihre Lippen und erlauben meiner Zunge, in sie einzutauchen und sie zu schmecken. Ich schmecke sie wirklich. Ich rieche und brauche dringend eine Dusche, aber das ist mir egal. Ich muss sie in meinen Armen spüren. Die Süße ihrer Lippen kosten. Ihren vertrauten Geruch einatmen, der Erinnerungen in mir hervorruft, die ich schon lange vergessen wollte, aber nach denen ich mich jetzt mehr denn je sehne. Ich drücke sie fest an mich und lasse ihre Realität vollständig in meinen benommenen Kopf eindringen.

In den letzten vierundzwanzig Stunden war ich euphorisch, weil sie an meiner Seite war, ich war erregt, weil sie sich mir hingeben wollte, und ich hatte unglaubliche Angst, weil ich dachte, ich hätte sie verloren. Ich muss sie in meinen Armen und an meiner Zunge spüren, um mir zu versichern, dass wir noch immer wir sind. Wir ergeben noch immer Sinn, selbst unter den schrecklichsten Umständen.

Sloans Hände legen sich um meine Taille, während sich unsere Lippen gegeneinander bewegen. Es ist ein weicher, warmer Kuss. Er ist vertraut, weil sie genauso schmeckt, aber irgendwie ist er anders als alles, was ich je erlebt habe.

Mein Schwanz pocht in meiner Jogginghose und ich drücke meinen Unterleib gegen ihren Bauch, damit sie weiß, welche Wirkung sie auf mich ausübt.

„Guter Gott, Gareth", krächzt sie, trennt unsere Lippen und lässt sich gegen mich sinken. „Ich dachte, du wärst verletzt."

Meine Lippen fahren zu ihrer Stirn, während ich ihren Kopf unter mein Kinn ziehe. „Das ist die beste Medizin, die ich bis jetzt bekommen habe."

Sie blickt zu mir auf, ihre goldenen Augen sind wachsam, als ich mit dem Finger in ihr Haar fasse und auf den blauen Fleck auf ihrem Wangenknochen schaue, der sich über Nacht dunkelviolett verfärbt hat. „Das sieht verdammt schmerzhaft aus."

Sie blickt auf die Naht an meiner Schläfe, die von einem durchsichtigen, wasserfesten Verband bedeckt ist. „Du siehst schlimmer aus."

Ich schüttle den Kopf. „Habe ich schon erwähnt, dass ich diese Arschlöcher umbringen werde?"

Sie lächelt. „Nein, wirst du nicht, denn ein hübscher Junge wie du überlebt keinen Tag im Gefängnis."

„Hübscher Junge?" Ich stoße ein Lachen aus. „Man hat mich schon viele Dinge genannt, aber hübsch gehört nicht dazu."

Mit einem leisen Schnaufen drückt sie ihren Kopf gegen meine Brust. „Ich bin froh, dass du hier bist", murmelt sie in meinen Pullover.

„Ich auch." Ich drücke sie fester an mich und schaue zur Treppe hinauf. „Willst du mich herumführen?"

Sie runzelt leicht die Stirn. „Wie eine Tour?"

Ich nicke. „Ja. Ich glaube mich zu erinnern, dass du eine Tour ohne Hemd durch meine Wohnung verlangt hast, also ist das nur fair."

Sie errötet und zieht ihre Unterlippe zwischen die Zähne, bevor sie antwortet: „Wenn man bedenkt, dass du eine Gehirnerschütterung hast und deine Familie hier ist, denke ich, dass ich mein Oberteil anbehalten werde."

Ich lache, als sie sich im Erdgeschoss umschaut und mir die Räume beschreibt. Sie zeigt auf den Flur, wo sich zwei Schlafzimmer und die Küche befinden. „Willst du mit ihnen Tee trinken?", fragt sie und kaut auf ihrer Unterlippe.

Ich schüttle den Kopf. „Wo schläfst du?"

„Oben", antwortet sie mit einem schüchternen Lächeln.

Oh, wie ich eine schüchterne Treacle immer liebe. „Lass uns das Zimmer sehen."

Sie schüttelt mit einem wissenden Grinsen den Kopf und dreht sich um, um die Treppe nach oben zu steigen. Als ich ihre Kurven unter ihrer kunstvoll zerrissenen Jeans und ihrem T-Shirt betrachte, kommt mir ein Bild unserer ersten gemeinsamen Nacht in den Sinn. Ein so lässiger Look, von dem ich feststelle, dass er sehr ähnlich aussieht wie in der Nacht, als sie mich in meiner Küche fesselte. Ist sie an jenem Tag bei ihrer Tochter gewesen? Ist sie so, wenn sie Mutter ist? Es gibt noch so viel, was wir übereinander lernen müssen.

Sie geht an einer Tür auf der rechten Seite vorbei und ich halte inne. „Was ist da drin?"

Ihr Gesicht errötet. „Das ist … Sophias Zimmer."

Meine Augenbrauen heben sich. „Ich würde es gerne sehen, wenn es ihr nichts ausmacht."

„Wirklich?"

„Ja. Sie macht doch da drin kein Nickerchen, oder?"

Sloan lacht leise. „Nein, sie kommt erst in zwei Tagen nach Hause … Gerade noch rechtzeitig zum Weihnachtsmorgen."

Ich frage mich kurz, was Sloan zu Weihnachten mit mir vorhat, als sie ihre Hand auf den Knauf neben mir legt und murmelt: „Und nur zu deiner Information, Sophia ist zu alt für Nickerchen. Wenn ich versuche, sie zum Mittagsschlaf zu bringen, sieht sie mich an, als wären mir drei Köpfe gewachsen"

„Sie klingt keck", antworte ich mit einem halben Lächeln. „Ich fürchte, meine Erfahrung mit Kindern beschränkt sich auf eine entzückende Einjährige und die kleinen Scheißer, die zu den Kid Kickers Camps kommen."

Sloan schüttelt den Kopf. „Nun, mach dich auf alles gefasst, was mädchenhaft ist."

Sloan öffnet die Tür und meine Augen werden von einer Vielzahl von Farben überrannt. Rosa, lila, türkis, gelb. Helle, kräftige, laute Farben. Sophias Bett ist mit einer bunten Steppdecke bedeckt, auf der überall Stofftiere liegen. Es ist ein unordentliches Schlafzimmer. Ein Zimmer, in dem viel gespielt wird, und das nicht immer sauber und aufgeräumt ist.

„Ich bewahre all ihre Spielsachen in ihrem Zimmer auf, wenn sie nicht da ist", sagt Sloan, während ich herumlaufe und alles inspiziere. „Es ist zu schwer, sie anzuschauen, wenn sie nicht da ist."

Das lässt mich die Stirn runzeln und ich wende meinen Blick zu ihr. „Wie oft hast du sie?"

„Callum und ich wechseln uns jede Woche ab."

Ich nicke und werfe einen kleinen Fußball in die Luft, den Sophia auf ihrer Kommode hatte, und fange ihn. „Wie gefällt dir dieses Arrangement?"

„Ich hasse es", antwortet Sloan ohne Zögern, blickt dann zu Boden und fängt an, mit ihren Händen herumzufummeln. „Sophia und ich haben eine ungewöhnlich enge Bindung."

„Haben das nicht alle Mütter mit ihren Kindern?", frage ich und denke an die Bindung, die ich zu meiner Mutter hatte. Ich kann mich immer noch an das Gefühl ihrer Haut auf meiner Wange erinnern, wenn ich nur fest genug daran denke.

„Unsere ist … anders." Sloan sieht nachdenklich und unsicher aus.

Ich dränge weiter. „Wie meinst du das?"

Sie holt tief Luft und schüttelt dann den Kopf. „Wir werden später Zeit haben, über all das zu reden. Willst du dich hinlegen? Du musst erschöpft sein."

„Mir geht es gut", antworte ich mit einem Stirnrunzeln und frage mich, was sie vor mir verbirgt. Was auch immer es ist, ich hoffe, es hat nichts mit weiteren Geheimnissen zu tun. Ich möchte diesen Teil unserer Beziehung hinter mir lassen.

Mein umherschweifender Blick fällt auf ein Foto auf dem Nachttisch. Es zeigt Sophia mit ihrem Vater – demselben selbstgefälligen Mistkerl, den ich kennengelernt habe, als ich vor etwas mehr als einer Woche bei ihm klingelte, um Sloan zu suchen. Er sieht auf dem Foto unglücklich aus. Sein Lächeln ist gezwungen. Sophias Umarmung wird nicht erwidert. Ich kann nicht anders als zu fragen: „Ist er ein guter Vater?"

Sloan räuspert sich. „Er ist gut genug, um fünfzig Prozent des Sorgerechts zu bekommen, schätze ich. Ich habe die ganze rechtliche Hölle durchgemacht, als ich dich letztes Jahr nicht gesehen habe. Ich war schockiert, dass er Sophia so sehr wollte. Er ist ein Workaholic und mehr daran interessiert, mit seiner Freundin Callie auszugehen, als zu Hause zu bleiben und Zeit mit der Familie zu verbringen."

„Ich verstehe", antworte ich mit angespanntem Kiefer. „Und deshalb bist du eine Woche lang einfach verschwunden, stimmt's? Du wolltest Sophia deine volle Aufmerksamkeit schenken, als du sie hattest."

Sie nickt mit niedergeschlagenen Augen.

„Mach dir nichts draus." Ich gehe quer durch den Raum zu ihr und lege meinen Finger unter ihr Kinn, um ihren Blick zu mir zu zwingen. „Du brauchst kein schlechtes Gewissen zu haben, weil du Sophia an erste Stelle gesetzt hast. Ich hasse es, dass du mir einen so großen Teil deines Lebens verheimlicht hast, aber glaube ja nicht, dass ich mich über die Zeit, die du mit ihr verbringst, aufrege. Wenn mein Vater sich zu fünfzig Prozent der Zeit um uns gekümmert hätte, als wir Kinder waren, wäre das viel besser gewesen als das, was wir bekommen haben."

Sie legt den Kopf schief und ihre Augen glänzen vor Tränen. „Aber dein Vater ist jetzt hier, Gareth. Nachdem, wie ich im Krankenhaus mit ihm gesprochen habe, muss das doch etwas heißen, oder?"

Ich nicke und schaue zur Tür, wo ich Vis und Freyas Stimmen die Treppe hinaufschallen höre. „Ich denke schon."

Mein Blick fällt auf ein Foto von Sloan und Sophia oben im Bücherregal neben der Tür und ich lächle. Es ist die Art von Foto, die glückliche Eltern mit ihrem Kind haben. Sophias Arme sind fest um Sloans Hals geschlungen, und Sloans Arme halten ihre Tochter so stark fest, dass ihre Wangen aneinander gepresst sind, während sie in die Kamera lächeln. Sie sehen aus wie ein perfektes Mutter-Tochter-Paar. Wahrscheinlich hätten Vi und unsere Mutter in einem ähnlichen Alter so ausgesehen.

Der Schmerz, den dieses Bild hervorruft, zwingt mich dazu, meinen Gedankengang zu ändern. „Zeig mir dein Zimmer." Ich gehe durch die Tür, weil ich Abstand von den Gedanken an meine Eltern brauche.

Sloan schließt die Tür und geht mit mir durch den Flur, vorbei an einem Badezimmer und in ihr großes Hauptschlafzimmer. Es hat ein eigenes Bad mit einer großen Glasdusche und einer Holzbank darin. Ohne ein Wort zu sagen, ziehe ich mein Hemd aus und schreite auf sie zu, wie sie vor der Badezimmertür steht.

„Was machst du da?", fragt Sloan, ihre Stimme klingt überrascht.

„Ich brauche eine Dusche." Ich werfe das Hemd auf den Boden und zeige auf den Bereich hinter ihr.

Sie schaut sich nervös um und macht Anstalten, zu gehen. „Okay, ich … lasse dir etwas Privatsphäre."

Ich hake sie wieder am Arm ein und murmle leise: „Willst du mit mir duschen?"

Ihr Blick hebt sich misstrauisch zu mir. „Gareth, du hast eine Gehirnerschütterung. Ich glaube nicht, dass das eine gute Idee ist."

Ich atme schwer aus und spreche das Einzige aus, was ich kann. Die Wahrheit. „Ich möchte im Moment nicht von dir getrennt sein, Sloan."

Wir ziehen uns leise in ihrem hellen, weißen Badezimmer aus. Ich kann nicht anders, als das Bild ihrer nackten Gestalt vor mir zu betrachten, als sie das Wasser aufdreht und der Dampf den Raum erfüllt. Sie ist so schön. Groß und kurvenreich, natürlich und unverfälscht. Sie ist so, wie sie immer war, aber irgendwie anders als früher.

Ein schockierendes Bild ihres mit einem Kind angeschwollenen Bauches stürmt aus dem Nichts auf mich ein. Und gerade als ich denke, dass es mich total erschrecken und meine Wachsamkeit erhöhen wird, bewirkt es das Gegenteil.

Ohne zu zögern, trete ich hinter sie, lege meine Hände um ihre Taille und ziehe ihren nackten Rücken an meine nackte Vorderseite. Ich gebe ihr sanfte Küsse auf die Schulter und den Nacken. Sie schüttelt den Kopf und dreht sich in meinen Armen um, tritt einen Schritt zurück und zieht mich unter die heiße Regendusche. Sie schlingt ihre Hände um meinen Nacken, ich ziehe ihre Hüften an meinen Körper und schließe die Augen, während ihre harten Nippel meine Brust berühren.

Durch den Wasserstrahl, der über uns hinwegfließt, öffne ich

meine Augen und berühre mit den Fingerspitzen leicht den Bluterguss an ihrer Wange. „Wie stark tut es weh?"

Sie schüttelt den Kopf. „Gar nicht."

„Du lügst."

Sie nickt.

Mein Herz sinkt. „Sloan."

„Lass es, Gareth." Sie neigt ihr Gesicht und drückt mir einen sanften Kuss aufs Kinn.

Ich ziehe mich zurück. „Darf ich mich denn nicht dafür entschuldigen, dass ich dich in Gefahr gebracht habe? Dafür, wie viel schlimmer
das alles hätte sein können? Ich muss immer wieder daran denken. Als
ich Sophias Zimmer sah. Das Bild von dir mit ihr, lächelnd, glücklich
und völlig unschuldig. Es bringt mich schier um, dass ich ihr das fast
weggenommen hätte. Wie alt ist Sophia?"

„Sie ist sieben", antwortet Sloan und schluckt nervös.

„Ich war acht, als meine Mutter starb. So etwas bleibt für immer
im Gedächtnis."

Sie nimmt mein Gesicht in ihre Hände und fixiert mich mit einem
festen Blick. „Mir geht es gut. Sophia geht es gut. Dir geht es gut. Bitte
hör auf damit."

Sie lässt mein Gesicht los und wendet sich ab, um eine Flasche
Shampoo zu nehmen. Sie gießt eine große Menge in ihre Hand, hält
sie an mein Haar und beginnt, meine Strähnen einzuschäumen. „Ich
kümmere mich jetzt einfach um dich."

Meine grimmige Miene wird weicher.

„Lass mich", bittet sie erneut und dreht mich so, dass meine Beine
mit der Rückseite gegen die Holzbank drücken. „Nicht, weil ich die
Kontrolle habe, sondern weil wir beide das brauchen."

Sie drückt ihre Hände auf meine Schultern, also setze ich mich hin
und erlaube ihr, mich fertig einzuseifen. Sie streicht mit ihren Fingernägeln über meine Kopfhaut, wobei sie darauf achtet, dass sie meinen
Verband nicht berührt, und mein ganzer Körper erwacht zum Leben.
Im Krankenhaus war ich träge und fühlte mich benebelt. Es fühlte sich
an, als ob ich bei jedem Schritt in dickem Schlamm steckte, der mich
verlangsamte und versuchte, mich in die Dunkelheit zu ziehen. Aber
jetzt fühle ich mich gut. Sloans Hände auf mir zu haben, ist unglaub-

lich und belebend. Sie wäscht meinen Stress und meine Angst weg, sodass nur noch das Verlangen übrig bleibt.

„Sloan", stöhne ich und kippe den Kopf nach hinten, als sie die Seife über meine harten Schultern und Arme reibt. Sie streicht mit ihren Händen über meine Brust, meine Bauchmuskeln, meine Seiten und meine Oberschenkel und massiert all meine schmerzenden Muskeln mit festen, druckvollen Berührungen. Die richtigen Berührungen. Die Art von Berührungen, von denen sie seit unserem ersten Treffen wusste, dass ich sie brauche.

Alles an Sloan ist richtig. Ehrlich und anständig. Verständnisvoll und aufrichtig. Wunderschön.

„Sloan", wiederhole ich ihren Namen und sie hört auf, meine Rückenmuskeln zu reiben, zieht sich zurück und sieht mir in die Augen. Ich greife nach ihren schaumigen Händen und bewege sie zu meiner Leistengegend.

Sie saugt scharf die Luft ein. „Gareth, du hast eine Gehirnerschütterung."

„Sloan, bitte", krächze ich und meine Augen schließen sich vor Schmerz. „Ich brauche das."

Als ich meine Augen wieder öffne, sehe ich, wie sie auf meine Erektion hinunterschaut. Sie kaut nachdenklich auf ihrer Lippe herum und ich schwöre, ich sehe Hitze in ihren Augen aufblühen. Verlangen, Leidenschaft, Sehnsucht. All die Dinge, die mich beim ersten Mal nach ihr verlangen ließen.

Nach einer kurzen Pause schiebt sie ihre schaumbedeckten Hände zwischen meine Beine. Langsam fährt sie mit ihren Fingern über meine Innenschenkel, ihre Daumen graben sich in die Unterseite, bis sie bei meinem Schwanz zusammenkommen. Sie schlingt ihre Finger um mich und drückt meinen Schwanz, streichelt und fistet ihn auf und ab.

„Scheiße, Treacle", stöhne ich und beobachte, wie sie sich zwischen meinen Beinen hinkniet und dem Wasser ausweicht, damit es auf meinen Schwanz herunterläuft. Sie hält meinen Schwanz in Richtung des Wasserstrahls und ich atme scharf ein, als die Tropfen auf mein empfindlichstes Glied prasseln.

Ich starre sie durch den Strom an, und sie sieht erfreut aus über den Schmerz, den sie mir zufügt. Verdammt noch mal, sie ist umwerfend.

Sobald das Wasser die letzten Reste der Seife abgewaschen hat, leckt sie sich über die Lippen und senkt den Kopf, um ihren Mund um meine Erektion zu wickeln.

Ich glaube, ich bin ein wenig gestorben.

Mein Tod wird bestätigt, als sie anfängt, ihren Kopf auf meinem Glied auf und ab zu wippen und dabei sorgfältig darauf achtet, dass sie leckt und saugt. Ihre Nägel graben sich in meine Oberschenkel und ich bin zu fasziniert, um irgendetwas anderes zu tun, als mich mit dem Rücken an die kühle weiße Fliesenwand zu pressen und die wunderschöne Show vor mir zu beobachten.

„Geht es dir gut?", fragt sie außer Atem und richtet sich auf, um nach mir zu sehen. „Ist dir schwindelig?"

„Ja", antworte ich sofort. „Aber nur, weil mein Schwanz in deinem Mund ist."

Sie lächelt. „Bist du sicher, dass es dir gut geht? Ich will es nicht noch schlimmer für dich machen."

„Mir geht es perfekt."

Meine Antwort entlockt ihr ein Grinsen, bevor sie sich sinken lässt und ihre wunderbare Arbeit fortsetzt. Ich lege eine Hand sanft auf ihren Hinterkopf und kann nicht anders, als in ihren Mund zu stoßen. Ich will sie ausfüllen. Ich will sie würgen, knebeln, kontrollieren. Ihr so viel geben, dass sie ein bisschen Angst bekommt, aber dann zusehen, wie sie sich entspannt, weil sie weiß, dass ich mich um sie kümmern werde. Das ist mein kleiner Moment der Beanspruchung.

Die Spitze meines Schwanzes trifft auf die Rückseite ihrer Kehle und sie stöhnt auf. Sie stöhnt, als wäre ich in ihrer Muschi, und ich spüre, wie sich mein Orgasmus schneller aufbaut, als ich es je für möglich gehalten hätte. Sie nimmt immer mehr Fahrt auf, reitet mit ihrem Mund auf meinem Schwanz und nimmt mir mit ihrem Eifer die Kontrolle. Das ist verdammt heiß. Nervtötend. Aber verdammt heiß.

Mein Schwanz verkrampft sich vor lauter Drang, loszulassen. Bevor ich ihr in die Kehle schieße, packe ich sie an den Armen und ziehe sie auf die Beine.

„Was machst du da?", fragt sie mit verwirrtem Gesicht, als ich sie an der Taille packe und zu mir ziehe. „Gareth, ich hätte fertig werden können."

Ihre Brüste sind direkt in meinem Gesicht. Ich kann nicht anders, als ihr einen Kuss auf einen Nippel zu geben, während ich sie zwinge, ihre Beine zu spreizen und auf meinen Schoß zu steigen. Sie setzt sich auf mich und runzelt die Stirn, als ich eine Hand zwischen uns bewege, um meinen Schwanz zwischen ihren Falten zu positionieren.

„Ich will in dir kommen", krächze ich und meine Brust schmerzt mit einem überwältigenden Gefühl, das ich noch nicht in Worte fassen kann. Es ist nicht das fordernde Gefühl, das ich noch vor einer Minute hatte. Es ist Verzweiflung. Ich drücke meine Spitze in sie hinein und befehle: „Sloan, lass mich in dir kommen."

Sie nickt, senkt sich und hält mich am Hals fest, während ich mein Gesicht an ihre Brust drücke. „Verdammt, ja, Sloan", stöhne ich, als ihre Enge mich einhüllt.

„Gareth." Ihre Stimme hallt von den Duschwänden wider, als sie meinen Namen wiederholt und sich langsam auf mir bewegt. Sanfte, kunstvolle Bewegungen ihrer Muschi um meinen Schwanz, die sich wie ein verdammter Walzer anfühlen.

„Sloan." Ich sage ihren Namen noch einmal, weil es sich gut anfühlt. Er fühlt sich echt an. Es fühlt sich wichtig an. „Fuck. Sloan, Sloan, Sloooan."

„Oh mein Gott, Gareth", schreit sie und ihre Stimme überschlägt sich, während sie sich um mich herum zusammenzieht. Eine Zuckung zwischen ihren Schenkeln schießt in ihren Mittelpunkt und ich spüre den Blitz ihres Orgasmus. Jeden verdammten Puls ihrer Lust, der sich in ihrem Inneren festsetzt.

Sie wird still und beißt ihre Zähne in meine Schulter, während ihr Orgasmus nachlässt. Der Schmerz ihres Bisses lässt mich in ihr ausbrechen und mein heißer Samen schießt so tief wie irgend möglich in sie hinein.

Aber es fühlt sich nicht tief genug an.

Ich weiß nicht, ob es sich jemals tief genug anfühlen wird, wenn es um diese Frau geht.

SHEPHERDS-PIE-GESTÄNDNISSE

Sloan

Sobald Gareth und ich die Treppe hinunterkommen, wird ein sehr britisches Mittagessen serviert: Shepherds Pie. Freya, Vi, Vaughn, Gareth und ich versammeln uns um den Küchentisch und essen, als wäre es nicht offensichtlich, dass Gareth und ich beide nasse Haare haben.

In meiner Jugend wäre es mir viel peinlicher gewesen, wenn Gareths Familie gewusst hätte, dass ich mit ihrem Sohn intim war, obwohl wir kein festes Paar sind. Ich habe Callum so jung geheiratet, dass ich nie die Gelegenheit hatte, als erwachsenes Paar vor den Eltern eines anderen zu stehen. Aber nach allem, was wir in den letzten vierundzwanzig Stunden durchgemacht haben, ist mir das völlig egal. Gareth brauchte mich oben, und ich spüre schon, dass sich seine Stimmung gegenüber seinem Vater aufgehellt hat, was alle ein bisschen weniger angespannt macht.

„Das Essen ist köstlich, Sloan. Bist du diejenige, der ich meinen Respekt zolle?", fragt Vaughn, der von seinem Teller aufblickt und mich mit seinem stählernen Blick mustert. Seit er hier ist, ist er übermäßig höflich zu mir, unser Streit im Krankenhaus ist fast vergessen.

Ich tupfe mir die Mundwinkel mit meiner Serviette ab. „Sowohl Freya als auch mir, würde ich sagen. Ich wollte, dass ihr etwas Tröstliches esst. Da ich nicht die beste Köchin für klassische britische Gerichte bin, habe ich sie um Hilfe gebeten. In Chicago hätte ich euch Kartoffelkroketten-Auflauf gemacht, aber in England gibt es nicht genau diese Kroketten, die ich mag, also habe ich mich ausnahmsweise der Kultur angepasst." Ich lächle und Vi, Vaughn und Gareth schauen mich verwundert an.

„Was ist ein Kartoffelkroketten-Auflauf?", fragt Vi neugierig.

Ich presse meine Lippen zusammen, um mir das Lachen zu verkneifen. „Das ist ein Auflauf mit Rindfleisch und diesen runden, gebratenen Kartoffeln oben drauf. So ähnlich wie ein Rösti, aber mundgerecht."

„Ich will das Rezept!", sagt Vi fröhlich.

Ich zucke zusammen. „Es ist so einfach … Es ist wirklich nichts Besonderes. Aber es hat etwas Gemütliches an sich, das den Briten sicher schmecken würde. Ihr habt es wirklich drauf, gemütlich zu essen."

„Dem kann ich zustimmen!", sagt Freya strahlend und nimmt einen weiteren Bissen.

Vi nickt zustimmend. „Es geht nichts über Bohnen auf Toast, aber ich habe noch viele tolle schwedische Rezepte von unserer Mutter. Sie war eine tolle Köchin."

Ich spüre, wie sich Gareth neben mir anspannt und schaue zu ihm rüber, um zu sehen, wie er auf sein Essen starrt.

„War deine Mutter eine Vollblutschwedin?", fragt Freya ganz unschuldig.

Vi nickt. „Das war sie. Die meisten ihrer Rezepte waren auf Schwedisch geschrieben. Ich musste sie übersetzen lassen."

„Das ist so genial! Habt ihr die Sprache gelernt, als ihr aufgewachsen seid?"

Am Tisch wird es still und Vi und Gareth schütteln beide leise den Kopf. Was nicht gesagt wird, ist, dass sie zu jung waren, um sich zu erinnern, selbst wenn es so war.

Es ist Vaughns tiefe Stimme, die das peinliche Schweigen bricht. „Ich habe ein bisschen was gelernt." Wir drehen uns alle um und sehen ihn an, der am anderen Ende des Tisches sitzt. Sein gealtertes Gesicht färbt sich tiefrosa, als er sagt: „Tack så mycket för maten."

Ich lächle Vaughn an, der schnell den Kopf senkt.

„Was bedeutet das?", fragt Freya.

„Vielen Dank für das Essen." Vaughn sieht auf und starrt mich an, seine Augen sind rosa, während er meinen Blick einen Moment lang festhält. Ich habe das Gefühl, dass er noch etwas anderes sagen will, aber ich bin mir nicht sicher. Je länger er mich mit diesem intensiven Funkeln in den Augen anstarrt, desto weicher wird mein Herz für ihn. Im Krankenhaus war er schrecklich, aber er ist eindeutig ein Mann, der im Grunde seines Herzens traurig ist.

Freya ist diejenige, die genug Mut besitzt, um das unausgesprochene Thema anzusprechen. „Haben Sie Ihre verstorbene Frau damals in Schweden kennengelernt, Mr. Harris?"

Ich schwöre, der ganze Tisch atmet tief ein und hält den Atem an. Vis Gabel voller Kartoffeln erstarrt in der Luft, während sie auf die Reaktion ihres Vaters wartet.

„Wie bitte?", fragt Vaughn und unterbricht den Blickkontakt mit mir, um zu Freyas strahlendem, sommersprossigem Gesicht hinüberzusehen. Seine Augen sind vor lauter Unbehagen ganz angespannt.

Freya errötet und lehnt sich leicht in ihrem Sitz zurück. „Ich war neugierig, wie Sie Ihre Frau kennengelernt haben. Sie hatten eine so große Familie zusammen, ich kann mir vorstellen, dass es eine Art Wirbelwind-Romanze war."

„Freya", sage ich leise ihren Namen und schüttle den Kopf. „Ich bin mir sicher, dass Mr. Harris keine Lust hat, darüber zu …"

„Nein, nein, ist schon in Ordnung." Vaughn unterbricht mich und ich schaue zu Gareth hinüber, der seinen Vater aufmerksam beobachtet, als er hinzufügt: „Es war Liebe auf den ersten Blick, also könnte man es wohl als Wirbelwind bezeichnen."

Freya strahlt ihn fröhlich an. „Wirklich? Ich dachte immer, das wäre etwas Erfundenes aus Liebesromanen."

Vaughn lächelt breit und seine Augen funkeln. „Nicht für Vilma und mich. Ich sah sie in einem Pub in London und wusste, dass ich verliebt war."

Vi gibt einen seltsamen, kehligen Laut von sich. „Das wusste ich nicht."

Vaughn wischt sich den Mund mit seiner Serviette ab und legt sie auf den Tisch. „Nun, deine Mutter wusste es auch nicht. Es brauchte etwas Überzeugungsarbeit."

„Erzählen Sie uns mehr!", drängt Freya. So sehr ich sie auch unter dem Tisch treten und ihr sagen möchte, dass sie die Klappe halten soll, kann ich nicht anders, als meine Freundin dafür zu lieben, dass sie so mutig und unschuldig ist.

Vaughn blickt in die Ferne, während er erzählt, wie er Vilma fast gezwungen hat, zu einem seiner Fußballspiele in Manchester zu gehen. Er sagte, er habe sie vom ersten Moment an geliebt, aber erst als er sie nach dem Spiel sah, wusste er, dass er sie heiraten musste.

„Vilma war die Frau meiner Träume. Sie hatte dieses Leuchten in ihren Augen, das sie so leicht an- und ausschalten konnte. Und wenn es an und auf dich gerichtet war, konntest du nicht anders, als das Gefühl zu haben, dass du dieses unglaubliche Geschenk hast. Diese unglaubliche Unsterbliche unter den Menschen, die dir direkt ins Gesicht starrt."

„Verdammt", krächzt Freya, der Tränen in die Augen treten.

„Aber sie war definitiv menschlich genug, um schwanger zu werden. Gareth war das Ergebnis unserer wilden und übermäßigen Leidenschaft."

„Zu viele Details", murmelt Gareth, aber Vaughn macht weiter, als wäre er in einer anderen Welt.

„Zuerst dachte ich, es würde schwer sein, ein Baby zu bekommen. Mein Fußballkalender war hektisch und wir hatten uns gerade erst kennengelernt. Ich wusste, dass ich noch nicht bereit war, Vater zu werden, aber sie hatte nie Angst. Sie akzeptierte die Überraschung, als wäre es ihr Schicksal, von dem sie schon immer wusste, dass es kommen würde. Ihre Zuversicht gab mir das Gefühl, mutig zu sein.

„Mit jedem Baby, das sie mir schenkte, verliebte ich mich mehr und mehr in sie. Sie hat auch alles so wunderbar verkraftet. Es war wie ein Wunder. Selbst die Zwillinge haben sie nicht erschüttert. Als Booker geboren wurde, hatte ich mich noch mehr in sie verliebt. Aber zu diesem Zeitpunkt schien *Liebe* ein Wort zu sein, das nicht ausreichte, um zu beschreiben, was wir miteinander teilten. Was wir zwischen uns hatten, war zehnmal größer als ein Gefühl. Viel größer als ein Gefühl. Wir hatten eine Familie."

Der ganze Tisch wartet mit angehaltenem Atem darauf, was Vaughn als nächstes sagen wird. Ein Blick auf Gareth und Vi verrät mir, dass sie diese Geschichte nicht schon unzählige Male am Frühstückstisch gehört haben. Sie scheinen beide sprachlos zu sein.

Ich muss zugeben, dass auch ich fassungslos bin. Nach allem, was Gareth mir über seinen Vater erzählt hat, hätte ich das nicht von ihm erwartet. Er hat die harte Schale aus dem Krankenhaus aufgebrochen und einen Teil von sich preisgegeben, den er, glaube ich, nicht oft zeigt. Vielleicht liegt es daran, dass er zum ersten Mal seit Jahren wieder in Manchester ist. Vielleicht liegt es daran, dass noch nie jemand mutig genug war, ihm diese Fragen zu stellen. Was auch immer es ist, ich habe das Gefühl, dass es eine große Wirkung auf Gareth ausübt.

„Ich erinnere mich ein bisschen an die Zeit, als ihr beide so glücklich wart“, sagt Gareth wie aus dem Nichts, seine Stimme ist tief und seine Augenbrauen nachdenklich.

Vi richtet ihre wässrigen, überraschten Augen auf ihn. „Du erinnerst dich an diese Zeit?“ Sie flüstert die Frage, aber wir alle hören sie.

„In der Wohnung in Manchester, ja.“ Er nickt hölzern, seine Augen verdunkeln sich, als würde er von den glücklichen Erinnerungen verfolgt.

Sie schüttelt traurig den Kopf. „Ich kann mich nicht an die Wohnung in Manchester erinnern. Meine Erinnerungen beinhalten nur das Haus in London. Das war natürlich, als Mum krank war.“

Vaughn räuspert sich und schaut auf seinen Teller hinunter, wobei seine Schultern eine beschämende Haltung einnehmen. „In London waren die Dinge anders.“

„Dad …“, beginnt Vi zu beruhigen, aber Vaughn unterbricht sie.

„In Manchester waren die Dinge glücklich. Warm. Ich weiß noch, dass ich es kaum erwarten konnte, nach den Spielen nach Hause zu kommen, weil ich den Wahnsinn in unserer Wohnung in Manchester vermisste. Einer von euch hat immer geweint oder mit jemandem gestritten oder brauchte etwas. Es war die ganze Zeit ein Chaos. Eure Mutter und ich mussten uns aufteilen, weil sie sich weigerte, ein Au Pair einzustellen. Ich habe jede Minute davon genossen.“

Gareth zieht die Lippe in den Mund und scheint sich eine Stelle auf dem Tisch auszusuchen, auf die er starrt, während seine Gedanken wahrscheinlich zu Erinnerungen abdriften, die er längst vergessen hatte.

„Die Hotels, in denen unsere Mannschaft bei Auswärtsspielen übernachtete, waren einsam. Ich hatte ein Zimmer ganz für mich allein, obwohl ich es gewohnt war, nachts ein Kind zwischen mir und eurer Mutter zu haben. Es war auch so ruhig … Ähnlich wie in diesen Krankenhäusern.“

Vi schnieft leise, aber Vaughn macht weiter. Er muss diese Worte so dringend loswerden, dass er nicht einmal die Tränen bemerkt, die über das Gesicht seiner Tochter laufen.

„Im Krankenhaus, in dem du gestern Abend warst, habe ich erfahren, dass deine Mutter wirklich krank ist und nicht nur erschöpft davon, fünf Kindern hinterherzujagen. Sie sagten uns, dass sie nichts mehr für sie tun könnten und dass es das Beste wäre, ihr die letzten Tage so angenehm wie möglich zu machen."

Vaughn atmet tief ein und beginnt, seinen Kopf hin und her zu schütteln. „Das Licht, das sie hatte – diese Magie, dieses Funkeln – wurde aus ihrem Körper gesaugt. Als würde man ein farbenfrohes Foto in schwarz-weiß verwandeln."

Vis Stimme ist erstickt, als sie sagt: „Wie furchtbar, Dad. Ich kann mir nicht vorstellen, wie schwer das für euch beide gewesen sein muss." Sie streckt ihre Hand aus, um ihn zu berühren, aber Vaughn weicht vor ihr zurück.

„Vilma hat sich mit ihrer Diagnose abgefunden, aber ich ganz sicher nicht. Ich kam nicht darüber hinweg, dass das glückliche Leben, das wir uns geschaffen hatten, mich auf Schritt und Tritt verhöhnte. Ich konnte mich nicht mehr an den Geräuschen eurer Streitereien erfreuen. Verdammt, ich konnte nicht einmal mehr Fußball spielen. Ich hasste das Spielfeld. Wenn ich den Platz sah, auf dem sie bei meinen Heimspielen immer saß, stellte ich ihn mir leer vor. Die Vorstellung brachte mich schier um. Sie war die Wurzel unserer Familie. Sie hielt uns alle aufrecht. Sie war unsere Magie, und ich wollte dieses Leben nicht ohne sie führen.

„Also begann ich, sie in andere Krankenhäuser zu bringen. Zu verschiedenen Ärzten. Ich glaube, wir waren dreimal bei jedem Arzt hier in Manchester, bevor ich aufhörte, für Manchester United zu spielen, und sie zwang, in das Londoner Haus zu ziehen. Ich zwang sie zu Operationen, die nie das brachten, was wir wollten. Ich zwang sie, Medikamente zu nehmen, durch die sie sich furchtbar fühlte. Ich zwang sie, weiter zu kämpfen, obwohl sie eigentlich nur an den verdammten Strand wollte."

Vaughns Stimme bricht, er führt seine Faust zum Mund und beißt sich auf den Knöchel. Mit tränenden Augen schaue ich mich am Tisch um und sehe, dass alle anderen auch weinen. Ich sehe sogar, wie eine Träne über Gareths Wange rinnt, und es kostet mich meine ganze Selbstkontrolle, nicht zu ihm hinüberzugehen und ihn zu halten. Ich kann mir so gut vorstellen, wie er als kleiner Junge in dem Alter, in dem Sophia jetzt ist, diesen Horror erlebt hat. Es ist alles, was ich mit Sophia durchgemacht habe, nur andersherum. Wie würde das alles aus den Augen eines Kindes aussehen? Wenn man jung ist, sollten die Eltern stark und beschützend sein. Nicht krank und zerbröckelnd.

Vis zittrige Stimme durchbricht die Stille. „Was meinst du mit Strand, Dad? Von welchem Strand redest du?"

Vaughn schaut in ihr tränenüberströmtes Gesicht und ihr Blick durchdringt ihn direkt. Er senkt beschämt den Kopf. „Vilma wollte an einen warmen Strand gehen. Sie wollte ihre Zehen in den Sand stecken und euch Kindern beim Spielen zusehen, damit sie mit glücklichen Familienerinnerungen sterben kann. Es war eine so einfache Bitte, aber ich war egoistisch. Ich war nicht bereit, die Liebe meines Lebens zu verlieren – meine beste Freundin. Deshalb flehte ich sie an, mit allem, was sie noch zu geben hatte, zu kämpfen. Am Ende haben wir alle verloren.

„Wenn ich sie doch nur an den verdammten Strand gebracht hätte", murmelt er und reibt sich mit der Hand über die Stirn. „Vielleicht wäre das Leuchten in ihren Augen vor ihrem Tod zurückgekommen und ich hätte mich daran erinnern können, wie sie am Anfang war. Nicht das, was ich am Ende aus ihr gemacht habe."

Am Tisch wird es wieder still, und die sanften Laute von Vis Schniefen zeugen von den schweren Gefühlen im Raum. Ich kann hören, wie Vaughn seinen Schmerz hinunterschluckt und einen Knoten vergräbt, der wahrscheinlich dauerhaft in seinem Magen lebt. Der gleiche Knoten, den Gareth aus ganz anderen Gründen hat. Es ist kein Wunder, dass diese Familie so sehr unter dem Verlust ihrer Mutter leidet. Die ganze Geschichte war ein Albtraum, den diese fünf Kinder durchleben mussten.

„Ihr Leuchten war am Ende immer noch da, weißt du", flüstert Gareth, seine Stimme ist rau vor Schmerz. Aggressiv wischt er sich über die Nase und fügt mit zusammengebissenen Zähnen hinzu: „Dieses Leuchten war für mich da. Ich sah es jedes Mal, wenn ich mit ihr zusammen war. Ich sah es sogar, als sie starb. Und trotz allem hat sie dich geliebt, sogar am Ende, Dad. Sie hat dich immer noch vollkommen geliebt."

Vaughns rotgeränderte Augen mustern Gareth mit einem wissenden Blick. „Ich habe es nicht verdient", krächzt er.

Gareth nickt hölzern. „Aber das Leuchten war trotzdem da."

Vaughn schürzt die Lippen und Tränen füllen seine Augen,

während er sein Gesicht bedeckt, um seine Reaktion zu verbergen. Er schnieft laut und wendet seinen Blick ab, um sich zu beruhigen. „Danke, dass du mir das gesagt hast."

Gareth schüttelt den Dank seines Vaters ab und scheint sich unwohl zu fühlen bei dem, was sich zwischen ihnen abspielt.

Plötzlich brüllt Vis Stimme: „Wir gehen zum Strand."

„Was?" Gareth wirft seiner Schwester einen verwirrten Blick zu.

„Wir gehen zum Strand, um eine Totenwache für Mum zu halten."

„Vi, ich glaube nicht, dass …", beginnt Gareth.

Vi lässt sich nicht entmutigen. „Ihre Beerdigung war furchtbar und wir waren alle zu jung, um richtig um sie zu trauern. Das ist es, was Mum gewollt hätte."

Mit leuchtend blauen, flehenden Augen schaut sie ihren Bruder hoffnungsvoll an, aber erst die Antwort ihres Vaters gibt ihr die ersehnte Erlaubnis.

„Ich finde, das ist eine gute Idee", sagt Vaughn mit einem stoischen Nicken. „Du hast recht. Es ist genau das, was Vilma gewollt hätte."

„Genau", antwortet Vi und fügt dann eilig hinzu: „Und ich werde Hayden heiraten, während wir dort sind."

Gareths Gesicht wird weiß. „Du willst eine Totenwache und eine Hochzeit veranstalten?"

Sie nickt entschlossen und lässt sich von seinem Gesichtsausdruck nicht beirren.

Als Nächstes meldet sich Freyas Stimme zu Wort. „Ich finde, das ist eine schöne Idee! Das Ende einer Liebesgeschichte, der Anfang einer anderen!"

„Danke, Freya!", ruft Vi aus und wendet ihren Blick wieder Gareth zu. „Das Leben ist kurz, Gareth. Ich will nicht mehr warten. Das kann funktionieren, aber du musst für mich da sein, sonst mache ich es nicht."

Gareth schnaubt und schüttelt den Kopf hin und her, dann nickt er ebenso schnell. „Wenn du mich dort haben willst, werde ich da sein, Vi. Das weißt du doch."

Ein wackeliges Lächeln breitet sich auf ihrem Gesicht aus. „Großartig. Ihr Jungs habt bald Winterpause und der Arzt sollte dir bis dahin die Erlaubnis zum Reisen geben, also wird das funktionieren. Das ist wichtig genug, damit es klappt."

Vaughn nickt entschlossen und streckt seine Hand aus, um Vi zu halten. „Was immer du brauchst, Vi, ich bin hier, um dir zu helfen."

Gareth starrt seinen Vater an, immer noch sehr verwirrt. Der Mann, der vor uns sitzt, ist ein ganz anderer als der, der im Krankenhaus aufgetaucht ist. Aber dieser ganze Tag war verwirrend. Nie im Leben hätte ich damit gerechnet, dass ein Teil der Harris-Familie an meinem Tisch sitzt, aber vielleicht ist es genau das, was Manchester mit ihnen macht.

Und vielleicht ist das alles eine gute Sache. Vielleicht ist dies der Beginn der Heilung der Familie, die Gareth so dringend braucht.

EIN LAUTES HAUS

Gareth

Der nächste Tag vergeht ziemlich seltsam. Mehr als zehn Jahre lang lebte ich ein zurückgezogenes Leben in Manchester. Es war meine eigene kleine Welt, in der ich trainierte, meine zubereiteten Mahlzeiten aß und mit meinem Team reiste. Wenn ich konnte, nahm ich sonntags den Zug nach London, um mit meiner Familie zu Abend zu essen. Ich erhielt täglich Anrufe von meinen Geschwistern. Es war ein schlichtes Leben. Ein Leben, das ich schätzte, weil es mich in einer Routine hielt, über die ich die volle Kontrolle hatte. Aber als Vi vorschlug, dass alle an Heiligabend zu mir nach Astbury fliegen sollten, weil ich nicht reisen konnte, merkte ich, dass dies der Beginn einer Veränderung in unserer Familie war.

Nachdem die Polizei die Tatortsicherung in meinem Haus beendet hatte, verabschiedete ich mich von Sloan, die sich auf Sophias Rückkehr vorbereitete. Ich respektiere ihren Freiraum und bin froh, dass ich ihr gemeinsames Weihnachtsfest nicht stören werde. Als ich ging, wurde mir klar, dass ich wahrscheinlich eine Woche lang nichts von ihr hören würde. Aber es stört mich nicht mehr so sehr wie früher, weil ich jetzt die Gründe dafür kenne.

Heute Nachmittag ist meine ganze Familie mit einem Privatjet nach Manchester geflogen. Meine Brüder stöhnten, dass sie morgen sehr früh zum Training aufbrechen müssten, aber zusammen zu sein, egal was passiert, ist die Harris-Art. Das Gute daran ist, dass sie mich zu sehr auf Trab gehalten haben, um über Sloan und ihre Tochter nachzudenken. Trotzdem kamen alle mit Geschenken im Arm zu mir nach Hause. Mein Dad, Vi, Hayden und Rocky. Camden, Indie, Tanner und Belle. Sogar Booker und seine schwangere Freundin, Poppy.

Der Geburtstermin ist erst in drei Monaten, aber sie sieht bereits aus, als könnte sie mit dem Fußball am Bauch umkippen.

Glücklicherweise war der Schaden an meinem Haus durch den Angriff minimal. Meine Haushälterin Dorinda wurde schnell von sämtlichen Verdächtigungen befreit, sodass sie helfen konnte, alles wieder in Ordnung zu bringen, bevor ich nach Hause kam.

Es war ein unheimliches Gefühl, zurück in mein Haus zu gehen, nachdem ich wusste, dass jemand dort war. Ein noch unheimlicheres Gefühl war es, auf die Haustür zu schauen und zu wissen, dass Sloan und ich dort niedergeschlagen wurden und ich mich immer noch an nichts erinnern kann. Der Arzt hat gesagt, dass mein Gedächtnis eines Tages wieder auftauchen könnte, oder dass es nie mehr zurückkehren wird. Wie auch immer, die Polizei arbeitet mit Hochdruck daran, den Täter zu fassen. Im Moment bin ich einfach nur dankbar, dass meine Familie hier bei mir ist, um mich abzulenken.

Meine Brüder machten es sich im Theaterraum sofort gemütlich, zappten durch alte Fußballspiele, rangen auf dem Boden wie Tiere und zogen sogar Rocky in den Wahnsinn hinein. Vi übernahm meine Küche, als hätte sie schon tausendmal darin gekocht. Es war der Wahnsinn, aber irgendwie auch schön. Nachdem ich Sloans Haus und Sophias Schlafzimmer gesehen und meinen Vater darüber reden gehört hatte, wie sehr er das Chaos einer großen Familie genoss, sehnte ich mich nach ein bisschen mehr Chaos in meinem Leben.

„Gareth, wo ist Sloan die Stylistin heute?", fragt Tanner in einem fröhlichen Ton, als er sich neben mich auf das Sofa im Wohnzimmer setzt.

Es sind richtig entspannte Feiertage, während im Fernsehen ein alter Film läuft und Rocky auf dem Boden mit Hayden und ihrem neuen Spielzeug spielt. Booker und Camden sitzen am anderen Ende der Couch, während die Mädchen in der Küche zusammensitzen und Wein schlürfen. Dad schläft oben, als hätte er hier schon eine Million Besuche gemacht und als wäre es nicht das erste Mal, dass er einen Fuß in mein Haus gesetzt hat.

„Sie feiert zu Hause mit ihrer … Tochter", antworte ich und spüre die Blicke meiner drei Brüder und meines Schwagers auf mir.

Tanner streicht langsam über seinen Bart. „Ihr seid also noch nicht ,weihnachtlich offiziell'? Liegt das daran, dass du noch im Zölibat lebst und sie den Bullen erst kaufen will, wenn sie die … Milch probieren kann?" Sein Gesicht verzieht sich vor Abscheu über seinen eigenen Euphemismus, der furchtbar schief gegangen ist.

„Du kannst dich verpissen", knurre ich und stoße ihn in den Arm.

Hayden wirft mir einen warnenden Blick zu, weil ich vor Rocky geflucht habe. Zum Glück ist sie völlig in ihr Spielzeug vertieft und nicht in Wiederholungslaune.

Tanner gluckst wie ein Idiot. „Ich mache nur Witze. Es ist klar, dass du sie gevögelt hast, wenn man bedenkt, wie besitzergreifend sie im Krankenhaus auf dich reagiert hat. Verdammt noch mal, das war irgendwie heiß."

Meine Nasenflügel blähen sich auf und mit einem Blick hebt Tanner seine Hände zur Kapitulation.

„Mensch, beruhige dich, Bruder. Wenn ich es nicht besser wüsste, würde ich sagen, ihr zwei seid verliiieeebt." Er zieht das letzte Wort dramatisch in die Länge und wendet seine Aufmerksamkeit wieder dem Fernseher zu.

Seine Bemerkung lässt mich die Schultern anspannen. Bevor ich Sloans Haus verließ, gab es eine Veränderung in unserer Beziehung. Aber ich hatte noch keine Gelegenheit, mit ihr darüber zu sprechen, und ich möchte lieber nicht erschüttert sein, wenn wir darüber reden, an welchem Punkt wir miteinander stehen.

Ich spüre Camdens Blick vom anderen Ende der Couch auf mir, als er fragt: „Nimmst du sie mit auf die Reise, die Vi plant?"

Mein Kiefer spannt sich an. „Ich bin mir nicht sicher."

„Warum nicht?"

„Weil wir es nicht besprochen haben."

„Warum nicht?"

„Weil wir in letzter Zeit ein bisschen was zu tun hatten, Camden. Mein Gott! Hör auf!"

Cam schreckt zurück und hat zum Glück den Anstand, kurz den Mund zu halten. Vielleicht ist ein bisschen mehr Chaos im Haus gar nicht so schlimm, wenn man eine Harris-Brüder-Inquisition über sich ergehen lassen muss.

Die Reise zur Totenwache stand nicht im Vordergrund meiner Gedanken. Ich habe vor allem darüber nachgedacht, was Dad gesagt hat und wie er sich verhält, seit er hier ist. Er spricht freier über Mum.

Er ist gesprächig und hilfsbereit, wenn er kann. Er verhält sich fast wie ein *Mensch*. Ich kann es einfach nicht fassen.

„Hast du vor, Stiefvater von Sloans kleiner Tochter zu werden?", fragt Tanner, der offenbar noch nicht damit fertig ist, mich zu quälen.

„Was?", schnauze ich und sehe ihn mit zusammengekniffenen Augen an.

Er zuckt unschuldig mit den Schultern. „Oder, wie nennt man sie in Amerika? Sugar Daddy?"

„Verpiss dich, Tanner", antworte ich unwirsch. „Sloan braucht mein Geld nicht."

Tanner legt seinen Kopf neugierig schief. „Wer ist ihr Mann? Er war doch am Tag des Kid Kickers Camps auf dem Platz, oder?"

„Ex-Ehemann", korrigiere ich, weil es mir unangenehm ist, dass er nach Informationen drängt, die ich noch gar nicht richtig kenne. „Sein Name ist Callum, aber das geht dich wirklich nichts an."

„Alles geht uns was an. Wir sind die Harrise. Es ist unser Job, neugierige Trottel zu sein." Er zwinkert mir frech zu und fügt hinzu: „Du hattest kein Leben und hast eine Frau gefunden, die um dich zu kämpfen schien. Wir wollen nicht, dass du das vermasselst!"

Camden wirft ein: „Ich kann mich nicht einmal daran erinnern, dass du in unserer Jugend eine Freundin hattest. Und jetzt ist es dir mit einer alleinerziehenden Mutter ernst geworden?" Er schüttelt den Kopf und bläht seine Brust auf, während er seine lächerliche Nachahmung der Königin zum Besten gibt. „Ist diese Frau von edler Geburt? Ist das Kind ehelich? Vielleicht sollten wir sie zum High Tea einladen."

„Oh ja", stimmt Tanner praktisch quietschend zu, als er es mit seiner Nachahmung übertreibt. „Meine Diener haben gerade einen neuen Bottich mit Sahne frisch geschlagen. Ich würde mich wahnsinnig freuen, wenn deine kleinen Freunde zu Besuch kämen. Bitte sende ihnen eine Einladung."

Ich rolle mit den Augen, aber meine grüblerische Stimmung wird durch das Lachen der beiden nur noch besser. Diese Wichser dringen nicht nur in mein Haus, sondern auch in mein Privatleben ein und schaffen es trotzdem, mich zu amüsieren. Wenn ich nach London reise, ist es einfacher, mein Privatleben privat zu halten. Hier gibt es keine Kilometer, die sie davon abhalten, sich in meine persönlichen Angelegenheiten einzumischen.

„Ich weiß noch gar nicht, wie ernst es uns ist", murmle ich halbherzig.

„Vielleicht solltest du das herausfinden", antwortet Camden und wirft mir einen bedeutungsvollen Blick zu. „Ein guter Ort dafür ist Vis Hochzeit."

„Da bin ich mir nicht so sicher", sage ich leise, während es in meinem Nacken kribbelt.

„Wir werden alle jemanden dabei haben. Das solltest du auch. Was ist daran so schlimm?", fragt Camden.

„Muss ich dich daran erinnern, dass Vi auch die Totenwache für unsere verstorbene Mutter organisiert?", erwidere ich, lehne mich in meinem Sitz zurück und schüttle den Kopf. „Ich glaube nicht, dass Sloan das Harris-Durcheinander miterleben muss, das daraus entstehen wird. Sie hat schon mehr von unserem Familiendrama mitbekommen, als sie verkraften kann, da bin ich mir sicher. Außerdem ist sie Mutter. Ich bezweifle, dass sie ihr Kind aus einer Laune heraus verlassen kann."

„Auch Mütter brauchen ab und zu mal Urlaub", fügt Hayden von seinem Platz auf dem Boden aus hinzu, während er Rocky eine Babypuppe vorführt. Ich funkle ihn an, weil er sich auf die Seite meiner Brüder schlägt, aber er zuckt nur mit den Schultern. „Ich muss Vi ständig daran erinnern, dass sie sich eine Pause von Rocky gönnen muss, um geistig gesund zu bleiben. Wenn Sloan alleinerziehend ist, gibt es wohl niemanden, der sie daran erinnert."

„Außerdem würde ich sie gerne besser kennenlernen", sagt Booker leise und bricht sein Schweigen von seinem Platz neben Camden aus. Er beugt sich vor und streicht sich mit den Händen über die Oberschenkel. „Sie hat sich im Krankenhaus hervorragend gegen Dad geschlagen. Keiner von uns konnte sich so gegen ihn wehren wie sie, Gareth. Ich fand es schön, jemanden an deiner Seite zu sehen."

Er blinzelt mich mit seinen dunklen Augen an und sieht plötzlich sehr alt und weise aus. Unser jüngster Bruder hat sich im letzten Jahr so sehr verändert. Vielleicht liegt es daran, dass er bald Vater wird, aber ihn so zu sehen, ist ein bisschen entwaffnend.

Camden und Tanner nicken beide und verlieren alle Anzeichen von Neckerei. Sie drängen aus einem bestimmten Grund. Sie sehen in Sloan, was ich schon immer in ihr gesehen habe. Sie ist etwas Besonderes.

Vielleicht wäre eine gemeinsame Reise die perfekte Zeit für uns, um herauszufinden, was wir einander bedeuten. Wir können uns von der Arbeit und unserem Leben hier in Manchester lösen und schauen, wo wir stehen.

Am nächsten Tag ist es bei mir zu Hause viel ruhiger, da die Jungs zum Training gegangen sind. Ich habe ein paar Minuten für mich und strecke mich auf meinem Bett aus, um die SMS zwischen Sloan und mir von heute Morgen noch einmal zu lesen.

Ich: Frohe Weihnachten.

Sloan: Frohe Weihnachten! Du bist früh aufgestanden. Ist deine Familie noch da? Macht sie dich verrückt?

Ich: Ja, aber meine Brüder reisen bald ab. Sie müssen zum Training zurückkehren, was gut ist, weil es in meinem Fitnessstudio nach Eiern riecht. Nur die Harris-Brüder trainieren an Heiligabend.

Sloan: LOL. Das klingt unheimlich liebenswert.

Ich: Ist es nicht. Wurde Sophia vom Weihnachtsmann verwöhnt?

Sloan: Auf jeden Fall. Was ist mit deiner Nichte?

Ich: Rocky braucht einen eigenen Jet für all die Geschenke, die sie mit nach Hause nehmen muss.

Sloan: Das verstehe ich vollkommen. Sophia bekommt jetzt zwei Weihnachten, also freut sie sich über die doppelte Menge an Geschenken.

Ich: Ein Silberstreif am Horizont, wenn man geschiedene Eltern hat, schätze ich.

Sloan: Ja, so ist es wohl.

Ich: Nun, genieße deine Zeit mit ihr. Ich wollte dir nur ein schönes Weihnachtsfest wünschen.

Sloan: Danke. Ich vermisse dich. xx

Unser Gespräch war leicht und locker, was wahrscheinlich in Ordnung ist, da sie in letzter Zeit viel von mir und meiner Familie abbekommen hat. Aber meine Brüder haben recht. Die Art und Weise, wie Sloan sich im Krankenhaus verhalten hat, war alles andere als leicht und locker. Und obwohl ich die Zeit respektiere, die sie mit ihrer Tochter verbringt, frage ich mich, ob sie abnehmen würde, wenn ich sie jetzt anriefe.

Bei unserer vorherigen Vereinbarung hat sie fast nie abgenommen. Normalerweise schrieb sie eine SMS oder rief Stunden später zurück. Das hat mich geärgert, aber jetzt weiß ich, dass es wahrscheinlich daran lag, dass sie darauf wartete, dass Sophia ins Bett ging. Aber jetzt ist alles anders, oder?

Ich stähle mich, drücke auf ANRUFEN und halte den Atem an, als die Leitung in meinem Ohr trillert.

„Hallo", antwortet Sloan nach zweimaligem Klingeln.

„Sloan, hi", antworte ich überrascht.

„Hey, Gareth", antwortet sie lässig, als wäre es völlig normal, dass sie einen Anruf von mir annimmt. „Wie geht es dir? Wie fühlst du dich?"

„Ich fühle mich eigentlich ganz gut. Erwische ich dich zu einem guten Zeitpunkt?", frage ich und stütze meinen Arm unter meinen Kopf.

„Ja, das tust du definitiv." Sloans Stimme ist sanft. Ich schwöre, ich kann das Lächeln in ihrem Gesicht hören. „Ich werde in meinem eigenen Haus ignoriert, weil Freya und Sophia von Fortnite besessen sind."

Ich lache bei diesem Bild. „Ich bin mir sicher, wenn die beiden zusammen spielen, ist das ein toller Anblick."

„Das ist es wirklich", antwortet sie mit einer gewissen Zuneigung in der Stimme. „Es ist aber irgendwie ärgerlich, weil ich ein wunderschönes Abendessen zubereitet habe und sie nicht einmal aufhören wollen, um zu essen. Was ist mit deiner Gruppe? Ist es ruhiger geworden, seit deine Brüder weg sind?"

„Auf jeden Fall", antworte ich lachend. „Heute Morgen vor sechs Uhr hat Vi Tanner schon angeschrien, weil er sich in ihr Zimmer geschlichen hat, um Rocky zu wecken."

„Man weckt niemals ein schlafendes Baby!", ruft Sloan aus.

„Das hat er leider auf die harte Tour gelernt." Ich schüttle den Kopf, als ich mich an seine großen, panischen Augen erinnere, als Rocky anfing zu weinen, wie es keiner von uns je zuvor gehört hatte. Er sah so erbärmlich aus.

„War es schön, alle in deinem Haus zu haben? Fühlte es sich dort irgendwie komisch an, nach allem, was passiert ist?"

Ihr Tonfall verrät mir, dass sie sich auf den Angriff bezieht, und mein Körper spannt sich sofort an. „Am Anfang war es nervenaufreibend, aber alle hier zu haben, hat mir geholfen, es zu vergessen. Die Sicherheitsfirma kommt morgen, um zu sehen, was wir tun können, um mein Haus sicherer zu machen. Ich lasse mich nicht von ein paar Schlägern aus meinem eigenen Haus verscheuchen."

„Das ist gut, Gareth. Wirklich gut."

Die Leitung wird für ein paar Sekunden still und ich atme erleichtert aus, weil es so einfach für uns ist, die Details aus dem Leben des anderen zu besprechen, ohne Grenzen. Keine Grenzen. Es ist schön. Ich habe mein Leben so lange privat gelebt, aber jemanden zu haben, mit dem ich über Kleinigkeiten reden kann, fühlt sich besser an, als ich mir je vorstellen konnte.

„Kann ich mit dir über etwas reden? Oder musst du zurück zu Sophia?", frage ich und nehme mir vor, meinen Mann zu stehen und das zu tun, was ich mit diesem Anruf vorhatte.

„Ich kann reden", antwortet sie und ich höre, wie die Hintergrundgeräusche leiser werden, während sie weggeht, um etwas Privatsphäre zu haben.

„Okay. Ich weiß, dass du neulich beim Mittagessen bei dir zu Hause von den Harris-Verrückten hart getroffen wurdest, und es tut mir leid, dass du da mittendrin steckst. Ich bin mir auch sicher, dass der Stress im Krankenhaus vermutlich dazu führt, dass du dich so weit wie möglich von meiner Familie fernhalten willst, also verstehe ich, wenn du Nein sagen willst. Aber es hört sich so an, als würde Vi ihre Idee mit der Totenwache tatsächlich durchziehen. Sie hat sogar schon einen Urlaubsort auf den Kapverdischen Inseln ausgesucht."

„Das ist großartig!", antwortet Sloan höflich. „Ich glaube, das ist wirklich gut für deine Familie."

„Ich will dich dabei haben, Sloan", platze ich heraus.

„Was?"

„Ich möchte, dass du mein Date bei der Hochzeit meiner Schwester bist." Meine Brust fühlt sich eng an. Ich bin jetzt noch nervöser als damals, als ich ihr vorgeschlagen habe, mich zu dominieren.

„Gareth …", beginnt sie zu argumentieren, aber ich unterbreche sie.

„Ich habe darüber nachgedacht, und das ist das Mehr, von dem ich dir in der Nacht vor deinem Haus erzählt habe. Ich weiß, dass du Sophia hast und dass das Muttersein einen großen Teil deines Lebens einnimmt, aber du brauchst auch Zeit für dich. Und was uns betrifft, hat sich für mich nichts geändert. Ich will immer noch mehr. Sehr viel mehr."

Am anderen Ende der Leitung herrscht Stille und ich spüre, wie mein Herz durch ihr Ausbleiben einer Antwort sinkt.

„Hat sich etwas für dich verändert?", frage ich und halte den Atem in meiner Brust an.

Sloan räuspert sich und antwortet leise: „Nein."

„Gott sei Dank", atme ich aus und Erleichterung durchströmt meinen ganzen Körper. „Also, kommst du mit mir?"

„Wann geht ihr?", fragt sie schüchtern, als würde sie es tatsächlich in Erwägung ziehen.

„In ein paar Wochen. Ich weiß nicht, ob Sophia bei ihrem Vater sein wird. Oder möchtest du sie vielleicht mitnehmen? Ich bin sicher, dass sie den Strand lieben würde, aber ich weiß nicht, wie sie sich auf einer Totenwache fühlen würde. Wir könnten uns etwas einfallen lassen."

Sloan lacht leise. „Sophia wird in der Schule sein, Gareth."

„Richtig", antworte ich schnell und schüttle den Kopf wie ein Idiot. „Also, wenn wir das Timing so gestalten können, dass du deine Zeit mit ihr nicht verpasst, kommst du dann mit?"

„Ich muss darüber nachdenken", antwortet sie langsam, dann

stürmt sie los: „Das klingt schön. Aber es gibt eine Sache, die ich wissen sollte, bevor ich weiter darüber nachdenke … Wo sind die Kapverdischen Inseln?"

Ich lache und wir unterhalten uns noch weitere dreißig Minuten lang locker. Es fühlt sich gut an. Auch wenn sie noch nicht zugestimmt hat, mitzukommen, sagt sie nicht nein. Das ist ein Schritt in die richtige Richtung.

KEINE REUE

Sloan

Ein paar Tage nach Weihnachten kursierten Berichte über einen An-griff auf dem Harris-Anwesen in Astbury, bei dem Gareth Harris und eine „weibliche Begleitung" angegriffen wurden. Plötzlich war der ty-pisch private Verteidiger von Manchester United überall in den Nach-richten. Es gab Fotos von Gareths Haus, die von Hubschraubern aus aufgenommen wurden, darunter auch Bilder, die ihn beim Rein- und Rausgehen aus seinem Haus zeigten. Zwei Wochen lang kommentier-ten Sportreporter, wann Gareth nach seiner Verletzung zurückkehren würde, und zeigten Bilder von ihm, wie er bei Spielen und beim Trai-ning an der Seitenlinie stand. Ich habe nie darauf geachtet, wie viel Me-dienberichterstattung er erhält. Jetzt, wo ich es tue, bin ich mir nicht sicher, ob mir gefällt, was ich sehe.

Aufgrund der zusätzlichen Publicity hat Gareths Agent uns ge-raten, uns für ein paar Wochen zu trennen, um sicherzustellen, dass die „Begleiterin" keinen Namen und kein Gesicht bekommt. Ich bin damit mehr als einverstanden, zumal ich mich immer noch von den Ereignissen erhole. Obwohl mein Bluterguss abgeklungen ist, belastet es mich sehr, dass die Polizei immer noch nicht herausgefunden hat, wer uns angegriffen hat.

Gareth hat wahnsinnig viel Geld für ein hochwertiges Sicherheits-system in seinem Haus ausgegeben und bestand darauf, dasselbe auch bei mir zu installieren. Normalerweise bin ich ganz die „unabhängige Frau, hör mich brüllen", aber nachdem ich angegriffen wurde, konnte ich nicht widersprechen. Schon gar nicht, wenn ich an Sophia den-ken muss.

Die ganze Situation brachte mich zum Nachdenken: *Ist das wirk-lich die Art von Leben, in das ich meine Tochter hineinziehen will?* Ich war so kurz davor, dass mein Name und mein Privatleben in der Presse auftauchten. Auch Sophias Gesicht hätte in den Zeitungen auftauchen können. Wie würde Callum damit umgehen? Würde er es akzeptieren? Könnte das unsere Sorgerechtsvereinbarung verkomplizieren? Es gibt für mich so viel zu bedenken, denn mein Leben ist nicht mein eigenes. Die Kontrolle, die ich während unserer vorherigen Vereinbarung in Gareths Haus erfuhr, war eine List. Eine Flucht vor der Realität. Wir haben uns etwas vorgespielt, und mir ist klar, dass diese Zeit nach all diesen Vorkommnissen vorbei ist.

Ich habe Sophia gerade ins Bett gebracht, nachdem ich sie aus dem Lake District abgeholt habe, als mein Telefon auf dem Nachttisch klingelt.

Trotz meiner Angst vor Gareths neuem Rampenlicht habe ich mich an die abendlichen Telefonate gewöhnt, die wir führen, seit sein Manager uns vor zweieinhalb Wochen gebeten hat, uns zu trennen. Unsere Gespräche sind sehr oberflächlich, aber es ist schön, jemanden zu haben, mit dem ich reden kann, während ich mich bettfertig mache.

„Hallo", murmelt Gareths tiefe Stimme in die Leitung.

„Hey", antworte ich, beiße mir auf die Lippe und ärgere mich über den heiseren Ton meiner Stimme.

„Ist Sophia im Bett?", fragt er.

Ich nicke. „Das ist sie. Sie ist immer erschöpft, wenn sie bei Margaret war."

„Ah, die unheimliche, unsterbliche Großmutter."

„Genau die." Ich stoße ein kleines Lachen aus und rolle mit den Augen. Ich bin erstaunt, wie einfach Gareth alles, was mit Sophia zu tun hat, auf die leichte Schulter nimmt. Ich weiß, dass er älter ist, aber es erstaunt mich, dass er sich um mich sorgt, nachdem er herausgefunden hat, was ich so lange vor ihm versteckt habe.

Gareth räuspert sich und sagt: „Also, ich habe dir Zeit gegeben, darüber nachzudenken, aber ich muss deine Antwort wissen."

„Meine Antwort worauf?", frage ich, während ich ein Paar von Sophias Socken in den Wäschekorb werfe.

„Kommst du mit mir auf die Kapverdischen Inseln?", fragt er und seine Stimme nimmt einen förmlicheren Ton an.

Mir fällt das Herz in die Hose. Vor diesem Gespräch habe ich mich gedrückt, weil ich weiß, dass Gareth meine Antwort nicht gefallen wird. Mit einem tiefen Atemzug antworte ich: „Ich glaube nicht, dass das eine gute Idee ist."

„Warum?", fragt er mit zusammengebissenen Zähnen.

„Weil du in den letzten Wochen überall in den Medien warst. Ich weiß, dass du Profifußballer bist und dass du schon immer ein bisschen berühmt warst, aber der Angriff hat alles verändert. Dein Haus überall im Fernsehen zu sehen, ist wirklich beängstigend, Gareth."

„Dann ziehe ich eben um!", antwortet er schnippisch, als wäre das die Lösung für unser Problem. Aber das ist sie nicht.

„Das ändert nichts daran."

„Sloan, die Presse hat sich schon sehr zurückgehalten. In ein paar Tagen bin ich ein alter Hase."

„Bis etwas anderes passiert."

„Nichts anderes wird passieren."

„Das kannst du nicht garantieren", behaupte ich, während ich mich auf mein Bett fallen lasse, mein Gesicht in die Hand nehme und es hasse, dass ich das jetzt schon tun muss. Ich habe unsere nächtlichen Gespräche geliebt und dass sich jemand um mich sorgt. Auch wenn es nur oberflächliche Gespräche waren, ist es schön, dass sich jemand um mich kümmert. Aber ich lebe in einer Fantasie und ich muss damit aufhören. „Ich muss an Sophia denken. Ich will nicht, dass ihr Leben auf den Kopf gestellt wird, weil ihre Mutter mit einem berühmten Sportler zusammen ist."

„Glaubst du, ich habe nicht an Sophia gedacht?", ruft er. Ich kann sehen, wie er sich in den Nacken greift, während er seine Frustration in die Telefonleitung knurrt. „Sloan, ich habe nicht mehr aufgehört, an Sophia zu denken, seit ich sie auf dem Fußballplatz getroffen und bemerkt habe, dass sie deine Augen hat. Ich weiß, dass Sophia für dich oberste Priorität hat und das ist auch gut so. Das liebe ich an dir."

Warte, hat er Liebe gesagt?

„Du musst mir eine Chance geben, es dir zu zeigen."

„Mir was zu zeigen?", frage ich, während mein Herz wegen des Schmerzes, ihn so früh zu verlieren, in meiner Brust pocht.

„Dass du auch wichtig bist. Dass *wir* auch wichtig sind. Dass es in unserem Leben Platz für all das geben kann. Ich meine, verdammt noch mal, ich vermisse dich, Treacle. Vermisst du mich nicht?"

Seine Bemerkung lässt mein Inneres zusammenzucken. Ich vermisse ihn mehr, als ich mir eingestehen will. Ehrlich gesagt macht mir der Gedanke, ihn nie wieder zu sehen, fast genauso viel Angst, wie wenn Sophia jede zweite Woche bei Callum ist.

„Ja, ich vermisse dich", antworte ich.

„Gut", atmet er erleichtert aus und fügt hinzu: „Dann nimm mich nicht aus dem Spiel, bevor ich eine Chance hatte, zu spielen."

Es sind diese kniezitternden Worte von Gareth, die mich eine Woche später in meinem Schrank sitzen und für eine Reise zu den Kapverdischen Inseln mit der gesamten Harris-Familie packen lassen. Für eine Frau, die noch vor wenigen Wochen die volle Kontrolle über einen Mann hatte, war ich nicht in der Lage, mich großartig zu wehren. Und als ich Callum gegenüber erwähnte, dass ich in Urlaub fahren würde, wusste ich, dass ich wirklich keinen Grund hatte, nein zu sagen.

Außerdem glaube ich, dass ein Teil von mir wusste, dass ich mich mein ganzes Leben lang fragen würde, was aus Gareth und mir hätte werden können, wenn ich ihm diese Reise oder die Chance, mir wenigstens einmal seine dominante Seite zu zeigen, nicht gegeben hätte.

„Mummy, warum kann ich nicht mit in die Ferien kommen?", fragt Sophia, während sie eines der Abendkleider herunterzieht, die ich immer trug, wenn ich mit Callum zu Veranstaltungen ging.

„Urlaub, Sopapilla. Amerikaner nennen das Urlaub." Ich greife über sie hinweg und ziehe meinen Riesenkoffer aus dem Regal.

Sophia rollt bei meiner Korrektur mit den Augen und zieht dann ein langes, paillettenbesetztes, silbernes Kleid an, das im Licht des Kleiderschranks funkelt. „Ich will unbedingt mit dir in den Urlaub fahren. Du fährst an einen Strand und ich liebe Strände."

Ich lasse mich auf die Knie fallen, um meinen leeren Koffer zu öffnen. „Du hast Schule, Süße. Wir können dich nicht aus der Schule nehmen."

Sie zieht sich die dünnen Träger des Kleides über die Schultern und schlurft hinüber zu meiner Wand aus Schuhen. „Callie sagt, dass sowieso niemand afrikanische Strände mag."

Ich schaue von meinem Koffer auf und blinzle. Sophia hat in letzter Zeit immer öfter den Namen von Callums Freundin fallen lassen. Ich kann nicht sagen, dass ich ein Fan davon bin, vor allem nicht, wenn es um diese Art von Scheiße geht. „Was genau hat Callie gesagt?"

„Sie sagt, die Strände dort sind schmutzig." Sophia steigt in ein Paar schwarze Stilettos und wippt einen Moment lang unbeholfen.

Ich muss mich zurückhalten, um nicht gleich zu Callums Haus zu rennen und Callie in ihr mit Botox gespritztes Gesicht zu schlagen. Was für einen Blödsinn redet diese Frau meiner Tochter da ein? Stattdessen antworte ich mit zusammengebissenen Zähnen: „Glaube nicht alles, was Callie sagt, Soap. Der Strand, an den ich gehe, sieht auf den Bildern wunderschön aus."

„Warum kann ich dann nicht gehen?" Sophia stampft mit dem Fuß auf und sieht aus wie sieben, fast schon wie siebzehn. Der Saum verfängt sich unter dem Absatz und sie beginnt umzufallen, wobei sie eine Reihe von Schuhen mitreißt.

Ich eile herbei und fange sie unter den Armen auf, bevor sie auf den Boden fällt. Schuhe sammeln sich um uns herum. Sobald sie wieder steht, treffen Sophias große braune Augen auf die meinen. Ihre kleinen buschigen Augenbrauen kräuseln sich, als sie mich mit einem frechen Blick trifft. „Ich bin böse auf dich."

Ich kann nicht anders, als zu lächeln und sie auf die Stirn zu küssen. Sie ist so süß, selbst wenn sie wütend ist. „Sophia, Süße, ich würde dich gerne mitnehmen, aber es ist deine Woche mit Daddy. Er braucht seine Zeit mit dir genauso wie ich."

„Daddy arbeitet immer", brummt sie, während sie mit der langen Kette spielt, die ich trage. „Ich muss nach der Schule mit Callie zusammensitzen und sie ist langweilig. Sie mag diese blöden Fernsehsendungen, in denen sich die Leute ständig anschreien, und die meiste Zeit schaut sie nicht einmal zu, weil sie auf ihr Handy starrt."

Mein Körper spannt sich bei ihren Worten an. Callum verlangt die Hälfte des Sorgerechts, aber soweit ich das beurteilen kann, sieht Sophia Callie und ihre Großmutter mehr als Callum. Das reicht aus, um mich schreien lassen zu wollen.

Ich ziehe Sophia auf meinen Schoß, lege ihren Kopf unter mein Kinn und genieße es, sie an mich zu drücken. „Es tut mir leid, dass Daddy so beschäftigt ist, Soap. Aber ich glaube, es macht ihn glücklich zu wissen, dass du bei ihm zu Hause bist, also versuch, das nicht zu vergessen."

„Warum musst du gehen, Mom?", fragt sie und sagt deutlich „Mom" statt „Mum". Ich merke, dass sie es auf die amerikanische Art sagt, wenn sie etwas will, wovon sie weiß, dass ich es ablehnen werde. Mein kleines Mädchen kann wirklich verdammt clever sein, wenn sie will.

„Nun, Mommy ist schon sehr lange nicht mehr alleine verreist. Nicht mehr seit vor deiner Geburt."

„Wirklich?", fragt sie und kuschelt sich an mich. „Wie kommt das?"

Mein Herz wird schwer, wenn ich an all die Jahre zurückdenke, in denen wir in Krankenhäusern ein- und ausgingen und zu Hause blieben, um sicherzustellen, dass Sophia nicht mit Keimen in Kontakt kam, als ihr Immunsystem unterdrückt war. Selbst unsere Reisen zurück nach Amerika, nachdem wir nach England gezogen waren, waren begrenzt, weil ich ihre Gesundheit nicht gefährden wollte.

„Erinnerst du dich an deine Krankentage? Als wir oft ins Krankenhaus gehen mussten?", frage ich.

Sophia wird für einen Moment still, aber ich spüre, wie ihr Kopf nickt. „Ein kleines bisschen."

Meine Lippen verziehen sich zu einem kleinen Lächeln. „Ich bin froh, dass du dich nicht an alles erinnern kannst, denn das waren harte Zeiten für uns. Wir waren sehr beschäftigt und hatten nicht viel Zeit für andere Dinge, weil wir uns so sehr darauf konzentriert haben, dich gesund zu machen."

Sie atmet schwer aus. „Gut, du solltest Ferien haben, denke ich. Aber das bedeutet, dass du mich das nächste Mal mit in die Ferien nehmen musst, wenn ich keine Schule habe."

„Ich sagte, man nennt es Urlaub!", knurre ich spielerisch. Sie fällt zurück auf den Boden, während ich sie gnadenlos an den Seiten kitzle. Sie fängt an zu kichern und das ist der beste Laut in meinem ganzen Leben.

Jeder Tag, an dem ich Sophia an die erste Stelle gesetzt habe und nicht gereist bin oder mir Zeit für mich genommen habe, war es wegen dieses Moments hier wert. Das Erröten ihrer strahlenden, gesunden Wangen, während sie sich von mir wegdreht, ist ein wunderschöner Anblick. In ein paar Monaten wird sie acht Jahre alt, und bald darauf erreicht sie die fünfjährige Remission. Sie ist nicht mehr das kranke Baby, das sie vor so vielen Jahren war.

Ja, ich bin nervös, wenn ich sie verlasse, aber ich muss die Sache mit Gareth durchziehen. Diese Reise wird ein guter Test sein, um zu sehen, ob wir so gut zusammenpassen, wie er glaubt. Dann werde ich entscheiden, welche Rolle er in meiner Zukunft und mit Sophia spielen wird.

Mein Handy vibriert auf dem Boden hinter mir, also mache ich eine Pause von Sophias Kitzeln und sehe, dass es eine SMS von Gareth ist.

Gareth: Ich kann es kaum erwarten, dich wiederzusehen.

Ich: Ich auch. Ich bin gerade beim Packen.

Gareth: Gut. Der Wagen wird dich morgen um acht Uhr morgens abholen.

Ich: Ich werde bereit sein.

Gareth: Das solltest du auch.

Ich: Ist das eine Drohung? :)

Gareth: Treacle, ich habe in den nächsten Tagen Pläne für dich. Der Arzt hat meine Verletzungen für geheilt erklärt. Ich bin zurück im Training und fast wieder bei 100 %. Und dich habe ich seit drei Wochen nicht mehr gesehen. Das ist keine Drohung. Es ist ein Versprechen.

Ich: Ja, Master. ;)

Gareth: Verdammt, ich glaube, das hört sich gut an.

FREIER FALL

Sloan

Das Auto fährt auf eine Rollbahn, wo ein kleines Privatflugzeug wartet. Ich bin so nervös, dass meine Hände zittern. Das liegt daran, dass ich Gareth seit Wochen nicht mehr gesehen habe, an der Ungewissheit, wie es laufen wird, und daran, dass ich zum ersten Mal in meinem Leben privat fliege. Callum kommt von Geld, aber Margaret ist immer in seinen Gedanken, wenn er es ausgibt. Bis zu unserer Scheidung war mir nie klar, wie sehr er sich ihren Befehlen beugte.

Der Fahrer öffnet die Tür und gestikuliert in Richtung des schwarzen Teppichs, der zu den Stufen führt, welche ins Flugzeug führen. „Nur zu, steigen Sie ein, Miss. Ich werde Ihr Gepäck einladen."

Auf wackeligen Füßen mache ich mich auf den Weg zum Flugzeug und ziehe meinen langen Mantel enger um meinen Körper, als ob er mich irgendwie vor dem schützen könnte, was mich erwartet. Als ich mich am Geländer festhalte, erscheint Gareth am oberen Ende der Treppe. Mit einem glühenden Blick von ihm wird mir klar, dass keine Kleidung vor der Wirkung schützen kann, die er auf mich hat.

Er steht da in seiner ganzen grüblerischen, großen, dunklen und gutaussehenden Pracht, trägt eine schlichte Jeans und ein Hemd. Aber seine haselnussbraunen Augen sind alles andere als schlicht. Sie sind voller Hitze und Erregung. Er sieht aus, als würde er sich darauf vorbereiten, auf ein Fußballfeld zu rennen, anstatt mich im Flugzeug zu begrüßen.

Ich spüre seine Augen auf mir, als ich nervös die Stufen hinaufsteige, näher zu seiner Wärme, näher zu seiner Anziehungskraft. Ich fühle mich wie ein Komet, der direkt in die Sonne rast. Es war einfacher, darüber nachzudenken, die Sache mit Gareth zu beenden, als wir nur Telefonkontakt hatten. Ich redete mir ein, dass er nicht so gut aussieht und unsere Verbindung nichts Besonderes sei. Aber als ich die Schwelle überschreite und er mich aus der kalten Januarluft herauszieht, wird mir klar, dass ich voller Unsinn bin.

Er stiehlt sich in meine Jacke und die Wärme seiner festen Arme schlingt sich fest um meine Taille. Sein Atem ist heiß an meinem Hals, während wir uns aneinander pressen und unsere Oberkörper bei jedem Einatmen aneinander reiben. Er gleitet mit seiner Nase an meinem Hals hinunter und atmet tief ein, wodurch ich Gänsehaut bekomme.

Guter Gott, er fühlt sich gut an. Ich habe mir Sorgen gemacht, dass es sich zwischen uns unangenehm anfühlen könnte, nachdem der Stress des Angriffs abgeklungen ist, aber nichts an seiner Berührung fühlt sich falsch an. Es fühlt sich so richtig an.

Er zieht sich viel zu schnell zurück, aber seine Augen halten mich mit einem Blick der Gewissheit gefangen, der schwerer zu akzeptieren ist als seine Umarmung. Es ist ein zielgerichteter Ausdruck, der so viel Bedürfnis ausdrückt, dass mir unter dem Gewicht schwindelig wird.

„Verdammt, ist das schön, dich zu sehen, Treacle." Seine tiefe Stimme vibriert gegen meine Brust und ich muss langsam blinzeln, um meine innere Reaktion zu kontrollieren.

„Es ist auch schön, dich zu sehen", gebe ich zu und zwinge mich, tief einzuatmen. Die Wunde an seiner Schläfe ist nur noch eine schwache Narbe, aber es fällt mir nicht schwer, mich an den Moment zu erinnern, als ich aufwachte und ihn blutüberströmt sah.

Ein Schauder läuft mir über die Schultern, als ich auf seine Lippen starre und ihn dazu bringen will, mich zu küssen. Aber er tut es nicht. Stattdessen fällt sein Blick auf meinen Körper.

„Du zitterst ja. Ist dir kalt?", fragt er und fährt mit seinen Händen meinen Rücken auf und ab.

Ich schüttle den Kopf. „Ich bin nur … nervös, würde ich sagen." *Nervös, deine Lippen wieder auf den meinen zu spüren.*

Seine Mundwinkel biegen sich mitfühlend nach unten. „Ich auch. Komm, wir machen es dir etwas bequemer."

Wir setzen uns in ein paar hellbraune Ledersitze, die sich gegenüberstehen, während der Pilot die Sicherheitsvorkehrungen erklärt. Es ist ein kleines Luxusflugzeug mit sechs Sitzen und glänzenden Walnussholzverkleidungen. Ganz hinten gibt es eine Toilette, und ich atme erleichtert aus, als ich sehe, dass es kein Schlafzimmer gibt. Ich bin zwar bereit, ihn zu küssen, aber Mitglied im Mile High Club zu werden, scheint mir zu viel und zu früh.

Ich habe Gareths Versprechen, mich gleich nach der Gala einzufordern, nicht vergessen. Unser Moment unter der Dusche bei mir zu Hause war nur ein Vorgeschmack auf das, was ich mir vorstelle. Und bei all der Angst, die mich durchströmt, sehne ich mich nach der Kontrolle, die er über mich hatte. Alles, was mir hilft, meinen Halt zu finden, denn in einem Privatflugzeug zu verschwinden, ist so gar nicht mein Ding.

Ich schaue mich im Flugzeug nach einer Ablenkung um. „Steigen wir in London um, um zu deiner Familie zu kommen?"

Gareth schüttelt den Kopf. „Sie sind vor ein paar Tagen aufgebrochen, also sind sie schon da."

„Ach ja?", frage ich überrascht, während ich den Sicherheitsgurt über meinen Schoß ziehe und die Schnalle einrasten lasse. „Wolltest du nicht mit ihnen gehen?"

Gareth schüttelt den Kopf und lehnt sich nach vorne, stützt die Ellbogen auf seine muskulösen Oberschenkel und schaut aus dem Fenster. „Nein, ich wollte auf dich warten."

Seine Antwort lässt meinen Kopf zurückschnellen. Er hat sich entschieden, auf mich zu warten? „Du wolltest was?"

Er sieht zu mir rüber, als ob er meine Verwirrung nicht verstehen würde. „Du bringst Sophia sonntags zu ihrer Großmutter, richtig?", fragt er beiläufig, als ob das jeder wüsste.

„Ja", antworte ich, wobei mein Gesicht vor Schreck verzogen ist. In den letzten Wochen haben wir viel telefoniert, aber ich hätte nie erwartet, dass er sich an meine Termine mit Sophia erinnern würde. Ich habe nicht viel über sie erzählt, weil ich nicht weiß, wohin uns diese Pseudo-Beziehung führen wird und ich sie beschützen will, bis ich es weiß.

„Du hast es also auf dich genommen, um meinen Zeitplan herum zu arbeiten?", frage ich und schließe meine Finger fest um die Armlehnen meines Sitzes.

Gareth nickt wieder und schaut aus dem Fenster, als wir beginnen, zur Startbahn zu rollen. Ich kann nicht anders, als ihn verwundert anzustarren. Er tut so, als wäre das keine große Sache, aber es ist eine verdammt große Sache. Gareth Harris ist ein berühmter Sportler mit einem anspruchsvollen Zeitplan und einer ebenso anspruchsvollen Familie. Gerade wurde in sein Haus eingebrochen, er wurde angegriffen und die Medien berichteten über jeden seiner Schritte. Sein Leben ist vollgepackt, aber er hat nicht einmal gefragt, bevor er meine Pläne mit Sophia an erste Stelle stellte.

Ich wusste nicht, dass es Männer wie ihn wirklich gibt. Ich war jahrelang mit Callum verheiratet und sein Zeitplan stand immer an erster Stelle. Selbst als Sophia krank war.

Vor allem, als Sophia krank war.

Ein überwältigendes Verlangen breitet sich in meinem Unterleib aus. Ehe ich mich versehe, schnalle ich meinen Sicherheitsgurt ab. Gareth sieht mich neugierig an, als ich mich in eine aufrechte Position zwinge. Ich zögere nur eine Sekunde lang. Dann, mit einem zittrigen Atemzug, bin ich auf ihm, sitze rittlings auf seinem Schoß und habe sein Gesicht fest in meine Hände genommen.

Seine Hände legen sich fest um meine Taille, während ich ihm einen Moment lang tief in die Augen schaue. Seine haselnussbraunen, bräunlich-grünen Augen, die so viel Intensität in ihrem Ausdruck haben. So viel Verheißung, Leidenschaft, Schmerz und einfach nur … Akzeptanz. Mein Blick wandert hinunter zu seinen Lippen. Mit einem tiefen Atemzug presse ich meinen Mund auf den seinen.

Die meisten Küsse sind dazu gedacht, ausgekostet, geschätzt und begrüßt zu werden.

Das ist keiner dieser Küsse.

Dieser Kuss ist eine brutale, bedürftige Umarmung. Er ist hart und schnell. Er drückt jahrelange, aufgestaute Frustration aus, denn in den sieben Jahren, die ich Callum kenne, habe ich nie wahren, selbstlosen Respekt gespürt. Wie echte Großzügigkeit schmeckt. Nach einem gefühlten Leben voller Einsamkeit, die mit einer freundlichen Tat geheilt werden kann, ist dieser Moment etwas, das ich für mich beanspruchen muss.

Gareth stöhnt in meinen Mund und seine Hände fahren fest meinen Rücken auf und ab. Sein Griff drückt meinen Hintern und meinen Nacken zusammen, während ich meine Zunge gewaltsam in seinen Mund schiebe und mich so fest wie möglich an ihn drücke. Er nimmt mich an – alles von mir – gibt die Kontrolle ab und nimmt nur das, was ich ihm biete, nicht ein bisschen mehr.

Dieser Mann ist zu viel. Er ist zu anders. Zu einzigartig. Zu besonders. Die überwältigenden Gefühle, die meinen Körper durchströmen, sollten mir Angst machen. Sie sollten dazu führen, dass ich aus diesem Flugzeug springe und nie wieder zurückblicke, weil ich in diesem Kampf so viel zu verlieren habe. Stattdessen verlangsame ich meinen Angriff auf seinen Mund, schlinge meine Arme um seinen Hals und drücke ihn an mich, während sich unsere Lippen aneinander schmiegen. Dann trennen wir uns langsam, schmerzhaft und mit Bedauern.

Unsere Atemzüge sind heiß auf den feuchten Lippen des anderen, während wir uns erholen. Gareth schiebt einen Finger zwischen unsere Münder und fährt mit seinem Finger über die Haut meiner Unterlippe, während sich unsere Stirnen berühren.

„Das war ein Geschenk", ruft er und sein nach Pfefferminz duftender Atem vermischt sich mit meinem.

„Was meinst du?", frage ich atemlos und keineswegs zufrieden.

„Du hast das interpretiert, wie du mir schon andere Dinge interpretiert hast", antwortet er langsam, während meine Augen die ganze Zeit auf seine Lippen fixiert sind. „Und ich beschwere mich nicht, denn ich liebe es, wieder diesen Blick in deinen Augen zu sehen. Aber diese Woche werden die Dinge anders laufen, Treacle."

Ich schließe die Augen, genieße seine Zärtlichkeit für mich und nicke zustimmend. „Sie sind schon anders, als du denkst."

Mit einem sanften, keuschen Kuss auf die Stirn hilft er mir von seinem Schoß herunter. Ich setze mich wieder auf meinen Platz und wir schnallen uns beide an. Dabei ignorieren wir die Tatsache, dass einer der Piloten uns schon mehrmals aufgefordert hat, uns anzuschnallen.

Während sich das Flugzeug auf den Start vorbereitet, genießen meine Augen Gareths großen Körperbau, während er die Enge um seine Leistengegend zurechtrückt. Er sieht genauso aus wie der Mann, den ich mit heißem Wachs übergossen, gefesselt und dem ich die Augen verbunden habe. Aber irgendwie sieht er auch anders aus. Verändert. Vielleicht liegt es daran, dass er es so lässig und einfach aussehen lassen hat, ein kompletter Gentleman zu sein. Ich weiß es nicht. Aber irgendetwas ist definitiv anders an ihm und das gefällt mir sehr, sehr gut.

Als das Flugzeug für den Start an Fahrt aufnimmt, fahre ich nervös mit den Händen an meinen Oberschenkeln auf und ab und versuche, meine Gefühle zu kontrollieren, damit ich nicht spontan in Flammen aufgehe.

Gareth lehnt sich zurück und mustert mich durch seine dichten, schwarzen Wimpern. „Macht dich das Fliegen nervös?"

Ich verschränke die Hände in meinem Schoß und presse die Beine zusammen. „Es ist nicht das Fliegen, das mich nervös macht."

Er lächelt und das Geräusch des Düsenantriebs wird lauter, als das Flugzeug zu steigen beginnt. Da ich Gareths erhitztem Blick nicht länger standhalten kann, wende ich mich dem Fenster zu und beobachte, wie Manchester hinter uns immer kleiner und kleiner wird.

Wenn ich genau hinschaue, kann ich wahrscheinlich das riesige Coleridge Estate erkennen – das Haus, in dem ich mehrere Jahre mit meinem Mann und meinem Kind lebte, bevor sich alles änderte. Ich bin ein ganz anderer Mensch als damals, als ich dort lebte. Ich bin viel eigensinniger und stärker. Damals war ich eine verzweifelte Hausfrau, die versuchte, meinen Mann bei Laune zu halten und meiner Tochter die Chance auf ein normales Leben zu geben.

Und jetzt? Ich bin mir nicht sicher, was ich tue. Es gibt nichts, was an einem Leben mit Gareth Harris normal wäre.

„Bist du schon mal Fallschirm gesprungen, Gareth?", frage ich und wende meinen Blick wieder zu ihm.

Er schüttelt neugierig den Kopf. „Nein, ich fürchte, das bin ich nicht."

„Würdest du jemals Fallschirm springen?"

Er zieht eine Augenbraue hoch. „Ich könnte wahrscheinlich überzeugt werden."

Ich lecke mir über die Lippen und kneife die Augen zusammen. „Es ist schon verrückt, oder? Du steigst so hoch hinauf, wie dich ein Flugzeug tragen kann. Dann verlässt du das Einzige, was dich in der Luft hält, und setzt dein ganzes Vertrauen in ein winziges Stück Stoff, das du auf deinem Rücken trägst. Was denkst du, warum die Leute das tun?"

Gareth zuckt mit den Schultern. „Der Rausch, schätze ich."

„Und warum ist es den Leuten wichtig, einen Rausch zu bekommen?"

Seine Lippen werden schmal und er lehnt sich nach vorne, um seine Ellbogen auf den Knien abzustützen. Seine Fingerknöchel streifen meine Schienbeine, während er antwortet: „Wahrscheinlich, weil es gefährlich ist und sie das Gefühl haben, dass sie alles tun können.“

Ich kaue auf meiner Lippe und denke über seine Antwort nach, während sich das Flugzeug stabilisiert und der Pilot ankündigt, dass wir unsere Flughöhe erreicht haben. „Was ist, wenn jemand zu viel Angst vor dem Fallschirmspringen hat? Glaubst du, dass das Leben dieser Person dadurch weniger erfüllt ist?“

Seine Augenbrauen ziehen sich zusammen. „Nein, ganz und gar nicht. Aber ich denke, mit großem Risiko kommt auch große Belohnung.“

Ich nicke langsam und tue mein Bestes, um Gareths wachsamen Blick auf mir zu halten. „Was ist, wenn sie genug Aufregung für ein ganzes Leben gehabt haben?“

Er starrt mich weiter an und versucht, die Bedeutung hinter meinen Worten zu entschlüsseln. Ehrlich gesagt, weiß ich nicht einmal, was meine Worte bedeuten. Ich weiß, dass ich mich seltsam fühle, wenn ich so weit weg von Sophia bin. Ich fühle mich schützend ihrer Geschichte und meiner Bindung zu ihr gegenüber, weil wir so viel zusammen durchgemacht haben. Ich weiß, dass es etwas Wichtiges ist, das ich Gareth sagen sollte, aber dieses Gespräch ist wie ein Sprung aus einem Flugzeug, bei dem ich meinem Fallschirm nicht traue.

Bis ich weiß, was Gareth und ich einander bedeuten, muss ich etwas von meiner Sopapilla sicher in meinem Herzen aufbewahren. Sonst wird das alles noch viel schwieriger, wenn es nicht klappt.

„Vermisst du Sophia?“, fragt Gareth und scheint meine Gedanken zu lesen.

Ich nicke hölzern. „Ja. Aber, ob du es glaubst oder nicht, ich bin froh, dass ich hier bin. Ich glaube nicht, dass ich das vor sechs Monaten hätte tun können.“

„Was meinst du?“

„Bevor wir unsere kleine Vereinbarung getroffen haben, war ich ein Wrack, wenn Sophia nicht bei mir war, um bei Callum zu sein. Freya nannte sie meine dunklen Tage, weil ich kaum noch funktionierte. Das Sorgerecht fifty-fifty zu teilen, war eine wirklich harte Umstellung für mich.“

„Die Bindung einer Mutter an ihr Kind ist intensiv“, sinniert Gareth und schaut aus dem Fenster, während seine Gedanken irgendwohin abdriften, wo ich sie nur erahnen kann.

„Du hast gesagt, deine Mutter war deine beste Freundin, oder?", frage ich, um das Rampenlicht für einen Moment von mir zu nehmen, aber auch, um neugieriger denn je auf seine Vergangenheit zu sein.

„War sie." Er blinzelt langsam und wendet seinen Blick wieder zu mir. Mit einem angespannten, emotionslosen Gesichtsausdruck fügt er hinzu: „Sie hat sogar ein Gedicht über unsere Freundschaft geschrieben. Willst du es lesen?"

Ich nicke sofort und Gareth greift in seine Gesäßtasche. Er holt sein Portemonnaie heraus, zusammen mit einem Stück laminierten Papiers, das an den Falten seiner Brieftasche geknickt ist. Er schaut mich einen Moment lang nervös an, bevor er es mir überreicht.

Freundschaft hat kein Alter
Du fährst Spielzeugautos, ich fahre echte Autos.
Du magst Saft, ich mag Kaffee.
Du liest Comics, ich lese Romane.
Du gehst zur Schule, während ich mich um das Haus kümmere.
Freundschaft hat kein Alter.
Freundschaft hat keine Limits.
Keine Regeln. Keine Grenzen. Keine Distanz.
Freundschaft kann jung oder alt sein.
Reich oder arm.
Gesund
oder krank.
Freundschaft kann in den Augen einer Mutter sein,
oder im Herz eines kleinen Jungen.
Zwischen Mann und Frau.
Durch Lachen und Streiten.
Freundschaft hat kein Alter.
Der Freundschaft sind keine Grenzen gesetzt.
Kein Anfang.
Keine Mitte.
Kein Ende.
Selbst im Tod gibt uns die Freundschaft noch Atem,
da sie in unseren Herzen und Seelen weiterlebt.

Unsere engen Umarmungen und weichen, kuscheligen Kleider.
In unseren schwachen, gebrechlichen Knochen und unseren schmer-
zenden, gebrochenen Herzen.
Freundschaft … hat kein Alter.

Ich drehe meinen Kopf zu meiner Schulter, um die Tränen zu verbergen, die mir in die Augen gestiegen sind. Offensichtlich hat seine
Mutter das geschrieben, als sie krank war. Es bricht mir fast das Herz,
aber ich stähle mich, um stark zu sein. Ich schaue zu Gareth hinüber
und sehe, dass der Schmerz, den ich empfinde, reflektiert wird.

Er räuspert sich und streckt die Hand aus, um mir das Gedicht
aus der Hand zu nehmen. „Es tut mir so leid. Ich wollte dich nicht
traurig stimmen.“

„Ist schon okay“, antworte ich, während er das Papier wieder in
seine Brieftasche steckt. „Das Gedicht ist wunderschön, Gareth. Ich
kann mir nicht vorstellen, wie es für dich gewesen sein muss, sie zu
verlieren.“

Er nickt steif und sein Kiefermuskel zuckt, während er aus dem
Fenster schaut. „Ich glaube, ich war zu beschäftigt, um sie jemals wirklich zu vermissen. Meine Geschwister haben mich damals wirklich sehr
gebraucht und ich denke, Ablenkung ist gut, um Trauer zu vermeiden.“

„Ich schätze schon“, antworte ich halbherzig und bin traurig über
den kleinen Jungen, der so viel auf sich nehmen musste.

„Wie schaffst du deine Tage ohne Sophia? Ich bin mir sicher, dass
du sie sehr vermisst, wenn sie mit deinem Ex zusammen ist.“

Ein trauriges Lächeln erhellt mein Gesicht. „Überraschenderweise
hat nichts so gut funktioniert wie du.“

Meine Antwort überrascht ihn. Er verschränkt die Arme vor der
Brust und starrt mich nachdenklich an. „Dann hatte ich wohl recht.“

„Womit?“, frage ich und wundere mich über den seltsamen Ausdruck in seinem Gesicht.

Er atmet tief ein und antwortet: „Mit großem Risiko kommt große
Belohnung.“

Ich lasse meinen Kopf zurück auf das Polster fallen und schüttle
den Kopf. „Wie geht es jetzt weiter?“

Unsere Aufmerksamkeit wird von der Decke abgelenkt, als das An-
schnalllicht in der Kabine aufleuchtet. Ohne zu zögern, öffnet Gareth

seinen Gurt und setzt sich neben mich auf den Sitz. Er ergreift meine Hand, hält sie zwischen seinen eigenen und drückt meine Finger fest, während er mir direkt in die Augen schaut.

„Ich hoffe, dass du und ich zwischen den verrückten Momenten mit meiner Familie in den nächsten paar Tagen die Chance haben, uns wieder zu verbinden und zu sehen, was wir zusammen sein können, ohne Grenzen. Ohne Einschränkungen. Ich will da weitermachen, wo wir aufgehört haben, und ich will, dass du aufhörst, nervös zu sein und das hier als weniger als das zu sehen, was es ist.

„Bei deinem Ex bist du auf Nummer sicher gegangen, aber bei mir musst du mutig sein. Und zum ersten Mal in meinem Leben möchte ich jemanden an meiner Seite haben. Jemanden, mit dem ich die Dinge teilen kann, die ich jahrelang unter Verschluss gehalten habe. *Ich will das mit dir.* Du sollst wissen, dass ich voll dabei bin, Sloan. Und ich bin nicht die Art von Mann, die für einen Rausch aus dem Flugzeug springt. Ich bin die Art von Mann, die auf dem Boden steht und darauf wartet, dich aufzufangen."

Bei seinen letzten Worten stößt mir der Atem aus dem Mund. Ich spüre, wie ich immer wieder nicke, ohne dass meine Augen auch nur für eine Sekunde von seinen weichen. Ehrlich gesagt, könnten wir den ganzen sechsstündigen Flug so bleiben und ich würde es nicht merken. Raum und Zeit scheinen nicht zu existieren, wenn ich in die Augen von Gareth Harris schaue.

Sechs Stunden später kommen wir in dem Resort auf der Insel Sal an. Die Landschaft erinnert an eine Wüstenoase, in der überall Palmen sprießen. Das Hotel, in dem wir untergebracht sind, sieht aus wie der Palast aus *Aladdin* direkt am Strand. Im Inneren des Hotels gibt es gewölbte Decken und gewölbte Fenster. Möbel aus dunklem Holz, ausgedehnte indische Teppiche und Angestellte in weißen Uniformen, die Tabletts mit Getränken tragen. Wenn berühmte Fußballspieler so leben, könnte ich mich definitiv daran gewöhnen.

Bevor wir die Rezeption erreichen, sehe ich aus dem Augenwinkel Gareths Schwester, die vom Strand heraufkommt. Auf der einen Seite steht ein gut aussehender, kupferblonder Mann, von dem ich annehme, dass er ihr Verlobter ist, da er ihre Hand hält. Auf der anderen Seite steht Vaughn, der ein hübsches kleines Mädchen auf seiner Hüfte trägt. Sie sind alle in Badesachen gekleidet und haben überquellende Taschen mit Wasserspielzeug unter dem Arm. Sie sehen sonnengebräunt und windzerzaust aus, wie eine Familie im perfekten Urlaub.

„Ihr habt es geschafft!", schreit Vi, lässt ihren Mann stehen und stürmt durch den Eingang des Resorts. Ihre Flip-Flops klappern laut auf dem Marmorboden, als sie Gareth in eine Umarmung zieht.

„Hallo, Vi", antwortet Gareth, umklammert ihren Rücken und schaut ihr über die Schulter, während sich die beiden Männer nähern.

Sobald Gareths Vater uns erreicht, reißt sich Gareth von seiner Schwester los und stiehlt Vaughn das kleine Mädchen aus den Händen. Vaughn scheint überhaupt nicht beunruhigt zu sein und lächelt nur seinen Sohn an, der sich jetzt um seine Enkelin kümmert.

Ich genieße die Show mit dem heißen Kerl und dem Baby in vollen Zügen, als Vaughn mich ebenfalls mit einer festen Umarmung schockiert. „Sloan, es ist so schön, dass du gekommen bist", sagt er, löst sich und lächelt.

Die Umarmung überrascht sowohl Gareth als auch Vi, die ihren Vater anstarren, als hätte er ein Verbrechen begangen.

„Danke für die Einladung", antworte ich, während sich meine Zunge in meinem Mund seltsam anfühlt.

„Das ist meine Tochter Adrienne", wirft Vi mit einem liebevollen Lächeln ein. „Aber alle nennen sie Rocky."

Gareth lächelt mich stolz an, als er mir seine Nichte zeigt.

„Schön, dich kennenzulernen, Rocky." Ich schüttle ihre kleine Hand. Mein Herz setzt aus, als sie ihre winzige Sonnenbrille aus dem Gesicht zieht und mich direkt mit den umwerfendsten blauen Augen anschaut, die ich je bei einem Kind gesehen habe. „Mein Gott, sie ist wunderschön!"

„Danke", antwortet Vi mit einem zufriedenen Lächeln. „Ich kann aber nicht den ganzen Ruhm für mich beanspruchen. Das ist mein Verlobter, Hayden."

Hayden schüttelt meine Hand. „Schön, dich kennenzulernen."

Vaughns Stimme unterbricht unser Kennenlernen. „Wir hatten einen tollen Tag am Strand, nicht wahr, Rocky Doll?" Er stupst sie mit dem Finger in die Seite und sie quiekt vor Freude. „Deiner Oma hätte es gefallen."

Ich sehe, wie sich Gareth neben mir versteift, aber plötzlich ertönt Rockys Stimme: „Garee, schwimm!" Sie schlingt ihre kleinen Arme um den Hals ihres Onkels und macht mir mit einem bezaubernden Grinsen Lust auf mehr Babys. „Papa, schwimm!"

Gareth schaut überrascht. „Nennt sie dich jetzt *Papa*?"

Vaughn lächelt süffisant. „Das tut sie. Du bist nicht der Einzige, auf den sie steht, Gareth."

Vaughn lacht gutmütig, aber Gareth scheint nicht amüsiert zu sein. „Wie lange geht das schon so?"

„Ein paar Wochen", antwortet Vi und ihr Gesicht wirkt ein wenig angespannt. „Sie fing an, Wörter zu wiederholen und rief jeden in Windeseile beim Namen. Du hättest es selbst gehört, wenn du zum Sonntagsessen gekommen wärst. Aber mach dir keine Sorgen! Wir sind nur froh, dass es dir besser geht und wir jetzt alle zusammen sind. Die Jungs sind mit den Mädels auf einem Bootsausflug, aber sie sollten bald zurück sein. Wir haben drei vollgepackte Tage vor uns."

Vaughn meldet sich als Nächstes zu Wort und starrt mich und Gareth mit einem vielsagenden Gesichtsausdruck an. „Ich hoffe, ihr seid beide bereit für all das hier. Es wird eine Menge Familienzeit geben. Ich hoffe, dass wir uns dann alle wieder besser kennenlernen können."

Sein Blick ruht einen Moment auf Gareth und ich schwöre, Gareth sieht aus, als würde er gleich in Gelächter ausbrechen. Stattdessen antwortet er: „Wir kommen schon klar, Dad."

Vaughn nickt. „Es ist schade, dass ihr den Strandtag heute verpasst habt. Es hat viel Spaß gemacht."

Gareth schüttelt den Kopf, als könne er das Bild vor sich nicht fassen. Als er etwas sagen will, stellt sich Vi schnell zwischen sie und sagt mit schriller Stimme: „Schau doch mal auf die Uhr. Wir müssen alle zurück auf unsere Zimmer, damit ich das Abendessen fertig machen kann, das ich für uns alle in unserem Bungalow kochen werde." Sie lächelt Gareth mit großen, übereifrigen Augen an und ist schon ganz in der Planungsphase. „Ihr werdet alles auf dem Reiseplan sehen, wenn ihr eincheckt. Ihr übernachtet wie die Jungs hier im Resort. Dad, Hayden, Rocky und ich wohnen in einem hübschen Steinhaus direkt am Strand. In eurer Geschenktüte findet ihr eine Karte. Heute Abend gibt es ein traditionelles Familienessen. Morgen früh ist dann die Totenwache. Danach ist der Hochzeitstag!"

Vi lächelt ein bisschen zu strahlend. Dann sehe ich, wie Hayden mit einer beruhigenden Hand über ihre verspannten Schultern streicht, während sie Rocky aus Gareths Armen reißt. „Geht einchecken und zieht euch um. In zwei Stunden gibt es Abendessen und ich will wirklich nicht, dass ihr zu spät kommt."

Die drei und Rocky drehen sich um und machen sich auf den Weg nach draußen. In diesem Moment bemerke ich, dass Gareth zehnmal nervöser ist als bei unserer Ankunft.

„Geht es dir gut?", frage ich leise und strecke die Hand aus, um seinen Arm zu berühren.

Er nickt, wobei sein Kiefermuskel einmal zuckt, bevor er sich zu mir umdreht und mich ansieht. „Mir geht's gut. Ich habe nur keine Ahnung, wer dieser Mann ist, denn er ist bestimmt nicht mein Vater."

BELASTUNGSGRENZE

Gareth

Als Sportler bin ich schon über zwanzigmal um die Welt gereist. Ich habe in den besten Hotels übernachtet, in feinen Restaurants gegessen und VIP-Status in den luxuriösesten Clubs erhalten. Aber ich habe noch nie einen richtigen Familienurlaub gemacht. Und als ich meinen Vater zum ersten Mal in meinem Leben in Shorts und Sandalen sah, während er Rocky wie ein vernarrter Großvater trug, hätte ich eigentlich nicht nervös werden müssen, aber das wurde ich. Dann bezeichnete er unsere Mutter als Oma und umarmte Sloan. Umarmte sie! Mein Vater ist kein Umarmer. Er ist steif und emotionslos. Britisch. Und was zum Teufel hat er da draußen gesagt? *Familienzeit?* Was zur Hölle bedeutet das überhaupt?

Ich war ruhig, als Sloan und ich in unser Zimmer eincheckten. Mein Vater hat mich ganz schön durcheinander gebracht, also bin ich kurz am Strand joggen gegangen, als Sloan unter die Dusche sprang, um sich für das Abendessen fertig zu machen. Ich hoffte, dadurch einen klaren Kopf zu bekommen, statt den ganzen Abend launisch zu sein.

Als ich ins Zimmer zurückkehre, steht Sloan auf dem Balkon, eingehüllt in einen Bademantel und mit ihrem Handy in der Hand. Sie lacht fröhlich und ich sehe das Gesicht ihrer Tochter auf dem Bildschirm leuchten. Das ist ein privater Moment, also gehe ich schnell ins Bad und mache mich für das Abendessen fertig.

Zwanzig Minuten später bin ich in weiche, marineblaue Shorts und ein weißes T-Shirt gekleidet. Ich sehe, dass Sloan nicht mehr telefoniert und sich über das Geländer des Balkons lehnt, um den Sonnenuntergang zu beobachten.

Ich atme langsam ein, als ich einen Blick auf ihren Körper werfe. Ihr cremefarbener Rücken liegt in einem langen, schwarz-weiß gestreiften Strandkleid fast vollständig frei. Eine einzelne, horizontale Schleife, die quer über ihre Schulterblätter gebunden ist, hält das Kleid geschlossen. Ansonsten kann ich jeden Schönheitsfleck auf ihrem Körper sehen.

Die Umrisse ihrer Beine zeichnen sich durch den Stoff ihres Kleides ab, das im Wind weht. Ihr kastanienbraunes Haar fällt ihr wellig über die Schultern. Sie ist der wahr gewordene Traum eines jeden Mannes. Wenn ich nicht so verzweifelt darauf aus wäre, sie zu berühren, würde ich bleiben, wo ich bin, und sie weiter beobachten wie ein gruseliger Voyeur, denn ihr Anblick ist spektakulär.

Ich schreite auf den Balkon hinaus und gehe an dem kleinen Planschbecken vorbei, um mich hinter sie zu stellen. Sie dreht den Kopf, als sie meine Anwesenheit spürt, erstarrt aber, als meine Fingerspitzen die Linie ihres Kleides entlangfahren, die über der Wölbung ihres Hinterns liegt.

„Wenn dein Rücken schon so gut aussieht, kann ich mir nur vorstellen, wie die Vorderseite sein wird", murmle ich ihr ins Ohr, streiche mit meiner Hand flach über ihren unteren Rücken und schiebe meine Finger in das Kleid. Ich drücke ihre Hüfte und ziehe sie rückwärts an mich. Ihr ganzer Körper erbebt unter meiner Berührung. „Ich habe so viele Pläne für dich, Treacle."

Sie wirft einen Blick über ihre Schulter und schaut mir ins Gesicht. „Wann wirst du diese Pläne in die Tat umsetzen?" Ihre Lippen bleiben geöffnet und ihre Atemzüge kommen schneller als sonst. „Der sechsstündige Flug war eine verdammte Qual."

Ich lächle ein verruchtes Lächeln und ziehe meine Hand unter ihrem Kleid hervor. „Später. Vi wird mich umbringen, wenn wir zu spät kommen."

Ich gebe ihr einen Kuss auf die Schläfe, dann sehe ich zu, wie sie ausatmet und mit einem frechen Lächeln den Kopf schüttelt. Sie dreht sich um und mustert mich von Kopf bis Fuß. „Also, ich muss sagen, der lässige Urlaubslook steht dir wirklich gut."

Ich ziehe eine Augenbraue hoch. „Ich habe eine wirklich tolle Stylistin, die ich dir empfehlen kann."

Sie kichert. „Wie war's Joggen?"

„Toll." Ich stelle mich neben sie und stütze einen Arm auf das Geländer, während ich eine Hand auf ihren Rücken lege. „Wie geht es dem kleinen Fisch?"

„Dem kleinen Fisch?", fragt sie und zieht verwirrt die Augenbrauen zusammen.

„Sophia", korrigiere ich schmunzelnd. „Es gibt ein Fußballspiel, das wir im Camp gespielt haben, es heißt Haie und kleine Fische. Alle anderen Kinder kämpften darum, Haie zu sein, aber nicht Sophia."

„Das überrascht mich nicht im Geringsten", lacht Sloan und ein stolzer Ausdruck huscht über ihr Gesicht, als sie meine Anekdote hört. „Und dem kleinen Fisch geht es gut. Sie war gerade von der Schule nach Hause gekommen und musste mir von ihrem Tag erzählen."

„Ruft sie dich jeden Tag nach der Schule an?"

Sloan nickt. „Ja. Zumindest mag ich es, wenn sie das tut. Es ist schön zu wissen, dass sie sicher ist, denn ich habe wirklich keine Kontrolle darüber, was sie alle zwei Wochen bei Callum macht."

„Kontrolle." Ich wiederhole das kunstvoll gewählte Wort mit einem Grinsen. „Das ist manchmal eine flüchtige Sache, nicht wahr?"

„Das ist es", antwortet sie und atmet schwer aus. „Ich habe festgestellt, je mehr du versuchst, etwas zu kontrollieren, desto mehr kontrolliert es dich."

Meine Augenbrauen heben sich. „Vielleicht ist es besser, die Dinge ihren natürlichen Lauf nehmen zu lassen?"

„Das werden wir wohl sehen." Sie zieht ihre Lippe in den Mund und kaut nervös darauf herum. „Also, sollte ich Angst vor dem Abendessen mit deiner Familie haben?"

Ich lache schallend. „Ja, Sloan. Du solltest sehr, sehr viel Angst haben."

Wir machen uns auf den Weg zum Strand und finden Vis Bungalow inmitten einer Reihe von Papaya- und Mangobäumen. Es riecht nach Zitrusfrüchten, als wir an einem natürlichen Teich vor dem gemauerten Haus vorbeigehen. Das gesamte Anwesen sieht aus, als wäre es einem alten Urlaubskatalog entnommen worden. Bis wir in die Manege der Harris-Familie treten, die alle an einem Ort versammelt sind.

Tanner hat Booker im Foyer im Schwitzkasten, während Camden mit seiner Frau Indie an der Wand rummacht. Um die Ecke sehe ich Vi in der Küche, die eine große Bratpfanne aus dem Ofen holt, während

Hayden seinen Finger in etwas taucht, das wie Schokoladenmousse aussieht. Im Wohnbereich stützt sich Bookers Freundin Poppy auf der Couch ab, während Tanners Frau Belle etwas an ihren runden Bauch hält. Es ist ein verdammtes Katastrophengebiet.

„Lass mich los, Tanner. Ich werde es verpassen!", schreit Booker, dessen Körper vornübergebeugt ist, als Tanner seinen Griff um seinen Hals fester zusammenzieht.

„Ich lasse dich gehen, sobald du mir sagst, dass dein Junge ein Stürmer und kein Torwart sein wird. So einfach ist das!" Tanner rollt mit den Augen, als wäre das das normalste Gespräch, das er je geführt hat.

„Du bist völlig durchgeknallt!", heult Booker und versucht vergeblich, aus Tanners Arm zu schlüpfen.

Tanners Dutt springt plötzlich auf, als er merkt, dass er ein Publikum hat. „Oh, hallo, Leute. Lasst euch von uns nicht stören."

„Nein!", kreischt Booker und seine Stimme klingt fast mädchenhaft, während sich sein Gesicht tief violett verfärbt. „Lasst euch von uns stören, Gareth! Bitte, lasst euch von uns stören. Belle ist gerade dabei, den Herzschlag meines Babys mit irgendeinem Dopplergerät zu finden, das sie mitgebracht hat, und Tanner ist ein ganz besonderes Arschloch."

Ich spüre, wie Sloan neben mir zittert und sehe, dass sie sich den Mund zuhält, um ihr Lachen zu verbergen. Sie sieht aus, als würde sie ein paar ungezogene Kinder anstarren und nicht zwei erwachsene Männer.

„Ermutige sie nicht", murmle ich ihr ins Ohr und lege eine Hand um ihre Taille, um sie warnend zu drücken. „Tanner", schimpfe ich und schüttle den Kopf. „Lass Booker los. Du bist albern."

„Nein, Gareth! Es ist die Maschine meiner Frau. Ich habe das Sagen."

„Gott, bist du ein Idiot!", brüllt Booker. „So funktioniert grundsätzlicher menschlicher Anstand nicht. Verdammte Scheiße! Und wenn ich, äh, dich zum Patenonkel mache?"

Tanners Augen leuchten auf und er lässt Booker sofort los, der sich aufrichtet und sich die rote Haut um seinen Hals reibt. Sein Gesicht ist tiefrot und die Adern an seinem Hals treten wütend hervor. „Verdammte Scheiße, du Trottel. Wir haben am Samstag ein Spiel. Was wäre, wenn du mir den Hals versaut hättest?"

„Oh, hör auf zu weinen, du Baby", erwidert Tanner und streichelt auf gruselige Weise seinen Bart. „Das ist perfekt gelaufen, denn als Patenonkel deines Sohnes werde ich ihm als Erstes beibringen, wie man wie ein Mann kämpft."

„Patenonkel?", ruft Camdens Stimme, nachdem er sich von seiner Frau losgerissen und sich in die Szene vor mir eingereiht hat. Er zieht die arme Indie hinter sich her, und diese rückt verlegen ihre Brille zurecht, als sie mich und Sloan entdeckt. „Du kannst ihn nicht zum Patenonkel machen, bevor das Baby geboren ist. Oder?" Camden sieht mich an, als wüsste ich die Antwort auf seine absurde Frage.

Indie packt Cams Arm und versucht, ihn wegzuziehen. „Mach jetzt bloß keinen Aufstand, okay? Du wirst diesen Moment für Booker ruinieren."

„Brillchen", argumentiert Camden mit verletztem Gesichtsausdruck. „Vi hatte wenigstens den Anstand, uns alle zu Patenonkeln zu machen. Das ist totaler Blödsinn!"

Booker ignoriert Camdens Gejammer und wendet sich an mich und Sloan. „Es ist schön, dich wiederzusehen, Sloan, aber ich muss wirklich rüber zu Poppy." Ohne ein weiteres Wort macht er auf dem Absatz kehrt und joggt ins Wohnzimmer, während ich mit unseren idiotischen Zwillingsbrüdern und Indie allein bin.

Indie schüttelt den Kopf und sieht Sloan an. „Wer hätte gedacht, dass ein kleiner Fötus-Doppler so viel Aufsehen erregen würde? Übrigens, hallo. Ich bin Indie."

„Ich bin Sloan", antwortet Sloan mit einem Lächeln und sie geben sich die Hand.

„Was genau ist hier los?", frage ich und schaue stirnrunzelnd zu Booker hinüber, der neben Poppy auf dem Sofa kniet.

Indie rollt mit den Augen. „Belle hat einen Fötus-Doppler mitgebracht, um Bookers und Poppys Baby diese Woche im Auge zu behalten. Poppys Termin ist erst in ein paar Monaten, aber sie war nervös, mit auf die Reise zu kommen. Das hilft ihr, sich zu beruhigen."

„Oh, wie cool", antwortet Sloan mit einem Lächeln. „Du und Belle seid beide Ärztinnen, richtig? Ich glaube, Gareth hat das mal erwähnt."

Indie nickt. „Wir haben uns im Medizinstudium kennengelernt und es war Liebe auf den ersten Tequila-Shot."

Sloan gluckst. „Das ist so süß, dass zwei Freundinnen zwei Brüder geheiratet haben."

„Süß oder verrückt?", erwidere ich und Indie lacht.

„Es ist süß", knurren Camden und Tanner gleichzeitig und lächeln sich dann dämlich an.

Indie spottet: „Ich behaupte gerne, dass ich Camden kennengelernt habe, bevor Belle Tanner kennengelernt hat, und Verrücktheit folgt auf Verrücktheit, also schätze ich, dass wir beide eine masochistische Ader haben."

„Ich liebe die Verrücktheit meiner Frau. Das ist ihre beste Eigenschaft." Tanner wackelt anzüglich mit den Augenbrauen und ich gebe ihm einen Schubs.

„Lasst uns nicht so tun, als hättet ihr nicht von Anfang an geplant, Brüder zu heiraten", sagt Camden, schlingt seine Arme um Indies Taille und zieht sie zu sich heran. „Du hast mir von deinen Plänen für uns erzählt, als wir in Schottland geheiratet haben, Brillchen."

Sie kichert und stößt ihn von sich. „Planen ist sinnlos, wenn es um dich und Tanner geht. Wir hätten mehr Glück, wenn wir versuchen würden, Flöhe zu hüten."

Plötzlich ertönt ein lautes, kratzendes Geräusch aus dem Wohnzimmer, und wir stürmen alle hinein, um zu sehen, was los ist. Hayden und Vi grüßen mich und Sloan kurz, während sie hinter uns herlaufen. Dad kommt mit Rocky auf den Schultern aus dem Garten herein, während wir uns alle um Poppy und Belle scharen.

Dad will gerade Hallo sagen, aber Sloan und ich sind abgelenkt, als das Geräusch wieder losgeht. Es erinnert mich an ein galoppierendes Pferd. Sloan atmet neben mir scharf ein, also schaue ich zu ihr und sehe einen wissenden Ausdruck auf ihrem Gesicht.

„Das, Poppy Liebes, nenne ich eine perfekte Herzfrequenz", sagt Belle stolz von ihrem Platz auf dem Boden aus und hält etwas, das einem Mikrofon ähnelt, an Poppys entblößten Bauch.

Poppy schnappt nach Luft, ihre Finger halten die Rundung ihres Bauches fest. „Oh mein Gott! Das ist so fantastisch, Belle! Die Tatsache, dass wir das hören können, wann immer wir wollen, ist unglaublich."

Poppy starrt Booker an, um es zu bestätigen, und er ist genauso verblüfft. Er bleibt ganz still, aber ich kann in seinen Augen sehen, dass er alles tut, um ruhig zu bleiben.

Booker räuspert sich und krächzt: „Es ist wirklich schön, dass du das für uns tun kannst, Belle. Vielen Dank."

Belle schenkt ihm ein leichtes Lächeln. „Ich bin Fötalchirurgin, Leute. Das ist ein Kinderspiel. Buchstäblich!" Sie lacht über ihren eigenen Witz, während sie Booker den Doppler überreicht und ihm zeigt, wie man ihn benutzt.

Dads Augen finden die meinen. „Magisch, nicht wahr?"

Ich runzle die Stirn. „Klar, denke ich."

Sloan stößt mich mit dem Ellbogen in die Seite, sodass ich zu ihr hinüberschaue. „Was?"

„Sei nett", sagt sie leise. „Es ist magisch."

Ich beiße die Zähne zusammen und murmle: „Ich stimme dir zu, aber ich glaube, ich habe meinen Vater noch nie das Wort ‚magisch' benutzen hören. Dieser Mann macht mich wahnsinnig."

Sie zuckt mit den Schultern und antwortet: „Vielleicht ist er dein Urlaubsvater."

„Urlaubsvater?"

„Ja, als wäre er entspannter, weil er nicht bei der Arbeit ist."

Ich runzle die Stirn, als er Rocky näher an Poppy heranführt, um zuzuhören. „Er ist schon was Besonderes", flüstere ich mit zusammengebissenen Zähnen.

Sobald sich die Aufregung über den Doppler gelegt hat, stelle ich Sloan den Mädchen vor, die sie sofort unter ihre Fittiche nehmen und sie auf ein Glas Wein in die Küche entführen.

Ich beobachte Sloan genau, um sicherzugehen, dass sie mit allen gut zurechtkommt, und sie scheint wirklich Spaß zu haben. Meine Brüder grinsen mich die ganze Zeit anzüglich an, aber ich ignoriere sie. Ich tue auch mein Bestes, um meinen Vater zu ignorieren, der sich eher wie ein Dad aus dem Fernsehen verhält und nicht wie der, mit dem ich aufgewachsen bin.

Als das Essen fertig ist, gehen wir nach draußen zum Grillbereich. Ein langer Tisch mit einer Feuerstelle in der Mitte steht auf einer gefliesten Veranda. Darüber hängen mehrere Laternen von Drachenbäumen, die den Platz in ein goldenes Licht tauchen.

„Rocky schläft", verkündet Hayden, als er sich zu uns allen an den Tisch setzt. „Sie ist nach dem heutigen Tag völlig platt."

Dad lächelt stolz von seinem Platz am Kopfende des Tisches mir gegenüber. „Ihr Kinder wart auch so. Ein bisschen frische Luft und Bewegung und ihr habt geschlafen wie die Toten."

Ich runzle die Stirn über seine Bemerkung, als Vi anfängt, die Teller am Tisch zu verteilen. Das Abendessen ist köstlich, wie immer, wenn Vi kocht. Sie plaudert immer wieder über die Pläne für die Hochzeit, die in zwei Tagen am Strand stattfinden soll. Haydens Familie soll morgen Nachmittag ankommen. Es sind nur Haydens Eltern, seine Schwester Daphney und sein Bruder Theo mit seiner Frau Leslie und ihrem Kleinkind Marisa, denen Hayden sehr nahesteht.

Für jemanden, der vor nicht allzu langer Zeit noch Angst davor hatte, Haydens Namen anzunehmen, scheint Vi mit allem sehr gut klarzukommen. Ich habe sie noch nicht fragen können, ob sie bei Harris bleibt oder den Familiennamen Clarke annimmt. Ich will sie nicht zu sehr stören, denn sie scheint in bester Stimmung zu sein. Meine Hoffnung ist, dass sie sich schon entschieden hat.

Es wurde noch nicht über die Totenwache gesprochen, die laut Reiseplan morgen um zehn Uhr stattfinden soll. Sie kommt mir vor wie ein Tabuthema, das alle ignorieren. So wie wir uns alle als Kinder benommen haben, wenn Dad, nun ja, Dad war.

„Ich glaube, Vi braucht morgen Abend einen Junggesellinnenabschied", verkündet Belle von ihrem Platz in der Mitte des Tisches zwischen Tanner und Poppy.

Tanner antwortet: „Wenn Vi einen Junggesellinnenabschied bekommt, dann bekommt Hayden einen Junggesellenabschied." Er wackelt mit den Augenbrauen zu Camden, der ihm gegenüber sitzt.

Belle wendet ihre dunklen Augen Indie zu. „Tequila-Sunrise-Abend, meinst du nicht, Indie?"

„Worüber redet ihr da unten?", zwitschert Vi, die zu weit weg ist, um das Gespräch zu hören.

„Einen Junggesellinnenabschied. Nur die Mädchen. Sloan, du musst auch mitkommen. Wir werden dir alles über Tequila-Sunrise-Abende beibringen", sagt Belle selbstbewusst.

Sloan rutscht auf ihrem Sitz hin und her. „Ein Junggesellinnenabschied?", fragt Sloan und die Mädchen nicken begeistert zurück. „Klar, ich würde gerne hingehen. Ich war noch nie auf einem."

„Niemals?", fragt Belle ungläubig.

Sloan schüttelt den Kopf. „Nein. Ich meine, ich habe so jung geheiratet, kurz bevor ich meine Tochter Sophia bekommen habe, also hatte ich nicht wirklich die Chance, auf einen zu gehen."

„Dafür sind Babysitter da", erwidert Belle.

Sloan schaut auf ihren Teller hinunter, ihre Haltung ist angespannt, was vor einer Sekunde noch nicht der Fall war. „Sophia war ein besonders schwieriges Baby, deshalb habe ich nie einen Babysitter benutzt."

Hayden ist derjenige, der als Nächstes das Wort ergreift. „Hatte sie Koliken? Meine Nichte, Marisa, hatte schreckliche Koliken. Ich habe damals bei meinem Bruder und meiner Schwägerin gelebt, also habe ich das alles miterlebt. Es war wirklich verdammt schwer, aber wir haben Tricks gefunden, die geholfen haben."

Sloans Wangen erröten und sie legt ihre Gabel und ihr Messer auf den Tisch. „Es waren keine Koliken."

„Reflux?", fragt Indie. Ihre Stimme bekommt mit nur einem Wort einen medizinischen Klang.

Sloan atmet tief ein und schaut nervös zu mir rüber. „Ähm … nein."

„Was war es denn?" Belle ignoriert die Anzeichen, dass Sloan nicht über das Problem sprechen möchte. „Hat sie schlecht geschlafen? Oder vielleicht Magen-Darm-Probleme?"

Sloan kaut ängstlich auf ihrer Lippe herum und ich runzle die Stirn, als sie antwortet: „Bei Sophia wurde Gehirnkrebs diagnostiziert, als sie sechs Monate alt war."

Der ganze Tisch wird still, die Gabeln erstarren in der Luft, als Sloans Worte wie eine Bombe einschlagen.

Sloan zuckt zusammen und wendet sich von meinem harten Blick ab. Sie breitet ihre Hände auf der Tischplatte aus, ein Zittern ist darin, das nur für mich sichtbar ist. „Sie ist jetzt gesund. Sie war krebsfrei, als sie drei Jahre alt war. Sie ist jetzt fast acht Jahre alt, also steht ihr fünfjähriger Meilenstein bevor, was eine sehr große Sache ist."

„Was für eine Art von Krebs war es?", fragt Indie und Belle beugt sich mit scharfen Augen vor, die sich wie ein Laser auf Sloan konzentrieren.

Sloan spricht über die Einzelheiten von Sophias Diagnose und darüber, dass sie nicht wussten, dass ihre Probleme als Neugeborenes Symptome für ein viel größeres Problem waren. Als sie uns von dem ersten Anfall erzählt, den Sophia im Alter von nur sechs Monaten in ihrem Kinderbett hatte, kribbeln meine Hände um die Serviette, die ich wie einen Schraubstock umklammere.

Ein Teil von mir ist frustriert, dass ich diese Informationen zum ersten Mal erfahre, zusammen mit meiner ganzen Familie. Ich dachte, Sloan und ich hätten die Geheimnisse und Grenzen hinter uns gelassen. Zugegeben, ich weiß, dass ich Sophia noch nicht offiziell kennengelernt habe. Sloan muss argwöhnisch sein, wenn es darum geht, ihre Tochter den Männern in ihrem Leben vorzustellen, also verstehe ich das. Aber ich weiß jetzt, dass es Sophia gibt, und *das* ist ein großer Teil von Sloans Leben, der wichtig genug ist, um ihn zu teilen. Die Tatsache, dass sie es mir nicht gesagt hat, lässt mich fragen, wie viel sich eigentlich zwischen uns verändert hat.

Aber der größere, reifere Teil meines Verstandes weiß, dass es für die Harris-Familie sehr typisch ist, persönliche Details aus dem Leben einer Person herauszuholen, bevor sie bereit ist, sie zu teilen. Sogar die Ehefrauen meiner Brüder scheinen die Faustregel „keine Geheimnisse" zu kennen, wenn es um Menschen geht, auf die sie neugierig sind. So waren sie auch bei mir, als ich ihnen das erste Mal von Sloan erzählte, und jetzt machen sie einen verbalen Harris-Shakedown mit ihr, vor dem sich niemand schützen kann.

„Sophia verbrachte ihre Säuglings- und Kleinkindjahre in Krankenhäusern und bei Arztterminen. Ich habe nicht gearbeitet, weil ich mich um sie kümmerte und mich für ihre Gesundheit einsetzte. Ich habe immer gesagt, dass ich einen medizinischen Abschluss von Google bekommen habe, was die Ärzte hassen, wie ich weiß." Sie lacht nervös, während alle am Tisch aufmerksam zuhören. „Aber es ist schon seit langem gut. Ehrlich gesagt, fühlt sich all das Wissen, das ich früher hatte, an, als wäre es aus einem anderen Leben."

Vi schüttelt den Kopf. „Das muss so schwer gewesen sein, Sloan. Es tut mir so leid, dass du diese Schmerzen ertragen musstest. Ich kann mir nicht vorstellen, wie es sich anfühlen würde, wenn Rocky so krank wäre. Es würde mich umbringen. Es würde mich komplett umbringen." Vis Stimme bricht am Ende und Hayden nimmt ihre Hand fest in die seine.

Sloan nickt mitfühlend. „Ich weiß, es hört sich schlimm und unmöglich an – und glaubt mir, das war es auch – aber man kennt seine eigene Stärke nicht, bis man gezwungen ist, sie einzusetzen. Ich bin sicher, dass jeder von euch an meiner Stelle genauso stark gewesen wäre. Jetzt ist Sophia gesund, mädchenhaft und albern und fleht mich an, sie Fußball spielen zu lassen. Es ist im Moment ein großer Kampf zwischen uns, weil ich immer noch so sehr auf ihre Gesundheit bedacht bin."

Ein Bild von Sloan, wie sie auf das Fußballfeld stürmt, taucht in meinem Kopf auf, und es ergibt jetzt viel mehr Sinn. Ihre Hysterie, ihre Wildheit, ihre unversöhnliche Haltung gegenüber ihrem Ex. Damals war ich so sehr auf die Tatsache konzentriert, dass sie ein Kind hatte, dass ich gar nicht bemerkt habe, wie sehr sie sich um die Sicherheit ihrer Tochter sorgte.

„Das kann ich mir nur vorstellen", stimmt Vi zu. „Wenn Rocky jemals so krank wäre, würde ich sie wahrscheinlich zu Hause unterrichten, weil ich sie nicht aus den Augen lassen möchte."

„Oh, das wollte ich auch", antwortet Sloan lachend. „Aber als mein Ex-Mann vor ein paar Jahren mit uns nach Manchester gezogen ist, hat er darauf bestanden, dass Sophia die gleichen Schulen besucht wie er."

Meine Brüder nicken höflich und sind etwas misstrauisch, als sie von ihrem Ex spricht.

„Aber Sophia macht sich gut in der Schule und sie erinnert mich immer wieder daran, dass sie kein Baby mehr ist. Ich lebe zu sehr in der Vergangenheit, deshalb ist es manchmal schwer, das zu erkennen. Das verursacht bei mir ernsthafte Kontrollprobleme." Sloan lacht und schüttelt den Kopf.

Belles Stimme ist fest, als sie sich als Nächste zu Wort meldet. „Du hast Kontrollprobleme, weil du die Mutter einer Überlebenden bist. Mach dir deswegen keine Vorwürfe. Ich operiere Babys im Mutterleib. Ich sehe Eltern, die ihre Kinder verlieren, und so sollte das Leben nicht sein. Kinder sollten ihre Eltern begraben, nicht umgekehrt. Du trägst deine Kontrollprobleme mit Stolz, denn du hast immer noch deine Sophia. Du bist eine inspirierende Mutter, Sloan. Wahrhaftig."

Aus dem Augenwinkel sehe ich, wie eine Träne über Sloans Gesicht läuft, bevor sie sie schnell wegwischt. „Ich fühle mich nicht sehr inspirierend. Ich fühle mich meistens neurotisch", sagt sie mit einem erstickten Lachen.

„Das bist du nicht", erwidere ich mit scharfem, unnachgiebigem Tonfall, als ich mich schließlich gezwungen fühle, mein Schweigen zu brechen. Sloan sieht mich mit großen, tränengefüllten Augen an.

Augen, die mir die Kehle zuschnüren und in mir das Bedürfnis auslösen, den Schmerz, den sie allein erlitten hat, zu lindern und wegzunehmen. Aber ich kann die Vergangenheit nicht ändern. Ich kann nur die Gegenwart kontrollieren. „Fühl dich nicht schlecht, weil du dich so sehr um dein Kind sorgst. Wir sollten alle so ein Glück haben."

Sloans Brust bebt und sie stößt ein leises „Danke" aus, sodass nur ich es hören kann.

Als wüsste meine Familie, dass wir eine Minute brauchen, um uns zu sammeln, lösen sie sich von unserem Gespräch und beginnen miteinander zu reden.

Sloan lehnt sich dicht an mich heran und ihre Stimme zittert, als sie krächzt: „Ich wollte dir das alles erzählen, ich schwöre es."

Ich schüttle den Kopf, um sie zum Schweigen zu bringen. „Es ist in Ordnung, Sloan."

Sie streckt ihre Hand aus und ergreift die meine, die auf der Tischplatte liegt. „Es ist nicht in Ordnung. Es tut mir so leid, dass du es auf diese Weise erfahren musstest, Gareth, und du sollst wissen, dass ich dir alles erzählen wollte. Aber nach dem Angriff gab es nie einen guten Zeitpunkt. Ich musste immer noch damit klarkommen, dass ich dir etwas bedeute, nach allem, was ich vor dir versteckt habe."

Ihre Augen sind voller Scham und Angst. Ich hasse es. Es erinnert mich an die Person, die sie nach Callum war. Nicht an die Person, die sie mit mir geworden ist, oder an die Frau, die ihre Tochter vor einer Menge Leute vom Fußballplatz gerissen hat. Der Schmerz in ihrer Körpersprache löst in mir den Wunsch aus, sie auf meinen Schoß zu ziehen und alle ihre Sorgen wegzuküssen. Jeden einzelnen Gedanken, bis es in diesem Moment nur noch um sie und mich geht. Aber im Moment geht es nicht um uns.

Ich hebe ihre Hand hoch und drücke sie an meine Wange, damit ich die Innenseite ihrer Handfläche küssen kann. „Entschuldige dich nicht dafür, Sloan. Das hier ist größer als wir beide. Ich bin nur froh, dass es Sophia gut geht, und es tut mir leid, dass ich dich gedrängt habe, hierherzukommen. Hätte ich gewusst …"

„Das muss dir nicht leidtun", unterbricht sie mich und streicht mit dem Daumen über meinen Kiefer. „Ich musste daran erinnert werden, dass ich einen Fallschirm trage und es in Ordnung ist, ab und zu etwas zu riskieren."

Sie lächelt und, verdammt noch mal, jetzt will ich sie wirklich küssen. Sie von diesem Abendessen wegholen und ihr dafür danken, dass sie nicht nur mir, sondern meiner ganzen Familie so viel von sich anvertraut hat. Stattdessen beuge ich mich über den Tisch, drücke ihr einen sanften Kuss auf die Stirn und murmle: „Danke, dass du hier bist."

Ich ziehe mich zurück und sie lächelt ein kleines Lächeln, das nur für mich bestimmt ist, und unser Blickkontakt sagt so viel mehr, als Worte es je könnten.

Wir kehren zu dem Gespräch am Tisch zurück, das jetzt viel ruhiger ist, aber ich sehe, dass mein Vater uns aufmerksam beobachtet. Seine Augen sind verengt und sein Mund ist angespannt, als würde er etwas zurückhalten.

„Geht es dir gut, Dad?", fragt Vi und beäugt ihn vorsichtig von ihrem Platz neben ihm aus.

„Mir geht es gut. Wirklich gut." Er zwingt sich zu einem Lächeln und lässt dann seinen Blick wieder zu Sloan gleiten. „Ich habe nur eine Menge Flashbacks, nachdem ich alles über Sloans Tochter gehört habe. Wie war noch mal ihr Name?"

Sloan räuspert sich und antwortet zaghaft: „Sophia."

Er lächelt. „Ein schöner Name. Ich bin so froh, dass es ihr jetzt gut geht. Ich würde sie wirklich gerne einmal kennenlernen."

Ich ziehe den Kopf zurück, als ich seinen Kommentar höre. Wenn jemand Sophia in irgendeiner Form treffen wird, dann bin ich das. Nicht er.

„Ich weiß noch, als Vilma krank war", fährt er fort, den Blick immer noch nachdenklich auf Sloan gerichtet. „Es ist sehr schwer, einen geliebten Menschen so leiden zu sehen, nicht wahr?"

Sloans Augen blitzen zu mir hinüber, aber sie lächelt meinem Vater höflich zu. „Ja, das ist es wirklich."

„Sie können so hilflos wirken. So gequält. Und man muss zusehen, wie sie leiden. Es ist furchtbar, nicht wahr? Es scheint nicht fair zu sein."

Mein ganzer Körper ist steif. Meine Haltung ist kerzengerade. Was zum Teufel weiß mein Vater über das Leiden meiner Mutter?

„Nun, ich gehöre sicherlich zu den Glücklichen", antwortet Sloan und rutscht nervös auf ihrem Sitz hin und her. „Viele andere Mütter, die ich im Krankenhaus kennengelernt habe, hatten einen viel schwierigeren Weg."

Dad nickt schwer. „War dein Mann bei all dem hilfreich?"

Sofort lege ich eine beruhigende Hand auf Sloans Rücken und flüstere ihr ins Ohr: „Antworte bloß nicht."

„Ist schon gut", beruhigt sie mich und sieht mich mit großen, gequälten Augen an, bevor sie sich wieder meinem Vater zuwendet. „Mein Mann war sehr beschäftigt. Meine Familie hat geholfen, wo sie konnte, aber meistens habe ich mich um Sophia gekümmert. So schwer es auch war, ich glaube, dadurch sind wir uns jetzt noch näher gekommen."

Dad hat ein stolzes Lächeln auf seinem Gesicht, das mich die Hände zu Fäusten ballen lässt. „Das ist ein wunderbarer Lichtblick. Vilma hat sich immer sehr dafür eingesetzt, dass unsere Familie zusammenhält. Sie sagte immer, wenn wir nicht wissen, wie groß die Füße unserer Kinder sind, passen wir nicht genug aufeinander auf."

„Hat sie das?", fragt Booker mit hoher, neugieriger Stimme, als würde er sich an diese Erinnerung an Mum klammern und sie für sich behalten.

Ich bin enttäuscht von seiner Reaktion. Ich kann ihm noch so viele Erinnerungen an Mum erzählen, wenn er sie wirklich braucht. Echte, greifbare Erinnerungen, die tief in mir verborgen sind. Ich wusste nur nicht, dass er sie so sehr will.

Dad nickt zustimmend. „Ich habe mal ein Zitat gesehen, das besagt, dass nicht ein Einzelner Krebs bekommt, sondern eine Familie. Und ich stimme dem vollkommen zu. Es ist das Beste, wenn die Familie sich zusammenschließt, um ein solches Hindernis zu überwinden. Und auch wenn unsere Vilma ihren Kampf nicht überlebt hat, wäre sie so glücklich, dass wir hier alle zusammen sind und ihr Leben im Urlaub feiern."

Vi lächelt ein zittriges, erleichtertes Lächeln und Tränen fließen aus ihren Augen. Plötzlich streckt Dad seine Hände nach ihr aus und zieht sie in eine Umarmung. Ich sehe, dass auch die Zwillinge von den Worten unseres Vaters gerührt sind. Ich fühle mich, als wäre ich in eine Art Dinner-Theater geraten, von dem alle vergessen haben, mir zu erzählen.

Vergisst unser Vater die vielen schrecklichen Momente, die zu ihrem Tod führten? Hat er sie verdrängt? Bin ich wirklich der Einzige, der sich daran erinnert, wie er sich immer wieder mit unserer Mutter gestritten hat? Daran, wie er sie zum Weinen brachte und dann wütend das Zimmer verließ? Ich erinnere mich noch daran, wie er sie in der Dusche auf dem Boden liegen ließ, weil sie etwas sagte, was ihm nicht gefiel. Er hat unserer Mutter das Herz gebrochen, und zwar immer wieder. Und jetzt hängen alle an jedem seiner Worte? Was soll der Scheiß?

Dad setzt Vi wieder auf ihren Stuhl und steht dann auf. Er geht den Tisch hinunter, direkt auf Sloan zu. Meine Brüder blicken erst zu mir und dann zu Vi und fragen sich, was zum Teufel hier los ist. Ich wünschte, ich wüsste es, verdammt.

Ohne ein Wort zu sagen, geht er an mir vorbei und greift nach Sloans Hand. Sie nimmt die seine, während er sie aus dem Stuhl hochzieht und …

… sie umarmt.

Er drückt ihren Kopf an seine Schulter und umarmt sie, wie ein Vater seine Tochter umarmen würde.

Was zum Teufel ist hier los?

Ich höre, wie er Sloan ins Ohr flüstert: „Wenn du jemals etwas brauchst, sind wir für dich da.“

Sloan zittert in seinen Armen, offensichtlich von Gefühlen überwältigt. Das macht mich nur noch wütender, vor allem als ich mich am Tisch umsehe und die Reaktion der anderen sehe. Sie starren zu ihm auf, als wäre er Gott und sie wären bereit, ihm blindlings zu folgen. Es ist ihnen egal, dass er die Erde überschwemmt oder ganzen Völkern Plagen geschickt hat. Es ist ihnen egal, dass er seinen Sohn am Kreuz hat sterben lassen. Gerade jetzt hat er eine Offenbarung und wir sollten uns alle in der Herrlichkeit seines Namens sonnen.

Er zieht sich zurück und nimmt Sloans Gesicht in seine Hände. „Leider haben wir Erfahrung mit schmerzhaften Vergangenheiten, deshalb sind wir gut ausgerüstet, um für dich da zu sein, wenn du etwas brauchst.“

„Was zum Teufel?“, presse ich zwischen zusammengebissenen Zähnen hervor, denn ich kann mein Schweigen keine Sekunde länger halten.

Dad und Sloan drehen sich beide um und sehen zu mir hinunter. Sloans Augen sind groß und skeptisch. Dads Augen sind unschuldig und verwirrt, als er fragt: „Was hast du gesagt, Gareth?“

Mit einem langsamen, bedrohlichen Kopfschütteln werfe ich ihm einen harten Blick zu. „Wenn du ein verdammter Experte für schmerzhafte Vergangenheiten bist, dann sind wir alle am Arsch."

„Was meinst du?", fragt er und nimmt seine Hände von Sloan, die sich wieder auf ihren Stuhl setzt und aus der Schusslinie geht.

Ich stehe auf und breite meine Hände auf dem Tisch aus, sodass ich auf Augenhöhe mit meinem Vater bin. „Wenn du Sloan in schweren Zeiten so behandelst, wie du Mum – die angebliche Liebe deines Lebens – behandelt hast, dann ist sie alleine besser dran."

Dads Augenbrauen heben sich herausfordernd und seine warmen, liebevollen Augen von vorhin werden durch einen kalten, berechnenden Blick ersetzt. „Ich versichere dir, deine Mutter war die Liebe meines Lebens. Daran gibt es keinen Zweifel."

Ich lache genervt auf und schüttle den Kopf. „Und jetzt sollen wir alle zulassen, dass du über diese Tage sprichst, als wären sie ganz normal gewesen? Sollen wir zulassen, dass du aufmunternde Phrasen über Krebs und Lebenslektionen aufsagst, als hättest du so viel gelernt?"

„Gareth", ruft Vi warnend meinen Namen und sieht mich mit flehenden Augen an. Sie fleht mich an, aufzuhören, aber ich kann das nicht mehr ertragen. Ich kann nicht.

Dad antwortet langsam: „Ich habe nie behauptet, dass ich ein Experte bin, aber ich glaube, ich weiß ein oder zwei Dinge darüber, wie man Elend erträgt."

„Du weißt einen Scheißdreck, wie man irgendetwas erträgt. Du hast die ganze Zeit den Kopf in den Sand gesteckt!" Ich stoße mich vom Tisch ab und beginne auf und ab zu gehen, während ich die Gesichter meiner Geschwister betrachte, die alle schockiert und verängstigt aussehen. Es sind dieselben Gesichter wie damals, als sie klein waren und Dad sie anschrie, weil er nicht wusste, was er mit seinem Kummer anfangen sollte. Es sind dieselben Gesichter, die ich versucht habe, vor ihm zu verstecken, damit er sie nicht so verletzen konnte, wie er mich regelmäßig verletzt hat.

Ich zeige mit dem Finger anklagend auf sie alle. „Ihr hängt an jedem seiner Worte, weil ihr denkt, dass das, was wir erlebt haben, normal war. Aber das liegt nur daran, dass sich keiner von euch daran erinnert, wie es war, als Mum noch lebte. Ich erinnere mich nur zu gut an diese Tage, und sie waren eine Million Mal besser als das Leben, das wir hatten."

„Gareth", sagt Booker leise und wirft mir diesen Blick zu, dass ich mich gut daran erinnern kann, wie er mich als Kleinkind nach einem Snack, einem Spielzeug, einem Getränk oder einem Windelwechsel gefragt hat. „Es war nicht alles schlecht."

„Weißt du, wer dir nach Mums Tod die Windeln gewechselt hat, Booker?", frage ich und stemme meine Hände in die Hüften, während ich auf seine Antwort warte.

Er zupft an seinem Ohrläppchen und schüttelt den Kopf.

„Vi war es", antworte ich und schaue dann zu Camden und Tanner. „Fragt Vi, wie alt sie war, als sie ihrem kleinen Bruder die Windeln gewechselt hat."

„Hör auf, Gareth", fleht Camden leise und seine Augen sind niedergeschlagen, als Indie nach seiner Hand greift.

„Sie war vier. Verdammte vier Jahre alt und kaum stark genug, um Booker im Arm zu halten, geschweige denn seinen Hintern abzuwischen. Und ich war damit beschäftigt, euch Zwillinge durch den Garten zu jagen, damit ihr Dad nicht zu nahe kommt und uns alle in Schwierigkeiten bringt, denn damals brauchten wir Dad nur anzuschauen, um ihn wütend zu machen."

„Komm schon, Gareth", erwidert Dad. „Du siehst doch sicherlich, dass ich Zeit gebraucht habe."

„Nun, die hast du bekommen! Jahrelang!", rufe ich und gehe auf ihn zu, sodass wir uns Auge in Auge gegenüberstehen. Er zuckt bei der Lautstärke meiner Stimme zusammen, aber er bleibt standhaft. „Deine Trauer begann schon, bevor Mum überhaupt tot war, und keiner von ihnen hat ein Problem damit, weil sie sich nicht daran erinnern, wie gut es vorher war. Die Familie *war* das Wichtigste, solange Mum gesund war."

Dad atmet schwer aus und wirft mir einen schmerzverzerrten Blick zu. „Gareth, es tut mir leid, dass ich mit der Krankheit deiner Mutter zu kämpfen hatte, aber das ist alles Vergangenheit und ich würde es gerne vergessen."

„Ich kann nicht!", schreie ich und zucke von ihm weg, als hätte er mir gerade mit der Faust ins Gesicht geschlagen.

Vi lehnt sich in ihrem Stuhl nach vorne, ihre Augen sind verletzt und voller Tränen, aber sie ist wie erstarrt, genau wie alle anderen. Ich spüre, wie meine Brüder mit ihren Gedanken nach mir greifen, aber sie wissen nicht, was sie tun sollen, wenn der große Bruder Gareth ausnahmsweise mal einen verdammten Nervenzusammenbruch hat.

Ich fahre mir mit den Händen durch die Haare und fühle einen Schmerz in meiner Brust, während ich hinzufüge: „Glaubst du nicht, dass ich nichts lieber möchte, als zu vergessen, wie schrecklich du zu ihr warst? Ich tue mein Bestes, um es jeden Sonntagabend zu vergessen, weil ich dann wieder in einen Zug steigen und Abstand halten kann. Aber jetzt willst du in diesem Urlaub die glückliche Familie spielen, über Mum reden und so tun, als wären Vernachlässigung und Missbrauch nie passiert. Das ist völliger Blödsinn und das weißt du auch."

„Gareth, das reicht jetzt!", brüllt er und seine Augen verwandeln sich wieder in den harten Roboter, den ich viel besser kenne.

„Dad, hör auf", sagt Tanner in einem tiefen, warnenden Ton, während er aufsteht und seine Hände auf dem Tisch ausbreitet. Belle starrt ihn an und ist überrascht von der seltenen Ernsthaftigkeit, die Tanner an den Tag legt. „Wenn Gareth etwas zu sagen hat, dann sind wir es ihm schuldig, ihm zuzuhören."

Camden und Booker stehen gemeinsam auf und Vi erhebt sich ein paar Sekunden später ebenfalls. Alle vier meiner Geschwister stehen jetzt mit einer vereinten Kraft gegen unseren Vater, wie ich sie noch nie zuvor gesehen habe.

Stolz.

Verdammt großmütiger Stolz durchströmt meinen ganzen Körper, als sie mir ihre Loyalität beweisen.

Aber er ist trübe, denn auch wenn sie versuchen, sich für mich gegen ihn zu verbünden, kann ich sehen, dass sie ihn immer noch lieben. Meine Geschwister, die ich großgezogen habe, lieben Dad bedingungslos. Wird das jemals nicht wehtun?

„Ich habe alles gesagt, was ich zu sagen habe", erkläre ich und mache einen Schritt zum Gehen, aber ich halte inne, um noch eine sehr wichtige Sache hinzuzufügen. Vielleicht die wichtigste Sache von allen. „Aber, Dad, mach dir keine Sorgen um Sloan. Sie ist verdammt stark und kann das, was sie tun muss, auch alleine schaffen. Aber du kannst sichergehen, wenn sie jemanden braucht, werde ich alles stehen und liegen lassen und für sie da sein, so wie ich es für Mum war und so wie ich es für sie bin."

Ich zeige auf meine Geschwister und spüre, wie ihre Augen mich ängstlich beobachten, unwissend, was ich als Nächstes tun könnte. Und für eine kurze Sekunde spüre ich, wie ich mich in meinen Vater verwandle. Überheblich, einschüchternd, unerbittlich. Dasselbe wütende, nachtragende Monster, das er so viele Jahre lang war.

Aber ich kann nicht so tun, als sei das alles in Ordnung und normal. Ich weigere mich, ihm dabei zuzusehen, wie er die Frau, die mir wichtig ist, und die Familie, die ich mein ganzes Leben lang beschützt habe, in seinen Armen hält und so tut, als wüsste er, wie man für sie da ist.

Das tut er nicht.

Ich schon.

Das habe ich immer getan.

CRASH INTO ME

„Gareth!", rufe ich den Strand hinunter, wobei meine Stimme von den Wellen gedämpft wird, die ans Ufer schlagen.

Ein Blitz flackert in der Ferne auf und erhellt den Himmel und Gareths Silhouette. Er steht ein Stück weiter unten am Wasser, die Wellen plätschern an seine Füße und er hat den Kopf gesenkt.

Ich halte inne, ziehe meine Flip-Flops aus und hebe mein Kleid an, um zu ihm zu joggen. Mein Herz klopft in meiner Brust wegen all dem, was beim Abendessen gesagt wurde. Der ganze Schmerz aus Gareths Vergangenheit war schon schrecklich genug, aber was er über mich gesagt hat? Diese Ankündigung, mich zu beschützen – dieses Versprechen, für mich da zu sein – ist überwältigend. Mit nur wenigen Worten ging ich von dem Wunsch, zu sehen, wie diese Woche verläuft, zu dem *Bedürfnis,* die Eine in Gareths Leben zu sein, über. Das ist kein Zufall mehr. Vergiss die Medien, den Ruhm und die Angst. Gareth ist nicht die Art von Mann, vor der man davonläuft. Er ist der Typ, dem man hinterherläuft.

Ich rufe erneut seinen Namen und der Wind trägt meine Stimme schließlich zu ihm. Sein Kopf dreht sich in meine Richtung. In der Ferne braut sich ein Gewitter zusammen, das perfekt zu dem Sturm in seinen Augen passt, als er sich auf dem Absatz umdreht, um mich anzusehen.

„Es tut mir leid, Sloan", sagt er traurig und presst die Lippen zusammen, während ich vor ihm stehe und darum kämpfe, zu Atem zu kommen. „Ich musste da raus, bevor ich jemandem den Kopf abreiße."

Ich lasse meine Sandalen fallen und strecke meine Hand aus, um seine in der Tasche steckende Hand zu berühren, aber er zieht sie zurück. „Gareth, ist schon gut. Ich mache mir nur Sorgen um dich."

„Ich mache mir auch verdammt große Sorgen um mich." Er atmet tief ein und kickt gegen den nassen Sand unter unseren Füßen, die Hände bleiben fest in den Taschen. „Ich dachte, ich würde auf dieser Reise mit ihm klarkommen. Ich meine, verdammt, ich habe mir jahrelang auf die Zunge gebissen. Ich sollte mich mittlerweile an den Geschmack von Blut gewöhnt haben. Aber nach allem, was er bei dir zu Hause gesagt hat, dann an Weihnachten und beim Abendessen heute, wurde es mir zu viel."

„Was soll er denn sagen?", frage ich, lasse den unteren Teil meines Kleides los und lasse den Stoff im Wind um meine Beine peitschen. Die heranziehende Kaltfront jagt mir einen Schauder über den Rücken, also verschränke ich die Arme und reibe mir die Schultern. „Es scheint, als wäre er offener und würde zumindest versuchen, über die Vergangenheit zu sprechen. Das ist doch gut, oder?"

„Aber er redet nicht über die richtigen Teile", sagt Gareth und schaut kopfschüttelnd zu mir auf.

„Was sind die richtigen Teile?"

Er kaut auf seiner Unterlippe herum und seine Augen verengen sich, während er in den Himmel starrt. „Die Teile, die sich für den Rest meines verdammten Lebens in mein Gehirn eingebrannt haben."

Sein Blick findet meinen wieder, das Mondlicht und das Wasser spiegeln sich in seinen Augen.

„Gareth …"

„Das ist verdammt ungerecht! Er darf Vi zum Altar führen und mit Rocky den glücklichen Opa spielen, wie ein normaler Vater oder Großvater, oder was auch immer er jetzt ist. Das ist toll für ihn. Aber warum gerade jetzt? Warum, nachdem ich die ganze Arbeit gemacht habe? Warum muss er, nachdem ich meine ganze verdammte Jugend für unsere Familie geopfert habe, kommen und den ganzen Ruhm einheimsen? Wir brauchen ihn nicht mehr! Alle sind glücklich. Alle sind verheiratet oder werden heiraten oder bekommen Kinder. Alle sind zufrieden. Na ja, außer mir. Ich bin zu kaputt, um mein eigenes verdammtes Leben in den Griff zu bekommen."

„Du bist nicht kaputt!", rufe ich und balle meine Hände zu Fäusten, weil ich wütend darüber bin, dass er so über sich selbst spricht.

„Ich habe dir gesagt, dass ich dabei war, als meine verdammte Mutter starb, Sloan", sagt er und tritt einen Schritt näher an mich heran, während er sich auf die Brust klopft. „In der Sekunde, als sie ihren letzten Atemzug tat, spürte ich es unter meiner Wange, als würden Nadeln in meinen ganzen Körper stechen. Glaubst du nicht, dass das ein Kind für sein ganzes Leben kaputt machen kann? Das hat es. Ich kann dieses Gefühl nicht vergessen. Diesen Moment. Diese Berührung. In den letzten Monaten, in denen sie lebte, musste ich so tapfer sein, weil mein Vater es nicht sein konnte. Ich war nur ein bisschen älter als Sophia und ich war der Einzige, der sie trösten konnte. Kannst du dir diese Verantwortung für deine Tochter vorstellen?"

„Nein", krächze ich mit einem kleinen Aufschrei, meine Stimme zittert vor lauter Angst bei dem Gedanken daran.

„Wenn meine Mutter Schmerzen hatte, habe ich sie meine Hand drücken lassen", sagt er und hält mir seine Handfläche zum Beweis hin. „Und es war nicht immer nur körperlicher Schmerz. Es waren auch emotionale Schmerzen. Mein Vater hat ihr das Herz gebrochen und sie hat ihn trotzdem geliebt, so wie meine Geschwister ihn jetzt noch bedingungslos lieben. Ich kann es einfach nicht fassen."

„Ich auch nicht", antworte ich ehrlich und sein Gesicht verschwimmt durch die Tränen in meinen Augen.

„Deshalb kann ich es nicht ertragen, dass er sie die Liebe seines Lebens nennt und wieder offen über sie spricht. Das ist zu viel. Sie gehört jetzt mir, weißt du? Nicht ihm. Sie war meine beste Freundin und er hat das Recht verloren, über sie zu sprechen, als er sich entschied, wütend auf sie zu sein, weil sie gestorben ist." Er beugt sich vor und stützt seine Hände auf die Knie, denn der Schmerz durchdringt seinen ganzen Körper.

„Gareth, es tut mir so leid." Ich mache Anstalten, ihn zu halten, aber er richtet sich schnell auf und weicht wieder von mir zurück.

„Ich habe immer versucht, ihn aus der Tür zu schieben, wenn er sie angeschrien hat, aber er war zu groß und zu stark. Es war, als würde man eine Wand anstoßen." Gareths Hände zittern vor ihm, als er den Akt demonstriert.

„Gareth", krächze ich und Tränen laufen mir über die Wangen. Ich kann es kaum ertragen, noch mehr zu hören.

„Ich habe Albträume von diesem schwachen Gefühl. Dass ich ihn anschreie, ohne dass ein Ton herauskommt. Dass ich ihn schubse, aber er sich nicht rührt. Er gab mir immer das Gefühl, so machtlos zu sein.

Deshalb sehnte ich mich verdammt noch mal danach, alles in meinem Leben zu kontrollieren. Bis …" Er schüttelt den Kopf und schluckt schwer, weil er seinen letzten Gedanken nicht zu Ende bringen will.

„Bis was?" Ich dränge darauf, denn was auch immer es ist, muss wichtig sein.

Seine haselnussbraunen Augen finden die meinen und fixieren mich mit einem grimmigen, furchterregenden Blick. „Bis du kamst."

Mein Atem stockt mir im Hals, ein Kloß bildet sich, der so groß ist, dass ich nicht weiß, wie ich noch aufrecht stehen und atmen soll. Meine Stimme ist ein Flüstern, als ich frage: „Was meinst du?"

Er starrt mich mit so viel Intensität, so viel Gewissheit, so viel Leidenschaft an. „Du warst es, Sloan. Du hast meinen gesamten Denkprozess verändert. Mich dir hinzugeben, gab mir eine Freiheit, die ich nie zuvor gespürt hatte. Ich habe noch nie so viel Vertrauen zu jemandem gehabt. Nicht einmal zu meinen Geschwistern. Ich habe ihnen die Erinnerungen an unsere Mutter nicht anvertraut. Ich habe ihnen nicht zugetraut, dass sie mit ihren eigenen Problemen umgehen können. Ich habe sie immer nur *kontrolliert*. Aber du hast etwas an dir, das mich verdammt noch mal befreit, aber diese Freiheit macht mir Angst."

Seine Erklärung bringt mich aus dem Konzept und die Emotionen in meinem Körper brechen übereinander herein wie die Wellen an der Küste. „Warum hast du Angst?"

„Denn wenn ich versuche, dich zu kontrollieren, könntest du abhauen."

„Warum sagst du das?"

„Du bist einmal weggerannt, Sloan."

„Ich bin zurückgekommen", sage ich entschlossen, nehme sein Gesicht in meine Hände und kümmere mich nicht darum, dass er unter meiner Berührung zusammenzuckt.

„Aber für wie lange?" Er schaut zu Boden und schüttelt den Kopf, als wüsste er nicht, wie er das akzeptieren soll, was direkt vor ihm liegt. Als wüsste er nicht, wie er mich noch akzeptieren soll. „Du bist allein stark und du hast Sophia. Meine Brüder haben ihre Partner. Vi hat Hayden und Rocky. Ich habe niemanden."

Er zieht sich aus meinem Griff zurück und hebt sein Gesicht zum Himmel.

„Du hast mich", sage ich leise und lasse das Gefühl seiner früheren

Worte in mir aufleben. Ich erinnere mich an seine Worte, dass er stolz auf mich war, weil ich Sophia auf dem Fußballplatz beschützt habe. Ich erinnere mich an all die Male, in denen er mir geholfen hat, mich stark zu fühlen, als ich innerlich am Boden lag. Er hat mich, mit Leib und Seele. Ich muss es ihm nur beweisen.

„Sieh mich an, Gareth. Jetzt", verlange ich. Er reißt die Augen auf, als er den strengen Tonfall hört, den ich schon unzählige Male bei ihm angewendet habe. „Du hast mich."

Mit einem tiefen Atemzug mache ich einen langsamen Schritt von ihm weg und ohne den Blickkontakt abzubrechen, gehe ich auf die Knie und breite meine Hände auf meinen Oberschenkeln aus.

„Was tust du, Sloan?", krächzt er mit einer tiefen, heiseren Stimme, die mich dazu bringt, die Schenkel anzuspannen.

„Du hast mich, Gareth." Ich fixiere ihn mit einem Blick, der ihn zwingt, mir zuzuhören.

„Treacle", sagt er und seine angespannte Haltung lässt nach, während er auf die Knie sinkt und mein Gesicht in seine Hände nimmt. Mit einem flehenden Gesichtsausdruck fährt er fort: „Das ist nicht das, was ich im Moment von dir brauche."

„Doch, das ist es."

„Ich habe dir gerade gesagt, dass es deine Kontrolle war, die mir Ruhe verschafft hat", argumentiert er, streichelt sanft mein Gesicht und entschuldigt sich immer wieder mit dem Blick in seinen Augen.

Ich schüttle den Kopf. „Vertrauen funktioniert in beide Richtungen, Gareth. Du kannst dich nicht nur frei fühlen, wenn du dich ergibst. Du kannst dich auch dann frei fühlen, wenn du dominierst. Lass mich dir helfen, dich stark zu fühlen, so wie du mir geholfen hast, mich stark zu fühlen."

Er holt scharf und zittrig Luft, seine Augen glänzen vor Tränen. „Ich weiß nicht, ob ich das noch kann. Mein Verstand ist im Moment so kaputt."

Ich muss mir ein frustriertes Knurren verkneifen, weil ich das so sehr hasse. Ich hasse es, dass er sich für kaputt hält. Ich hasse es, dass er denkt, er könnte seine Familie verlieren. Sieht er denn nicht, wie sehr sie ihn in allen Dingen um Anerkennung bitten? Sieht er nicht, wie sehr sie sich alle um ihn sorgen?

Sieht er nicht, wie sehr ich mich sorge?

Plötzlich trifft ein Wassertropfen meine Wange. Ich runzle die Stirn und schaue zur Bestätigung in den Himmel, als es zu regnen beginnt. Es ist ein kalter, elektrisierender Regen, der alle meine Sinne trifft. Es fühlt sich fast wie eine Reinigung an. Wie ein Zeichen für einen Neuanfang.

Ich schaue zurück zu Gareth, dessen schwelender Blick mich durchbohrt. Ich blinzle durch den Regen, streiche mir ein paar nasse Strähnen aus dem Gesicht und flehe ihn ein letztes Mal an. „Spring *mit* mir aus dem Flugzeug, Gareth. Du brauchst mich nicht zu fangen, wenn wir zusammen fliegen können.“

Mit einem Blitz und einem Donnerschlag prallen wir aufeinander. Wir bewegen uns beide gleichzeitig, sodass es ein perfektes, symmetrisches Geben und Nehmen des Kontakts ist, als sich unsere Münder berühren. Gareths Hände greifen fest unter meine Beine, als er sie spreizt und mich auf seinen Schoß hebt. Er lehnt sich zurück und zieht seine Lippen weg, während ich mich förmlich um ihn wickle und meine Hände in seinem Nacken verschränke. Langsam streicht er die Haare zurück, die mein Auge verdecken, während er jeden Zentimeter meines Gesichts betrachtet. Ein tiefer Schauder läuft mir über den Rücken, der nichts mit dem Regen zu tun hat, sondern mit dem Ausdruck in Gareths Augen.

Sein Blick fällt auf meine Lippen und er bedeckt meinen Mund mit dem seinen. Ein Stöhnen schallt durch seine ganze Brust, als er mein Gesicht dort hält, wo er mich haben will. Seine Zunge verlangt Einlass, also öffne ich meine Lippen und heiße ihn freudig willkommen. Er schmeckt nach Regen, nach Meer und nach purem Mann. Ich wölbe mich gegen ihn und reibe mich auf seinem Schoß, da ich ihn unbedingt in mir spüren will.

Unsere gemeinsame Dusche in meinem Haus ist schon Wochen her. Damals hatte er eine Gehirnerschütterung, sodass wir nicht alles machen konnten, was wir wollten. Aber als ich spüre, wie seine Härte an meine Öffnung stößt, weiß ich, dass er sich hundertprozentig erholt hat. Vielleicht ist er bereit, mich zu fordern, wie er es schon einmal versprochen hat.

„Gareth“, seufze ich, reibe meine Hüften an ihm und genieße das Gefühl seiner rauen Handflächen auf meinem nackten Rücken. „Ich will das.“

„Ich auch, Sloan."

„Treacle", korrigiere ich und fahre mit meiner Zunge über seinen Hals.

Plötzlich zieht er sich zurück, packt mein Gesicht und fixiert mich mit strengem Blick. „Sloan", wiederholt er. „Ich nenne dich Sloan. Und ich bringe dich rein, bevor ich dich hier im Regen ficke."

Ich ziehe meine Lippe in den Mund und nicke. „Was immer du sagst, Boss."

Ein winziger Anflug eines Lächelns huscht über sein Gesicht, aber es ist genauso schnell wieder verschwunden, wie es gekommen ist. Ohne ein weiteres Wort steht er auf, klemmt mich unter seinen Arm und eilt mit mir zurück zum Resort.

Es ist ein ziemlicher Fußmarsch durch den nassen Sand und den Regen. Als wir in unserer Suite ankommen, sind wir bis auf die Knochen durchnässt. Als die Tür zufällt, ist das wie eine akustische Warnung für das, was noch kommen wird. Gareths Hitze ist dicht hinter mir und seine Wärme strahlt wie ein Ofen über meine ganze Haut.

Langsam kommt er um mich herum, und ich senke als Zeichen des Respekts den Blick. Um ihm zu zeigen, dass ich diesen Moment ernst nehme.

Echtes BDSM war nie wirklich das, was Gareth und ich zusammen hatten. Wir waren ein einfacher Machttausch. Aber heute Abend hoffe ich, mit ihm neue Wege zu gehen, denn wir haben uns verändert. Wir sind mehr. Und ich will alles geben, denn der Nervenkitzel, der durch meine Adern fließt, ist anders als alles, was ich je zuvor gefühlt habe.

Gareth hebt mein Kinn an, sodass ich gezwungen bin, ihn anzuschauen. „Du bist so schön", sagt er und seine Augen wandern an meinem Körper auf und ab, als würde jeder Zentimeter ihm gehören.

Ich grinse und antworte: „Ich sehe wahrscheinlich gerade wie eine nasse Ratte aus."

„Du siehst wunderschön aus." Er beugt sich vor und drückt mir einen Kuss auf die Schulter. „Durcheinander und perfekt."

Seine Hand gleitet um mich herum und greift nach der Schleife an meinem Kleid. Mit einem Ruck löst er sie, die Träger meines Kleides fallen augenblicklich bis zu meinen Ellbogen und entblößen meine nackten Brüste.

Er beißt sich auf die Unterlippe und mustert langsam meine Brust, bevor er seine Hände hebt und das Gewicht der Brust in seinen Handflächen testet. „Das ist immer noch der schönste Körper, den ich je gesehen habe", murmelt er, senkt den Kopf und legt seine Lippen um meinen Nippel.

„Gareth", schreie ich, während eine Hand durch sein Haar fährt und die andere seine Schulter ergreift, um das Gleichgewicht zu halten, während er hart an meinem Nippel saugt. Ich flehe ihn leise an, seine Finger tiefer gleiten zu lassen, sie in meinen feuchten Slip zu schieben, damit ich ihn in mir spüren kann. Den Druck seiner Hände auf mir spüren kann. Ich sehne mich nach diesem Gefühl.

Er unterbricht seinen Angriff auf meine Brust und wendet sich der anderen zu. Doch bevor er dieser Brustwarze die gleiche Aufmerksamkeit schenkt, sagt er mit tiefer, kehliger Stimme: „Weißt du, was noch schöner ist als Dominanz und Unterwerfung, Sloan?"

Ich bin zwei Sekunden davon entfernt, ihm meinen Nippel in den Mund zu schieben, weil ich mich nach der Symmetrie sehne, aber ich schaffe es, ein ersticktes „Was?" herauszubringen.

„Überhaupt keine Grenzen." Er richtet sich auf und starrt mir tief in die Augen. Das verruchte Versprechen in seinen Augen lässt meinen ganzen Körper erbeben. Er leckt sich über die Lippen und fügt hinzu: „Eines Tages werde ich dich beanspruchen und Dinge tun, bei denen du um Gnade betteln wirst. Aber jetzt, Sloan Montgomery … jetzt …" Er beugt sich vor, streift mit seinen Lippen über meinen Mundwinkel und flüstert: „Werde ich dich lieben."

Meine Beine geben augenblicklich nach, als er mich in seine Arme nimmt und zu dem riesigen, weißen, flauschigen Bett trägt. Er zieht die Decke zurück und legt mich auf die kühlen Laken. Seine Augen bleiben auf den meinen haften, während er mir den Rest meiner Kleidung und auch seine eigene auszieht, sodass wir beide völlig nackt sind.

Jetzt liegen wir hier, Haut auf Haut, Herz auf Herz, Seele auf Seele. So intim war ich noch nie in meinem Leben mit einem Mann. Selbst als Callum und ich zusammen waren, hat es sich nie so angefühlt. Ich wusste nicht, dass es sich so anfühlen kann. So … nah.

Gareth küsst mich, während er sich über mich legt und sanft meine

Beine spreizt. Er küsst mich, während er mit seinen Fingern über meine Rippen gleitet. Er küsst mich, während er meinen Eingang streichelt. Er küsst mich, während er seine nackte Spitze Zentimeter für Zentimeter in mich stößt. Als er so tief in mich eindringt, wie es mein angespannter Körper zulässt, hebt sich mein Kopf vom Kissen. Meine Hände klammern sich so fest um seinen Nacken und meine Beine pressen sich so heftig um seine Hüften, dass er weiß, dass ich mehr brauche.

In diesem Moment beginnt er zu stoßen. Das langsame, kalkulierte, rhythmische und ach so wunderbare Stoßen.

Aber es ist nicht die geschickte Bewegung seines Schwanzes in mir, die mich den Verstand verlieren lässt. Es ist das, was er bei jedem Stoß sagt.

„Das ist nicht vorübergehend, Sloan." *Stoß.* „Das können wir sein." *Stoß.* „Wir können mehr sein." *Stoß.* „Wir sind nicht nur eine Sache." *Stoß.*

„Du bist meine Treacle und meine Sloan."

Stoß.

„Du gehörst mir."

Schubkraft.

„Mir, mir, mir."

Stoß, Stoß, Stoß.

Gareth Harris liebt mich, wie es nur ein Mann kann, der eine Frau liebt. Ich drücke seinen Körper an mich, starre ihm in die Augen und akzeptiere seine herrlich perfekten Worte. Und ich frage mich, wann ich angefangen habe, mich in ihn zu verlieben, denn dieses Gefühl in mir ist auf keinen Fall neu. Es ist etwas, das mich schon seit einiger Zeit begleitet. Es ist vertraut und angenehm.

Es ist ein Gefühl, das sich wie zu Hause anfühlt …

… ein Ort, an dem ich seit Jahren nicht mehr war.

OKAY

Gareth

Sloans ganzer Körper, nackt über mir drapiert, ist eine Empfindung, von der ich nie gedacht hätte, dass ich sie so sehr genießen würde. Sie ist leicht, aber lang, sodass das Gewicht gleichmäßig verteilt ist. Das ist in vielerlei Hinsicht beruhigend.

Es ist seltsam, wenn ich an die Zeit vor einem Jahr zurückdenke, damals gab es so viele Texturen, die mich störten. So viele Dinge, die ich wegen meiner taktilen Defensivität vermied, die Sloan bei unserem ersten Treffen treffend diagnostizierte. Aber je näher ich Sloan gekommen bin – je mehr sie in meiner Nähe ist –, desto weniger bemerke ich diese Probleme.

Das Leben ist schon komisch.

Das morgendliche Sonnenlicht strömt durch die Fenster unserer Suite herein. Meine Fingerspitzen fahren ihre Wirbelsäule entlang, während ich ihr einen Kuss auf die Haare gebe. *Gott, sie riecht immer so verdammt gut.* Der süße Duft, den ich beim ersten Treffen mit ihr gehasst habe, ist zu etwas geworden, wonach ich mich sehne.

Sie ist der einzige Grund, warum ich nicht mit einem Gefühl des Grauens aufwache, nach allem, was letzte Nacht mit meiner Familie passiert ist. Wäre Sloan nicht gewesen, wäre ich wahrscheinlich schon im Flieger zurück nach Hause, zurück nach Manchester und zurück in das zurückgezogene Leben, das ich über ein Jahrzehnt lang geführt habe.

Aber sie hat mich letzte Nacht stabilisiert. Sie hat mich zusammengehalten und stark gemacht, so wie ich es mit ihr getan habe, als wir das erste Mal miteinander geschlafen haben.

Sloan beginnt, sich auf mir zu bewegen, als es an der Tür klopft. Es folgt die gedämpfte Stimme meines Vaters.

„Gareth, ich bin's. Ich muss mit dir sprechen."

Sloans Kopf schießt nach oben, ihre verschlafenen Augen sind weit aufgerissen und sehen überrascht in meine, die auf sie gerichtet sind. Mit einem Lächeln streiche ich ihr die Haare aus dem Gesicht und fahre mit dem Finger über die Schlaffalten auf ihrer Wange. „Es ist nur mein Vater. Ich werde mich um ihn kümmern. Schlaf du weiter."

Sie schüttelt den Kopf und blinzelt schnell, um alle ihre Sinne zu wecken. „Nein, nein. Ich werde aufstehen und gehen, damit ihr unter vier Augen reden könnt", krächzt sie und will von mir herunterklettern.

Mit einer schnellen Bewegung schlinge ich meine Hand um ihr Bein und drehe uns so, dass sie unter mir liegt. Ihre Beine schlingen sich wie von selbst um meine Hüften, während ich mit einer Hand ihre Handgelenke über ihrem Kopf zusammenhalte. Meine andere Hand drückt ihr Bein und meine Fingerspitzen wandern in die Nähe ihres Hinterns.

Ihre goldenen Augen blicken mich verwirrt an. „Gareth, was machst du da?"

Ich gebe ihr einen Kuss auf den Hals und drücke mit meiner freien Hand ihre Pobacke. „Ich sagte, bleib hier, Treacle."

Sie bäumt sich leicht unter mir auf, als ich warme Luft über die Stelle an ihrem Hals blase, die ich gerade geküsst habe. Ihre Stimme ist atemlos, als sie antwortet: „Musst du nicht mit deinem Vater reden?"

„Ja, und ich befehle dir, in diesem Bett zu bleiben, während ich das tue." Ich packe ihre Handgelenke fester und drücke mich tief in ihren Schritt. Ein leises Stöhnen entweicht meinen Lippen, als ich ihre Feuchtigkeit an meinem nackten Schaft spüre. „Verdammte Scheiße, Sloan. Du bist schon feucht?"

Ich sehe, wie sie sich auf die Lippe beißt und den Kopf schüttelt. „Gott, ist das peinlich, wenn dein Vater draußen steht. Lass mich wenigstens etwas anziehen."

„Nein", knurre ich, während meine Erektion von Sekunde zu Sekunde härter wird, da ich sie so unter mir halte. Es ist ein berauschendes Gefühl, sie mir völlig ausgeliefert zu haben. Und zu wissen, dass sie feucht und begierig ist, macht es mir schwer, hier und jetzt nicht einfach in sie zu stoßen.

Ich atme tief durch und hebe meinen Kopf, um sie anzusehen. „Du bleibst nackt und wartend in diesem Bett, bis ich zurückkomme, oder ich versohle dir den Hintern, weil du die Anweisungen nicht befolgt hast, Tre. Verstanden?"

Ein kleines Lächeln breitet sich auf ihrem Gesicht aus und sie beißt sich schnell auf die Lippe, um es zu verbergen. „Verstanden."

Ich grinse, ziehe ihre Unterlippe zwischen ihren Zähnen hervor und sauge sie in meinen Mund. Ich lasse sie mit einem befriedigenden *Plopp* los und füge hinzu: „Braves Mädchen. Ich bin so schnell wie möglich wieder da."

Ich springe vom Bett und rufe zur Tür: „Ich bin in fünf Minuten draußen."

Nach einer eiskalten Dusche und ein paar Minuten mentaler Vorbereitung öffne ich die Tür und finde meinen Vater an die gegenüberliegende Wand gelehnt. Er trägt eine hellbraune Hose und ein weißes Hemd und ist offensichtlich bereit für die Totenwache, die in ein paar Stunden stattfinden wird.

Seine stählernen Augen mustern mich von Kopf bis Fuß, betrachten meine Sportshorts und mein nasses Haar. „Habe ich dich geweckt?"

Ich nicke und fahre mir mit einer Hand durch die Haare. „Es ist in Ordnung."

„Es tut mir leid. Ich dachte, du wärst schon vor Stunden joggen gegangen."

„Ich habe gesagt, dass es in Ordnung ist", antworte ich und ignoriere seine Bemerkung über mein Trainingsprogramm, die er sich nicht verkneifen kann. Immer erst der Manager, dann der Vater.

„Ich wollte vor der Zeremonie reden."

Er tritt zurück, als ich die Tür hinter mir schließe. „Lass uns nach draußen gehen. Sloan ist noch im Bett."

Ich sehe ein Aufflackern von Interesse in seinem Gesicht bei der Erwähnung von Sloan. „Ihr zwei scheint euch gut zu verstehen."

„Das tun wir", antworte ich ohne Gefühlsregung, damit er weiß, dass ich nicht darüber reden möchte.

Wir machen uns auf den Weg nach draußen zu einem Tisch und Stühlen am Pool. Es ist noch früh, deshalb ist nur eine kleine Familie im Wasser, als wir uns auf ein paar Plastikstühlen unter einem weißen Zelt niederlassen. Wir sitzen beide mit dem Gesicht zum Pool und stützen uns mit den Ellbogen auf den Knien ab.

Nach einer langen Pause sagt mein Vater schließlich: „Gareth, letzte Nacht war …"

„Ein verdammtes Chaos", beende ich.

„Ja", stimmt er zu, schaut zu Boden und reibt nervös seine Hände aneinander. „Es wurden viele Dinge gesagt."

Ich nicke steif, mein Kiefer ist verkrampft. Wenn er denkt, dass ich sie zurücknehme, hat er sich geschnitten. „Sie waren alle wahr."

Er zieht eine Grimasse und fährt sich nervös mit der Hand durch die Haare. „Ich weiß, dass sie es waren. Aber, um ehrlich zu sein, habe ich viele dieser Erinnerungen vergraben. Sie fühlen sich an, als kämen sie aus einem anderen Leben. Sogar von einer anderen Person."

„Nicht für mich", antworte ich und werfe ihm einen strengen Blick zu.

„Ich weiß", antwortet er mit einem Seufzer. „Und jetzt verstehe ich, warum du nicht mit mir darüber reden wolltest, zurück nach London zu ziehen. Mir war nie klar, wie sehr du mich wirklich hasst."

Seine Worte lassen mich zögern. „Ich hasse dich nicht."

Als er mich ansieht, stehen ihm Schmerz und Verwirrung ins Gesicht geschrieben. „Nicht?"

„Nein", antworte ich schnaubend. „Ich bin nur wütend auf dich."

Sein Gesicht wird weicher. „Aber siehst du nicht, dass ich versuche, die Vergangenheit wiedergutzumachen?"

„Dad, du kannst alle Sonntagsessen der Welt ausrichten, sämtliche Windeln von Rocky wechseln und völlig fremde Menschen umarmen, wenn du willst. Aber so zu tun, als hätte es die Vergangenheit nie gegeben, ist ein verdammter Schlag ins Gesicht nach allem, was Vi und ich getan haben."

„Gareth", stöhnt Dad und senkt beschämt den Kopf. „Das wollte ich nicht. Ich versuche nur, zu überleben."

„Das tue ich auch!", rufe ich, während sich alle Muskeln meines Körpers anspannen. „Und ich habe auch nur versucht, zu überleben, als wir Kinder waren. Die meisten neunjährigen Jungs spielen mit ihren Freunden Fußball, anstatt ihre Zwillingsbrüder aufs Töpfchen zu setzen. Die meisten männlichen Teenager, die ich kannte, hatten jede Menge Freundinnen. Ich hatte nie eine, weil ich zu viel Angst hatte, jemanden in deine Nähe zu bringen, ganz zu schweigen davon, dass ich nie Zeit für Verabredungen hatte, weil ich zu sehr damit beschäftigt war, mich um alle zu kümmern. Du warst nicht einmal ansatzweise wieder normal, bis du angefangen hast, für Bethnal zu arbeiten. Dann war plötzlich alles wie immer! Kannst du dir vorstellen, wie sich das für einen Jungen anfühlte, der jahrelang versucht hatte, dich glücklich zu machen?"

Dad zuckt bei meiner letzten Bemerkung zusammen und schüttelt den Kopf, als könnte er sich nicht zu einer Antwort durchringen. „Ich hatte das Gefühl, dass nichts, was ich tat, je gut genug war. Egal, wie sehr Vi und ich uns bemühten, nichts konnte dich aus dieser Dunkelheit herausholen. Nur Fußball. Dann hast du gestern Abend immer wieder von der Bedeutung der Familie gesprochen. Wo war dieser Mann, als wir Kinder waren? Der Mann, mit dem wir aufgewachsen sind, hat sich einen Dreck um die Familie geschert. Ihm ging es nur um Fußball!"

„Ich habe mich verändert, Gareth", fleht er und dreht sich mit eindringlichem Gesichtsausdruck zu mir um, wobei alle Adern in seinem Hals hervortreten, während er versucht, sich zusammenzureißen. „Bitte sag mir, dass du siehst, dass ich mich verändert habe."

„Natürlich kann ich das sehen. Verdammt noch mal, du trägst Sandalen", antworte ich schnippisch, lehne mich in meinem Stuhl zurück und verschränke die Arme vor der Brust.

Er sieht mich einen Moment lang aufmerksam an, nicht begeistert von meiner Bemerkung, aber das ist mir egal. Er hat es nicht besser verdient.

Er fährt sich mit der Hand durch die Haare, bevor er antwortet: „Gareth, als du angegriffen wurdest ..." Er hält inne, seine Stimme stockt, als er den Blick abwendet. „Als Vi mich anrief und so sehr weinte, dass sie nicht mehr sprechen konnte, dachte ich, ich hätte dich verloren."

Der Schmerz in seinem Gesicht verunsichert mich, als ich sehe, wie er sich auf seinem Stuhl bewegt und seinen Blick auf die schwimmende Familie statt auf mich richtet.

„Und ich dachte mir: *Es ist wieder passiert. Ich habe die einzige Person verletzt und verloren, der ich mein Leben verdanke ...* Genau wie damals, als ich deine Mutter verlor." Seine Stimme bricht und sein Gesicht verzieht sich, als er gegen die Gefühle ankämpft, die in ihm hochkochen. „Ich habe mir vor langer Zeit geschworen, nie wieder nach Manchester zurückzukehren, weil ich dort zu viele zärtliche Erinnerungen habe, aber ich wollte dich nicht im Stich lassen, wie ich es mit deiner Mutter getan habe. Ich war mir sicher, dass alles in Ordnung sein würde, wenn ich dich nur nach Hause bringen könnte. Erst als Sloan mich anschrie, wurde mir richtig bewusst, was ich da eigentlich vorhatte."

Die Emotionen in meiner Brust schwellen an, als er erwähnt, wie sie sich an diesem Tag für mich gegen ihn gewehrt hat. „Sie ist nicht leicht zu bekämpfen", antworte ich.

„Das sehe ich, und jetzt kann ich sagen, dass ich dankbar dafür bin, denn nur Gott weiß, was mit dir hätte passieren können, wenn ich dich nach London gebracht hätte. Ich habe die Dinge nicht klar gesehen, aber ich konnte sehen, dass sie an deiner Seite war, so wie ich an der Seite deiner Mutter hätte sein sollen. Und euch beide so zusammen zu sehen, war ein Weckruf, Gareth. Deshalb gebe ich mir im Moment so viel Mühe. Ich will der Mann sein, in den sich deine Mutter verliebt hat. Der Mann, der ich war, als du klein warst und sie dich mit auf den Fußballplatz genommen hat, um mir beim Training zuzusehen … Erinnerst du dich an die guten Zeiten, Gareth? Oder habe ich dir alle Erinnerungen verdorben?"

Ich versteife mich, als Bilder in meinen Kopf eindringen, die ich jahrelang versucht habe, zu verdrängen. „Ich erinnere mich an einige."

Sein Gesicht erhellt sich. „Ich erinnere mich an den Tag, an dem du geboren wurdest. Ich hatte keine Ahnung, dass das beste Abenteuer meines Lebens darin bestehen würde, mit deiner Mutter eine Familie zu gründen, und jahrelang gab es nur dich, mich und sie. Ihr beide seid mit mir zu all meinen Spielen gereist. Es war großartig. Ich liebte es, dich vor meinen Mannschaftskameraden vorzuführen und damit zu prahlen, dass du eines Tages alle ihre Statistiken in den Schatten stellen würdest. Deine Mutter und ich hatten so viele Träume für dich, Gareth. So viele Hoffnungen. Aber als sie krank wurde, verlor ich alle Hoffnung. Ich habe mich selbst verloren. Mein Körper wusste nicht, wie er ohne sie funktionieren sollte. Wir waren immer eine Partnerschaft. Fifty-fifty. Aber in dem Moment, als sie krank wurde, spürte ich, wie meine Hälfte verschwand. Ich konnte nicht einmal in den Spiegel schauen, weil ich nicht sehen wollte, was ich ohne sie war. Ich hasste sie dafür, dass sie mich verließ, und ich hasste mich dafür, dass ich sie hasste. Es war ein kranker Kreislauf, dem ich nicht entkommen konnte."

Mein Herz klopft schwer in meiner Brust bei seinen Worten. Worte, für die ich tatsächlich Verständnis haben kann, was ein seltsames Gefühl für jemanden ist, der sein ganzes Leben dem Übertrumpfen der sprechenden Person gewidmet hat.

Meine Stimme ist heiser, als ich antworte: „Ich wünschte, du hättest mit mir gesprochen, Dad. Du hast nie etwas davon zugegeben. Du bist einfach verschwunden. Ich war ein Kind und wir brauchten dich. Wir brauchten Hilfe."

Sein Gesicht verzieht sich vor Schmerz und er nickt steif. „Du hast recht. Ich weiß, dass du recht hast. Aber deine Mutter war so unabhängig. Sie wollte nie so leben, als hätten wir viel Geld, und es wäre ihr nicht im Traum eingefallen, ein Kindermädchen einzustellen. Nicht einmal, als die Zwillinge geboren wurden und du weißt, wie wild die beiden waren. Ich dachte, ich tat das Richtige, als ich Hilfe ablehnte. Die Familie Harris brauchte nur einander, weißt du? Wir waren wie eine Selbstversorger-Insel. Deshalb war ich auch so wütend, als du bei ManU unterschrieben hast und weggezogen bist. Du hast die Insel im Stich gelassen und ich habe das gehasst. Das ist auch der Grund, warum ich die Zwillinge und Booker dazu gedrängt habe, weiterhin zu Hause zu wohnen und mir die Verwaltung ihrer Karrieren zu überlassen. Und deshalb habe ich Vi eine Wohnung in East London gekauft. Ich merkte, dass sie unruhig wurde, und ich wollte nicht, dass sie so weit wegzieht wie du. Ich wollte nicht noch mehr von meiner Familie verlieren."

Es ist mir unangenehm, wenn ich daran denke, wie wütend mein Vater war, als ich ihm sagte, dass ich ohne seine Zustimmung bei ManU unterschrieben hatte. Es war bis heute einer unserer schlimmsten Streits. Es war der einzige Streit, bei dem er Hand an mich gelegt hat. Ich dachte, es wäre, weil er mich nicht in seinem Team verlieren wollte. Ich hätte nie gedacht, dass er mich in seiner Nähe behalten wollte.

„Ich weiß ehrlich gesagt nicht, was ich sagen soll", gebe ich mit einem schweren Seufzer zu. „Seit Jahren versuche ich nun schon, besser zu sein als du. Eine bessere Vaterfigur zu sein, ein besserer Fußballer, ein besserer Mensch."

Dads Augen färben sich an den Rändern rot. „Gareth, du musst es nicht versuchen. Du hast diese Ziele bereits erreicht. Die unglaubliche Familie, die wir haben, haben wir nur dir zu verdanken. Dir und Vi. Ohne dich wären wir nicht hier, mein Sohn."

„Ich weiß nicht, ob ich das glaube", schnaube ich ungläubig.

Dad dreht sich um und legt mir eine Hand auf die Schulter. Meine Instinktreaktion auf diese zärtliche Berührung besteht darin, zusammenzuzucken, aber ich beiße die Zähne zusammen und akzeptiere es so, wie es ist.

Ein Olivenzweig.

„Du musst es glauben, Gareth. Diese Familie gehört mehr dir als mir, und das wird auch immer so bleiben. Ich hoffe nur, dass du mich trotzdem daran teilhaben lässt."

Ich nicke düster und lasse meinen Kopf nach unten sinken, während ich meine Hände aneinander reibe. „Ich glaube, es wäre schön, wenn die Jungs und Vi dein wahres Ich sehen würden."

Ein kleines Lächeln erhellt sein Gesicht. „Es tut mir nur leid, dass es fünfundzwanzig Jahre gedauert hat, bis er zurückkam."

In meinem Körper breitet sich eine neue Gelassenheit aus, die ich noch nie zuvor gespürt habe. Dieses Gespräch hat mehr bewirkt, als ich mir je hätte vorstellen können. Ich bin wirklich schockiert, wie sehr ich meinen Vater jetzt besser verstehe. Der Mann starb schier an gebrochenem Herzen und tat das Beste, was er unter diesen Umständen tun konnte. Sloan und ich sind nicht annähernd so eng miteinander verbunden wie meine Mutter und mein Vater, aber der Gedanke, sie nach allem, was wir gemeinsam durchgemacht haben, zu verlieren, macht mir Angst. Sie ist ein Teil von mir, so wie jeder andere es auch war.

Vielleicht ist sie der Grund dafür, dass ich die Position meines Vaters jetzt ein bisschen besser verstehe.

„Du bist der Klebstoff, Gareth. Das warst du schon immer. In dieser Hinsicht bist du genau wie deine Mutter."

Seine Erwähnung von Mum bringt ihr Gesicht in den Vordergrund meiner Gedanken. Ihr Lächeln. Ihre Augen. Ihr Haar. Ihre Berührung.

Vor allem ihre Berührung.

Sie war immer wunderbar. Und sie liebte meinen Vater, selbst am Ende. Wenn sie ihm verzeihen konnte, sollte ich das auch tun können.

„Sie war eine tolle Mutter", krächze ich und die Tränen laufen mir über das Gesicht.

„Die Beste", antwortet Dad und wischt sich die Tränen aus den Augen. „Und du wirst ein toller Vater sein, weil du genau wie sie bist."

Bei seinem Kommentar drehe ich den Kopf und schaue ihn an. „Ich bin noch weit davon entfernt, ein Vater zu sein, meinst du nicht?"

Er schüttelt den Kopf. „Ich bin nicht in der Lage, dir Ratschläge zu geben, Gareth. Aber ich frage mich, ob du bei deinem Streben, besser zu sein als ich, vielleicht deinen eigenen Weg ignorierst."

Ich ziehe die Augenbrauen zusammen, als ich versuche, seine letzte Aussage zu verstehen. „Was zur Hölle meinst du damit?"

Er lächelt wissend und antwortet, als wäre das, was er sagt, hundertprozentig wahr und es gäbe nicht den geringsten Zweifel. „Du liebst sie, Gareth. Du weißt es vielleicht noch nicht, aber ich schon."

FÜR IMMER IN UNSEREN HERZEN

Gareth

Die gesamte Familie Harris und unsere Begleitungen stehen in einem Halbkreis am Strand, alle auf Vis Wunsch hin in Weiß gekleidet. Meine Brüder und meine Schwester haben Zettel in der Hand, auf denen wir unsere Trauerreden geschrieben haben, die Vi von jedem von uns verlangt hat. Anscheinend werden wir die Botschaften in eine Flasche stecken und sie am Ende aufs Meer hinausschicken. Das ist nichts, womit ich mich im Geringsten wohlfühle. Die Wahrheit ist, dass ich mich noch nicht einmal wohl genug gefühlt habe, um Mums Grab zu besuchen. Aber für Vi würde ich so ziemlich alles tun, also stehe ich hier mit meinem verdammten Papier.

Hayden hockt im Sand und hilft Vi, während sie sich um einen Kranz aus weißen Lilien kümmert, der auf einem kleinen Holzfloß liegt. Rocky liegt in Tanners Armen und zupft an seinem Bart, während wir alle geduldig darauf warten, dass Vi beginnt.

Als sie den Kranz so arrangiert hat, wie sie ihn haben will, dreht sie sich um und nickt Camden und Booker zu, die sich bücken, um das Floß aufzuheben. Sie bringen es ins Wasser und schieben es so weit, dass die Flut es wegträgt. Schließlich kehren Cam und Booker zur Gruppe zurück und wir halten einen Moment inne, während das Floß immer weiter aufs Meer hinaus treibt.

Nach der Schweigeminute macht Vi auf dem Absatz kehrt und stellt sich mit dem Meer im Rücken zu uns. Sie kämpft mit ihren blonden Haaren, die ihr im Wind ins Gesicht peitschen, während sie von ihrem Blatt Papier abliest.

„Als ich über die Beerdigungstraditionen in Westafrika recherchierte, erfuhr ich, dass viele der Kulturen hier der Meinung sind, dass die Konzepte von Leben und Tod nicht getrennt sind. Sie sagen, dass man viel lebt, wenn man gesund ist und es einem gut geht. Wenn man krank ist oder stirbt, lebt man wenig. Mir gefällt dieser Gedanke, denn wenn es um die Familie Harris geht, egal wie schwer es für uns war, wenn Mum nicht da war, oder wie schwierig das Leben war, konnte uns niemand ansehen und sagen, wir hätten nicht viel gelebt. Wir haben gelebt, gelacht und geliebt, trotz des Schmerzes. Durch das Vermissen von Mum. Weil wir sie nicht gut genug kannten, bevor sie starb. Weil wir zusammen aufgewachsen sind und aufeinander aufgepasst haben, egal was war. Manche sehen mich an und denken, es ist traurig, dass ich ohne Mutter aufgewachsen bin. Aber das liegt daran, dass sie die vier Männer, die vor mir stehen, nicht kennen. Kein Mädchen auf der Welt hat das Glück, so aufzuwachsen wie ich. Die Jahre, die ich damit verbracht habe, euch vier anzuschreien und mit euch zu schimpfen, weil ihr schlechte Entscheidungen getroffen oder euch zu sehr in mein Privatleben eingemischt habt, waren einige der besten Jahre meines Lebens. Es ist, als hätte Mum gewusst, dass ich euch alle brauchen würde."

Vi hält inne und hält sich den Mund zu, um ihr leises Schluchzen zu verbergen, während Hayden einen beruhigenden Arm um sie schlingt. Wie aufs Stichwort ruft Rocky aus Tanners Armen: „Mami okay?"

Vi lacht ein tränenreiches, zufriedenes Lachen und nickt. „Mami ist okay." Sie geht hinüber, um Rocky in den Arm zu nehmen und bringt sie zurück zu ihrem Platz im Sand, wo sie sie an ihre Brust drückt, um sie zu trösten, bevor sie fortfährt: „Diese Jahre mit meinen Brüdern sind nur noch von dem Tag übertroffen worden, an dem ich selbst Mutter wurde." Sie wendet ihren Blick zu unserem Vater. „Und Dad, als ich gesehen habe, wie du dich in meine Tochter verliebt hast, war ich so dankbar, dich hier bei uns allen zu haben. Ich weiß, dass du wegen der Vergangenheit hart mit dir ins Gericht gehst, aber ich habe das Gefühl, dass das Beste für dich noch vor dir liegt."

Dad lächelt ein trauriges Lächeln, während sich seine Augen mit Tränen füllen.

„Was dich angeht, Mum", Vi schaut in den Himmel, „habe ich beschlossen, dass es nur wenig zu leben wäre, wenn ich über deinen Tod traurig wäre, und ich will verdammt viel leben. Also, danke, dass du deinen Namen, deinen Geburtstag und deine Liebe zum Kochen mit mir geteilt hast. Und ich danke dir für meine vier Brüder. Niemand kann sagen, du hättest nicht viel gelebt, Mummy. Niemand."

Mit einem tränenreichen Lächeln geht Vi mit ihrem Zettel zu Dad hinüber und reicht ihn ihm. Er rollt das Blatt vorsichtig zusammen und bückt sich, um eine verkorkte, grüne Glasflasche aus dem Sand zu holen. Er dreht den Korken heraus und schiebt das Blatt hinein, bevor er Vi in eine lange, feste Umarmung zieht. Wir alle sehen zu, wie sich Vi an Dads Schulter ausweint, und keiner von uns kann seine eigenen Tränen länger zurückhalten.

Sloans kleine Hand in meiner fühlt sich an wie ein Schlepper, der ein riesiges Schiff aus dem Meer rettet. Wie sie mich in einer so schwierigen Zeit mit ihrer sanften Ruhe trösten kann, scheint unvorstellbar. Sie legt ihren Kopf auf meine Schulter und streicht mit ihrer Hand sanft meinen Arm auf und ab. Ich bin froh, dass sie hier ist. Allein hier zu stehen, wäre zehnmal schwieriger gewesen, wenn ich sehe, wie meine Brüder ihre Partnerinnen trösten.

Jeder hat jetzt jemanden. Sogar ich.

Vi zieht sich schließlich von Dad zurück und wischt sich die Tränen aus dem Gesicht. „Wer will als Nächstes?"

Booker tritt sofort vor und lässt Poppys Hand los, während er sich an Vis Stelle begibt. Vi gibt ihm einen aufmunternden Klaps auf die Schulter, während er sich räuspert und sein Papier aufklappt.

„Ich kannte meine Mutter nicht so gut wie die meisten von euch. Ich war erst ein Jahr alt, als sie starb, und leider reichen meine Erinnerungen nicht so weit zurück. Deshalb kannte ich ihr Gesicht nicht und wusste nicht, wie sie roch. Ich kann mich an nichts anderes erinnern als an das, was ihr mir erzählt habt und was ich auf Fotos gesehen habe. Aber was ich mit unserer Mutter teile, ist das Verständnis dafür, wie unglaublich schwer es ist, sich schlecht zu fühlen, wenn man ein Baby zu versorgen hat. Noch ist mein Sohn sicher versteckt, aber ich fühle mich schon jetzt sehr verantwortlich für ihn. Und ich kann den Tag kaum erwarten, an dem ich ihn kennenlernen kann. Ihn sehen. Ihn halten. Ihn riechen. Es ist schrecklich, daran zu denken, dass Mum diese Zeit genommen wurde. Aber ich habe gesehen, wie Poppys Augen aufleuchten, wenn unser Sohn in ihrem Bauch strampelt, oder wenn er Schluckauf bekommt und das tut, was Babys im Mutterleib tun. Sie ist so verliebt in ihn, obwohl sie ihn noch nicht einmal zu Gesicht bekommen hat. Was ich damit sagen will, ist, dass ich dankbar bin, dass meine Mutter und ich wenigstens diese Momente zusammen hatten, denn soweit ich das beurteilen kann, sind sie wirklich etwas ganz Besonderes."

Booker zupft unbeholfen an seinem Ohrläppchen, bevor er seine Nachricht an Dad weitergibt, der sie in die Flasche steckt. Er hält inne, zieht ein kleines Schwarz-Weiß-Foto aus seiner Gesäßtasche und reicht es Dad. „Das ist eines unserer ersten Ultraschallfotos. Ich möchte, dass es auch hier drin ist."

Dad lächelt zittrig und wickelt das Foto in Bookers Zettel ein. Er umarmt Booker schnell und bevor Booker an mir vorbeigeht, ziehe ich ihn ebenfalls in eine Umarmung. Seine Schultern zittern unter mir und er zieht sich zurück, um mich mit rotgeränderten und glänzenden Augen anzusehen. Seine Stimme ist so leise, dass nur ich sie hören kann, als er sagt: „Ehrlich gesagt, Gareth, zu den besten Erinnerungen an meine Kindheit gehörst du. Ich hoffe, du weißt das."

Seine dunklen Augen sind rund und wachsam, offensichtlich denkt er immer noch über alles nach, was gestern Abend gesagt wurde und weiß nicht, dass Dad und ich uns unterhalten haben.

„Das weiß ich, Booker. Ich weiß." Ich ziehe ihn in eine weitere Umarmung und klopfe ihm noch ein paar Mal auf den Rücken. „Aber danke, dass du das sagst."

Er nickt und schaut zu Boden, während er von mir weggeht und sich wieder neben Poppy stellt.

Camden und Tanner sind als Nächstes dran. Sie schauen sich unbeholfen an, bevor sie gemeinsam sprechen, während Belle sich neben Indie stellt, um die Lobreden ihrer Ehemänner zu verfolgen.

Tanner deutet auf Camden, damit er anfängt, also rollt Cam sein Blatt Papier aus und sagt: „Ich bin mir nicht sicher, ob ich angefangen habe, viel zu lesen, weil ich wie Mum bin oder weil ich wie Mum sein wollte. Auf jeden Fall finde ich es toll, dass ich dieses Hobby mit ihr teile. Sie machte sich immer Notizen am Rand ihrer Bücher, so wie ich es jetzt tue. Ich stelle mir gerne vor, dass sie jedes Mal, wenn ich einen Gedanken in einen Roman schreibe, ihn von überall aus sehen kann, als würde ich mit ihr ein persönliches Gespräch über meine aktuelle Lektüre führen. Also, Cheers Mum, auf viele weitere Bücher, die wir gemeinsam genießen können."

Camden gibt seinen Zettel an Dad weiter, der ihn schnell in die Flasche steckt, während Tanner sich darauf vorbereitet, als Nächstes zu sprechen. Tanner streicht sich ein paar lose Haare hinter die Ohren und sagt: „Um ehrlich zu sein, habe ich nicht viel zu sagen. Ich bin Mum einfach dankbar, dass sie uns diese Familie geschenkt hat. Ich bin vielleicht der unausstehlichste Kerl von allen und ich weiß, dass die meisten von euch mich täglich verprügeln wollen, aber ich hoffe, keiner von euch zweifelt daran, wie viel mir diese Familie bedeutet. Wie sehr ich es schätze, euch alle an den meisten Sonntagen zu sehen und am Leben der anderen teilhaben zu können. Wir spielen Fußball und wir spielen gut, aber es gibt nichts, was wir besser können als Familie. Das war schon immer so und wird hoffentlich immer so bleiben. Also, danke, Mum, dass du uns alle zusammengebracht hast.“

Tanner blickt auf den Ozean, während er Dad seinen Zettel übergibt. Camden legt einen Arm um seine Schulter und tröstet Tanner in einem weiteren seiner seltenen Momente des Ernstes. Sobald Dad die beiden Zettel eingesteckt hat, umarmt er die beiden, ohne dass Tanner einen anzüglichen Witz darüber machen kann. Dann schaut mich Vi mit leuchtenden, blauen Augen an.

Sloan drückt meine Hand fest und ich schaue kurz zu ihr hinunter, bevor ich meinen Platz in der Mitte einnehme. Mit einem tiefen Atemzug öffne ich mein Papier und starre auf die Worte, die ich vorbereitet habe, bevor Dad und ich heute Morgen miteinander gesprochen haben; bevor ich vor meiner ganzen Familie explodiert bin; und bevor Sloan mich auf eine Art und Weise geöffnet hat, von der ich nie gedacht hätte, dass sie möglich wäre. Ich stecke das Papier wieder in meine Tasche und schaue in die Gesichter meiner Familienmitglieder.

„Ich will nicht mehr distanziert sein. Ich will … hier sein. Ich will nicht mehr streiten oder wütend auf dich sein, Dad. Ich will keine Erinnerungen an Mum zurückhalten, weil ich wütend bin auf das, was in der Vergangenheit passiert ist. Wütend zu sein, macht unser Leben nicht besser. Ich will dich einfach so lieben, wie du bist, und aufhören, mich über das zu ärgern, was du nicht warst. Ich glaube, was ich in den letzten Jahren gelernt habe, ist, dass wir alle unser Bestes gegeben haben. Ich war nicht perfekt. Das weiß ich, verdammt. Und ich hasse das Leben, das ich mit euch allen gelebt habe, nicht. Ich hoffe, ihr wisst das alle. Hass war nicht das, was mich dazu gebracht hat, bei

ManU zu unterschreiben. Kein einziges Mal. Es war eine Ehre. Und auch wenn es den Anschein haben mag, dass ich ein launisches Arschloch bin, hoffe ich, dass niemand von euch jemals daran zweifelt, wie sehr ich unsere Familie schätze."

Vi bricht in ein Schluchzen aus und übergibt Rocky an Hayden. Sie eilt direkt auf mich zu und zieht mich in eine feste Umarmung. Ihre Stimme ist sanft in meinem Ohr, als sie krächzt: „Ich liebe dich so sehr, Gareth."

„Ich liebe dich auch, Vi", antworte ich mit zusammengebissenen Zähnen und ziehe mich zurück, um in ihr tränenüberströmtes Gesicht zu schauen. Wir beide haben viel zusammen durchgemacht, und unser Band wird nie brechen. Sie dreht sich zu Hayden um und umarmt ihn fest, bevor sie sich wieder mir zuwendet.

„Und jetzt zu unserer Mutter", beginne ich und atme tief ein, als sich ein großer Kloß in meinem Hals bildet. Ich schaue auf den Sand hinunter, denn ich kann meinen Geschwistern nicht ins Gesicht sehen, als ich meine nächsten Worte spreche. „Ich erinnere mich an den Tag, an dem du gestorben bist. Du hast mir gesagt, dass es dir große Freude bereiten würde, wenn mein Herz lauter als mein Kopf wird. Ich hoffe, du lächelst von dort, wo du bist, denn ich glaube nicht, dass mein Herz noch lauter werden könnte als jetzt, in diesem Moment."

Ich schniefe laut und meine Gefühle überwältigen mich, während ich die Träne wegwische, die mir über das Gesicht gelaufen ist. „Ich liebe dich, Mummy. Danke für diese Familie und dafür, dass du die beste Freundin warst, die ich je hatte."

Ein schwerer Atemzug entweicht zwischen meinen Lippen und mit einem Schlag hat mich mein Vater in eine Umarmung gehüllt. Eine enge, heftige, überwältigende Umarmung, die ich von ganzem Herzen akzeptiere, weil sie sich echt und wahr anfühlt und genau das ist, was ich brauche.

Als Dad mich loslässt, krame ich die Trauerrede heraus, die ich nicht vorgelesen habe, und überreiche sie ihm. Er steckt sie in die Flasche, während ich zurück zu Sloan gehe, der die Tränen über das Gesicht laufen und deren goldene Augen vor Staunen leuchten. Ich wische ihr über die Wangen, während sie ihren Arm um meine Taille schlingt. Ich gebe ihr einen sanften Kuss auf die Stirn und drehe mich dann wieder zu meinem Vater um.

Er rollt die Flasche immer wieder in seinen Händen herum, während er sagt: „Liebe soll nicht süß und einfach sein. Sie soll ungebremst sein und einen zerbrechen, bis du dein wahres Ich findest. Sie soll so stark und wundervoll sein, dass man sich nicht mehr an die Person erinnern will, die man war, bevor man ihre Großartigkeit erlebt hat. Das ist die Art von Leidenschaft, nach der man sein ganzes Leben lang sucht. Und das ist die Art von Leidenschaft, die ich bei eurer Mutter gefunden habe. Ich habe Vilma so sehr geliebt, dass ich ihren Verlust schon spürte, bevor sie überhaupt starb. Ich durchlebte die Phasen der Trauer, als sie noch hier war, weil ich mich nicht davon abhalten konnte, über ihren bevorstehenden Verlust zu trauern. Und wegen meiner Entscheidungen habe ich die meisten eurer Kindheiten verpasst, und ihr alle habt etwas Besseres verdient. Aber jetzt bin ich aufgewacht und weigere mich, noch mehr zu verpassen. Ich bin fertig mit dem Trauern. Heute ist nicht der Tag, um alten Schmerz auszugraben. Es ist ein Tag, um ihn ins Meer hinauszulassen und ihm für immer Lebewohl zu sagen. Ich will, dass es von jetzt an besser wird. Ich werde bei Rockys ersten Schritten und der Geburt von Bookers und Poppys Sohn dabei sein. Ich werde Manchester so oft besuchen, wie Gareth es zulässt. Was auch immer ihr braucht, ich werde da sein. Auch wenn ihr von mir nur etwas Freiraum braucht, ist das in Ordnung. Ich werde unsere Familie zu meiner Priorität machen, so wie ich es bei Vilmas Tod hätte tun sollen. Deshalb denke ich, dass dies meine letzte Saison beim Bethnal Green Football Club sein wird."

Ein kollektives Schnappen nach Luft der ganzen Gruppe lässt Dads Gesicht tiefrot werden, aber er schüttelt den Kopf und fügt hinzu: „Fußball ist nicht mehr meine Leidenschaft. Ich sehe jetzt ein, dass er mir beim Vergessen half. Er half mir, mich menschlich zu fühlen. Er half mir, indem er mir eine Möglichkeit gab, mich mit euch Kindern zu verbinden. Das brauche ich jetzt nicht mehr. Ich bin zurück, ich bin hier und möchte meinen Lebensabend damit verbringen, die Familie zu genießen, die eure Mutter und ich gemeinsam geschaffen haben."

Er hält kurz inne und blickt in den Himmel. Tränen rinnen aus seinen Augenwinkeln, als er sagt: „Vilma, mein Schatz, das ist mein Versprechen an dich. Vom Himmel aus kannst du zusehen, wie ich mit unseren Enkelkindern alt werde und ihnen Geschichten darüber erzähle, wie wunderbar du bist. Dein Geist wird das Leben unserer Familie sein, selbst in deinem Tod."

Dad schaut uns alle an und fügt hinzu: „Das Schlechte hat mich zum Guten gebracht. Und wenn ich euch alle so ansehe, erkenne ich nur das Gute. Danke, dass ihr alle die zweitgrößte Liebe meines Lebens seid." Er holt tief Luft und wendet sich dem Meer zu. „Lasst uns die Flasche aufs Meer hinauswerfen, ja?"

Als Gruppe gehen wir zum Wasser hinaus und sehen zu, wie Dad die Flasche mit all unseren Lobreden in die Luft wirft. Die Worte für unsere Mutter, über unsere Mutter und vor allem über unsere Familie.

… worum es an diesem Tag wirklich geht.

SWIFTIE LIEBE

„Sloan, du siehst heiß aus!", ruft Vi mir zu, als ich die Treppe hinaufsteige und den VIP-Bereich der Disco-Bar betrete, die an unser Hotel angeschlossen ist. Die Mädels haben mir gesagt, dass wir uns hier für unseren Tequila-Sunrise-Junggesellinnenabschied treffen sollen, aber ich bin schockiert, dass der Club völlig leer ist. Die Lichter flimmern und die Musik dröhnt laut, aber außer unserer Mädels-Gruppe, die alle auf mehreren schwarzen Ledersofas sitzen, ist kein Mensch zu sehen.

Ich streiche mein nudefarbenes, knielanges Kleid glatt, das mit einem coolen, metallischen Schimmer und einem T-Träger hinten verziert ist. Es ist ein tolles Kleid, das ich für eine Kundin gekauft habe, die mich gebeten hat, es zurückzuschicken, weil es nicht von einem bekannten Designer ist. Ich war enttäuscht, weil es ein einmaliger Fund war, also musste ich es für mich behalten.

„Du bist diejenige, die heiß aussieht", antworte ich und mustere Vis trompetenförmiges, bodenlanges, rotes Kleid. Breite Träger überkreuzen sich auf dem Rücken und enthüllen mehr als nur einen Hauch ihrer gebräunten Haut. „Müssen Bräute nicht jungfräuliches Weiß tragen?", frage ich mit einem Lächeln, als sie mich in eine Umarmung zieht.

Sie winkt ab. „Rot ist meine Farbe! Und es macht Hayden verrückt." Sie kichert und dreht sich mit mir am Arm zu der Gruppe um. „Okay, du kennst also Poppy, Indie und Belle, aber Haydens Schwester Daphney hast du noch nicht kennengelernt. Daphney, das ist die Freundin von meinem Bruder Gareth, Sloan."

Eine jünger aussehende Blondine winkt von ihrem Platz auf der anderen Seite des Tisches, als ich sage: „Schön, dich kennenzulernen."

„Und das ist die Frau von Haydens Bruder, Leslie!", fügt Vi hinzu und wendet sich einem Mädchen mit kastanienbraunen Haaren zu, das ein fabelhaftes, extravagantes Kleid trägt. „Sie war aber zuerst meine Kollegin bei Nikon!"

„Und wenn ich nicht gewesen wäre, wärst du nie bei Hayden gelandet!", ruft Leslie, springt vom Ende der Couch auf und eilt herbei, um mir die Hand zu schütteln. „Hey, du! Du bist Sloan, die Amerikanerin, richtig?"

Ich lache über den Stempel. „Das bin ich. Du klingst auch ein bisschen amerikanisch. Habe ich recht?"

„Ich bin in Missouri geboren und aufgewachsen! Woher kommst du?"

„Chicago!", rufe ich und freue mich, eine Kollegin aus dem Mittleren Westen gefunden zu haben.

„Wie verrückt, dass wir uns in Westafrika treffen!", erwidert sie mit großen Augen, während sie am Strohhalm ihres Getränks zieht.

Belle hält mir plötzlich ein Glas vor die Nase und sagt: „Trink aus. Tequila-Sunrise-Cocktails sind das Rezept für alles, was im Leben gut ist. Du wirst mir später danken."

Ich nehme es achselzuckend an und nehme einen stärkenden Schluck von dem erfrischenden Getränk. „Ihr seid also erst heute angekommen, richtig?", frage ich Leslie, als Vi in ein anderes Gespräch verwickelt wird.

Leslie nickt. „Ja. Meine zweijährige Tochter Marisa hat fast den ganzen Flug über geweint. Es war furchtbar. Zum Glück haben die Eltern meines Mannes heute Abend Babysitterdienst, also darf Mama feiern!" Sie schwenkt die Hüften und nimmt noch einen Schluck.

„Oh, das ist so schön!", antworte ich mit einem Lächeln. „Meine Tochter Sophia ist jetzt sieben, aber sie war drei, als wir nach England gezogen sind. Ich bin mir ziemlich sicher, dass die hier von diesem Flug stammen."

Ich zeige auf die feinen Fältchen in meinen Augenwinkeln, und Leslie schlägt meine Hand schnaubend weg. „Bitte, ich sehe überhaupt keine Falten! Du bist umwerfend."

„Und du bist süß", antworte ich lachend. Ihr Akzent erinnert mich ein bisschen an Sophia, denn manchmal klingen ihre Worte nicht ganz amerikanisch. Sie hat eindeutig länger in England gelebt als ich. „Was hat dich nach England gebracht? War es Haydens Bruder?"

„Nein. Er war nur ein Glücksbonus!" Sie grinst wie ein Honigkuchenpferd. „Ich arbeite mit Vilma für Nikon … Sorry, ich weiß, dass ihr sie Vi nennt. Wir sind beide Kamerataschendesigner und der Hauptsitz ist in London, also bin ich irgendwie hier gelandet."

„Oh, wie cool!", rufe ich aus. „Ich hatte noch keine Gelegenheit, mit Vi über ihren Job zu sprechen. Ich bin eigentlich nur Stylistin, aber ich liebe das Entwerfen und Nähen, wenn ich Zeit habe."

„OMG, ich auch! Was machst du?", fragt Leslie mit großen, aufgeregten, grünen Augen.

„Ich mache ein bisschen von allem, aber überraschenderweise entwerfe ich am liebsten Herrenmode. Vor allem Maßanzüge."

„Nein! Das ist so cool. Mein Favorit sind Kleider. Das hier habe ich sogar selbst genäht", sagt sie und wirbelt in ihrem gelben, geblümten Kleid im Stil der Fünfzigerjahre herum.

„Nein!" Ich wiederhole ihre vorherige Aussage. „Es ist fantastisch! Es ist so schön und kokett."

Wir setzen uns auf eine Couch in der Nähe, damit ich mir die Nähte an Leslies Kleid genauer ansehen kann. Ich bin mir ziemlich sicher, dass wir über eine Stunde des Abends damit verbringen, über Mode zu reden. Sie träumt davon, ihre eigene Boutique im Londoner Osten zu eröffnen, aber das Kapital und die Kontakte, die sie dafür braucht, übersteigen bei weitem ihre Möglichkeiten.

Ich verstehe den Kampf vollkommen. Die High-Fashion-Branche ist ein Nischenmarkt. Ohne Callums Kontakte zu den wohlhabenden Einwohnern von Manchester hätte ich nie die Art von A-Promi-Kunden gewonnen, die ich jetzt habe.

Leslie erzählt mir auch, dass sie weiß, dass ein Startup-Unternehmen eine große Verpflichtung ist. Ihr Mann Theo hat ein erfolgreiches Geschäft für maßgefertigte Möbel, obwohl er einen schweren Start hatte. Der Unterschied ist, dass er sein Geschäft eröffnete, als er noch Single und ungebunden war. Der Gedanke, die Zeit mit Theo und Marisa zu verpassen, lastet schwer auf Leslies Seele.

Das Gespräch öffnet mir die Tür, um über die Schwierigkeiten zu sprechen, die ich habe, wenn ich seit der Scheidung von Sophia getrennt bin. Ich weiß nicht, ob es der Tequila Sunrise ist, der aus mir spricht, aber ich spreche sogar über Sophias Kampf gegen den Krebs und darüber, wie übervorsichtig ich bin, was ihre Gesundheit und ihren Zeitplan angeht.

Leslie hat eine unglaubliche Art, einfach zuzuhören. Sie urteilt nicht und gibt auch keine Ratschläge. Stattdessen nickt sie einfach nur oder stimmt zu, wenn es gerade passt. Es ist ein Moment echter Verbundenheit zwischen zwei Müttern, den ich seit meinem Umzug nach England mit niemandem mehr hatte. Meine Mutter und meine Schwestern kamen zu Besuch, bevor die Scheidung abgeschlossen war, aber sie rieten mir, alles zu tun, um die Sache mit Callum zu regeln. Das hat meine Beziehung zu ihnen sehr belastet, als meine Ehe trotzdem geschieden wurde.

Aber irgendetwas an Leslie, die mir zuhört und mir die Möglichkeit gibt, meine Gefühle laut auszusprechen, ist unglaublich aufbauend. Ich weiß nicht, ob es daran liegt, dass wir beide Amerikanerinnen sind oder an unseren ähnlichen Interessen, aber ich fühle mich mit ihr auf einer ganz anderen Ebene verbunden. Es fühlt sich an, als wären wir in einem anderen Leben beste Freundinnen gewesen oder so. Es macht mich traurig, dass sie in London lebt und ich in Manchester.

Es ist fast elf, als ich Belle von ihrem Platz auf der Couch aus laut aufschreien höre. „Du machst wohl Witze!", ruft sie der Kellnerin zu, die verlegen mit den Schultern zuckt und ihr ein Getränk reicht.

Belle wendet sich mit einem frischen Cocktail in der Hand und großen Augen an uns alle. „Leute, ratet mal, was sie mir gerade erzählt hat?"

„Was?", fragt Vi und beugt sich vor, um einen Schluck durch ihren Strohhalm zu nehmen, wobei sie offensichtlich keine Schmerzen verspürt.

„Tanner und Camden haben diesen Nachtclub für den Abend gebucht."

„Was soll das heißen?", fragt Indie und rückt die goldgerahmte Brille in ihrem Gesicht zurecht.

Belles dunkle Augen werden bedrohlich. „Das bedeutet, dass sie ihn für die ganze Nacht gebucht haben, weil diese Wichser nicht wollten, dass irgendwelche Fremden mit uns tanzen. Sie haben das Hotel bezahlt, um uns die ganze Nacht von anderen Männern fernzuhalten."

„Nein!", ruft Vi mit heruntergefallener Kinnlade aus. „Hatte Hayden etwas damit zu tun?"

„Oh mein Gott, ich bin mir sicher, dass sie alle mitgemacht haben, wie die verrückten Freaks, die sie sind", knurrt Belle fast. „Wenn ich

Tanners Eifersucht nicht so geil fände, wäre ich jetzt richtig wütend, anstatt leicht erregt zu sein."

„Igitt!", schreit Vi, hält sich die Ohren zu und wiegt sich hin und her. „Bitte sag mir, dass es 11:11 Uhr ist, damit ich mir wünschen kann, in der Zeit zurückzureisen und diesen Kommentar aus meinem Kopf verschwinden zu lassen."

Belle und Indie lachen und klatschen sich gegenseitig ab.

„Leute!", brüllt Leslie, steht auf und streckt ihre Hände in die Höhe. „Ich glaube, ihr verpasst das Beste an dieser Situation!"

„Was ist das?", fragt Vi und nimmt die Hände von ihren Ohren.

„Wir haben die ganze Tanzfläche für uns allein!", ruft sie und gestikuliert hinunter zur voll beleuchteten Tanzfläche. „Wir können tanzen wie die Idioten und können uns einen Dreck darum scheren, uns zu blamieren, damit bin ich bestens vertraut!" Ihre Augen weiten sich, als sie auf das DJ-Pult zeigt. „Wir können uns ‚Dancing Queen' wünschen, das die ganze Nacht lang gespielt wird!"

„Vielleicht nicht die *ganze* Nacht", sagt Daphney leise und verzieht vor Verlegenheit das Gesicht.

„Gut, Daph, du kannst dir ein paar Junge-Mädchen-Lieder wünschen. Taylor Swift ist doch dein Ding, oder?"

„Das ist Gareths Ding!", schreit Vi und bricht in Gelächter aus.

Mein Blick fällt auf sie. „Entschuldige bitte, was hast du gerade gesagt?"

Vi beugt sich vor und verbirgt ihr Gesicht. Ihre verzerrte Haltung steht in krassem Widerspruch zu dem schicken Kleid, das sie trägt. „Das soll ein Geheimnis sein!"

„Du musst es uns jetzt sagen!", singt Poppy, die offensichtlich genauso interessiert an Vis Kommentar ist wie ich.

Vi setzt sich aufrecht hin und atmet schwer aus. „Gareth wärmt sich zu Musik von Taylor Swift in seinen Kopfhörern auf, aber er würde mich umbringen, wenn er wüsste, dass ich euch das erzählt habe!"

Wir brechen alle in solches Gelächter aus, dass ich mir sicher bin, dass Poppy spontane Wehen bekommen wird. Die Munition, die mir dieses kleine Faktum liefert, wird sehr nützlich sein.

Leslie zieht mich plötzlich an sich und murmelt: „Von einer Freundin eines grüblerischen Mannes zur anderen: Sei vorsichtig mit der

Taylor-Swift-Karte. Wenn Gareth nur annähernd so ist wie Theo, wird er dich dafür bezahlen lassen."

Ich lache über ihre Warnung und schenke ihr ein schelmisches Grinsen. „Oh, glaub mir, damit rechne ich!"

Die Mädels jubeln, als wir aufstehen und anfangen, die ganze Nacht zu tanzen. Belle entblößt ihren neongrünen Slip, als sie mit ihren kurvigen Hüften zu Boden sinkt und Indie macht immer wieder den Roboter, was dies zu einer der besten Nächte macht, die ich seit Jahren hatte. Diese Mädchen sind die Art von lebenslustigen Frauen, die ich in meinem Leben gebraucht habe, seit ich nach England gezogen bin. Das Einzige, was diesen Abend komplett machen würde, wäre die Anwesenheit meiner fabelhaften Freya. Aber diese Gruppe heute Abend gibt mir ein Gefühl von Schwesternschaft, von dem ich gar nicht wusste, dass es mir fehlt.

Einige Stunden und weitere Tequila Sunrise Drinks später stolpern wir zurück zu den Ledersofas im Obergeschoss. Leslie kräht laut, dass sie ein Geschenk für Vi hat, dann beugt sie sich hinter das Sofa und holt eine riesige, schwarze Geschenktüte hervor.

Sie stellt die Tüte vor Vi hin, die den Kopf schüttelt. „Ich sagte, keine Geschenke, Lez!"

Leslie schiebt das Geschenk näher an Vi heran. „Das ist eine Art Wundertüte. Du kannst es mit den Mädchen teilen, denn Ameerah hat es leider ein bisschen übertrieben."

„Oh mein Gott, Leslie!", ruft Vi aus, ihr Gesicht ist ein Bild des Grauens. „Du hast das von Ameerah bekommen? Ich kann es hier nicht aufmachen! Das geht nicht!"

„Doch, das kannst du!", brüllt Leslie zurück. „Das ist ein Junggesellinnenabschied und wir haben den ganzen Club für uns allein! Und wie ich schon sagte, es ist für jeden etwas dabei. Also sei ein Mann und tu deine Pflicht als Braut oder du nimmst uns allen den Spaß, den wir später haben werden." Leslie zwinkert mir zu und ich runzle die Stirn, weil ich immer noch nicht weiß, was in der schwarzen Tasche ist.

Mit roten Wangen öffnet Vi die Büchse der Pandora mit jeder Menge Sexspielzeug. Ein süßer BH, Penissauger, verschiedene Vibratoren, Gerten, Federn, Nippelklemmen, Handschellen, sinnliche Öle, Gleitmittel und Lotionen. Was auch immer man will, es ist in dieser verdammten Tüte.

Die Mädchen lachen, als sie sich einige Gegenstände für einen genaueren Blick schnappen. Als Vi einen riesigen rosa Dildo herauszieht und auf einen Knopf drückt, der ihn zum Leuchten bringt, bricht die ganze Gruppe in Hysterie aus.

Genau in diesem Moment spielt das Schicksal ein gutes Blatt.

Aus dem Augenwinkel sehe ich eine Gruppe von Männern, die mit heruntergeklappten Kinnladen und großen Augen am Eingang zu unserem VIP-Bereich stehen.

Camden, Tanner, Booker, Hayden und ein Mann mit Brille, von dem ich nur annehmen kann, dass es Leslies Ehemann Theo ist, starren Vi an, die einen riesigen, leuchtenden, sich drehenden Dildo in der Hand hält.

Ich breche wieder in Gelächter aus und zeige hinter die Mädchen, die sich alle umdrehen, um zu sehen, was mich so schockiert hat. Sie kreischen vor Freude, als sie die jetzt näherkommenden Männer sehen.

„Ihr habt offensichtlich viel mehr Spaß als wir!", brüllt Tanner mit fassungslosem Gesichtsausdruck, während er die Sexspielzeuge betrachtet, die überall um uns herum liegen. „Ehefrau! Was hast du zu deiner Verteidigung zu sagen?"

Belles Augen werden groß, als sie aufsteht und sich zu ihrem Mann umdreht. „Was hast *du* zu *deiner* Verteidigung zu sagen? Wir haben gehört, dass ihr den ganzen Club ohne unser Wissen gemietet habt!"

Verwunderung huscht über Tanners Gesicht, als er den leeren Club betrachtet. „Ich weiß nicht, wovon du redest."

Sie knurrt und schlägt ihm auf die Brust, aber mein Blick wird abgelenkt, als Gareths Gesicht am oberen Ende der Treppe auftaucht.

Gareth schaut weder auf den Dildo, noch auf die Sexspielzeuge, noch auf das Spektakel, das Tanner und Belle aus sich machen. Er ist ein großer, dunkler und gutaussehender Sturm, der nur Augen für mich hat.

Meine Schenkel verkrampfen sich, als er sich durch alle hindurch bewegt und direkt vor mir steht. Er beugt sich über mich, sperrt mich auf der Couch ein und flüstert mir ins Ohr: „Tanz mit mir, Treacle."

Ich ziehe meinen Kopf zurück und blicke in seine dunklen, heißen Augen. „Ist das ein Befehl?"

Er schaut auf meine Lippen hinunter. „Du hast verdammt recht, das ist es."

Mit einem vergnügten Lächeln nehme ich seine Hand und lasse mich von meinem Sitz hochziehen. Wir schreiten hinunter zur Tanzfläche, als die Musik zu einem erotischen, langsameren Lied wechselt, das einen tiefen Bass durch die Lautsprecher drückt. Die Lichter verblassen zu gelben Sternenpunkten, die um uns herum tanzen. Gareth legt meine Arme um seinen Hals und zieht mich an seinen harten Körper.

Er küsst meinen Nacken, seine Lippen sind weich auf meiner Haut, als er flüstert: „Ich konnte nicht schnell genug hier sein.“

Ich muss tief einatmen, um meine Libido in den Griff zu bekommen, damit ich zusammenhängende Sätze bilden kann. „Wo warst du?“

„So ein Scheiß-Pub“, murmelt er, streicht mir die Haare von der Schulter und zieht seine Lippen mein Ohr hinauf. „Und alles, woran ich denken konnte, war, dass ich den ganzen verdammten Club gemietet hatte und ihn nicht einmal genießen könnte.“

„Das warst du!“, rufe ich und stoße mich mit großen Augen von ihm ab.

Er versucht nicht im Entferntesten, das stolze Grinsen in seinem Gesicht zu verbergen.

Ich gebe ihm einen Schubs an die Schultern. „Gareth! Die Mädchen sind wütend auf Camden und Tanner, weil sie denken, dass sie es getan haben.“

Er zuckt mit den Schultern. „Es war ihre Idee. Ich habe einfach den Abzug gedrückt und es in ihrem Namen getan.“

Sein Körper bebt vor Lachen, als wir hinüberschauen und sehen, dass die Mädchen immer noch mit den Jungs streiten.

„Sie streiten deinetwegen.“

„Es geht ihnen gleich wieder gut.“ Er leckt sich über die Lippen und schaut auf meinen Mund. „Es tut mir nicht leid. Ich habe dich für mich allein, Sloan. Ich bin nicht bereit, dich mit jemand anderem zu teilen.“

„Ich hätte nichts anderes getan als zu tanzen“, behaupte ich und bin überrascht, wie gut es sich anfühlt, dass er mich so beschützt.

„Genau“, antwortet er und schaut auf meinen Körper hinunter. „Hast du dich heute Abend gesehen? Du siehst verdammt fantastisch aus. Ich hatte nicht vor, dich in einem fremden Land mit einem Haufen mir unbekannter Leute rauszulassen.“

„Das ist ein Fünf-Sterne-Resort." Ich rolle halbherzig mit den Augen. „Du machst dich lächerlich."

„Ich kümmere mich um das, was mir gehört." Er festigt seinen Griff um meine Taille und zieht mein Becken an seins.

Salti. So viele Salti im Bauch. So viele verdammte Salti im Bauch, dass ich kaum noch atmen kann.

Ich schmiege mich wieder an ihn, lege meinen Kopf auf seine Schulter und lasse alles Revue passieren, was in den letzten vierundzwanzig Stunden passiert ist. Vom Flug, über das Essen in der Hölle, die Totenwache bis hin zu heute Abend. Es ist eine Achterbahn, von der ich nicht weiß, ob ich jemals wieder absteigen will.

„Hast du dich gut amüsiert?", fragt Gareth und drückt mir einen Kuss auf die nackte Schulter, während seine Finger die freigelegte Haut auf meinem Rücken auf und ab fahren.

Ich hebe meinen Kopf und nicke. „Ja, wirklich gut sogar. Ich meine, ich liebe Vi und die anderen Mädchen schon, aber mit Leslie habe ich mich heute Abend wirklich verbunden gefühlt."

„Theos Frau?", fragt Gareth und zieht überrascht die Stirn in Falten.

„Ja. Sie ist Amerikanerin und Designerin. Wir haben viele Gemeinsamkeiten."

„Ihr seid auch beide Mütter", sagt er wissend.

„Ja", antworte ich und kaue nachdenklich auf meiner Lippe. „Ich habe eigentlich keine Mami-Freunde."

„Nun, du hast Vi. Bald wirst du Poppy haben."

Seine Aussage trifft mich unvorbereitet. „Siehst du schon unsere gemeinsame Zukunft, Harris?"

„Natürlich", antwortet er schnell. „Du nicht?"

Ich nicke langsam und schaue mir alle ernsten, düsteren Züge in seinem Gesicht an. „Ich fange damit an."

Ohne ein weiteres Wort erobert Gareth meinen Mund mit einem langen, trägen Kuss. Er ist sinnlich und tief. Sanft und wunderbar. Er ist so wunderbar, dass es sich lohnt, die Zeit mit Sophia für diese Chance auf mein eigenes Glück zu opfern.

Plötzlich werden wir angerempelt, als sich der Rest der Crew zu uns auf die Tanzfläche gesellt und unsere öffentliche Liebesbekundung mit Pfiffen quittiert. Gareth, das selbstgefällige Arschloch, hört die ganze Zeit über nicht auf, zu grinsen.

Ein paar Drinks und Songs später verlasse ich gerade die Toilette, nachdem ich meinen Lippenstift aufgefrischt habe, als Vi und Leslie um die Ecke stolpern.

„Sloan!" Leslie quietscht aufgeregt, hält die schwarze Geschenktüte von vorhin in der Hand und gestikuliert zu Vi. „Schnell, Vilma, such etwas für Sloan aus."

Vi hickst und wühlt in der Tasche. „Es ist so komisch, den Partnerinnen meiner Brüder Sexspielzeug zu geben."

„Nun, Adrienne bekommt keine Cousins, es sei denn, die Jungs pflanzen sich fort."

Vis Augen werden groß. „Gutes Argument, Leslie. Das ist der Grund, warum sie dich im Büro so sehr lieben. Du denkst in großen Zusammenhängen."

Vi kichert, als sie den Boden der Tüte durchwühlt. „Ich bin wie ein Sex-Weihnachtsmann und ich weiß, dass du meinen Bruder fickst und das ist komisch, aber ich bin betrunken und werde mich hoffentlich morgen früh nicht daran erinnern. Hier."

Ich schaue nach unten, als sie mir ein Paar kristallbesetzte Handschellen mit einer sehr langen Kette überreicht.

„Wirklich?" Ich lache und halte sie zur Untersuchung hin. „Schreit irgendetwas an mir: ‚Fessle sie'?"

Vi schüttelt ihren Kopf von einer Seite zur anderen. „Nein! Mein Bruder ist derjenige, der kontrolliert werden muss. Er ist völlig übermächtig. Er ist wunderbar, aber er ist viel. Ich habe das Gefühl, dass ihr die irgendwann in eurer Beziehung brauchen werdet."

Oh, Vi. Süße, süße kleine Schwester. Wenn du nur wüsstest.

Ohne ein weiteres Wort stolpert sie mit einer ebenso beschwipsten Leslie ins Bad. Ich beiße mir auf die Lippe, stecke ihr Geschenk in meine Tasche und überlege, ob ich es Gareth zeigen soll oder nicht.

Ich bin gerade dabei, sie zu verstauen, als sich ein großes Paar warmer Arme von hinten um mich legt. Der männliche Geruch von Gareth überflutet alle meine Sinne, als ich mich umdrehe und zu ihm aufschaue. „Wo kommst du denn her?"

Er deutet hinter sich. „Von der Toilette, aber mich interessiert mehr, wohin *wir gehen.*"

Meine Augenbrauen heben sich. „Bist du bereit, zu gehen?"

Er nickt ernst und schiebt mich so, dass ich mit dem Rücken an die Wand gedrückt werde. „Bist du bereit, zu gehen?", fragt er mich im Gegenzug und schwebt mit einem hungrigen, besitzergreifenden Blick über meinen Lippen.

„Das kommt darauf an", flüstere ich und ziehe meine Unterlippe neckisch in den Mund.

„Worauf kommt es an?", knurrt er fast schon warnend, während sein Blick zwischen meinem Mund und meinen Augen hin und her huscht.

Mein Ton ist todernst, als ich antworte: „Ob du zugibst, dass du Taylor Swift auf dem Fußballplatz hörst oder nicht."

Sein ganzer Körper versteift sich gegen meinen und das nicht auf die köstliche „Wir werden es gleich treiben"-Art.

„Wie bitte?", fragt er in einem ganz anderen Tonfall als noch vor einem Moment.

Ich versuche, meine Fassung zu bewahren – wirklich – aber ich kann nicht anders. Ich fange an zu kichern und lasse meinen Kopf auf seine Brust fallen. In sein Hemd murmelnd, antworte ich: „Wir alle kennen die Wahrheit."

Er zieht sich von mir zurück und schiebt seine Hand unter mein Kinn, damit ich ihn ansehen muss. „Welche Wahrheit ist das?"

Ich verliere augenblicklich jeden Humor. „You're a nightmare dressed like a daydream."

„Das war's", knurrt er und wirft mich mit einer schnellen Bewegung über seine Schulter. „Dafür wirst du bezahlen, Treacle."

„Gareth!", schreie ich und versuche, meine Handtasche nicht fallen zu lassen, während ich mich auf seinem Rücken festhalte. „Lass mich runter!"

„Nein", antwortet er barsch und gibt mir einen Klaps auf den Hintern. „Du bist ein böses Mädchen gewesen."

„Gareth!" Ich quietsche vor Lachen und klatsche ihm auf den Hintern, als Vi und Leslie aus dem Bad kommen und uns durch den Flur anstarren.

„Vi, bring deinen Bruder zur Vernunft!", flehe ich und schiebe meine Haare aus dem Gesicht, damit ich sie besser sehen kann.

Gareth hält inne und dreht sich um, um seine Schwester zu sehen. „Vi, mit dir beschäftige ich mich später. Es ist mir egal, ob es dein Hochzeitstag ist oder nicht."

„Was habe ich getan?", fragt sie mit großen, fragenden Augen.

„Du hast ihr gesagt, dass ich ein Swiftie bin!", knurrt er und dreht sich wieder, um auf die Treppe zuzugehen, die zum Ausgang des Clubs führt.

„Ich habe dich nie einen Swiftie genannt!" Vi lacht, während sie uns hinterherläuft und so laut schreit, dass ihre Brüder es von ihren Plätzen auf den Sofas aus hören können.

„Gareths Geheimnis ist raus", murmelt Tanner und streckt seine Arme über die Rückenlehne des Sofas, als wäre es ein normaler Dienstag.

„Es war kein gut gehütetes Geheimnis, oder?", fragt Camden völlig ernsthaft.

„Ich habe es keiner Seele erzählt!", ruft Booker, der die Sache viel ernster nimmt als der Rest von uns.

Vi stürmt nach oben, um ihren Bruder an der Treppe aufzuhalten. „Ich schwöre es, Gareth. Ich habe ihr nur gesagt, dass du auf Taylor Swift stehst. Was ist daran so schlimm?"

Er hält inne und beschließt plötzlich, mich auf den Boden zu setzen, aber ich kann nicht verhindern, dass sich ein Lächeln auf meinem Gesicht ausbreitet. Er deutet mit einem Finger auf das Gesicht seiner Schwester. „Wem hast du es noch erzählt?"

„Niemandem!", erwidert sie und ihre Wangen laufen sofort rot an. *Verdammt, Vi ist eine schlechte Lügnerin.* „Ein paar Leuten."

„Wem?"

„Einfach … so … jedem hier, so ziemlich."

Gareths Gesicht verzieht sich vor Wut, als er vor ihr sichtlich größer wird. Vi zuckt zusammen und schaut hilfesuchend zu ihren anderen Brüdern, aber die sitzen jetzt auf einem Sofa, tun so, als würden sie Popcorn essen und genießen die Show. Tanner reicht Booker tatsächlich eine unsichtbare Tüte und Booker lehnt ab. Es ist wirklich ein Anblick.

„Gareth", sage ich ruhig seinen Namen und stelle mich zwischen ihn und Vi. „Sei nicht böse auf deine Schwester. Ich hätte es wahrscheinlich irgendwann herausgefunden, oder?"

Er fixiert mich mit einem unbeeindruckten Blick. „Das hätte ich mit ins Grab genommen."

Er lehnt sich schmollend gegen das Geländer und ignoriert das

Flehen seiner Schwester. Wie kann ein riesiger Mann, der der größte Fan von Taylor Swift ist, so verdammt sexy sein?

Ich mache eine Geste mit dem Kopf, dass Vi sich den anderen anschließen soll. Ich habe das Gefühl, ich weiß genau, was Gareth beruhigen wird. Ich greife nach oben und streiche mit meinen Fingernägeln über seine Schultern, während ich mich zu ihm beuge und ihm ins Ohr flüstere: „Was wäre, wenn ich dir sage, dass ich etwas in meiner Tasche habe, das du heute Abend bei mir anwenden kannst, um deine Männerkarte ganz schnell zurückzubekommen?"

Er sieht mich stirnrunzelnd an, als ich vorsichtig meine Tasche öffne, um ihm zu zeigen, was sich darin befindet. Seine Augenbrauen heben sich. „Ich würde sagen, du liebst dieses Spiel noch mehr als ich."

Ich erwidere seinen Blick und dann dämmert es mir. „Das sind Taylor Swift-Texte, nicht wahr?"

Ein Lächeln huscht über sein Gesicht. „Wer ist jetzt der Swiftie?" Und mit einer schnellen Bewegung packt mich mein männlicher Swiftie an der Hand und zerrt mich aus dem Club.

Zwanzig Minuten später ist Taylor Swift das Allerletzte, woran ich denke, als ich völlig nackt auf dem Bett liege. Meine Hände sind mit Handschellen an das metallene Kopfteil gefesselt und meine Beine reiben gegeneinander, während ich ungeduldig darauf warte, dass Gareth aus dem Bad kommt.

Er zog mich bis auf die Unterwäsche aus und fesselte mich mit Handschellen an die Mittelstange am Kopfende des Bettes, während er vollständig bekleidet blieb. Er hat mich definitiv bestraft und verdammt, es fühlte sich aufregend an. Aber jetzt braucht er so lange im Bad, dass ich mich frage, ob er kalte Füße bekommt.

Als er ohne Hemd und barfuß, aber immer noch in seiner Jeans herauskommt, bemerke ich sofort, dass sein entschlossenes Gesicht von vorhin verschwunden ist.

„Gareth, was ist los?", frage ich und hebe meinen Kopf vom Kissen, um ihn anzuschauen.

„Ich bin mir nicht sicher, ob ich das tun kann, Sloan." Er schluckt langsam und sein Blick wandert mit einem verzweifelten Gesichtsausdruck an meinem Körper hinab.

Ich lächle spielerisch. „Was tun? Wir haben doch noch gar nichts gemacht."

Er fährt sich mit den Zähnen über die Unterlippe und antwortet: „Ich will dir nicht wehtun."

„Das wirst du nicht."

„Und wenn ich das tue?"

Ich atme aus und spreize meine Beine. „Dann sage ich dir, dass du aufhören sollst."

Sein zweifelnder Gesichtsausdruck zeigt mir, dass er immer noch nicht überzeugt ist, aber die Hitze in seinen Augen, während er auf meine Mitte starrt, steht im Widerspruch zu diesem Ausdruck.

Da kommt mir eine Idee, die ihm helfen könnte, sich wohler zu fühlen. „Schau in meine Handtasche. Da ist eine Feder drin, die Leslie im Club reingesteckt hat."

„Eine Feder?", fragt er neugierig, als er meine Tasche findet und eine schwarze Feder herauszieht, die an einem schwarzen Gummistab befestigt ist.

„Fang damit an", fordere ich ihn auf. „Mach etwas Kleines, dann wirst du dich mutig genug fühlen, mehr zu versuchen. Das ist ähnlich wie bei dir, als ich dich für einen Anzug ausgemessen habe."

„In jener Nacht warst du eine verdammte Göttin", antwortet er, während er auf mich zugeht. Er streicht mit der Feder über meinen Fuß, und ich atme scharf ein und weiche zurück.

Seine Augen blitzen zu meinen auf. „Gefällt dir das?"

Ich nicke und bekomme eine Gänsehaut am ganzen Körper, während sich meine Beine vor Verlangen anspannen und aneinander reiben.

Er fühlt sich ermutigt, zieht die Feder langsam über mein Knie nach oben und hält an meiner Hüfte an. „Wie findest du das?"

Ich stöhne leise und schließe die Augen, denn ihn dabei zu beobachten, ist eine weitere Form der Folter und ich kann im Moment nur eines ertragen.

„Sieh mich an, Treacle", murmelt er mit tiefer, heiserer Stimme.

Ich öffne sie und starre zu ihm hoch. Das helle Haar auf seiner

Brust, die Linien seiner Hüften, die Art, wie seine Jeans tief darauf hängt. Guter Gott, er ist sexy.

„Ich möchte Worte von deinen Lippen hören", fügt er hinzu und sein Ton wird schärfer, als er die Feder über meinen Bauch bewegt und einen Kreis um meinen Nabel zieht.

Ich fixiere ihn mit entschlossenem Blick. „Das gefällt mir."

Er nickt und seine haselnussbraunen Augen verdunkeln sich. „Wo soll ich dich als Nächstes berühren?"

Ich beiße mir auf die Lippe und antworte: „Meine Nippel."

Er lächelt so sexy und fährt mit der Feder über meine beiden Brüste. Seine Augen sind auf meine Nippel gerichtet, die sich unter seiner Berührung verhärten. „Möchtest du stattdessen meinen Mund auf deinen Nippeln haben?"

„Ja, bitte", stöhne ich, meine Stimme ist atemlos, während mein ganzer Körper vor lauter Verzweiflung noch mehr zittert.

Das Bett senkt sich, als er neben mir kniet und sich bückt, um meine linke Brustwarze in seinen Mund zu nehmen. Er lässt sie mit einem hörbaren *Plopp* los. „Magst du es, wenn ich in deine Nippel beiße, Tre?"

„Oh mein Gott, ja", stöhne ich und drücke meinen Hintern auf das Bett, während ich gegen die Fesseln ankämpfe. Ich sehne mich so verdammt danach, mit meinen Nägeln über seinen nackten Rücken zu streichen, aber ihn so lebendig werden zu sehen, ist an sich schon eine Art Aphrodisiakum.

Er geht zu meinem anderen Nippel über und beißt sanft hinein. Ich schreie auf, als sich seine Zähne zurückziehen und an meinem Fleisch entlangkratzen.

„Geht es dir gut?", fragt er leise und sieht zu mir auf.

„Ja, Gareth", antworte ich, während sich ein fast schmerzhaftes Bedürfnis zwischen meinen Beinen sammelt.

Er schaut mir tief in die Augen, während er die Feder zwischen meinen Beinen hinunter bewegt. Mit einer sanften Streicheleinheit an der Innenseite meines Oberschenkels trifft er auf mein empfindliches Nervenbündel. Ich drücke mich so weit vom Bett hoch, dass mein Bauch seine Brust berührt. Er knurrt, als er sieht, wie ich mich unter ihm winde.

„Mein Gott, ich kann riechen, wie sehr du mich willst, Sloan."

Seine Stimme ist kehlig, bedürftig und gierig. Er ist genauso überwältigt, wie ich es war, als ich ihn das erste Mal in seinem Kleiderschrank unter Kontrolle hatte.

„Ich will dich so sehr", stöhne ich.

„Wie willst du mich?"

„Ich will dich in mir haben."

„Was soll ich in dir machen?", fragt er und kitzelt meine Klitoris mit der Feder, bis ich verzweifelt aufschreie.

„Ich will, dass du mich kommen lässt!", rufe ich.

Er bewegt die Feder schneller über mich und sagt mit befehlender Stimme: „Sag bitte."

„Bitte. Gott, Gareth, bitte lass mich kommen."

Innerhalb von Sekunden hat er die Feder weggeworfen und kniet sich zwischen meine Beine. Er rollt mich auf den Bauch und kreuzt meine gefesselten Handgelenke über meinem Kopf, sodass ich meine Arme nicht mehr beugen oder meinen Kopf heben kann.

„Ich werde dir jetzt den Hintern versohlen, Sloan, weil du vorhin ein böses Mädchen warst."

„Oh mein Gott", stöhne ich laut in das Kissen.

„Ist das ein Ja?"

„Ja, bitte", rufe ich aus.

„Braves Mädchen. Sag mir, wenn es zu hart wird, verstanden?"
Ich nicke.

Er greift um mich herum und kneift ohne Vorwarnung in meine Klitoris, sodass ein Feuerwerk hinter meinen geschlossenen Augenlidern explodiert. Seine Stimme ist fest, als er fordert: „Worte, Treacle. Ich muss hören, wie du es sagst."

„Ja, Gareth, versohl mir den Hintern", antworte ich und meine Stimme bekommt einen neuen Klang, den ich noch nie gehört habe. „Ich sage dir, wenn ich genug habe."

Er lässt meinen Kitzler los und reibt mit seiner Hand meine Wirbelsäule auf und ab, bis er meine Pobacke in seine große, fleischige Hand nimmt. Dann schiebt er seine Hände unter meine Hüften und stützt mich auf meinen Knien ab.

„Gott, hast du einen schönen Arsch", knurrt er, bevor er ihm einen leichten Klaps gibt.

Ich stöhne leise, als ich ausatme: „Mehr."

„Noch mehr?", fragt er mit Begierde und Belustigung in der Stimme, während er seine Hand zurückzieht und mich erneut schlägt.

„Ja", schreie ich, spüre das Brennen und breche fast zusammen, als das ganze Blut in meine Mitte strömt. „Mehr, Gareth, Baby. Bitte."

Ich höre, wie er seine Jeans auszieht und seine Erektion plötzlich gegen meinen Schlitz drückt, als seine Hand wieder auf meinen Hintern trifft. Diesmal ist das Brennen heftiger, seine Berührung schneller. Ich spüre, wie ich feuchter und feuchter werde.

„Willst du mehr?"

„Ich will dich", antworte ich, drücke mein Hinterteil gegen seinen Schaft und reibe mich verzweifelt an ihm.

„Meine Hände oder meinen Schwanz, Treacle?"

„Deinen Schwanz", schreie ich und meine Stimme wird aus meiner Kehle gerissen, als er mich mit seiner Erektion aufspießt und komplett ausfüllt.

Er verharrt in mir und drückt meine beiden Arschbacken zusammen. „Gefällt dir das?"

„Ja", stöhne ich und drücke meinen Hintern ihm entgegen.

„Willst du, dass ich mich bewege?"

„Ja!"

„Dein Befehl ist mein Wunsch", sagt er und packt meine Hüften fest in seinen Händen, während er mit unglaublicher Geschwindigkeit in mich stößt. Unsere Haut klatscht aneinander, während die metallenen Handschellen über meinem Kopf klirren. Die Fesseln beißen in meine Handgelenke, aber der Schmerz schürt nur noch mehr die Lust. Den Nervenkitzel. Das gewaltige Gefühl, das sich zwischen meinen Beinen aufbaut.

Guter Gott, wenn er sich so gefühlt hat, als ich die Kontrolle über ihn übernommen habe, dann kann ich den Reiz durchaus verstehen.

Diese Erfahrung ist ähnlich wie beim ersten Mal, als wir miteinander geschlafen haben, aber diesmal war es Gareth, der die Ermutigung brauchte, um zu dominieren, und nicht ich. Das ist das Schöne daran, was wir zusammen haben. Es ist kein Machtkampf oder ein Dominieren und Unterwerfen. Es ist ein fließendes Auf und Ab. Ein Gleichgewicht. Eine Partnerschaft. Wie Gareth mir schon sagte, sind wir nicht eine Sache. Wir sind mehr. So viel mehr.

In nur wenigen Minuten krampft sich mein Körper um ihn. Er

folgt bald darauf. Wir sind beide zu aufgedreht, um unsere Orgasmen lange hinauszuzögern. In dem Moment, in dem Gareth in mir kommt, zieht er sich heraus, schnappt sich den Schlüssel für die Handschellen, löst meine Handgelenke und zieht mich auf sich. Mein Körper bedeckt ihn, während sich seine Arme fest um mich schlingen.

Sobald wir wieder zu Atem gekommen sind, streicht er mein Haar zur Seite und drückt mir einen sanften Kuss auf die Stirn. „Das war …", fängt er an, aber ich bin diejenige, die es ausspricht.

„Perfekt", antworte ich gegen seine Brust, unfähig, meinen Kopf zu heben, um ihn anzusehen.

Sein Körper bebt vor Belustigung. „Dem muss ich zustimmen. Aber wir sind auch in anderer Hinsicht perfekt."

Ich schmiege mich an ihn und sauge seine Wärme in mich auf wie eine Katze, die in der Sonne liegt. „Dem muss ich auch zustimmen."

Er spielt weiter mit meinen Haaren und fügt schließlich hinzu: „Ich glaube, in sexueller Hinsicht nennt man das Ekstase."

Ich sehe zu ihm auf, stütze mein Kinn auf seine Brust und antworte: „Ich glaube, ich nenne das Gareth und Sloan."

Nach einer schnellen Dusche liegen Gareth und ich nackt im Bett, sauber, gesättigt und schmiegen uns aneinander wie ein Paar, das das schon seit Jahren und nicht erst seit Monaten macht. Er hat mich komplett umarmt, hält mich und kümmert sich um mich. Dieser Mann – dieser verrückte, unglaubliche Mann – ist tatsächlich mit *mir* zusammen. Es fällt mir immer noch schwer zu glauben, dass es einen Menschen wie Gareth Harris auf der Welt gibt, geschweige denn, dass er neben mir im Bett schläft. Wir sind so anders als das, was ich mit Callum hatte. In all den Jahren mit Cal war ich nie ich selbst. Ich war immer das, was ich sein musste. Aber Gareth lässt mich sein, wer ich sein *will*, und das ist etwas, wovon ich gar nicht wusste, dass ich es so dringend brauche.

Diese Erkenntnis ist eine Menge, um sie auf einmal zu verarbeiten. Die überwältigenden Gefühle, die ich für Gareth empfinde, sind wie ein Vulkan in mir, der darauf drängt, auszubrechen.

„Sloan", krächzt Gareths heisere Stimme in das schwache Mondlicht, das unser helles, weißes Bett beleuchtet. „Bist du noch wach?"

„Ja.“

„Bist du glücklich?“, fragt er mit sanfter Stimme.

Ich atme schnell ein und mein Herz wächst in meiner Brust als Antwort auf seine einfache Frage. „Sehr.“

„Weshalb genau bist du glücklich?“, fragt er und wir beide zittern vor leisem Lachen.

„Wegen uns“, antworte ich schließlich und kann mir das Lächeln nicht aus dem Gesicht wischen.

„Willst du der Klasse noch etwas mitteilen?“, fragt er und zwickt mich spielerisch in die Seite, bevor er sein Gesicht in mein Haar schmiegt.

Ich wähle meine nächsten Worte sorgfältig. „Ich glaube, ich war schon lange nicht mehr so glücklich ohne Sophia an meiner Seite. Ich wusste nicht, was ich verpasst habe.“

Gareth wird einen Moment lang still, bevor er fragt: „Wie meinst du das?“

Ich blicke nach oben, als ich daran denke, wie dumm ich war. „Mir war nicht klar, wie sehr ich mich wirklich mit Callum abgefunden habe. Meine Mutter hat mir Angst gemacht, wie schwierig es ist, ein Kind allein aufzuziehen. Sie war sogar sehr lautstark darin, dass ich abtreiben sollte. Sie machte einen Termin für mich und alles, ohne mich zu fragen.“

„Meine Güte.“

„Ich weiß“, antworte ich mit einem traurigen Schnauben. „Eine Abtreibung war nie etwas gewesen, das ich für mich in Betracht gezogen hätte, aber meine Gefühle waren ihr egal. Und weder sie noch meine Schwestern wollten anfangs, dass ich Callum heirate. Aber ich wollte Sophia unbedingt ein anderes Leben bieten, als ich es hatte, weißt du? Ich wollte eine komplette Familie für sie. Eine Mutter und einen Vater. Beständigkeit. Jetzt können sie es sicherlich kaum erwarten, zu sagen: ‚Ich hab’s dir ja gesagt.‘“

„Das weißt du nicht, Sloan“, murmelt Gareth in mein Ohr und drückt liebevoll meine Hüfte.

Ich atme aus und schüttle den Kopf. „Ich frage mich nur, was gewesen wäre, wenn ich Cal nie geheiratet hätte.“

Nach einer langen Pause zieht mich Gareth näher an sich heran, seine Hand schlingt sich um mein Handgelenk und unsere Arme verschränken sich auf meiner nackten Brust. Seine Lippen kitzeln mein Ohr, als er flüstert: „Aber wenn du ihn nie geheiratet hättest, wärst du jetzt nicht hier mit mir."

Mein Kinn zittert, als seine Antwort durch meinen Körper schießt und mir die Tränen in die Augen treibt. Ich schniefe leise und frage: „Heißt das, du bist auch glücklich?"

„Machst du Witze?", erwidert er und drückt mir einen Kuss auf die Seite des Halses. „Ich bin total glücklich. Ich wusste auch nicht, was ich verpasst habe."

Ich blinzle und lasse zu, dass die stummen Tränen ungehindert aus meinen Augen auf das Kissen fallen. Ich bin dankbar dafür, dass wir so liegen, dass er nicht sehen kann, wie viel mir seine Worte bedeuten.

Er drückt mich fester an sich und fügt hinzu: „Ich wusste nie, dass ich mit einer Frau so sein kann. Niemals. Ich glaube, nachdem ich meine Mutter sterben sah, habe ich mir in den Kopf gesetzt, dass Frauen zerbrechlich sind. Deshalb war ich so beschützend gegenüber Vi und ihrer Männerwahl. Das ist auch der Grund, warum ich nie eine Frau gefunden habe, bei der ich mich wohl genug gefühlt habe, um mich wirklich gehen zu lassen. Ich habe eine Mauer errichtet, weil ich Angst hatte, jemanden zu verletzen. Ich habe mir selbst nie genug vertraut, um das zu tun, was ich mit dir getan habe."

Er küsst meine Schulter und zieht mich näher zu sich. So nah, dass sich unsere Atemzüge miteinander synchronisieren. So nah, dass ich den Puls seiner Adern auf meiner Haut spüren kann.

Seine Brust vibriert auf meinem Rücken, als er fortfährt. „Seit der Sekunde, in der meine Mutter gestorben ist, habe ich dieses Unbehagen in meiner Brust. Es war, als ob ich ständig den Atem anhielt und ihn nicht herauslassen konnte. Ich wusste nie, wie ich es loswerden konnte, also habe ich mich einfach daran gewöhnt. Ich habe mich an den Schmerz gewöhnt und vergessen, wie es ist, sich gut zu fühlen. Wie es ist, den Atem herauszulassen. Als du dann an diesem Abend zu mir kamst und mich gebeten hast, mich hinzuknien, fühlte es sich so an, als würde ich zum ersten Mal seit meinem achten Lebensjahr verdammt noch mal ausatmen. Du hast mir so viel Kraft gegeben, indem du mich einfach hast kapitulieren lassen. Kraft, von der ich gar nicht wusste, dass sie mir fehlte. Jetzt, wo ich mich völlig in dich verliebt habe, kann ich immer wieder ein- und ausatmen und habe alle Luft der Welt, weil du neben mir bist."

Mein Atem bleibt mir im Hals stecken, als seine Worte einschlagen. Ich drehe mich zu ihm um, weil ich unbedingt sein Gesicht sehen will, nachdem er das Schönste gesagt hat, was ich je gehört habe. Seine Arme legen sich um mich, als ich sein Gesicht in meine Hände nehme. Unsere Beine verschränken sich, während sich das Mondlicht in seinen Augen spiegelt.

„Was hast du gerade gesagt?", krächze ich, weil mich meine Gefühle völlig überwältigen.

Er starrt mich an, sein Gesicht ist todernst. „Ich habe gesagt, dass ich in dich verliebt bin, Sloan."

„Das bist du?", frage ich, immer noch unfähig, es zu glauben.

„Wie verrückt", bestätigt er und streichelt über den Weg einer Träne, die über meine Nase gelaufen ist.

Ich beiße mir auf die Lippe und lächle ein echtes, aufrichtiges Lächeln. „Nun, das ist gut, denn ich glaube, ich bin auch in dich verliebt. Ich bin mir nicht ganz sicher, wann es passiert ist. Vielleicht war es direkt nach dem Angriff. Vielleicht war es auf dieser Reise. Oder vielleicht war es damals, als du mich zum ersten Mal vor meinem Haus geküsst hast. Ich weiß es nicht. Aber irgendwann hast du dich in mein Herz eingegraben und mich etwas fühlen lassen, was ich noch nie zuvor gefühlt habe. Ich weiß, ich bin geschieden, habe eine Tochter und bin mehr als nur ein bisschen anstrengend, aber ich glaube, wir können …"

Meine Worte werden von Gareths Mund abgeschnitten, als er seine Lippen auf die meinen presst und die Zweifel, Ängste und die Liste der Dinge in unserem Leben wegküsst, die uns zu einem höchst komplizierten Paar machen.

Denn in diesem Moment sind wir, um es mit den Worten von Taylor Swift zu sagen, bloß ein Mann und eine Frau in einer Liebesgeschichte, die einfach nur Ja sagen.

Gareth

„Ich muss rüber zu Haydens Zimmer, wir sehen uns dann wohl am Strand?", frage ich, hänge mir meinen Kleidersack über die Schulter und lehne mich an die Tür des Klos in unserer Suite.

Sloan ist in ein flauschiges weißes Handtuch gewickelt und beendet ihr Make-up am Waschtisch. Laut Vis Plan sollten wir heute um zehn Uhr in den Suiten von Braut und Bräutigam ankommen, bevor die Hochzeit um elf Uhr beginnt.

Der heutige Morgen war, gelinde gesagt, interessant. Sloan und ich sind zu unterschiedlichen Zeiten aufgewacht, haben zu unterschiedlichen Zeiten geduscht und haben in unserer ganzen Suite einen peinlichen „Fasst euch nicht an"-Tanz aufgeführt. Wir benehmen uns wie zwei Teenager, die gerade ihre Jungfräulichkeit verloren haben und nicht wissen, wie sie sich am Morgen danach verhalten sollen.

Ich bin es leid.

„Okay, dann sehen wir uns später", antwortet Sloan, während sie mich im Spiegel anstarrt und ihre Mascarabürste in der Luft hält.

Ich stelle mich hinter sie und drücke ihr einen Kuss auf die nackte Schulter. „Ich liebe dich", füge ich mit einem verschmitzten Lächeln hinzu und wende mich zum Gehen.

Sie gibt ein seltsames, kehliges Geräusch von sich und antwortet: „Du wirfst das jetzt einfach so in den Raum und gehst dann weg?"

Ein Lächeln breitet sich auf meinem Gesicht aus, als ich mich umdrehe und sehe, dass sie mich immer noch im Spiegel beobachtet. „Hätte ich es anders in den Raum werfen sollen?"

Sie dreht sich auf ihrem Stuhl zu mir, ihre gebräunten Beine liegen frei, während sie eilig antwortet: „Nun, ich meine, wenn wir es einfach jederzeit sagen, frage ich mich, was deine Familie denken oder wie sie das sehen wird. Werden sie denken, dass es zu schnell geht, weil sie mich kaum kennen? Was ist, wenn sie mich für eine Goldgräberin halten? Und was passiert, wenn wir zurück nach Manchester kommen? Ich muss mir überlegen, was ich mit Sophia machen werde und wann du sie offiziell kennenlernen kannst. Das ist ein komplizierter Prozess, Gareth. Wir sollten darüber reden …"

„Sloan", unterbreche ich sie mitten im Satz und ihre Augen schießen zu mir hoch.

„Was?"

Ich schenke ihr ein schiefes Lächeln und antworte: „Wir sehen uns auf der Hochzeit."

Sie pustet sich eine Haarsträhne aus den Augen und antwortet: „Okay".

„Ich liebe dich", füge ich schmunzelnd hinzu.

Sie beißt sich zögernd auf die Lippe und erwidert dann mit einem kleinen Lächeln: „Ich liebe dich auch."

Sie wendet sich wieder dem Spiegel zu und bevor ich merke, was ich tue, werfe ich den Kleidersack auf das Bett und schreite direkt auf sie zu. Sie schaut überrascht auf, als ich sie auf ihrem Stuhl umdrehe und auf den Waschtisch hebe. Ihre nackten Beine schlingen sich um meine Taille, um das Gleichgewicht zu halten, während ich sie küsse und sage: „Ich liebe dich wirklich."

Das Lächeln auf ihrem Gesicht könnte die ganze Welt erhellen, als sie antwortet: „Ich liebe dich auch wirklich."

Meine Augenbrauen heben sich. „Siehst du? Wir werden schon besser darin."

„Gareth, ich möchte, dass du mich zum Altar führst."

„Was?", rufe ich aus und betrete die Hochzeitssuite, nachdem Vi mir eine dringende Nachricht geschickt hat. „Vi, alle warten unten am Strand. Wo ist Dad?", frage ich und schaue mich im Raum um.

„Ich habe ihn an den Strand geschickt." Sie zuckt schüchtern lächelnd mit den Achseln.

Ich atme schwer aus und schüttle den Kopf. Dabei schaue ich kurz auf das atemberaubende Hochzeitskleid aus Spitze, das meine Schwester trägt. „Vi, du bist wunderschön.“

„Danke. Würdest du mich jetzt bitte zum Altar führen?“

„Vi, nein. Dad wäre am Boden zerstört. Ich habe gerade aufgehört, mit ihm zu streiten. Ich will nicht wieder damit anfangen.“

„Es war seine Idee.“

„Was?“, frage ich mit großen Augen und heruntergefallener Kinnlade.

„Er sagte, er würde Rocky gerne zum Altar führen und es würde ihn sehr stolz machen, wenn du mich zum Altar führen würdest.“

„Vi, du bist seine einzige Tochter.“

„Das ist mir bewusst.“

„Er wird keine weitere Chance bekommen.“

„Ich weiß“, antwortet sie und schaut mir fest in die Augen. „Gareth, vieles von dem, was du neulich beim Abendessen gesagt hast, ist wahr, und ich möchte, dass du weißt, dass wir nichts davon vergessen haben. Alle unsere besten Kindheitserinnerungen haben wir dir zu verdanken. Du bist immer für uns da gewesen. Schließlich warst du es, der das Sonntagsessen eingeführt hat.“

„Wovon redest du?“, schnaube ich, während ich die Anzugjacke aufknöpfe, die Sloan mir genäht hat, und stecke die Hände in die Taschen. Dieses Gespräch hätten wir gestern Abend führen sollen, nicht Minuten, bevor Vi vor den Traualtar treten soll.

„Erinnerst du dich nicht an die Picknicks, die du jeden Sonntag für uns gemacht hast? Wir haben sie in dem Park hinter unserem Haus gegessen.“

Ich schüttle den Kopf. „Natürlich erinnere ich mich, aber das war nicht …“

„Das waren Sonntagsessen, Gareth“, unterbricht sie. „Du hast unsere Familie all die Jahre zusammengehalten und es gibt niemanden, von dem ich lieber an Hayden übergeben werden möchte.“

Ihre Augen füllen sich mit Tränen, als uns beiden klar wird, wie ernst das ist, was passieren wird. Ich ziehe sie in eine feste Umarmung und drücke meine Lippen auf ihr Haar, während ich murmle: „Du warst von der Sekunde deiner Geburt an eine Mini-Mum, Vi. Wage es nicht, dich unter Wert zu verkaufen.“

„Gut, wir sind beide fantastisch.“ Sie lacht, zieht sich zurück und rückt ihren langen Schleier zurecht, der sich über die gesamte Länge ihres Kleides erstreckt. „Und jetzt lass mich heiraten, bevor ich es mir anders überlege und abhaue."

Ich schüttle den Kopf über ihren Scherz. „Und unter welchem Namen wirst du heute heiraten?"

Sie atmet tief ein und ein Ausdruck des Friedens huscht über ihr Gesicht. „Vilma Harris-Clarke. Die Einmalige."

Ich nicke und nehme ihren Arm in meinen. „Das klingt perfekt."

Die Meeresluft ist warm, als Vi und ich uns auf den Weg zum Strand machen, wo die Zeremonie stattfinden soll. Vor einer großen, rustikalen Doppeltür, die mit rosa und weißen Blumen geschmückt ist, sehen wir Dad mit Rocky neben Leslie und der kleinen Marisa. Sie drängen sich dicht an die Türen, um sich vor allen anderen auf der anderen Seite zu verstecken, und warten auf Vis großen Auftritt.

Vi weint bereits, als sie sich nähert. Ihr Gesicht erhellt sich beim Anblick unseres kleinen Rockstars in einem flauschigen rosa Kleid. Sie reißt ihren Arm aus meinem und reicht mir ihren rosa Strauß, um nach Rocky zu greifen, die es ihr sofort gleichtut.

Vi zieht sie in eine feste Umarmung, aber Rocky ist mehr daran interessiert, das hübsche Kleid und die Haare ihrer Mutter zu bewundern. Sie zupft an dem weißen Schleier, der über Vis langen blonden Locken liegt. „Mami hübsch", sagt sie mit staunenden Augen.

„Adrienne hübsch", krächzt Vi, die ihre Tränen zurückhält. Sie beugt sich zu der zweijährigen Marisa hinunter, die ihre pummeligen Arme um die Beine ihrer Mutter geschlungen hat. „Marisa auch hübsch", fügt Vi mit einem Lächeln hinzu und zupft an einer von Marisas roten Locken.

Dad und ich nehmen Blickkontakt auf und tauschen einen vielsagenden, respektvollen Blick aus. Er nickt mir zustimmend zu, was mir vor weniger als achtundvierzig Stunden noch auf die Nerven gegangen wäre.

Jetzt bringt es mir Frieden.

Dad sieht Vi an, als sie sich aufrichtet und den Träger von Rockys Kleid fixiert. „Bist du bereit, Vi, mein Schatz?", fragt er mit tiefer und gefühlvoller Stimme.

Vi nickt und dreht sich zu mir um. „Vollkommen bereit."

Leslie hockt sich neben ihre Tochter und fummelt an ihrem Kleid herum, während sie sagt: „Okay, Marisa, du bist die Erste. Mach es genau so, wie wir es geübt haben." Leslie reicht Marisa einen kleinen Korb mit rosa Blütenblättern.

Dad nickt ihnen zu und stößt die Doppeltüren auf, um unsere Familie zu offenbaren, die im Sand steht, den ganzen Gang säumt und uns mit einem breiten Lächeln im Gesicht anstarrt.

Rechts sind Haydens Bruder Theo und ihre Eltern, Winifred und Richard, zu sehen. Auf der linken Seite stehen meine drei Brüder, ihre Partnerinnen und Sloan, die am nächsten an der Tür steht und ein umwerfendes, langes schwarzes Kleid anhat. Sie sieht genauso schön aus wie immer.

Am Ende des Ganges steht ein großer hölzerner Torbogen, der mit einem Wasserfall aus rosa Blumen geschmückt ist. Darunter stehen der Pastor, Hayden und seine Schwester Daphney, die sich eine Akustikgitarre vor die Brust geschnallt hat.

Leslie nickt Daphney zu und sie beginnt, das Sleeping At Last Cover von „500 Miles" zu spielen. Hayden wendet seinen Kopf vom Meer ab und sein Blick fällt sofort auf Vi, die Rocky immer noch im Arm hält.

Sein Lächeln fällt.

Er sieht nicht glücklich aus.

Er sieht nicht traurig aus.

Er sieht nicht wütend aus.

Er ist überwältigt.

Vis Schultern beben vor lauter Schluchzen, als Daphney zu singen beginnt. Sie drückt Rocky an ihre Brust und zeigt den Gang hinunter. „Schau mal, Rocky Doll. Da ist dein Daddy."

„Daddy." Rocky öffnet und schließt ihre Finger in einer Welle, und der Blick, den ihre kleine Familie austauscht, scheint privat und persönlich zu sein, aber wir sind alle hier, um ihn zu sehen. Um ihre Verbundenheit zu sehen. Ihre Liebe.

Ihren Moment in der Zeit.

„Geh zu deinem Onkie Hayden, Marisa", sagt Leslie leise und drängt ihre Tochter in den Gang.

Alle Augen sind auf den süßen kleinen Rotschopf in einem flauschigen rosa Tutu-Kleid gerichtet. Marisas Augen sind groß und misstrauisch gegenüber all den Leuten, die auf sie herabblicken, aber in dem Moment, in dem sie Hayden entdeckt, lächelt sie breit. Jetzt hat sie es eilig, wirft ihren Blumenkorb weg und rennt wie wild den sandigen Strandgang entlang, wobei sie einmal stolpert und das Gesicht voller Sand bekommt. Mehrere Leute kommen, um ihr zu helfen, aber Marisa schüttelt sie ab und hält inne, um den Sand aus dem Mund zu spucken. Sie setzt ihren Lauf bis zu ihrem Onkel fort, der mit weit geöffneten Armen in der Hocke sitzt.

Hayden hebt eine kichernde Marisa auf, die immer noch Sand auf ihrer Zunge hat, und alle lachen über die zärtliche Verbindung zwischen Hayden und seiner Nichte. Er zieht sein Einstecktuch aus der Anzugsjacke und tupft ihr die Lippen ab, während sie ein lautes „Igitt" krächzt.

Theo streckt die Hand aus, um Hayden Marisa abzunehmen, und Hayden nimmt seine stoische Haltung wieder auf, lächelt breit und starrt Vi an.

„Bist du bereit, Rocky Doll?", fragt Dad und streckt seine Arme nach ihr aus.

„Papa!", singt sie glücklich und fällt aus Vis Armen in die von Dad.

Vi schlingt ihre Hand um meinen Arm und nimmt ihre Blumen zurück. Dann holt sie tief Luft und bereitet sich darauf vor, zu sehen, wie ihre Tochter zum Altar getragen wird.

Ungefähr auf halber Strecke bleibt Dad stehen und lässt Rocky herunter, bis ihre kleinen nackten Füße den Sand berühren. Ihre pummeligen Finger halten sich an seinen Händen fest, während er sie ein paar Schritte führt, bevor er eine Hand wegzieht. Wir atmen alle gemeinsam auf, als Rocky seine andere Hand loslässt und einige Schritte alleine geht.

Vi schluchzt neben mir, als sie sieht, wie Hayden herbeieilt, sich vor Rocky hinhockt und ihr die Hände entgegenstreckt. Rocky fällt fast hin, schafft es aber, sich wieder aufzurichten und läuft direkt in die Arme des weinenden Hayden.

„Oh mein Gott", ruft Vi und sieht mich mit roten, tränenüberströmten Augen an. „Sie ist gerade gelaufen!"

„Wusstest du, dass sie das kann?"

Sie schüttelt den Kopf. „Dad muss mit ihr geübt haben!"

„Unglaublich", krächze ich und stelle fest, dass nicht Rocky, sondern Sloan mich ansieht. Sie hält sich den Mund zu und starrt mich mit großen, rotgeränderten Augen an, die so voller Liebe sind, dass es mich alles kostet, meine Schwester nicht loszulassen und zu ihr zu gehen.

Hayden küsst Rocky, übergibt sie dann in die Arme meines Vaters und streicht sich über das Gesicht, um sich auf seine Braut vorzubereiten.

Sobald Daphney den Refrain anstimmt, beginne ich damit, Vi zu ihrem Bräutigam zu führen. Ich sehe sie mit einem breiten Lächeln an und fühle mich mehr als geehrt, dass ich sie heute zum Altar führen darf. Wir haben schon so viel zusammen erlebt. Viele harte Zeiten, aber viel mehr glückliche.

Dieser Moment, in dem Vi ihr Glück findet, ist für uns alle von großer Bedeutung. Sie ist unsere Schwester – die Frau, für die wir alle alles tun würden – und all ihre Träume werden heute wahr. Es könnte keinem besseren Menschen passieren.

Als wir Hayden erreichen, lasse ich Vis Arm los und ziehe Hayden in eine feste Umarmung. Wir klopfen uns gegenseitig auf den Rücken, dann schaue ich ihm in die Augen und nicke ihm zustimmend zu. Hayden hat eine dunkle Vergangenheit, aber er hat mehr als bewiesen, dass er gut genug für unsere Schwester ist. Das ist eine Erleichterung, denn ich glaube nicht, dass ich Vi an jemand anderen hätte übergeben können. Bevor ich gehe, überrascht mich Vi mit einer herzzerreißenden Umarmung um meinen Hals.

„Danke, Gareth."

Ich lächle halb zu ihr hinunter. „Danke, Vi."

Wir nicken uns zu und der Pfarrer beginnt die Zeremonie. Ich trete zurück und gehe zu Sloan nach hinten. Mein ganzer Körper sehnt sich nach ihr. Mein Herz, meine Seele, meine Hände. Unsere Finger verschränken sich, während wir Hayden und Vi dabei zuhören, wie sie ihre Gelübde aufsagen und einen gemeinsamen Wunsch äußern, während die Uhr 11:11 Uhr schlägt – eine Zeit, die früher nur für Hayden etwas Besonderes war, jetzt aber genauso besonders für Vi ist. Sie ehren Haydens verstorbene Schwester Marisa und unsere Mutter mit einer einzelnen weißen Rose, die sie in den Ozean werfen, während Daphney die Sleeping At Last Coverversion von „As Long as You Love Me" spielt.

Am Ende des Gottesdienstes laufen meine Emotionen auf Hochtouren. Die überwältigende Freude ist zu viel für eine Person. Vis Hochzeit ist wie ein Happy End, auf das die ganze Familie Harris lange genug gewartet hat.

ZURÜCK IN DIE REALE WELT ...
MEISTERSCHAFT

Gareth

Am nächsten Morgen verlassen Sloan und ich Kap Verde in aller Herrgottsfrühe, damit ich noch ein paar Mal zu Hause trainieren kann, bevor das Training mit der Mannschaft wieder aufgenommen wird. Die Winterpause ist vorbei und ich muss alles tun, um mich auf unser Spiel gegen West Ham United am nächsten Samstag vorzubereiten.

Auf dem Heimweg ist der Flug länger. Die Zeit vergeht langsam, während Sloan auf meinem Schoß liegt, tief schlafend und wunderschön. Ein unheilvolles Gefühl macht sich in mir breit, je näher wir Manchester kommen.

Im Urlaub verliebt zu sein, ist einfach. In der echten Welt verliebt zu sein, erfordert einige Anstrengungen. Wie werden wir in der realen Welt aussehen? Wird Sloan mich wieder nicht sehen, wenn sie Sophia hat? Werde ich Sophia bald richtig kennenlernen? Hat Sloan einen Zeitplan im Kopf, wann ich ein Teil ihres Lebens werden soll?

Ich bemühe mich, mit dem Herzen zu denken, so wie meine Mutter es sich für mich gewünscht hat, aber mein Kopf kämpft gerade mit einem Tor, und es ist beidfüßig.

Als es endlich Zeit für die Landung ist, setzt sich Sloan auf, um sich wieder anzuschnallen, und ich merke, dass sie es auch spürt. Die Angst, dass alles anders sein wird.

„Du hast noch ein paar Tage Zeit, bis Sophia nach Hause kommt. Willst du bei mir übernachten?", frage ich mit leiser Stimme, während wir in das Fahrzeug steigen, das auf dem Rollfeld auf uns wartet.

Sloan bewegt sich nervös. „Ist dein Zuhause ... sicher?"

Ich ziehe die Stirn in Falten, als ich ihr die Tür öffne und beobachte, wie sie in das Fahrzeug steigt. „Ja, es ist sicher. Aber wenn du dich dort nicht wohlfühlst, können wir auch bei dir bleiben."

Ihr Gesicht ist nachdenklich, als sie fragt: „Was ist mit der Presse?"

Ich zucke abweisend mit den Schultern, rutsche neben sie und lege meine Hand auf die Lehne der Bank, damit ich mich ihr zuwenden kann. „Mein Agent hat mir eine E-Mail geschickt, als wir weg waren, und gesagt, dass sich die Lage beruhigt hat. Solange wir nicht zusammen in der Öffentlichkeit herumlaufen, sollte alles in Ordnung sein."

„Ich glaube immer noch nicht, dass ich bereit bin, zu dir nach Hause zu gehen, also wäre mein Haus am besten", antwortet sie, zieht ihre Lippen in den Mund und starrt aus dem Fenster, wobei sie ihre Beine von mir wegdreht, anstatt mir entgegenzukommen.

Ich bin ein Abwehrspieler, also bin ich gut darin, Körpersprache zu lesen. Was auch immer im Moment passiert, ist nicht gut. Der Fahrer startet das Auto und ich weise ihm den Weg zu Sloans Adresse.

Nachdem wir ein paar Minuten schweigend gefahren sind, frage ich: „Was ist los, Sloan? Liegt es am Haus oder an uns?"

Sie atmet tief ein und sieht zu mir hinüber. „Ich muss mit Callum reden."

Ich versteife mich bei der Erwähnung seines Namens. „Worüber?"

„Über uns."

„Warum geht ihn das etwas an?"

„Weil ich proaktiv sein und die Nachricht kontrollieren muss."

„Welche verdammte Nachricht, Sloan? Ich liebe dich und du liebst mich. Warum sollte er sich darum scheren? Er ist der Idiot, der dich gehen ließ."

„Ich weiß, aber er und seine Mutter sind sehr kontrollierend, Gareth. Du kennst sie nicht so gut wie ich. So schrecklich sie auch sein mag, Margaret liebt Sophia von Herzen. Ich muss aufpassen, dass sie das mit uns nicht herausfinden, bevor ich es ihnen sage. Sonst machen sie etwas Unschickliches daraus."

Ich runzle die Stirn. „Du meinst, weil ich Profifußballer bin?"

Sloan zuckt mit den Schultern. „Sie werden alles über dich herausfinden, was sie können, da bin ich mir sicher."

„Sollen sie doch!", rufe ich. „Sloan, ich habe keine schlimme Vergangenheit. Verglichen mit meinen Brüdern bin ich der verdammte Papst."

„Hast du nicht den Ex-Freund deiner Schwester angegriffen?", fragt sie und lässt mich dabei nicht aus den Augen.

Meine Zähne könnten brechen, so sehr presse ich sie zusammen. „Er hat es verdient.“

„Ich urteile nicht, Gareth, aber sie werden es tun“, antwortet sie, ringt die Hände in ihrem Schoß und wendet sich wieder dem Fenster zu. „Und sie werden die Presse über den Einbruch und den Angriff sehen. Es wird alles herauskommen.“

Ich stoße ein genervtes Lachen aus. „Na und? Das hier ist vorbei, bevor es angefangen hat?“

Sloans Kopf schnellt zu mir. „Nein! Warum sagst du das?“

„Weil du so tust, als ob ich eine Last für dich wäre.“

„Das tue ich nicht! Ich sage dir nur, dass ich die Kontrolle über diese Situation haben muss. Das ist alles. Sei einfach für mich da und hör auf, dich über alles aufzuregen!“

Ihr Tonfall lässt mich stocken. Ich lehne mich zurück und atme ein paar Mal tief durch, um meine Wut zu beruhigen. Sie hat recht. Ich weiß, dass sie recht hat. Aber ich hasse es, dass sie diesen ganzen anderen Teil ihres Lebens hat, in dem ich kein Mitspracherecht habe.

Ich rutsche über die Bank und ziehe Sloan auf meinen Schoß. Meine Hände legen sich um ihren Kiefer, damit sie mich ansehen muss. „Es tut mir leid“, murmle ich, streiche ihr die Haare aus dem Gesicht und schaue ihr direkt in die Augen. „Ich bin das nicht gewöhnt.“

„Was nicht gewöhnt?“, fragt sie leise und schaut mich mit traurigen Augen an.

Ich zucke halbherzig mit den Schultern. „Konflikte nicht zu kontrollieren, schätze ich.“

Sie sieht mich mit einem „Komm schon, sei ernst“-Ausdruck an und rollt dann mit einem dramatischen Seufzer mit den Augen. „Eine Nacht mit ein bisschen Macht und sie steigt dir direkt zu Kopf.“

Mit einer schnellen Bewegung ziehe ich sie nach unten und greife mit meinen Fingern ihre Seiten an. Sie zappelt, kichert und fleht mich an, aufzuhören. Das Gefühl, sie unter mir lachen zu sehen, ist fantastisch. Sie sieht jung und unbeschwert aus, so wie sie es sein sollte.

Als ich aufhöre, setzt sie sich in meinem Schoß wieder auf und ich reibe langsam meine Hände an ihren Beinen. „In meiner Familie habe ich oft die Kontrolle. Ich löse Probleme, ich mische mich ein. Ich bin es gewohnt, Dinge zu regeln. Daran muss ich mich erst einmal gewöhnen.“

Sloan kaut eine Minute lang nachdenklich auf ihrer Lippe und sagt dann: „Ich verstehe es. Und ich werde nicht ewig gegen dich kämpfen, Gareth. Ich möchte eine Partnerschaft eingehen. Ein gleichberechtigtes Geben und Nehmen. Ich will jemanden, mit dem ich meine Kämpfe und Freuden teilen kann, weil ich das noch nie hatte. Aber wir sind noch so neu und ich muss das so handhaben, wie ich es für richtig halte. Was ist, wenn es nicht klappt?"

„Das wird schon", antworte ich und fahre mit meinen Händen beruhigend über ihre Arme. „Ich bin in dich verliebt, Sloan."

„Du weißt nicht alles über mich. Vielleicht hasst du meine Macken."

„Ich liebe deine Macken."

Sie rollt mit den Augen und stöhnt: „Du kennst nicht mal meine Macken."

Mein Kiefer spannt sich an, als ich ihr einen mürrischen Blick zuwerfe. Mit einem tiefen Atemzug sage ich: „Ich weiß, dass du Tee hasst, aber Teetassen liebst. Ich weiß, dass du schnarchst, wenn du vor dem Schlafengehen einen richtig guten Orgasmus hattest. Ich weiß, dass du als persönliche Stylistin nicht erfüllt bist, und ich werde alles in meiner Macht Stehende tun, um dir zu helfen, dein Potenzial für mehr zu erkennen, denn du bist verdammt gut darin, Anzüge zu entwerfen. Ich weiß, dass du den Sinn für Familie vermisst, aber nicht unbedingt deine Familie. Und ich weiß, dass du mich nie mehr lieben wirst als Sophia, und ich finde es unglaublich, dass du immer zuerst eine Mutter bist. Die Wahrheit ist, dass ich glaube, das hat mich von der ersten Sekunde an zu dir hingezogen. Du hast diese Selbstlosigkeit an dir, die ich wirklich verdammt attraktiv finde. Und ich weiß, warum du Sophia so beschützen willst und warum die Beziehung mit mir, in der du die ganze Kontrolle hast, so notwendig war. Aber ich glaube, so sehr du dich nach dieser Kontrolle sehnst, so sehr sehnst du dich auch nach jemandem, der dich auch zurückdrängen kann. Jemand, der dich herausfordert und dir beibringt, wieder ein bisschen zu leben. Aber vor allem weiß ich, dass, wenn ich eines Tages mit Sophia auf eine bedeutungsvolle Art und Weise in Kontakt treten kann, dann wird das der Moment sein, in dem ich weiß, dass du für immer mir gehörst und ich dich heiraten kann."

„Was?" Sloan schnappt nach Luft. Ihr fällt die Kinnlade herunter und sie bedeckt ihren Mund mit den Händen. „Gareth, was hast du gerade gesagt?"

Ich hebe mein Kinn. „Du hast mich gehört, Sloan. Ich kenne dich jetzt schon seit Jahren und diese Gefühle sind nicht neu. Es sind schlummernde Gefühle, die ich nicht länger zurückhalten kann."

„Du bist verrückt", antwortet sie, noch immer mit offenem Mund.

„Ich bin verrückt nach dir", antworte ich und ziehe sie zu mir herunter. „Ich dränge dich nicht mit dieser Sophia-Sache. Tu, was du für das Beste hältst. Aber du sollst wissen, dass ich hier bin, Sloan. Und ich bin voll dabei."

Plötzlich vibriert mein Handy in meiner Jeanstasche. Widerwillig ziehe ich es heraus und sehe, dass es eine Londoner Vorwahl ist, die ich nicht kenne. Ich werfe Sloan einen entschuldigenden Blick zu, aber sie ist immer noch von dem, was ich gerade gesagt habe, aufgewühlt, also glaube ich nicht, dass sie bemerkt, dass ich einen Anruf angenommen habe.

Ich wische über den grünen Button und antworte. „Hallo?"

„Harris, hier ist Gary Austin, der Trainer der englischen Fußballnationalmannschaft."

„Ja, hallo, Coach", antworte ich schnell und helfe einer Schaufensterpuppenversion von Sloan zurück auf den Sitz. „Was kann ich für Sie tun?"

„Hören Sie zu, ich werde nicht um den heißen Brei herumreden, denn ich bin mir sicher, dass es für Sie keine Überraschung ist, da die Medien nicht die Klappe halten", brummt er genervt. „Ich bin daran interessiert, Sie und Ihre drei Brüder einzuladen, bei der Weltmeisterschaft für England zu spielen."

Meine Brust zieht sich sofort zusammen. Ich habe schon öfter solche Anrufe für verschiedene Europacups und Turniere erhalten, und das ist immer eine Ehre. Aber ich dachte, es sei nur ein Gerücht, dass meine Brüder auch eingeladen werden. Das ist der größte Erfolg für unsere ganze Familie.

Ich räuspere mich und gebe mein Bestes, um ruhig zu klingen, als ich antworte: „Danke für Ihre Berücksichtigung. Es ist mir wirklich eine Ehre, Sir."

„Sehr schön. Ich habe mich noch nicht ganz entschieden, wen ich rekrutieren werde, aber ich habe mich entschlossen, ein paar erste

Kadermitglieder bekannt zu geben, um mir die Presse vom Hals zu halten. Deshalb lade ich Sie und Ihre Brüder zu einem Trainingslager hinter verschlossenen Türen ein, das ich nächsten Monat im Cobham Training Centre veranstalten werde. Der Rasen des National Football Centre wird gerade überarbeitet, also ist dieses Zentrum das Beste, was ich in meinem begrenzten Zeitfenster tun kann."

„Oh, sicher, sicher, das Trainingsgelände von Chelseas Club. Ich kann dort sein, Sir", antworte ich und erinnere mich an das Spiel, das ich vor ein paar Monaten gegen Chelsea gespielt habe. Vince Sinclair in diesem Jahr auszuschalten, war ein Höhepunkt meiner Karriere. Hoffentlich kann ich etwas von dieser Energie mitnehmen und in dieses Camp einbringen.

„Am Ende des Camps wird es eine Pressekonferenz geben, auf der ich bekannt gebe, wen ich für das Team auswähle. Sie haben sich gerade von einer Gehirnerschütterung erholt, ja?"

„Ja, Coach, aber mir geht es gut."

„Sind Sie fit genug, um in einem Monat auf höchstem Niveau zu spielen? Ich werde während des Camps ein geheimes Freundschaftsspiel organisieren, und alle müssen auf Bestniveau spielen."

„Ja, Sir. Ich werde bereit sein", antworte ich mit fester Stimme.

„Schrecklich, was Ihnen und der Frau, die bei Ihnen war, passiert ist, mein Junge. Es tut mir sehr leid, davon zu hören."

Mein Kiefer spannt sich an. „Danke."

„Also gut, meine Assistentin wird Ihnen die Details schicken. Wir sprechen uns bald."

„Tschüss", antworte ich, immer noch geschockt, als aufgelegt wird.

„Wer war das?", fragt Sloan, die ihre Augen endlich wieder fokussiert.

„Das war der Trainer der englischen Nationalmannschaft, der mich und meine Brüder gebeten hat, nächsten Monat mit ihm in einem Camp zu trainieren."

„Ist das gut?", fragt Sloan und zieht neugierig die Stirn in Falten. „Ist das wie ein Testspiel?"

„In gewisser Weise. Und, ja, es ist gut."

„Hm", antwortet Sloan und schüttelt dann den Kopf. „Was für ein Tag."

Ich lache leise und ziehe sie unter meinen Arm, um ihr einen Kuss auf den Kopf zu geben. „Was für ein Jahr.“

Sloan bleibt einige Minuten lang still, bevor sie zu mir aufschaut und fragt: „Stört es dich, dass ich nichts übers Kicken weiß?“

Ich lache und schüttle den Kopf. „Nein, aber es stört mich, dass du es nicht Fußball nennst. Was zur Hölle muss ich tun, damit du das änderst?“

Sie lächelt ein freches, schüchternes Lächeln. „Mir fallen da schon ein paar Sachen ein.“

UNERWARTETER TEAMKOLLEGE

Sloan

Meine Hände verkrampfen sich um das Lenkrad, als ich in den Lake District fahre, um Sophia abzuholen. Normalerweise ist die Vorfreude darauf, dass Sophia in meine Arme läuft und wir wieder vereint sind, das Beste. Aber an diesem Sonntag ist mein Bauch voller Angst, während ich darüber nachdenke, was ich Margaret und Callum über Gareth sagen soll. Und ich muss etwas sagen.

Nach allem, was Gareth auf der Autofahrt zu mir nach Hause gesagt hat, kann ich mir nicht länger vormachen, dass das, was wir haben, zwanglos ist.

Gareth Harris macht es nicht zwanglos.

Rückblickend bin ich mir nicht sicher, ob er das jemals getan hat.

Den Rest der Woche sprachen Gareth und ich darüber, wie wir unsere Beziehung in den nächsten Monaten handhaben werden. Vorerst werden wir sie aus der Öffentlichkeit heraushalten. Zumindest bis die Weltmeisterschaft vorbei ist. Die Aufmerksamkeit, die der Familie Harris zuteilwird, falls alle vier Brüder für das Team ausgewählt werden, wird sehr groß sein, deshalb ist es für alle Beteiligten am besten, wenn wir uns zurückhalten.

Ich fahre in das große Coleridge-Anwesen und parke um den Brunnen herum. Margarets Hund Rex kommt hinter dem Haus hervorgesprungen und meine schöne Sophia ist ihm dicht auf den Fersen.

„Mummy!", quietscht sie und sprintet direkt zu mir, die braunen Haare zu einem ordentlichen Pferdeschwanz gebunden, wie immer, wenn sie das Wochenende mit Margaret verbringt.

„Meine Sopapilla!", quietsche ich zurück, knalle die Autotür zu und gehe mit ausgebreiteten Armen in die Hocke.

Sophia stürmt mit voller Geschwindigkeit auf mich zu und stößt mich aus dem Gleichgewicht, sodass ich rückwärts auf den rauen Schotter falle. Rex stürzt sich auf uns und schiebt seine nasse Schnauze zwischen unsere Gesichter, während Sophia kichert und ihren Griff um meinen Hals fester macht.

„Aua, Soph! Wann bist du denn so stark geworden?", frage ich ebenfalls kichernd und setze mich mühsam auf, während sie mich umklammert.

„Ich bin fast acht, deshalb!", ruft sie vergnügt und lässt meinen Hals endlich so weit los, dass ich mich aufsetzen kann.

„Sieh uns an! Was für eine Sauerei!", erwidere ich und wische mir den Staub von meiner Jeans.

Sie kniet vor mir und lächelt.

„Du siehst aus, als ob du gewachsen wärst!", stelle ich aufgeregt fest und drücke ihre schwarze Jacke ein wenig um ihren Hals.

„Das bin ich. Und ich habe noch einen lockeren Zahn. Siehst du?"

Sie wackelt mit einem ihrer oberen Zähne und ich nicke mit großen Augen. „Oh ja, der wird schon bald ausfallen."

„Ich habe versucht, ihn nicht anzufassen, damit er bei dir zu Hause rausfällt."

„Oh? Warum das denn?"

„Weil Freya mir zehn Pfund für jeden Zahn gibt!" Sie kichert.

„Sie macht was?", rufe ich mit heruntergefallener Kinnlade aus. „Das habe ich nicht gewusst."

Sie nickt eifrig. „Sie hat mir gesagt, ich soll dir nichts sagen."

„Ihr zwei solltet keine Geheimnisse vor mir haben!", scherze ich und rolle mich auf die Knie, um Sophia an den Seiten zu kitzeln. „Was habt ihr sonst noch vor mir versteckt, hm?"

„Nichts, ich schwöre!" Sie lacht fröhlich, und ich lache mit. Ich weiß nicht, ob es daran liegt, dass ich auf einer Reise war, aber verdammt, ich habe das Kind vermisst.

„Seid ihr jetzt fertig?" Callums schroffer Tonfall unterbricht unseren Spaß, als er von seinem Platz am Brunnen auf uns herabschaut.

Mein Lächeln vergeht, als ich sehe, wie Callie sich an seinem Arm festhält. Sie trägt einen weiteren Minirock mit metallisch glänzender Strumpfhose und ein Paar Stöckelschuhe, die noch viel lächerlicher aussehen als Sophias rosa Outfits, bei denen Margaret darauf besteht, dass sie sie nie auf dem Land trägt.

Das Knirschen des Kieses am Haus lässt meinen Blick zu Margaret hinüberschnellen, die gerade herauskommt. Sie schlingt ihren weißen Umhang um den Hals und geht zu Callum hinüber.

„Sloan", sagt sie knapp und neigt ihren Kopf zu Sophia und mir. „Sophia, das ist eine neue Hose."

„Tut mir leid, Großmama", zwitschert Sophia.

Ich richte mich auf und klopfe Sophia den Hintern und die Beine ab, bevor ich das Gleiche mit mir selbst mache.

„Das macht nichts, sie wird gewaschen", antwortet Margaret in einem sanfteren Ton als ich ihn je gehört habe. Als Nächstes sieht sie mich von Kopf bis Fuß an. „Du siehst aus, als hättest du etwas Sonne abbekommen, Sloan. Warst du geschäftlich unterwegs?"

„Zum Vergnügen", antworte ich mit einem höflichen Lächeln. „Ich habe mich gefragt, ob ich kurz mit dir und Callum sprechen könnte, bevor Sophia und ich losfahren. Habt ihr ein bisschen Zeit?"

Margaret nickt und ich spüre, wie Sophia zu mir hochschaut. Ich hocke mich neben sie und streiche ihr eine Haarsträhne aus dem Gesicht. „Süße, warum gehst du nicht in den Stall und schaust nach, ob der schwarze Kater noch im Heuhaufen ist?"

„Das ist er, Mami! Komm und sieh es dir an!" Sie will mich wegziehen, aber ich stoppe ihre Bewegung mit meiner freien Hand.

„Ich muss mit deiner Großmutter und deinem Vater sprechen. Du gehst und machst ein paar Fotos für mich, okay?"

Sophias Augen leuchten auf, als ich ihr mein Handy gebe. Ohne ein weiteres Wort rennt sie in den hinteren Teil des Anwesens, während Rex ihr auf den Fersen ist.

Ich stehe wieder auf und ziehe meine schwarze Jacke enger um meinen Körper. Die Februarluft ist kalt auf meinem Gesicht, aber nicht so kalt wie Margarets berechnendes Starren.

Bevor ich ein Wort sagen kann, unterbricht Callums Stimme meine Gedanken. „Ich kann es dir genauso gut sagen, bevor du es von Sophia erfährst. Callie und ich sind verlobt."

Callum steht aufrecht, eine Hand greift an den Rand seiner Anzugsjacke, die andere schlingt sich fest um Callies Taille. Ich schaue nach unten und sehe den riesigen Diamanten an Callies Ringfinger glitzern.

„Wow", antworte ich und meine Stimme klingt heiser in meiner Kehle. „So schnell?"

Callum schnaubt. „Das ist wohl kaum schnell, Sloan. Wir sind schon eine ganze Weile zusammen."

Ich schüttle dümmlich den Kopf. Natürlich sind sie das. Sie waren schon zusammen, bevor Callum und ich uns getrennt haben. Meine Stimme ist angespannt und flach, als ich antworte: „Also, herzlichen Glückwunsch euch beiden."

Callie kichert und lässt ihren Kopf auf Callums Schulter fallen. Sie tritt spielerisch mit dem Fuß aus, als Callum ihre manikürte Hand ergreift und den oberen Teil küsst. „Es ist erst Freitagabend passiert."

„Sophia weiß es also schon?", frage ich und überlege, ob sie bei dem Antrag dabei war, weil es seine Woche mit ihr war.

„Wir haben es ihr heute Morgen zusammen mit Mutter gesagt."

„Ich verstehe", antworte ich, während mein Verstand die Tatsache zusammensetzt, dass Callum und Callie dieses Wochenende wahrscheinlich nicht bei Sophia und Margaret waren.

Ich schaue zu Margaret hinüber, um ihre Reaktion abzuschätzen und stelle fest, dass sie in die Ferne starrt. Sie hat die Arme fest um sich geschlungen und scheint völlig desinteressiert an dem Gespräch zu sein.

Ich räuspere mich, um ihnen meine kleine Neuigkeit mitzuteilen, die sicherlich viel weniger aufregend ist. Vielleicht wird sich Callums Verlobung zu meinen Gunsten auswirken. „Ich wollte euch allen sagen, dass ich mit jemandem ausgehe."

Callums Augen verengen sich und ich schaue von ihm weg zu Margaret. „Es ist keine Verlobung oder so, aber wir meinen es ernst. Ich hatte das Gefühl, dass ihr das wissen solltet, weil er Fußballspieler bei Manchester United ist und dazu noch ein ziemlich bekannter."

Margarets Augen blicken mich an, ihre Augenbrauen sind verwundert. „Wie ist sein Name?"

Ich schniefe einmal und zwinge mich, Augenkontakt zu halten, als ich antworte: „Gareth Harris."

„Oh, um Himmels willen", spottet Callum und seine Stimme nimmt einen selbstgefälligen Ton an. „Ich wusste, dass es nicht lange dauern würde, bis du einen deiner Kunden vögelst."

„Callum!", erwidert Margaret mit bissigem Ton und scharfen Augen.

„Mutter, das ist völlig unangebracht", argumentiert Callum und streicht sich die Haare zurück wie das arrogante Arschloch, das er ist. „Was für ein Beispiel wird Sophia sein, wenn sie ihre Mutter mit einem dieser Barbaren zusammen sieht?"

„Gareth ist kein Barbar", antworte ich mit zusammengebissenen Zähnen.

„Er ist ein Harris-Bruder!", erwidert Callum. „Konntest du nicht mal einen Spieler aus einer richtigen Familie vögeln? Die Harris-Familie ist so gewöhnlich, wie sie nur sein kann."

Ich atme langsam durch die Nase ein und aus und balle meine Hände an meinen Seiten zu Fäusten. „Seine Familie sind gute Menschen, Callum, und Gareth ist wahrscheinlich der Beste von ihnen. Er hat gerade eine Auszeichnung für das Jugendförderungsprogramm erhalten, das er leitet. Er hat Sophia noch nicht kennengelernt, abgesehen von dem Camp, für das du sie ohne mein Wissen angemeldet hast, aber er wäre ein gutes Vorbild für sie."

Margarets Blick wandert zu Callum. „Du hast ihr nicht von dem Camp erzählt?"

Callum wehrt sich halbherzig. „Sie hätte nein gesagt. Sloan redet immer nur von Sophias Gesundheit."

„Callum Coleridge", wettert Margaret. „Sie ist ihre Mutter und diejenige, die an ihrem Bett war, als Sophia krank war. Sie ist diejenige, die am besten über Sophias Gesundheit Bescheid weiß. Was du getan hast, ist unverzeihlich."

„Aber, Mutter", jammert Callum.

Margaret rollt mit den Augen und ihr Blick geht wieder in die Ferne. „Callum, lass uns allein."

„Euch allein lassen?", argumentiert Callum, wobei sein Kopf zwischen mir und seiner Mutter hin und her springt.

Margaret wirft ihm einen bösen Blick zu. „Geh und sieh nach deiner Tochter."

Callums Kiefer bewegt sich auf und ab, während er versucht zu sprechen, aber er weiß nicht, was er sagen soll. Verärgert stürmt er zu den Ställen und lässt eine verwirrte Callie zurück.

Callie starrt Margaret an. „Was soll ich tun?"

Margarets Augen werden groß. „Geh mit ihm!" Sie schnippt mit der Hand nach Callie, die schnell davonläuft und fast stolpert, als ihre Absätze im Kies stecken bleiben.

Margaret dreht sich wieder zu mir um, sieht mich einen Moment lang an und sagt dann kühl: „Komm mit mir, Sloan."

Sie wirft sich den Zipfel ihres Umhangs fest um den Hals und schürzt die Lippen, während sie sich gegen die kühle Brise stemmt. Ich folge ihr um die Hauswand herum zu einem viktorianischen Gartenbereich mit ordentlich gestutzten Sträuchern, die vom kalten Winter braun sind. Sie hält an, um einen abgestorbenen Ast aufzuheben und wirft ihn auf einen Müllhaufen neben dem Haus.

„Die Müllabfuhr sollte diesen Haufen schon vor Wochen abholen", sagt sie und schüttelt enttäuscht den Kopf. Sie setzt ihren Spaziergang fort, während ich mit ihr Schritt halte, und sieht schließlich zu mir hinüber: „Mein Krebs hat gestreut, Sloan."

Ich stolpere fast über mich selbst, als sie abrupt das Thema wechselt, und muss mich zusammenreißen, um zu antworten: „Tut mir leid, das zu hören, Margaret."

Sie schaut nach vorne, ihr spitzes Kinn ragt entschlossen hervor. „Der Arzt sagt, ich habe nur noch ein paar Wochen, vielleicht auch weniger."

Mein Atem verlässt meinen Körper. So oft ich dieser Frau auch den Tod gewünscht habe, er scheint nicht mehr so verlockend wie früher. „Sophia wird am Boden zerstört sein"

„Im Gegensatz zu dir", sinniert sie und lässt ihren Blick zu mir gleiten.

„Margaret …", beginne ich zu argumentieren, aber sie unterbricht mich.

„Lass uns nicht um den heißen Brei herumreden, Sloan." Sie bleibt stehen und sieht mich direkt an. „Du magst mich nicht und ich habe Probleme mit dir, aber Tatsache ist, dass meine Probleme mit dir im Vergleich zu denen mit dem Flittchen, das mein Sohn wie eine zweite Haut um sich gewickelt hat, sehr verblasst sind. Und deine Probleme mit mir verblassen drastisch im Vergleich zu denen, die du mit meinem Sohn hast, der das aufgeblasenste Arschloch ist, das ich je gesehen habe."

Meine Hand fliegt zu meinem Mund, um das Lachen zu verbergen, das mir zu entweichen droht. Ich presse meine Lippen zusammen und nicke.

„Aber das Einzige, worauf du vertrauen solltest, ist meine Zuneigung zu Sophia. Die hat nie geschwankt."

Alle gute Laune ist aus mir gewichen, als ich wieder nicke. „Du bist sehr gut zu ihr gewesen."

Sie atmet tief ein und starrt wieder in Richtung Sophia. „Ich bin davon überzeugt, dass Sophia das Einzige ist, was mich in den letzten Jahren am Leben gehalten hat." Sie hustet leise und ich schwöre, ich sehe eine Träne in ihrem Auge. „Aber selbst dieser braunäugige Engel kann nicht aufhalten, was in meinem Körper vor sich geht, und das bedeutet, dass wir die Dinge klären müssen, bevor meine Zeit gekommen ist."

Ich schaue Margaret mit echter Sympathie an. „Was brauchst du von mir, Margaret?"

Sie richtet ihren Blick wieder auf mich. „Ist es dir ernst mit diesem Harris?"

Ich bin von ihrer Frage überrascht, weil ich nicht dachte, dass sie darauf hinauswollte. Ich bin mir auch nicht sicher, wie meine Antwort aussehen soll. Soll ich das, was Gareth und ich sind, herunterspielen, um die Härte ihrer Reaktion zu mildern? Oder soll ich ihr die Wahrheit sagen und mir aus dem Herzen sprechen?

Ich atme schwer aus. „Ich meine es sehr ernst."

„Und ist es ihm ernst mit dir?", erwidert sie.

Ich nicke, schaue zu Boden und denke an unser Gespräch im Auto und das Versprechen, das er mir gegeben hat. „Er sagt, der Moment, in dem er Sophia für sich gewinnen kann, ist der Moment, in dem er wissen wird, dass er mich heiraten kann."

Margaret reagiert nicht auf meine emotionale Reaktion, aber sie nickt mir zu, als hätten wir eine Art Geschäft abgeschlossen. „Nun gut. Ich möchte, dass du weißt, dass ich nicht darauf vertraue, dass Callum Sophias Bestes im Sinn hat, wenn es um ihre Zukunft geht. Bis zur Scheidung war mir nie klar, wie desinteressiert er an der Vaterschaft war. Die letzten Monate haben mir sehr die Augen geöffnet."

„Okay", antworte ich neugierig, weil ich nicht weiß, worauf sie hinaus will.

„Ich habe ihn dazu gedrängt, Sophia in das Kid Kickers Fußballcamp zu schicken. Ich wollte, dass er sich für die Wohltätigkeitsorganisation engagiert, an der wir seit Jahren teilnehmen, und ich dachte, es wäre eine gute Gelegenheit für ihn, Sophia bei etwas zu sehen, das sie liebt."

„Ihr habt für die Kid Kickers gespendet?", frage ich, während mir ungläubig die Kinnlade herunterfällt.

„Ja, das haben wir", antwortet sie entschieden. „Wir sind dabei, seit Gareth Harris das Programm vor Jahren ins Leben gerufen hat. Als sie nach Sponsoren suchten, um das Programm außerhalb der Stadt auszuweiten, habe ich Callum gedrängt, sich daran zu beteiligen. Aber er kann seine Hände nicht lange genug von dieser schrecklichen Frau lassen, um etwas zu erreichen. Und ich bin viel zu alt und unwohl, um mit ihm darüber zu streiten."

„Ich hatte keine Ahnung", antworte ich und staune über die Frau, die gerade vor mir steht. Vielleicht habe ich Margaret noch nie die Chance gegeben, sich mir gegenüber so zu öffnen. Wenn ich das getan hätte, wären wir vielleicht nicht so lange Feinde gewesen.

„Wir hatten unsere Differenzen, Sloan, aber Callums Bemerkungen über die Familie Harris sind ziemlich unfair. Du sollst wissen, dass du von mir keine Argumente hören wirst, wenn es um deine Beziehung zu Gareth Harris geht. Gott weiß, dass er bei weitem bewundernswerter ist als dieses Flittchen, an das sich Callum gehängt hat."

„Warum erzählst du mir das alles, Margaret?"

„Callum ist eine große Enttäuschung für mich, und ich weigere mich, Sophia den gleichen Weg gehen zu lassen." Sie dreht sich um und beginnt wieder zu gehen, während ich mich beeile, mit ihr Schritt zu halten. „Deshalb werde ich Callum sagen, dass die Fifty-Fifty-Sorgerechtsvereinbarung nicht mehr notwendig ist und wir die Bedingungen ändern werden."

„Was?", rufe ich und laufe auf Margaret zu, um ihr ins Gesicht zu sehen. „Was genau willst du daran ändern?"

„Callum hat kein Interesse daran, Sophia jede zweite Woche zu sehen. Er sieht sie kaum, wenn er sie hat, und ich will nicht, dass Sophias Gehirn auf dem Sofa mit der Frau verrottet, die er heiraten will. Ich werde ihn dazu drängen, das Sorgerecht auf jedes zweite Wochenende zu ändern. Wäre das für dich zufriedenstellend?"

Ich kann nicht atmen. Ich sauge Luft in meine Lunge, aber nichts davon kommt dort an, wo es hingehört.

„Ein einfaches Kopfnicken genügt, Sloan.“

Ich nicke. Ich nicke so heftig, dass ich glaube, mein Kopf könnte mir vom Hals fallen. „Glaubst du, er ist damit einverstanden?“

„Er wird es tun, wenn ich es ihm sage“, antwortet sie und hebt ihr Kinn hoch in die Luft.

Mein Körper erschlafft vor Erleichterung. Sie hat recht. Callum wird komplett von seiner Mutter beherrscht. Ich vermute, der einzige wirkliche Grund, warum er zurück nach England ziehen wollte, war, sein Erbe zu sichern, bevor sie stirbt. Margarets Nachlass ist eine Menge Geld wert.

„Ich kann dir nicht genug danken, Margaret“, krächze ich und meine Kehle schnürt sich vor Rührung zu. „Das bedeutet mir sehr viel.“

Margarets Gesichtsausdruck zeigt keinerlei Emotionen, als sie sich umdreht und mir direkt ins Gesicht schaut. „Ich bin Britin, Sloan, also nimm bitte an, dass das, was ich jetzt sage, ein einmaliger Vorfall ist.“ Sie sieht mir in die Augen und ich schwöre, dass ich einen Anflug von Bewunderung in ihrem Gesicht sehe, als sie hinzufügt: „Du bist eine hervorragende Mutter und Sophia hat großes Glück, dich zu haben.“

Tränen. Tränen, ein Lächeln und Kopfnicken sind alles, was ich nach außen hin spüre, als mein Herz die Frau erreicht, von der ich dachte, dass sie mich all die Jahre gehasst hat. Ich schaffe es, meine Stimme zu finden, um zu antworten: „Danke, Margaret.“

Und ohne ein weiteres Wort dreht sie sich um und geht weg.

DER VERANTWORTUNGSVOLLE BRUDER

Gareth

Sloan hat ein Dauerlächeln im Gesicht, während sie den Tisch in der Küche deckt, eine Melodie summt und sich alle paar Schritte dreht, um neue Sachen zu holen.

Ich sitze am Tisch und beobachte, wie ihre Hüften schwingen und ihr kastanienbraunes Haar weht. Es ist eine Woche her, seit ich sie das letzte Mal gesehen habe und sie hat mir am Telefon gesagt, dass sie mir ein paar Neuigkeiten mitzuteilen hat, aber sie wollte warten, bis sie mich sieht.

„Wirst du mir sagen, warum du so glücklich bist?", frage ich ungeduldig. „Versteh mich nicht falsch. Ich genieße die Show, aber die Spannung bringt mich noch um."

Sloan stellt einen Teller vor mir ab und lächelt. „Ja, ich werde es dir sagen." Sie holt tief Luft und setzt sich auf den Stuhl neben mir. Sie breitet ihre Hände auf dem Tisch aus, sieht mich an und sagt: „Margaret und Callum haben heute eine neue Sorgerechtsvereinbarung an meinen Anwalt geschickt."

Mein Körper versteift sich augenblicklich. Die Wahrheit ist, jedes Mal, wenn Callums Name erwähnt wird, verkrampfe ich mich. Ich hasse diesen Wichser. „Was für eine neue Vereinbarung?", frage ich mit vorsichtigem Ton.

Sloan beißt sich auf die Lippe und überrascht mich, als sich ein Lächeln auf ihrem Gesicht ausbreitet. „Callum will unsere Vereinbarung ändern, damit er Sophia nur noch jedes zweite Wochenende hat, statt jede zweite Woche."

Ich runzle verwirrt die Stirn. „Willst du damit sagen, dass er weniger Zeit mit ihr verbringen will?

„Ja", antwortet sie mit großen Augen. „Es war Margarets Idee."

Ich lehne mich in meinem Stuhl zurück, während ich versuche, zu verstehen. „Das ergibt keinen Sinn. Du sagtest, als er dich um die Scheidung bat, drohte er damit, das volle Sorgerecht zu beantragen."

„Ich weiß."

„Also, was hat sich geändert?"

„Margaret hat sich verändert", antwortet Sloan und stützt sich mit den Ellbogen auf dem Tisch ab. Dann erzählt sie mir von ihrem Gespräch mit Margaret am letzten Sonntag. Über Callums neue Verlobung und darüber, wie angewidert Margaret von dem Verhalten ihres Sohnes ist. Sie erzählt mir sogar von der Verbindung zwischen Coleridge und den Kid Kickers und wie enttäuscht Margaret über Callums mangelndes Interesse ist.

Ich schüttle den Kopf, als ich all diese Informationen verdaue. Die Wahrheit ist, dass ich bereits wusste, dass der Name Coleridge etwas mit meiner Stiftung zu tun hat, aber ich war mir nicht sicher, in welchem Umfang. Und Callums Name wurde noch nie mit irgendetwas in Verbindung gebracht, also nahm ich an, dass es nicht speziell um ihn ging. Aber das größte Problem ist die Veränderung, die er mit Sophia wünscht.

„Du meinst also, Sophia wird viel mehr in der Nähe sein?", frage ich und schaue Sloan an, die mich erwartungsvoll ansieht.

„Ja", antwortet sie mit einem Lächeln und steht auf, um den Tisch weiter zu decken. Sie öffnet eine Schublade und holt etwas Silberbesteck heraus, während sie hinzufügt: „Die neue Vereinbarung tritt in Kraft, wenn Margaret stirbt. Ich weiß, das ist etwas morbide, aber ich habe die neuen Papiere vor zwei Tagen unterschrieben, also passiert es wirklich!"

Mit einem aufrichtigen Lächeln eile ich hinüber, um Sloan in eine riesige Umarmung zu nehmen. Ihre Begeisterung ist ansteckend, als ich sie mit den Händen voller Besteck herumwirble. Sie quiekt vor Freude und bittet mich, sie wieder runter zu lassen.

Als ich sie auf den Boden setze, vergeht mein Lächeln leicht. „Ist Sophia damit einverstanden? Ich meine, ich bin sicher, dass sie ihren Vater liebt. Das kann nicht einfach für sie sein."

Sloan nickt mit verständnisvollem Gesichtsausdruck. „Das ist sie. Wir hatten ein langes Gespräch, bevor ich die Papiere unterschrieben habe. Ich habe ein bisschen geflunkert und ihr gesagt, dass es daran liegt, dass Callums Job so anstrengend ist und er noch weniger Zeit haben wird, wenn Margaret stirbt. Aber ich glaube wirklich, dass sie die Wahrheit kennt. Sophia ist so verdammt schlau."

Meine Lippen verziehen sich zu einem traurigen Lächeln. „Ich hasse es, dass sie sein Desinteresse spürt, noch mehr, als ich sein Desinteresse hasse."

Sloan drückt mir beruhigend die Schultern. „Es ist okay. Glaub mir, ich werde es wiedergutmachen. Und vielleicht wird ihre Zeit mit Cal jetzt besser, da sie weniger ist."

„Das können wir nur hoffen", antworte ich, bevor mir ein anderer Gedanke kommt. „Heißt das, dass ich dich viel weniger sehen werde?"

Sloan runzelt die Stirn, als sie meinen Kiefer berührt. „Nicht unbedingt. Freya ist im Grunde ein Babysitter auf Abruf, wann immer ich sie brauche. Sie liebt Sophia fast so sehr wie ich, also werden wir beide unsere gemeinsame Zeit haben. Und ich weiß, das ist viel, aber wenn du bereit bist, Sophia offiziell kennenzulernen, würde ich mich freuen. Aber wenn du denkst, dass es zu früh ist, können wir auch noch warten."

Ich drücke meine Lippen auf die ihren und beende ihre Zweifel genau dort, wo sie sind. Ich ziehe mich zurück und murmle: „Es ist nicht zu früh."

Sloan lächelt und küsst mich erneut. „Gut. Ich denke, vielleicht in einem Park. Ich kann uns ein Picknick machen oder so."

„Ich habe eigentlich eine Idee. Eine, über die ich schon eine Weile nachdenke." Ich reibe mir nervös den Nacken, während Sloan darauf wartet, dass ich sie ausführe. „Was würdest du sagen, wenn ich dir sage, dass ich Sophia im Fußball trainieren möchte? Eins-zu-eins. Nur wir beide. Das Verletzungsrisiko ist sehr gering. Wir würden es langsam angehen lassen und sie dahingehend aufbauen, wenn du dich wohler fühlst."

Sloans Augen werden groß. „Das würdest du tun?"

„Natürlich würde ich das. Ich weiß, dass du dir Sorgen um ihre Gesundheit machst, also können wir vielleicht zuerst mit ihrem Arzt darüber sprechen. Ich würde dich gerne begleiten, um sicherzugehen, dass er über alles informiert ist, was ich mit ihr machen würde."

„Gareth", Sloan sagt meinen Namen mit einem Seufzer. „Ist das dein Ernst?"

Ich zucke mit den Schultern. „Das ist keine große Sache."

„Du bist ein Profi-Sportler, der für die Weltmeisterschaft trainiert. Das ist eine sehr, sehr große Sache."

Ich verdrehe die Augen, als sie mich mit heruntergefallener Kinnlade anstarrt. „Ich habe allerdings eine Bedingung."

Ihre Augenbrauen heben sich. „Sag es."

Meine Augenbrauen heben sich sofort wieder. „Du sagst nie wieder *Kicken*."

Sie lacht über meine Antwort und klopft mir spielerisch auf die Brust. „Und was ist, wenn es mir herausrutscht?"

Ich beuge mich herunter und küsse ihre Nase. „Dann darf ich wieder die Handschellen benutzen."

„Abgemacht!", antwortet sie mit einem Kichern, ihr Gesicht ist so schön und voller Licht. Ich kann nicht anders, als sie hochzuheben und sie auf den Tresen zu setzen, damit wir uns in die Augen sehen und ich alles betrachten kann.

„Das wird gut werden, Treacle. Ich kann es spüren."

„Es ist schon mehr als gut, Gareth."

„Hallo, Sophia. Es ist schön, dich offiziell kennenzulernen."

Die braunäugige Schönheit beobachtet mich aufmerksam von ihrem Platz auf dem Rasen im Garten von Sloans Haus aus. Ich habe einen Torpfosten in Kindergröße aufgestellt, zusammen mit einigen hellen Kegeln für einige Übungen, die wir später spielen werden.

Nach einer Minute nimmt Sophia meine ausgestreckte Hand in die ihre. „Du kannst mich Sopapilla nennen, wenn wir Freunde werden, aber ich bin mir noch nicht sicher, ob wir Freunde sind."

Mit einem Lächeln lasse ich mich auf ein Knie fallen, sodass wir auf Augenhöhe sind. Sophias kastanienbraunes Haar ist zu einem hohen Pferdeschwanz zusammengebunden und sie trägt knallpinke und grüne Fußballkleidung, bis hin zu ihren bunten Socken, die ihre Schienbeinschoner bedecken.

Ihre Mutter hat sie sicherlich für diesen Anlass angezogen.

Ich fange an, mehrere Bälle aus dem mitgebrachten Sack zu kramen und frage: „Erinnerst du dich an mich aus dem Kid Kickers Camp?"

„Vielleicht", antwortet sie und drückt ihren Zeigefinger nachdenklich an ihr Kinn. „Aber es gab viele von euch großen Jungs, die herumliefen."

Ich nicke wissend. „Drei von diesen Jungs waren meine Brüder."

Ihre Augen weiten sich. „Das sind ganz schön viele Brüder. Sind sie sehr laut?"

Ich runzle die Stirn und tue mein Bestes, um ihre Frage mit einem ernsten Gesicht zu beantworten. „Ziemlich laut. Aber sie leben jetzt in London, also höre ich sie nicht mehr so gut wie früher, als wir jung waren."

„In London wohnt die Queen!", ruft Sophia aufgeregt.

„Magst du die Queen?"

„Oh ja, ich liebe sie sehr. Meine Mutter hat mich einmal zum Buckingham Palace mitgenommen, und die Queen ist gerade vorbeigefahren, als wir dort waren. Das war fantastisch. Ich glaube, sie hat mir direkt zugewunken!"

Ich hebe anerkennend die Brauen. „Ich bin sicher, dass sie das getan hat."

Plötzlich verzieht sie das Gesicht. „Ich wurde aber nicht zum Tee eingeladen."

„Bist du mit der Queen befreundet?", frage ich und versuche so gut es geht, nicht zu lächeln, aber ich fürchte, es gelingt mir nicht ganz.

„Nein, aber meine Klasse hat zu Ehren ihres Geburtstags eine Teeparty veranstaltet. Wir haben ihr eine Einladung geschickt und alles, aber sie ist nicht gekommen." Sie starrt enttäuscht auf ihre Füße.

Ich stupse sie an der Schulter an. „Ich bin sicher, dass sie an diesem Tag einen vollen Terminkalender hatte."

Sie denkt einen Moment über diese Logik nach und sagt dann: „Oder vielleicht hat der Postbote die Einladung verloren."

„Ich wette, das ist es", antworte ich mit einem Augenzwinkern. „Also, Sophia, möchtest du heute ein bisschen Fußball spielen?", frage ich und reiche ihr den rosa Ball, den ich für sie gekauft habe, damit sie ihn behalten kann.

Sophia umklammert den Ball in ihren Händen und blickt über ihre Schulter zu Sloan, die mit Freya auf dem gepflasterten Bereich neben dem Haus Wache steht. Die beiden Frauen halten sich die Hände vor den Mund, während sie miteinander zu flüstern scheinen.

Sophia zeigt mir mit dem Finger, dass ich näher kommen soll und flüstert mir mit der Hand davor ins Ohr. „Lass meine Mum nicht hören, dass du es Fußball nennst. Sie ist sehr amerikanisch und wird ziemlich sauer, wenn ich Fußball sage."

„Nicht mehr", antworte ich mit einem weiteren Zwinkern und rufe dann zu Sloan hinüber. „Sloan! Welches Spiel werden Sophia und ich heute spielen?"

Sloans Augen verengen sich zu einer stummen Warnung und Freya verpasst ihr einen Ellbogenstoß. „Na gut … Es ist Fußball!"

Sophia schaut mich mit großen Augen an. „Du kennst dich mit Fußball und Magie aus, wenn du meine Mutter dazu gebracht hast, es so zu nennen!"

Ich lache, stehe schnell auf und spreize meine Beine weit. „Bist du bereit, ein bisschen Fußball zu spielen, Sophia?"

Sie strahlt mich an und antwortet: „Nenn mich Sopapilla."

In der ersten halben Stunde bringe ich Sophia bei, wie sie mit den Fußseiten statt mit den Zehenspitzen kickt. Dann gehen wir zu einigen grundlegenden Manövern über, was an sich schon witzig ist, weil sie zu fast jeder Bewegung, die ich ihr zeige, eine Anekdote oder Geschichte parat hat.

„Das mit dem Zurückziehen ist so, wie wenn ich Cason Süßigkeiten anbiete und dann sage: ,Erwischt!' und es zurückziehe, bevor er es sich schnappen kann."

„Das ist aber nicht sehr nett", erwidere ich und halte den Ball an meine Hüfte, um zuzuhören. „Das klingt, als würdest du mit Casons Gefühlen spielen."

„Er ist nicht sehr nett zu mir!", ruft sie und stampft mit ihrem Fuß auf. „Gestern hat er meine neuen Marker gestohlen, die Mum mir gerade erst geschenkt hat. Ich musste ihn bis zur Jungstoilette jagen und warten, bis er wieder herauskam."

Ich neige meinen Kopf zu ihr. „Weißt du, als ich ein Kind war, bedeutete ein Junge, der ein Mädchen so ärgerte, normalerweise, dass er ihr Freund sein wollte."

„Ekelhaft", quiekt Sophia und hält sich die Ohren mit den Händen zu. „Cason isst Essen vom Boden. Er könnte nie mein Freund sein."

Ich lache über die Falten in ihrer Nase, die mich so sehr an Sloan erinnern, dass ich nicht anders kann, als das Kind sofort zu vergöttern.

Um uns wieder auf den Boden der Tatsachen zu bringen, führe ich das Spiel „Haie und kleine Fische" ein, das ich mit ihr im Kid Kickers Camp gespielt habe.

„Du kannst die ganze Zeit ein kleiner Fisch sein, wenn du willst", sage ich und kicke den Ball sanft zu ihr rüber.

„Oh ja, das mag ich!" Sie kickt den Ball von mir weg, so schnell wie ihre kleinen Beine sie tragen können. Ich versuche, ihn zu klauen. Sie lacht. Ich lache. Dann lacht sie *richtig*, als ich aus Versehen stolpere und auf den Boden falle. Als ich merke, wie viel Freude ihr mein Schmerz bereitet, beschließe ich, alle paar Minuten Verletzungen vorzutäuschen, damit sie weiter lacht.

Das Spielen mit Sophia erinnert mich sehr an Booker, als er klein war und wir gerade anfingen, das Fußballspielen zu lernen. Dad hat mit uns allen im Garten unseres Hauses in Chigwell tonnenweise Übungen gemacht. Bis zu meinem Gespräch mit Dad in Kap Verde hätte ich diese Erinnerung wahrscheinlich verdrängt, weil ich sie mit seiner Kontrollsucht in Verbindung gebracht hätte. Aber wenn ich wirklich zurückdenke, gab es einige gute Momente.

Gareth

16 Jahre alt

„Okay, Jungs. Lasst uns die Übung noch einmal machen, aber dieses Mal mit voller Geschwindigkeit!", ruft Dad, während er durch den Garten geht und die einen Meter fünfzig hohen Slalomstangen, die im Abstand von nur einem Meter aufgestellt sind, neu ausrichtet. „Jeder, der gegen eine Stange stößt, muss zu Bookers und Poppys Festung und zurück rennen."

Ich höre, wie Booker leise vor sich hin murmelt, also hocke ich mich neben ihn. Seine großen Augen sind ernst auf meine gerichtet. „Ich stoße jedes Mal gegen die Stangen, Gareth. Ich habe keine Lust, zu laufen."

Ich gebe ihm einen sanften Schubs. „Ich werde mit dir laufen, Book. Mach dir nichts draus."

Er nickt, immer noch nervös. Aber in dem Moment, in dem Dad pfeift, verwandelt sich Bookers Gesichtsausdruck in grimmige Entschlossenheit.

Camden und Tanner laufen zuerst im Zickzack durch die Stangen und bewegen sich mit Leichtigkeit und natürlicher Athletik hinein und hinaus. Wir spielen erst seit etwa einem Jahr Fußball, aber die Zwillinge haben es gelernt, als würden sie schon ihr ganzes Leben lang spielen.

Ich nicke Booker zu, damit er vor mir geht, und rufe ihm die ganze Zeit aufmunternde Worte hinterher.

„Genial, Booker! Jetzt hast du es raus. Jetzt fehlen nur noch ein paar", rufe ich.

Er schnauft und prustet, sein Blick ist auf den Ball gerichtet, während ich ihn im Zick-Zack-Kurs beobachte. Die Zwillinge haben ihre Übungen beendet und drehen sich um, um ihre eigene Form der Unterstützung anzubieten.

„Für einen Torwart sind seine Füße gar nicht so schlecht!", sagt der elfjährige Camden.

„Das ist das ganze Tanzen, das er mit Poppy im Wald macht", spottet Tanner und fügt dann mit gesungener Stimme hinzu: „Seine Geliebte."

Bookers Hals wird durch Tanners Bemerkung glühend rot. Plötzlich stößt er mit der Zehenspitze an die letzte Stange.

„Nein!", schreit er, greift sich an den Nacken und sinkt auf die Knie.

Ich beende meine Übung und laufe hinüber, um ihm auf die Schulter zu klopfen. „Entspann dich, Booker. Du bist erst neun und fast so gut wie die Zwillinge. Mach dich deswegen nicht fertig. Es ist nur eine Übung."

„Sieht so aus, als würdest du rennen, Booker", ruft Dad, während er die Stange ausrichtet und zu Booker hinüberschaut. Dads Blick ist streng und unversöhnlich – wenn es um Fußball geht, geht es nur ums Geschäft. Wenigstens redet er wieder mit uns.

Bookers Kinn zittert. „Ich will nicht rennen", jammert er, immer noch außer Atem von der Übung.

„Komm schon, Book. Ich laufe mit dir", ermutige ich und beginne rückwärts in Richtung Wald zu laufen.

Dad sieht mir mit gerunzelter Stirn zu und ich sehe, wie sich sein Gesichtsausdruck ein wenig aufhellt, als er auf den kleinen Booker hinunterblickt. Mit einem unbeholfenen Husten sagt er: „Oder vielleicht laufe ich mit dir um die Wette, Booker."

Bookers Augen leuchten auf und ohne ein weiteres Wort rennt Dad *in Richtung unseres Grundstücks und joggt an mir vorbei. Für einen alten Knacker ist er ganz schön schnell, das steht fest.*

Mein jüngster Bruder johlt vor Freude und rennt hinter Dad her, so schnell ihn seine kleinen neunjährigen Beine tragen können. Mit einem Lächeln jogge ich neben ihm her und feuere ihn an. „Komm schon, Book! Ich weiß, dass du viel schneller bist als das!"

Sein Gesicht strafft sich vor Entschlossenheit, während er an Tempo zulegt. Gleichzeitig holen die Zwillinge uns ein und flankieren plötzlich beide Seiten von Booker und mir.

„Wir werden den alten Knacker ausbremsen!", schreit Tanner und nähert sich Dad.

Camden umfasst seinen Mund und ruft seinem Zwilling zu: „Tanner, zeig Dad deinen Hintern! Er wird ihn mit seiner Blässe blenden, und dann muss er anhalten, damit er nicht gegen einen Baum läuft."

Tanner schaut stirnrunzelnd über die Schulter: „Glaubst du wirklich, das würde funktionieren?"

Mit einem Achselzucken tut Tanner genau das, was man ihm gesagt hat, und Dad bleibt auf halbem Weg stehen, hält sich die Augen zu und lenkt seinen Lauf um. Als Booker einen Blick auf Tanners Hintern erhascht, lacht er so sehr, dass er sich bücken muss, um zu Atem zu kommen. Ich ermutige ihn, weiterzumachen und sage ihm, dass dies seine große Chance ist, zu gewinnen. Aber anstatt zu warten, bis er zuhört, eile ich herbei und werfe ihn mir über die Schulter.

Bookers Lachen ist ansteckend, als wir an Dad vorbeilaufen, der jetzt geht und den Kopf über uns alle schüttelt. In diesem Moment des Sieges kann ich nicht anders, als mir zu denken, dass Dad gar nicht so schlecht ist, wenn er so ist.

Sloan

Goldene Lichtstrahlen schneiden durch Gareths und Sophias Haare, während die Märzsonne hinter den Bäumen untergeht und die Silhouette ihrer Fußballübungen in meinem Garten hervorhebt. Ehrlich gesagt, der ganze Anblick ist filmreif. Rahmenwürdig. Lebensverändernd.

Freya atmet schwer neben mir aus und murmelt: „Großer Gott, das ist besser als *Heartland* und Porno zusammen. Das ist besser als ein Heartland-Porno. Das ist besser als eine gefilmte Sexszene zwischen Ty und Amy Fleming, und du weißt, wie sehr ich das hasse, die Serie wird nie schmutzig."

Ich schlage ihr auf den Arm. „Das da draußen ist mein Kind."

„Das ist Gareth Harris da draußen!", erwidert sie mit großen Augen und fächelt sich Luft zu. „Er ist so verdammt süß zu deinem Kind, dass ich glaube, ich habe spontan einen Eisprung."

„Freya!", schimpfe ich lachend und schaue dann wieder hinaus, um die Show zu genießen. Ich murmle leise vor mich hin: „Obwohl ich zugeben muss, dass das bisher die besten zwei Stunden meines Lebens in England waren."

„Genau!", ruft sie und nimmt ihre Gareth-Beobachtung wieder auf.

Der Anblick von Gareth, der mit Sophia spielt, ist so schön, dass ich ihn filmen und den zerfallenden Nationen schenken möchte, um die Stimmung zu heben.

Sophias Kichern hallt vom Haus wider, als sie stolpert und Gareth sie unter den Armen auffängt, damit sie nicht zu Boden stürzt. Er kniet sich hin, um die Schnürsenkel an ihrem Stollenschuh zu schnüren, und es scheint, als würden sie ein ganzes Gespräch miteinander führen, das ich leider nicht hören kann.

„Was denkst du, was sie zu ihm sagt?", frage ich Freya.

„Sie sagt ihm, dass sie sich eine kleine Schwester oder einen kleinen Bruder wünscht."

„Freya!", schreie ich. „Du bist die Schlimmste!"

„Das bin ich nicht, Sloan. Ich spreche die Wahrheit. Ein Mann, der so mit deinem Kind spielt, ist ein Mann, der sich zum Wohl der Art fortpflanzen muss."

Ich stoße einen glücklichen Seufzer aus, der sich mit Schwärmen vermischt und in einem Stöhnen gipfelt. „Ist es das, was glücklich verheiratete Paare mit Kindern regelmäßig haben?"

Freya schüttelt den Kopf. „Da bin ich überfragt. Aber ich wünsche es mir für dich, Sloan. Gott, das tue ich wirklich."

Ein paar Minuten später sind Gareth und Sophia mit dem Spielen fertig und wir gehen alle zum Abendessen hinein. Sobald das Essen vorbei ist, entschuldigt sich Freya mit einem Zwinkern und macht sich auf den Weg zurück in ihr Gästehaus. Ich merke, dass Sophia erschöpft ist, als sie nach dem Essen darum bittet, einen Film zu sehen.

Nachdem sie ihren Schlafanzug angezogen hat, bringe ich sie mit einem Film ins Wohnzimmer, bevor ich zu Gareth in die Küche gehe. Als ich reinkomme, sehe ich, dass er bereits das ganze Abendessen aufgeräumt hat und sich nun um die Fußballsachen kümmert, die in der angrenzenden Abstellkammer verstreut sind.

„Das kann ich machen", sage ich und greife nach Sophias Stollenschuhen.

„Ich mach das schon", sagt er, während er sie auf den Teppich legt und die verschiedenen Paar Schuhe von mir, Sophia und Freya zurechtrückt. Wir sind total unordentlich, aber das süße Lächeln auf Gareths Gesicht zeigt, dass er sich nicht an unserem Chaos stört.

Ich kann nicht anders, als den Kopf über ihn zu schütteln. „Du bist nett zu meinem Kind und du räumst auf? Ich bin überzeugt, dass du kein Mensch bist."

Er lacht und stützt sich auf dem Türrahmen ab. Seine Armmuskeln spannen sich an, während er sich mit der Hand durch sein dunkles Haar fährt. Mit einem zufriedenen Seufzer deutet er auf das Wohnzimmer und sagt: „Sie ist genial, Sloan."

Meine Augenbrauen heben sich vor Stolz. „Es sah so aus, als würdet ihr euch gut verstehen. Da draußen wurde viel geredet, aber das meiste konnte ich nicht hören."

„Das Mädchen hört nicht auf zu reden", antwortet er mit einem zufriedenen Lächeln. „Aber das macht mir nichts aus, denn sie ist sehr unterhaltsam."

„Oh, Gott." Ich bedecke mein Gesicht, spähe durch meine Finger und murmle: „Was hat sie gesagt?"

„Sie sagte, dass du manchmal nackt im Haus herumläufst."

„Nein!"

„Und sie hat gesagt, dass du und Freya Wein aus Kaffeetassen trinkt, aber du lügst und sagst ihr, es sei Tee."

„Sie kennt diesen Trick?" Mein Gesicht erhitzt sich vor Verlegenheit.

„Ich fürchte ja. Sie sagte auch, dass du und Freya von Pferden besessen seid?"

„Nun, ich fürchte, da ist was dran", antworte ich schnippisch und ignoriere Gareths verwirrten Blick. Ich lächle breit und schüttle den Kopf, als ich daran denke, wie viel Sophia noch gesagt haben muss. „Guter Gott, ist denn keines meiner Geheimnisse mehr sicher?"

„Das bezweifle ich", antwortet Gareth mit einem seltsamen Gesichtsausdruck, als ob er etwas verheimlichen würde. Er schüttelt den Kopf und fügt hinzu: „Aber wirklich, sie ist erstaunlich. Sie scheint ihrem Alter voraus zu sein, aber ist trotzdem sehr lustig und verspielt. Das ist wirklich brillant, denn nach allem, was sie durchgemacht hat – der Kampf gegen den Krebs, der Umzug in ein neues Land, die Trennung ihrer Eltern – nimmt sie das alles mit Fassung. Das ist ein wahres Zeugnis dafür, was für eine wunderbare Mutter du bist."

Meine Kehle schnürt sich bei seinen Worten und der Intensität, mit der er mich ansieht, zu. Ich wende meinen Blick ab und gehe zum Waschbecken, wobei ich meine Hände auf dem Tresen ausbreite, um das Gleichgewicht zu halten.

Wieder einmal bin ich überwältigt von Gareths Bemerkungen darüber, wie ich als Mutter bin. „Wie kannst du das so gut machen, Gareth?", frage ich mit sanfter Stimme.

„Was gut machen?" Ich spüre seine Augen auf meinem Rücken wie eine warme Decke. Seine Schritte sind leicht, als er sich hinter mich stellt und meine Haltung über dem Waschbecken spiegelt.

Ich drehe mich um und schaue ihm direkt in die Augen, damit er mich wie ein warmer Kokon umhüllen kann. „Du sagst immer das Richtige und flippst nicht aus, weil du weißt, wie chaotisch mein Leben wegen dieses wunderbaren kleinen Mädchens ist."

Gareth verzieht die Stirn, legt den Kopf schief und sieht mich an. „Ihretwegen bist du, wer du bist, Sloan." Er lässt seine Hände über meine Arme gleiten und beruhigt mich mit seiner Berührung. „Die Tatsache, dass du für sie gekämpft, für sie geblutet und dich für sie geopfert hast, lässt mich noch mehr an dir hängen. Mit all dem, was ich jetzt weiß, kann ich nicht von euch beiden weggehen. Ich will dein Chaos in meinem Leben, Sloan."

Mit einem tiefen Atemzug drücke ich meine Stirn an seine Brust, während mein Herz droht, mir aus dem Leib zu rasen. Er schlingt seine Arme um mich, wiegt mich, tröstet mich, drückt mich an sich, während ich seinen Duft, seine Männlichkeit und seine perfekte Umarmung in mich aufnehme. Er ist so viel mehr, als ich mir je von einem Mann vorstellen konnte.

Und er gehört mir.

Mein Körper reagiert auf diesen letzten Gedanken mit einem Paukenschlag für meine Libido. Ich muss mich körperlich von ihm losreißen und ihn von meinem Körper wegschieben. Ich lecke mir die Lippen und gehe auf die Tür zu. „Ich denke, wir sollten einen Abstand von einem Meter fünfzig zwischen uns halten, bis Sophia ins Bett geht."

Seine Brust bebt vor Lachen. „Warum?"

„Denn wenn du solche Sachen sagst, fällt es mir schwer, mich daran zu erinnern, dass ich ein Kind habe, das im Nebenzimmer wach ist." Ich fahre mir mit den Fingern durch die Haare und streiche meine Bluse nervös nach unten. „Da wir gerade dabei sind, lass uns nach meinem Kind sehen."

„Du bist der Boss", antwortet er und folgt mir ins Wohnzimmer.

Als ob das Schicksal eine komische Hand in meinem Leben spielen würde, finde ich Sophia mit offenem Mund auf dem Sofa, während sie tief ein- und ausatmet. Ich schaue zu Gareth hinüber, der so bezaubernd lächelt, dass ich glaube, ich bekomme spontan einen Eisprung, so wie Freya vorhin.

Ich räuspere mich und flüstere: „Ich bringe sie besser ins Bett."

Ich gehe um die Couch herum und schüttle Sophia sanft an der Schulter. „Komm schon, Sopapilla. Es ist Zeit fürs Bett."

„Mummy, nein", krächzt sie und öffnet nicht einmal die Augen, während sie wieder schwer atmet.

Ich lächle zu Gareth hoch. „Du hast sie erschöpft."

„Lass mich", sagt Gareth und streckt seinen großen Körper über die Rückenlehne des Sofas. Er legt einen Arm unter ihren Nacken und den anderen unter ihre Beine. Mit großer Leichtigkeit hebt er sie wie ein Baby hoch, ohne auch nur zu stöhnen. „Zeig mir den Weg."

Ich schürze die Lippen und merke, wie ich heftig nicke. Ich nicke, um mein Schwärmen zu verbergen. Ich nicke, um das Lächeln zu verbergen. Ich nicke, um die wahnsinnigen Schmetterlinge im Bauch und den überwältigenden Drang zu verbergen, mein Handy zu nehmen und ein Foto von diesem umwerfenden Sportler zu machen, der meine Tochter ins Bett trägt.

Auf wackeligen Beinen steige ich vor ihm die Treppe hinauf und stoße Sophias Schlafzimmertür auf. Schnell ziehe ich die Decke zurück und beobachte, wie Gareth sie ins Bett legt und die Bettdecke fest um ihren Körper zieht.

„Ist es gut so?", fragt er und schaut über seine Schulter zu mir.

Ich lege den Kopf schief, während mein Blick von seinem Hintern zu seinem Gesicht wandert. „Es ist perfekt."

Er stößt ein leises Lachen aus und hält dann inne, um Sophia eine Haarsträhne aus den Augen zu schieben, bevor er sich von ihr zurückzieht.

Ich nehme den Mama-Modus wieder auf, schalte ihr Nachtlicht an und küsse sie auf die Stirn. Als ich in den Flur gehe, lehnt Gareth an der gegenüberliegenden Wand, die Beine an den Knöcheln gekreuzt und mit einem sexy Lächeln im Gesicht.

„Heute hat Spaß gemacht."

Ich schließe Sophias Tür und lehne mich gegen die gegenüberliegende Wand. „Mehr als nur Spaß."

„Wirklich? Denkst du, sie mag mich?"

Ich nicke langsam. „Ich glaube, sie liebt dich."

Als würde ein Damm brechen, fliegen wir von den Wänden und prallen aufeinander, seine Lippen auf den meinen, unsere Zungen tanzen, während wir uns den Flur entlang in Richtung meines Schlafzimmers tasten. Seine Hände grapschen an meinem Hintern, während meine Finger an seinen Locken zerren. Unsere Bewegungen sind hektisch, verzweifelt und brutal, während wir an unseren Klamotten zerren, unfähig, den Schwung des Tages zu stoppen, der zu diesem wilden Schauspiel geführt hat.

Wir stürmen in mein Schlafzimmer und brechen auseinander, als ich mich umdrehe, um die Tür zuzuschlagen und das Schloss einzurasten. Ich drücke mich mit dem Rücken an das Hartholz, meine Brust hebt sich mit tiefen Atemzügen.

Gareths Augen sind dunkel und bedrohlich, als er sich langsam auf mich zubewegt. „Ist das in Ordnung?", fragt er mit einem gequälten Atemzug, seine Lippen sind rot und geschwollen von meiner Attacke. Er deutet auf die Tür. „Was ist, wenn sie aufwacht?"

„Das wird sie nicht", flüstere ich und ziehe mein T-Shirt über meinen Kopf. Meine Nippel schmerzen in meinem BH, als ich den

Verschluss öffne und den Stoff auf den Boden fallen lasse. „Sie schläft sehr fest.“

Gareths Augen saugen sich an meinen Brüsten fest, die sich unter seinem erhitzten Blick geschwollen und schwer anfühlen. „Gott sei Dank“, knurrt er fast, als er sich auch sein Hemd vom Leib reißt.

Mit drei großen Schritten packt er mich unsanft an der Taille und hebt mich hoch, sodass meine Beine ihn umschlingen. Unsere Lippen berühren sich wieder, fahren über den Kiefer und den Hals des anderen, während wir keuchen, uns aneinander schmiegen und winden.

Wir landen auf dem Bett, der Rest unserer Kleidung ist verschwunden und unsere Körper vereinen sich tiefer als je zuvor. Es ist ein perfekter, gleichberechtigter Machttausch, als wir uns rollen und die Positionen wechseln, er oben, dann ich oben.

Als Gareth sich zur Seite bewegt und mich von hinten löffelt, verwandelt sich unsere Raserei in eine langsame, süße Bewegung. Die Art, die sich so gut anfühlt, dass man nicht will, dass sie endet. Die Art, die sich so anfühlt, dass man für immer und ewig in ihr leben möchte.

Gareths Hand legt sich um meine Kehle. Nicht auf eine enge, gefährliche Art und Weise. Es ist eine fordernde Berührung, eine herzschmelzende Berührung des Vertrauens. Ich vertraue darauf, dass er mich dort hält und liebt und mir das Gefühl gibt, dass ich mich sicher und wertgeschätzt fühle, während sich unsere Körper in perfektem Rhythmus ineinander bewegen.

Er lässt meinen Hals los und gleitet mit seiner Hand zwischen meine Beine, was meinen Orgasmus bis zum Äußersten anheizt.

„Gareth“, schreie ich leise, meine Hand greift nach hinten und zieht ihn tiefer in mich hinein. „Ich werde kommen.“

„Komm für mich, Sloan“, grummelt er in mein Ohr, während seine Lippen meinen Hals entlang wandern und meinen ganzen Körper in Flammen setzen.

„Ich komme“, stöhne ich mit leiser Stimme, aber der Druck in mir spannt sich an wie ein Schraubstock.

„Ich spüre dich, Treacle. Ich spüre jeden Teil von dir“, murmelt er in mein Ohr und gibt sich dann ebenfalls den Empfindungen hin.

Als Gareth in mir kommt, schießt mir das Bild eines Babys durch den Kopf und mein Herz klopft in meiner Brust. Das Bild von Sophia, die eine kleine Schwester oder einen kleinen Bruder im Arm hält, treibt mir Tränen in die Augen.

Als unsere Atemzüge langsamer werden und unsere Körper sich entspannen, frage ich: „Willst du eines Tages Kinder haben, Gareth?"

Gareths Arm legt sich enger um mich, als er sich aufrichtet und seinen Kopf in die Hand stützt. Ich rolle mich auf den Rücken, damit ich seinen überraschten Gesichtsausdruck sehen kann.

„Woher kommt das?", fragt er, und seine Augen haben den dunklen Farbton, den ich so liebe.

„Ich glaube, ich will eines Tages mehr Babys", gebe ich zu, bevor ich die Nerven verliere. Was ich in diesem Moment mit Gareth fühle, ist völlig neu, und ich stehe dazu, denn der Mann, dessen Arme mich umschlingen, hat mich gelehrt, furchtlos zu sein.

Gareths Augen blinzeln mich einen langen Moment an und ich spüre, wie sich Angst in meiner Brust breit macht. „Es tut mir leid, dass ich dich damit überfalle, aber ich möchte, dass du es weißt. Ich habe bisher noch nie über ein Geschwisterchen für Sophia nachgedacht. Nachdem sie krank wurde, wollte ich mich nie wieder einem solchen Risiko aussetzen."

Ich greife nach oben und streiche mit den Fingerspitzen über Gareths Kinn, während er mich weiterhin nachdenklich beobachtet. „Aber jetzt glaube ich, dass es daran lag, dass ich einfach kein weiteres Kind mit der Person wollte, mit der ich zusammen war. Selbst an unseren besten Tagen hat es sich nie auch nur annähernd so angefühlt."

Gareth nickt, seine Gedanken schweifen eindeutig ab, während er alles verarbeitet, was ich gesagt habe. Er legt sich langsam wieder hin und starrt an die Decke, während sich sein Brustkorb mit tiefen, gleichmäßigen Atemzügen hebt und senkt.

Als die Stille wächst, gerate ich in Panik. Vielleicht hätte ich noch gar nichts sagen sollen. Was, wenn es noch zu früh ist? Bin ich bereit, ihn wegen dieser Sache zu verlieren? Meine Stimme ist schwach, als ich hinzufüge: „Das ist nichts, was du jetzt schon beantworten musst. Nur … etwas, das du im Hinterkopf behalten solltest, okay?"

Er nickt, sein Kiefer ist angespannt. Ich drehe mich zurück und ziehe die Decke über mein Gesicht. Meine Gedanken schreien mir züchtigende Worte entgegen. Warum habe ich das Thema jetzt angesprochen? Warum habe ich nicht meinen Mund gehalten? Was, wenn ich alles ruiniert habe?

Aber Tatsache ist, dass ich mehr mit ihm will. Ich kann mir nicht helfen. Ihn heute mit Sophia zu sehen, hat die Dinge für mich verändert. Es ist nicht mehr nur ein Gefühl der Liebe, das ich für ihn empfinde. Es ist ein Gefühl von Familie. So wie Vaughn seine Gefühle für Vilma beschrieb. Dieses Gefühl in meiner Brust ist größer als Liebe.

Gareths tiefe Stimme durchbricht plötzlich meine wirbelnden Gedanken. „Babys wären gut."

Ich atme scharf ein und halte den Atem in meiner Brust an, als seine Worte eintreffen. „Wirklich?", frage ich, weil ich die Bestätigung hören muss, damit ich weiß, dass ich es mir nicht eingebildet habe.

Gareth schlingt seinen Arm um meine Taille und zieht mich an seine Brust. „Ja, wirklich. Ich würde gerne eine Familie mit dir gründen, Sloan."

Tränen steigen mir in die Augen, während ich mir auf die Lippe beiße und versuche, das Gefühl in meiner Brust zu unterdrücken. Es ist ein Rausch, den ich vielleicht mit einem Fallschirmsprung vergleichen könnte.

Aber besser.

So, so viel besser.

Und damit schlafe ich ein und träume von Babys, der Zukunft und … der Familie.

Es fühlt sich an, als würde ich nur wenige Augenblicke später von einem Klopfen an meiner Zimmertür geweckt werden.

„Mummy, warum ist deine Tür verschlossen?", ruft Sophias gedämpfte Stimme und reißt mich aus meinem herrlichen Traum.

Ich setze mich mit großen Augen auf und sehe, wie Gareth langsam neben mir zu sich kommt. „Scheiße!", flüstere ich und schaue auf die Uhr, um festzustellen, dass es bereits nach acht Uhr ist. „Gareth! Wach auf!", flüstere ich und fange an, ihn wachzurütteln.

Gareth blickt finster drein, als das Sonnenlicht in den Raum fällt und sich seine Augen öffnen.

„Mummy, was hast du gesagt?", fragt Sophia durch die Tür.

Ich räuspere mich laut, als Gareth endlich begreift, was los ist und aus dem Bett springt.

Ich steige ebenfalls herunter und suche überall nach meinen Kleidern. „Nichts, Sopapilla!"

„Oh, warum ist dann deine Tür verschlossen?", fragt sie erneut.

„Sie muss festklemmen!" Ich eile zu meinem Kleiderschrank, um meinen Bademantel zu holen.

„Oh, warte! Freya hat mir beigebracht, wie man die Schlösser mit einem Stift aufbekommt", sagt Sophia aufgeregt. „Ich bin gleich zurück, um dich zu retten, Mummy!"

Ich höre ihre kleinen Schritte im Flur und schaue zu einem nackten Gareth hinüber, der mit schlafzerzausten Haaren in meinem Schlafzimmer steht und sein T-Shirt über seine Leiste hält.

„Scheiße! Was soll ich denn machen?", fragt er mit großen Augen, während er auf liebenswerte Weise ausflippt.

„Zieh dich an!", schreie ich, als ich endlich meinen lila Seidenmantel finde und ihn mir umlege.

„Verdammt", sagt er, findet seine Shorts und zieht diese zuerst an. „Ich hatte nicht vor, letzte Nacht hier zu schlafen."

„Ich kann mich nicht einmal daran erinnern, die Augen geschlossen zu haben", antworte ich, verknote den Gürtel an meiner Taille und staune immer noch darüber, wie heiß Gareth ohne Shirt ist.

Er schnappt sich wieder sein T-Shirt und fragt: „Soll ich mich jetzt rausschleichen, während sie weg ist?"

„Nein!", schnauze ich und mein Blick wandert zur Tür. „Sie ist wahrscheinlich gerade in ihrem Schlafzimmer. Sie wird dich bestimmt erwischen." Ich fahre mir mit der Hand durch die wirren Haare und schaue mich nach einer Lösung um. „Du könntest dich im Badezimmer verstecken, aber die Duschtür ist aus Glas. Sie wird dich sehen, wenn sie da reingeht."

Ich drehe mich um und kaue auf meiner Lippe. „Vielleicht im Schrank?"

Gareth zuckt mit den Schultern. „Wenn du denkst, dass sie da nicht reinschauen wird."

„Das wird sie wahrscheinlich. Sie ist immer in meinem verdammten Kleiderschrank. Verdammte Scheiße. Ich wollte heute mit ihr darüber reden, dass du nicht einfach ein Freund bist, sondern auch mein fester Freund.“

Gareths Gesicht verzieht sich bei den letzten Worten leicht. „Gibt es keinen besseren Begriff für mich? Ich habe diese Bezeichnung schon immer gehasst. Sie klingt kindisch“, brummt er und fährt sich mit der Hand durch die Haare.

Meine Augen weiten sich. „Das ist nicht der richtige Zeitpunkt, um über deine Gefühle wegen einer dummen Bezeichnung zu diskutieren, Gareth. Wir müssen uns überlegen, was wir mit dir machen, bevor sie zurückkommt!“

„Richtig“, erwidert er und schaut dann hinter sich. „Fenster?“

„Weißt du was?“ Ich eile an ihm vorbei und ziehe die Vorhänge zurück. „Dieses kleine Spalier hier ist eigentlich nichts anderes als eine Leiter.“

„Offensichtlich genau das Gleiche“, erwidert er sarkastisch.

„Wir sind verzweifelt!“ Ich öffne das Fenster und sterbe fast, als der Alarm laut zu schrillen beginnt. „Scheiße! Verdammte Scheiße, verflixt, Scheiße!“

Ich laufe zu der Schalttafel neben meiner Tür und verfluche Gareth im Stillen dafür, dass er diese lächerliche Alarmanlage überhaupt in meinem Haus hat installieren lassen.

Schließlich tippe ich den Code ein. Als alles verstummt, höre ich Sophia in gelangweiltem Tonfall aus ihrem Kinderzimmer schreien. „Mummy, hast du wieder den Alarm ausgelöst?“

„Ja, Sopapilla! Ich Dummerchen. Jetzt ist er aus!“, rufe ich beiläufig zurück und eile dann zu Gareth, der sein Bein über den Fensterrahmen wirft.

„Gott, das ist etwas, das Tanner tun würde“, murmelt er vor sich hin, während er seine Füße auf das Spalier stellt. „Ich sollte der verantwortungsvolle Bruder sein.“

„Ja, ja. Los geht's. Ich glaube, ich höre sie kommen“, sage ich, als er seinen Abstieg beginnt.

„Es ist gut, dass ich dich liebe“, flüstert er, als er den ersten Schritt nach unten macht.

„Warte!“ Ich stecke meinen Kopf aus dem Fenster. „Geh zur Vorderseite des Hauses und klingle, als wärst du gerade gekommen, um deine Bälle abzuholen oder so.“

Seine Augenbrauen heben sich und ein amüsiertes Lächeln breitet sich auf seinem Gesicht aus. „Bälle. Verstanden. Sonst noch was, Boss?"

Ich beiße mir auf die Lippe und lehne meinen Kopf weiter aus dem Fenster. „Kuss."

Mit einem frechen Grinsen klettert er wieder eine Stufe hinauf und drückt mir einen keuschen Kuss auf die Lippen.

„Ich liebe dich", stoße ich hervor. „Jetzt fall nicht, denn ich bin mir ziemlich sicher, dass du für dein Fußballteam viel Geld wert bist."

Auf sein Lachen hin schließe ich das Fenster. Dann schaffe ich es gerade noch, die Vorhänge zuzuziehen, als Sophia mit großen Augen durch die Tür stürmt. „Ich hab's, ich hab's! Ich werde Freya wecken und ihr sagen, dass ich es jetzt alleine schaffe!"

„Sophia, warte!", rufe ich ihr zu, als sie sich umdreht und durch den Flur läuft. Wenn sie nach draußen geht, könnte sie auf Gareth treffen. „Ich, ähm, muss erst noch ein bisschen kuscheln."

Sophia seufzt und schüttelt den Kopf. „Oh, Mum, du bist manchmal so bedürftig."

UNFREUNDLICHE FREUNDSCHAFTSSPIELE

Gareth

Das Camp der englischen Nationalmannschaft ist zermürbend. Gary Austin ist kein Trainer, der es einfach hält, um Verletzungen zu vermeiden. Er verlangt während des gesamten Camps eine hohe Intensität. Da es nicht das erste Mal ist, dass ich mit ihm trainiere, überrascht mich das überhaupt nicht. Bei meinen Brüdern sieht es hingegen anders aus.

„Mein Gott, das ist eine süße, süße Form der Hölle auf Erden", jammert Tanner nach seinem kilometerlangen Abkühlungslauf. Er reißt das Schweißband von seiner Stirn herunter und stöhnt: „Du bist schuld, dass wir hier sind, Gareth."

„Ich bin schuld?", frage ich lachend und lehne meinen Kopf zurück, um mir etwas Wasser in den Mund zu spritzen. „Ich habe keine Gefallen eingefordert, um euch hierher zu bekommen."

„Gegen Austin sieht Dad wie ein Engel aus", schnaubt Camden, als er sich zu uns an die Seitenlinie gesellt. Er bückt sich, um seine Wasserflasche zu nehmen und trinkt einen Schluck. „Das erinnert mich an mein erstes Camp bei Arsenal. Es war knallhart."

Booker joggt als Nächstes herüber, nachdem er gerade sein Torwarttraining auf der anderen Seite des Spielfelds beendet hat. „Hallo Leute", sagt er fröhlich, seine Stimme ist sanft und völlig entspannt.

„Warum kotzt du nicht?", fragt Tanner und starrt Booker an, als hätte er zwei Köpfe.

„Warum sollte ich kotzen?", fragt Booker, zieht seine Torwarthandschuhe aus und tupft sich mit dem Unterarm den Schweiß von der Schläfe.

„Gott", spottet Tanner. „Die Torhüter haben es so leicht. Was habt ihr Jungs da drüben gemacht? Habt ihr euch in einen Kreis gesetzt und visualisiert, den Ball zu stoppen?"

„Nein, wir haben am Pike gearbeitet", verteidigt sich Booker und sieht mich zur Erklärung an. „Wir haben heute Morgen Visualisierung gemacht."

Ich rolle mit den Augen in Richtung Tanner. „Ignorier ihn, Book. Tanner liegt nur im Sterben, weil er die letzten sechs Monate Pfannkuchen gegessen hat, als wären sie seine letzte Mahlzeit, und er ist einfach nicht in Form."

„Fick dich", gibt Tanner zurück und lässt sich auf den Boden fallen. „Und selbst schuld, denn sie waren es absolut wert."

Hobo ist der Nächste, der sich zu uns gesellt. Das Lächeln des großen, lockigen Deutschen ist so gut wie dauerhaft, seit er in das Camp berufen wurde. Seine doppelte Staatsbürgerschaft in England und Deutschland machte seine Anwesenheit in der englischen Nationalmannschaft möglich, aber es war seine herausragende Saison bei ManU, die ihm den Platz einbrachte.

Hobo schaut auf Tanners zusammengesackte Körperhaltung hinunter, während er im Gras sitzt. „Tanner, warum siehst du jeden Tag am Ende des Camps immer aus wie eine Leiche?"

„Das tue ich nicht!", erwidert Tanner mit ernster Stirnfalte.

„Tust du wohl. Du bist aus der Form, mein Freund. Ich glaube, du warst in deiner Trainingsroutine vielleicht zu monoton." Hobo setzt sich neben Tanner und gestikuliert mit den Händen. „Weißt du, jeder Verein und jeder Trainer ist anders. Ich habe für so viele Teams gespielt, dass ich an drastische Änderungen im Trainingsplan gewöhnt bin. Diese Fähigkeit macht mich zu einem wertvollen Spieler. Lass es mich dir zeigen."

Hobo rollt sich in eine Liegestützposition und schaut über seine Schulter zu Tanner. „Sag mir eins. Wenn du mit deiner Frau schläfst, machst du es dann jedes Mal so?" Hobo beginnt, seine Hüften in der Missionarsstellung ins Gras zu stoßen, aber mit komischen, schnellen, ruckartigen Bewegungen.

Booker, Camden und ich brechen in Gelächter aus, als Tanner das Gesicht vor Abscheu verzieht. „Verpiss dich, Deutscher!", brüllt er, stürzt sich auf Hobo und stößt ihn auf die Seite. „Ich verstehe kein einziges Wort von dem, was du sagst. Welche Sprache sprichst du?"

„Englisch, aber ich kann noch vier andere Sprachen, wenn du vorziehst, dass ich sie stattdessen ausprobiere."

Tanner blinzelt ihn dümmlich an. „Warum versuchst du es nicht mal mit der ‚Halt die Klappe'-Sprache?"

Hobo lacht, nicht im Geringsten beunruhigt. „Wenn du willst, kann ich länger bleiben und mit dir trainieren."

Tanner wendet seinen Blick zu mir. „Gareth, kontrollier deinen Teamkollegen. Ich glaube, er macht sich an mich ran."

Lachend schüttle ich den Kopf. „Im Moment ist er auch dein Teamkollege. Und er hat nicht ganz unrecht. Du müsstest nicht so viel leiden, wenn du auf deine Ernährung achten würdest", sage ich und schaue ihn ernst an.

Tanner starrt zu mir hoch. „Gareth, warum hasst du Spaß so sehr?"

Aus dem Augenwinkel sehe ich, wie sich das Chelsea-Team auf den Weg zum Spielfeld macht. Wir sind die letzten Tage an ihnen vorbeigekommen, als unser Camp endete und ihr tägliches Training begann.

Ich entdecke Vince Sinclair inmitten seiner Mannschaftskameraden. Seine wachen Augen wenden sich von den meinen ab, sobald er mich sieht. Er macht einen großen Bogen um mich, seit dem Blödsinn im Tunnel bei unserem letzten Spiel. Das scheint untypisch für ihn zu sein, aber ich nehme an, dass es daran liegt, dass er wütend ist, dass er nicht zum Training eingeladen wurde.

„Ist noch jemand überrascht, dass Sinclair nicht zu diesem Camp eingeladen wurde?", frage ich und schaue auf meine Brüder und Hobo hinunter.

„Nein, bin ich nicht. Der Typ ist ein verdammter Wichser", knurrt Camden. „Du hast doch vor ein paar Wochen das Highlight gesehen, als er mich von hinten angegriffen hat, oder?"

„Ja", antworte ich mit zusammengebissenen Zähnen. Das war total beschissen. Die Reporter sagten, wie viel Glück Camden hatte, dass er einen solchen Treffer wegstecken konnte.

„Er ist voll auf mein kaputtes Knie losgegangen. Der Idiot hätte eine Rote Karte bekommen müssen." Camden reißt etwas Gras aus und wirft es vor sich hin.

„Wenigstens müssen wir nicht mehr im selben Team wie er spielen", tröste ich ihn.

„Gott sei Dank", brummt Camden.

Ich starre Vince wieder an und ein seltsames Gefühl kribbelt in meinem Nacken. Eines, das ich nicht genau zuordnen kann.

Der Rest des Camps verläuft unglaublich. Tanner – so weinerlich er auch sein mag – zieht das Tempo an und erwacht in den letzten Tagen zum Leben, vor allem als er und Camden in die Offensivarbeit einsteigen. Sie verstehen sich auf Anhieb, als wäre keine Zeit vergangen, seit Cam Bethnal Green verlassen hat. Und Booker ist einer von drei Torhütern hier. Was ihm an Erfahrung fehlt, macht er mit seiner Leidenschaft mehr als wett.

Schließlich teilt Austin die Gruppe für ein geschlossenes Freundschaftsspiel in zwei Teams auf und ich bin begeistert, dass er meine Brüder, Hobo und mich auf dieselbe Seite gestellt hat.

Wieder mit meiner Familie zu spielen, ist ein Nervenkitzel, von dem ich gar nicht wusste, dass ich ihn vermisse. Es ist Jahre her, dass wir alle zusammen gespielt haben, aber ich glaube, all die Jahre, in denen ich mit Dad Spielaufzeichnungen durchgegangen bin, haben sich endlich ausgezahlt. Ich weiß genau, was meine Brüder tun werden, bevor sie es überhaupt tun. Es ist ein Instinkt. Mit verbundenen Augen wüsste wahrscheinlich jeder von uns, wo sich der andere auf dem Spielfeld befindet.

Es ist besonders aufregend, mit Booker zu spielen. Ich konnte nie in einem Team mit ihm spielen, da ich bei ManU unterschrieben habe, bevor er für Bethnal anfing. Aber zu wissen, dass ich nicht nur meinen Torhüter, sondern auch meinen Bruder beschützen muss, bringt eine ganz neue Intensität in mein Spiel. Nicht, dass Booker meine Hilfe bräuchte. Er stoppt drei Torversuche von der anderen Seite mit der Leichtigkeit eines gestandenen Sportlers.

Der Rest des Teams profitiert von unserer Energie. Am Ende wird unser Freundschaftsspiel zu einem kleinen Tanz, bei dem Tanner und Camden den Ball hin- und herspringen lassen, Tore schießen und den gegnerischen Torwart zur Weißglut bringen. Es ist ein wunderschönes Fußballspiel. Selbst wenn wir es nie gemeinsam zur Weltmeisterschaft schaffen, wird allein dieser Tag ein Erlebnis sein, das ich für den Rest meines Lebens in Erinnerung behalten werde.

Aber als Austin uns in sein Büro ruft und sagt, dass wir alle vier morgen früh im Pressekonferenzraum des Wembley-Stadions sein sollen, vibrieren wir förmlich vor Aufregung. Er verrät uns nicht, was angekündigt wird, aber wir haben eine gute Vorstellung davon, was uns erwartet.

Camden, Tanner, Booker und ich sitzen an einem langen Tisch, der auf einer erhöhten Bühne steht. Zwischen uns sind Mikrofone aufgestellt, und Gary Austin steht an einem Podium neben mir.

Der Raum ist bis auf den letzten Platz gefüllt mit über hundert Reportern, Kameraleuten, Fotografen und verschiedenen Team-Belegschaftsmitgliedern, die an den Seiten stehen. Dies ist die erste offizielle Bekanntgabe von England in Bezug auf ihren WM-Kader, und die Menschen sind gespannt auf das, was sie zu hören bekommen.

Austin räuspert sich und das Geschnatter im Raum verstummt augenblicklich, als er zu sprechen beginnt.

„Ich danke Ihnen allen, dass Sie heute hier sind. Ich werde heute nicht den gesamten dreiundzwanzigköpfigen Kader für England bekannt geben. Das wird zu einem späteren Zeitpunkt bekannt gegeben, damit die Männer ihre Zeit bekommen. Was ich Ihnen jetzt sage, ist ein wenig unorthodox, und deshalb habe ich diese besondere Pressekonferenz einberufen. Die Vereine der Championship League haben in letzter Zeit wahnsinnige Schlagzeilen gemacht. Die Spiele waren das reinste Chaos, auf die bestmögliche Art und Weise. Ehrlich gesagt, verlieren die Fußballfans bei solchen Höhepunkten den Verstand. Und wenn so etwas Großartiges passiert, ist die Angst groß, dass das WM-Turnier enttäuschend wird. In der Vergangenheit haben die Trainer ihre Spielpläne für die Nationalmannschaften sehr einfach gehalten. Man kann nicht erwarten, dass diese Sportler nach ein paar Trainingslagern und Freundschaftsspielen die gleiche Chemie haben wie mit ihren eigenen Teams, mit denen sie jeden Tag spielen. Aber ich werde die englische Mannschaft dieses Jahr umkrempeln. Ich suche in den Championship Clubs nach Spielern, die die Qualität haben, nach der ich suche. Und es gibt eine Reihe von Brüdern, von denen ich glaube, dass sie den Geist des Fußballs für England und die Weltmeisterschaft auf ein ganz neues Niveau bringen können. Wenn man vier Jungs und einen Vater hat, die ihr ganzes Leben lang für den Fußball gelebt, geschlafen und geträumt haben, dann bemerkt man das. Gibt es Spieler aus der Premier League, die besser für meinen Kader geeignet sind? Auf jeden Fall. Gibt es vier Leute, die sich mehr dem Fußballsport verschrieben haben, die eine sauberere Bilanz und bessere Statistiken haben? Ich bin sicher, die gibt es. Gibt es vier Brüder, die mehr Herz, mehr Leidenschaft, mehr Liebe für ihre Familie und dieses Spiel haben? Nein. Das gibt es nicht. Deshalb berufe ich alle vier Harris-Brüder in das WM-Team. Nach dem, was ich in der vergangenen Woche in einem privaten Camp gesehen habe, bin ich überzeugt, dass sie England in diesem Turnier anführen und einige neue goldene Trophäen für unser Land mit nach Hause bringen werden."

Austin zieht sich vom Podium zurück und die Presse überhäuft ihn mit einer Frage nach der anderen. Meine Brüder und ich sehen uns an. Nach außen hin sind unsere Gesichter ruhig, aber wer genau hinsieht, kann das Feuer, den Funken sehen. Das Adrenalin, das kurz vor einem großen Spiel durch den ganzen Körper eines Sportlers schießt.

Mit einem kurzen Nicken zu meinen Brüdern wende ich mich wieder an unseren Trainer.

„Coach Austin, was ist mit Tanner Harris und seinem fragwürdigen Urteilsvermögen in der letzten Saison?"

Austin fixiert den Reporter mit einem bedrohlichen Blick. „Ich bin mir über Tanners Vergangenheit im Klaren und mache mir nicht die geringsten Sorgen darüber."

„Coach, finden Sie nicht, dass Booker Harris ein bisschen zu jung ist? Ein bisschen zu unerfahren? Er hat nur für das Team seines Vaters gespielt."

Austin schnaubt und schüttelt den Kopf. „Bei der WM haben schon Siebzehnjährige gespielt. Und haben Sie mal gesehen, wie groß Booker Harris heutzutage ist? Er überragt seinen ältesten Bruder, dessen Position im Kader sicher keiner von Ihnen anzweifelt. Booker ist fit und er ist ein guter Torwart. Er wird den Job gut machen."

„Coach, können Sie etwas zu dem bösen Blut zwischen Vaughn Harris und dem Manchester United Football Club sagen?"

„Nein, das kann ich nicht. Vaughn Harris wurde nicht in mein Team berufen, also ist seine Vergangenheit bei Manchester United für mich nicht von Bedeutung. Das Einzige, was ich über Harris weiß, ist, dass er einen erstklassigen Club in Bethnal leitet und es in den 80er Jahren eine Freude war, ihm zuzusehen."

„Coach! Coach! Vor drei Monaten wurde in Gareth Harris' Haus eingebrochen. Es gibt Gerüchte, dass es sich um ein Foulspiel innerhalb der Liga handelt. Die Spieler sind wütend auf Sie, weil Sie vier Brüder eingeladen haben und nicht andere, besser qualifizierte Spieler. Was sagen Sie dazu?"

Ich runzle die Stirn. Ich bewege mich schnell nach vorne zum Mikrofon und gebe Austin ein Nicken, dass ich das übernehmen möchte. „Mir wurde gesagt, dass der Vorfall noch untersucht wird. Leider wurde noch niemand gefasst."

Austin blickt den Reporter mit zusammengekniffenen Augen an, als er hinzufügt: „Und wenn es Gerüchte über ein Foulspiel innerhalb der Liga gibt, hoffe ich, dass sie die Bastarde fangen, die dieses Verbrechen begangen haben. Jeder Sportler, der nicht Manns genug ist, um zu erkennen, dass es bei diesem Spiel um viel mehr geht als um Statistiken, ist kein Spieler, den ich in meinem Team trainieren möchte."

Austin setzt sich auf den Stuhl gegenüber des Podiums, seine Stirn ist schweißnass, während er einen Schluck aus seinem Glas nimmt. Der Pressesprecher des Teams kommt als Nächstes heraus und kündigt an, dass meine Brüder und ich ein paar Fragen beantworten werden, bevor wir die Konferenz beenden.

Ein männlicher Reporter erregt meine Aufmerksamkeit in der ersten Reihe. „Gareth, wie war das geheime Camp, das Sie gerade mit Ihren Brüdern absolviert haben?"

Ich lehne mich nach vorne zum Mikrofon. „Es war ein Erlebnis, an das ich mich für den Rest meines Lebens erinnern werde. Weltmeisterschaft hin oder her, ich bin dankbar, dass Austin mir die Möglichkeit gegeben hat, wieder an der Seite meiner Brüder zu spielen."

„Tanner, wie ist es, wieder mit Ihrem Zwillingsbruder zu spielen? Waren Sie sauer auf ihn, weil er bei Arsenal unterschrieben hat?"

Tanner lacht und schüttelt den Kopf. Er streicht sich die langen Haare hinter die Ohren, lehnt sich zum Mikrofon vor und sagt: „Sie haben verdammt recht, ich war wütend. Er ruft nicht an, er schreibt nicht. Ich kann mich nicht einmal daran erinnern, wann er mir das letzte Mal Blumen geschickt hat."

Die Reporter brechen in Gelächter aus und Tanner zwinkert Camden zu, der nur mit den Augen rollt.

Tanner kehrt zum Mikrofon zurück und sagt: „Nein, ich war nicht wütend. Ich war verdammt stolz. Ich bin jeden einzelnen Tag stolz auf alle meine Brüder."

„Booker Harris! Wann kommt das Baby? Wird es in Ihrer Zukunft Hochzeitsglocken geben?"

Booker lächelt schüchtern und beugt sich vor. „Das Baby kann jeden Tag kommen und bis dahin warten wir mit den Hochzeitsplänen. Im Moment freuen wir uns einfach darauf, Eltern zu werden."

„Camden, besteht eine Chance, dass Ihre Frau zum medizinischen Personal für England gehört?"

Camden lacht und schüttelt den Kopf. „Ich fürchte, das liegt nicht an mir, aber ich bin sicher, dass meine Frau den Job gut machen würde. Mein Knie hat sich noch nie besser angefühlt."

„Gareth, was glauben Sie, was Ihr Vater sagen wird, wenn er es erfährt?"

Ich atme tief ein und langsam wieder aus, bevor ich antworte: „Ich glaube, er wird sagen, dass unsere Mutter gerne dabei gewesen wäre."

HARRIS-SONNTAGSESSEN

Sloan

Nach der Pressemitteilung zur Weltmeisterschaft spielte Gareths Team in London gegen Camden und verlor. Das war ein Wechselbad der Gefühle für die Familie. Aber anscheinend sind sie nicht nachtragend, denn Gareth geht zum Sonntagsessen zu seinem Vater, wie er es fast jeden Sonntag tut.

Der Unterschied ist, dass ich mich ihm dieses Mal anschließe.

Eigentlich sollte nur ich kommen, weil Sophie diese Woche bei Callum ist, aber Margaret hat angerufen und gesagt, dass es ihr nicht gut geht, weshalb sie fragte, ob ich Sophia behalten kann. Ich habe das Gefühl, dass es ihr schlecht geht, denn als ich sie fragte, ob ich Sophia für einen kurzen Besuch hinbringen soll, lehnte sie vehement ab.

Margaret zeigt nie Schwäche.

Jetzt sitzen Sophia und ich im Zug nach London, um an unserem ersten berüchtigten Harris-Sonntagsessen teilzunehmen.

Sophia sitzt mit baumelnden Füßen am Tisch des Waggons und starrt aus dem Fenster, um die englische Landschaft an uns vorbeiziehen zu sehen. „Also, Mummy, soll ich das kleine Mädchen Rocky oder Adrienne nennen?"

„Du kannst sie nennen, wie du willst", antworte ich und nehme einen Schluck von dem Kaffee, den ich gerade im Speisewagen gekauft habe.

Sophia nickt und zieht die buschigen Brauen zusammen, als sie ernsthaft darüber nachdenkt. „Vielleicht denke ich mir einen eigenen Spitznamen für sie aus."

Ich lächle hinter meiner Tasse. „Das wäre sehr schön."

Sophias Gedanken überschlagen sich eindeutig, als sie fragt: „Also spielen all diese Männer Fußball?"

Ich nicke. „Ja, das tun sie."

„Und du hast gesagt, zwei der Frauen sind Ärztinnen?"

Mein Lächeln wird immer breiter. „Das ist richtig."

„Und es gibt eine Lehrerin?" Sophias Augen sind groß und sie lächelt strahlend. „Diese Familie klingt so cool. Ich bin froh, dass du in Gareth verliebt bist."

Ich verschlucke mich fast an meinem Kaffee. „Wer sagt, dass ich in Gareth verliebt bin?"

„Oh, bitte, Mummy. Das ist so offensichtlich." Sie rollt auf diese erwachsene Art mit den Augen.

Ich unterdrücke ein Lachen. „Wieso ist das so offensichtlich?"

Sie wirft mir einen Blick zu, bevor sie an die Decke starrt und alle Wege aufzählt. „Zum Beispiel, dass du dich im Spiegel betrachtest, bevor er kommt. Und du sorgst dafür, dass das Haus immer sauber ist. Und du läufst nie mehr nackt herum."

Die Bemerkung über die Nacktheit lässt meine Augen schmal werden. „Nun, das können ganz normale Dinge sein. Sie bedeuten nicht unbedingt, dass ich in ihn verliebt bin."

Sophia ist völlig unbeeindruckt. „Na, jetzt lächelst du auch."

Ich runzle die Stirn. „Ich habe schon öfter gelächelt."

„Ja, aber es war ein trauriges Lächeln", antwortet Sophia und sieht mich mit ihren großen braunen Augen an. „Es war ein Lächeln, das aussah, als würdest du dich verstellen."

Mein Herz macht einen Satz in meiner Brust. „Sophia, es tut mir leid, wenn ich dir jemals dieses Gefühl gegeben habe. Ich habe dir gegenüber nie etwas vorgespielt."

„Vielleicht hast du das ein bisschen getan", korrigiert sie und verschränkt ihre Arme auf dem Tisch, um ihr Kinn in die Hände zu stützen. „Ist schon gut, Mummy. Ich weiß, warum."

„Warum?", frage ich, wirklich neugierig, wie ihre Antwort ausfallen wird.

„Weil du Daddy nicht so geliebt hast, wie du Gareth liebst." Sie zuckt mit den Schultern und wendet ihren Blick wieder aus dem Fenster, während sie die kleine Wahrheitsbombe zurücklässt, als wäre sie keine große Sache.

Dieses Mädchen – dieses unglaublich kluge, beeindruckende

kleine Mädchen – hat so viel durchgemacht und sieht trotzdem noch alles, was um sie herum passiert.

„Seit wann bist du so scharfsinnig, Sopapilla?"

Sie runzelt die Stirn und sieht mich wieder an. „Was ist scharfsinnig?"

Ich lächle. „Es ist, wenn du Dinge bemerkst, die andere nicht bemerken."

Sie nickt und antwortet: „Wahrscheinlich, als ich sieben wurde."

Ihre Antwort ist so sachlich, dass ich kichern muss und mich neben sie setze, damit ich sie für den Rest der Zugfahrt im Arm halten kann. Sie ist sieben, aber sie ist immer noch mein Baby, und das Lächeln auf meinem Gesicht ist in diesem Moment völlig echt.

Gareth schickt ein Auto, um mich und Sophia am Bahnhof abzuholen. Eine kurze Fahrt später stehen wir vor dem Tor des Harris-Familienhauses. Na ja, eher eine Villa, obwohl sie nicht so alt und baufällig ist wie das Coleridge-Anwesen. Sie ist etwas moderner, mit riesigen Säulen an der Fassade. Mir gehen die Erinnerungen durch den Kopf, die Gareth an dieses Haus hat, in dem er ohne Mutter oder Vater aufgewachsen ist. Allerdings scheint sich das Verhältnis zu seinem Vater seit der Totenwache auf den Kapverden sehr gut entwickelt zu haben, sodass ich hoffe, dass ihre Versöhnung von Dauer ist.

Sophia und ich gehen die Kiesauffahrt hinauf. Gerade als wir die Eingangstreppe erreichen, wird die Tür aufgerissen. Booker kommt heraus und hat seine Arme um Poppy geschlungen, die ihren schwangeren Bauch fest umklammert. Ihre Wangen blähen sich auf, als sie schnell aus- und einatmet.

„Booker, ich habe meine Handtasche vergessen!", ruft sie und dreht sich um.

„Vi, schnapp dir Poppys Tasche!", schreit Booker über seine Schulter und bringt Poppy wieder in die Vorwärtsbewegung. „Es wird alles gut, Sonnenschein. Wir sind bei dir."

„Jemand muss meine Eltern anrufen", weint Poppy, als Tanner, Belle, Camden und Indie als Nächstes aus der Tür eilen.

Camden und Tanner scheinen sich zu streiten, also ruft Belle Tanner verzweifelt zu, dass er Poppys Eltern anrufen soll.

„Ich habe die Nummer von Poppys Eltern nicht."

„Dann renn einfach rüber. Schnell!", ruft Belle. „Sie wohnen doch nur um die Ecke!"

„Frau, wir bekommen ein Baby. Ich habe jetzt keine Zeit, um joggen zu gehen!"

„Dad! Ruf Poppys Eltern an!", schreit Camden zurück ins Haus und schaut zu Belle hinüber. „Dad hat die Nummer."

Die beiden schreienden Paare seufzen und versuchen, sich einen Weg zu einem Fahrzeug zu bahnen.

Poppy ist die Erste, die bemerkt, dass Sophia und ich hier mit heruntergeklappten Kinnladen stehen. Ihre Augen weiten sich und sie setzt ein gequält aussehendes Lächeln auf. „Sloan, ist das deine Tochter?", ruft sie viel zu laut, während sie, wie ich nur vermuten kann, weiter gegen die Wehen ankämpft.

„Ja, das ist Sophia", antworte ich zögernd und lege meinen Arm um sie.

„Oh mein Gott, ich wollte sie unbedingt kennenlernen!", quietscht sie und macht einen Schritt auf uns zu, anstatt auf den Truck zuzugehen, in den Booker sie hineinheben will.

„Es tut mir leid, Poppy, aber hast du Wehen?", frage ich, denn sie kann Sophia sicher ein anderes Mal kennenlernen.

„Ja, das habe ich!", brüllt sie mit einem verrückten Lachen. „Wir können doch danach reden, oder?"

„Nachdem du ein Baby bekommen hast?", frage ich und runzle verwirrt die Stirn. Dann wird mir klar, dass es nicht klug ist, mit einer Frau in den Wehen zu diskutieren. „Ja, Poppy. Danach ist gut."

Booker zerrt Poppy schließlich in den Truck und schließt die Tür. Er blickt entschuldigend zu mir herüber. „Es tut mir so leid, Sloan. Wir haben uns alle sehr darauf gefreut, deinen kleinen Fisch kennenzulernen. Gareth hört gar nicht mehr auf, von ihr zu reden."

Meine Aufmerksamkeit wird von Booker abgelenkt, als Tanner und Camden mich und Sophia mit großen Umarmungen überfallen.

„Ist das der kleine Fisch?", fragt Camden, geht in die Hocke und gibt Sophia einen spielerischen Schlag auf die Schulter.

„Das ist Sophia", antworte ich und mein Blick schweift umher, während sich alle um uns herum drängen. „Wollt ihr alle ins Krankenhaus?"

„Darauf kannst du wetten!", erwidert Camden. „Schön, dich kennenzulernen, Kleine."

Plötzlich fällt Tanner zu Boden und umklammert Sophias Arme. Er schüttelt sie aufgeregt und ruft: „Kleiner Fisch, wir bekommen ein Baby!"

Sophia kichert über den verrückten Ausdruck in Tanners bärtigem Gesicht.

„Tanner!" Ich schaue auf, um Vi zu sehen, die zu uns rennt, aber sie starrt auf Sophia herab. „Süße, lach nicht über ihn. Das ermutigt ihn nur. Stell dir einfach vor, dass er ein frecher Welpe ist, der nicht aufhören kann, sich zu lecken."

Sophia kichert wieder und antwortet: „Okay."

„Außerdem", sagt Vi und kniet sich mit Rocky in den Armen hin, in deren ganzem entzückendem Gesicht Brei verschmiert ist. „Kleiner Fisch, ich möchte dir Rocky vorstellen. Sie freut sich schon sehr darauf, mit dir zu spielen, wenn wir nicht gerade ins Krankenhaus eilen, okay?"

Vi sieht mich mit einem breiten Lächeln an, während Hayden zu Sophia herüberkommt und ihr zuzwinkert. Die drei steigen in ihren Minivan, während Sophia mich am Arm packt und fragt: „Warum nennen sie mich immer kleiner Fisch, Mum?"

Bevor ich antworten kann, taucht Belle vor uns auf. „Weil Gareth sagt, dass du eine tolle Fußballerin bist und auf dem Spielfeld ein hervorragender kleiner Fisch bist. Hallo, kleiner Fisch. Ich bin Belle und die Rothaarige mit der Brille ist Indie. Wir sind mit den verrückten Brüdern verheiratet, die dich vorhin belästigt haben, aber keine Angst. Wir werden sie von jetzt an genau im Auge behalten. Wir müssen jetzt zum Krankenhaus, also reden wir später weiter, okay?"

Sophia lächelt schüchtern und versteckt sich ein wenig hinter mir, während Belle zum Auto joggt, wo Indie auf dem Rücksitz ist.

„Ich will mit ihnen gehen, Mum", sagt Sophia und zeigt auf die Autos, als sie wegfahren.

Schließlich kommt Gareth mit dem Handy am Ohr aus dem Haus. Seine Augen treffen auf die meinen und ein Ausdruck von echter Überraschung huscht über sein Gesicht. „Ich habe gerade versucht, dich anzurufen."

„Wir sind da", antworte ich hilflos, als sich der Wahnsinn zu legen beginnt. Unser Timing scheint nicht ideal zu sein.

„Wir sind auf dem Weg ins Krankenhaus", sagt Gareth und streicht Sophia über die Haare. „Hallo, kleiner Fisch."

„Hallo", zwitschert Sophia mit einem zufriedenen Lächeln im Gesicht. Ich denke, man kann mit Sicherheit sagen, dass ihr der neue Spitzname gefällt.

Ich mache eine Geste in Richtung Tor und sage: „Soll uns der Wagen, den du geschickt hast, zurück zum Bahnhof bringen, oder brauchst du ihn?"

Gareths Gesicht runzelt sich vor Verwirrung. „Warum solltest du zum Bahnhof zurückgehen? Hast du etwas vergessen?"

„Nein. Das hier scheint nur eine Familiensache zu sein", antworte ich und beobachte Vaughn, als er aus dem Haus geht und sich umdreht, um die Tür abzuschließen.

„Sloan", er kommt ganz nah heran und drückt mir einen Kuss auf die Wange, „du und der kleine Fisch seid meine Familie. Komm, lass uns sehen, wie mein kleiner Bruder ein Baby bekommt."

Die Schmetterlinge in meinem Bauch sind unerbittlich, als Gareth Sophia hochhebt, um sie zurück zum Auto zu tragen. Sie quiekt vor Freude und schlingt ihre Hände um seinen Hals.

„Kleiner Fisch!", ruft Vaughns Stimme von hinten und Sophia schaut Gareth über die Schulter. Mit einem Lächeln sagt Vaughn: „Willkommen bei den Harris-Sonntagsessen!"

Sie lächelt zurück. Dann folgen wir, wie bei einer verrückten Naturkatastrophe, den vielen Menschen, die auf dem Weg sind, einen weiteren Harris auf der Welt willkommen zu heißen.

„Es sind verdammte Zwillinge!", krächzt Booker, als er durch die Doppeltüren des Warteraums stürmt.

„Was?", antworten wir alle im Chor und springen von unseren Sitzen auf.

Booker fährt sich mit der Hand durch die Haare, seine Augen sind groß und ungläubig. „Ich weiß nicht, was passiert ist, aber irgendwie war das zweite Baby nicht auf den Scans zu sehen. Jetzt habe ich zwei Söhne!"

„Oh mein Gott!", ruft Vi und klammert sich mit aufgeregtem Todesgriff an Haydens Arm. „Wie ist das überhaupt möglich?"

Alle schauen auf Belle und Indie – die beiden Ärztinnen in der Gruppe – um eine Antwort zu bekommen, aber Booker antwortet: „Der Arzt hat gesagt, dass es häufiger vorkommt, als die Leute denken. Das passt ganz gut, denn wir haben uns über die Namen gestritten und jetzt können wir beide benutzen. Oliver und Teddy sind fantastisch. Ich kann es kaum erwarten, dass ihr sie kennenlernt. Poppy braucht ein paar Minuten, weil sie ganz außer sich ist."

„Ich bin mir sicher, dass sie das ist", antwortet Vaughn kopfschüttelnd und zieht Booker in eine feste Umarmung.

„Oh, und wir sind verlobt", fügt Booker hinzu, während er sich mit einem liebenswert verlegenen Gesichtsausdruck zurückzieht.

Vi sieht aus, als würde sie gleich in Ohnmacht fallen.

„Machst du Witze, verdammt?", ruft Camden, packt seinen Bruder an der Schulter und verpasst ihm einen Schlag in den Bauch.

Bookers Gesicht wird rot, als er antwortet: „Nein. Ich habe sie gefragt, ob sie mich heiraten will, als sie unsere Babys im Arm hatte. Ich hatte den Ring und wollte sie heute Abend zu Hause vor unserem Spielhaus im Wald fragen, aber wir haben es nie dorthin geschafft. Also dachte ich mir, was soll's. Ein Krankenhaus ist ein genauso guter Ort wie jeder andere."

„Ja, das ist er!", quiekt Vi und springt Booker in die Arme, um ihn zu umarmen. „Herzlichen Glückwunsch! Oliver und Teddy haben die besten Eltern!"

„Danke, Vi", antwortet Booker und schaut dann zu Gareth hinüber, um dessen übliches zustimmendes Nicken zu erhalten.

Gareth reagiert schweigend und sein stolzes Lächeln sagt mehr aus, als Worte es je könnten.

Aus dem Augenwinkel sehe ich, wie Sophia Rocky durch den leeren Flur jagt und ihr Kichern in meinen Ohren widerhallt. Als alle Booker umarmen, drückt Gareth plötzlich meine Hand ganz fest.

Mit Tränen in den Augen und einem breiten Lächeln im Gesicht schaue ich zu ihm hinüber. So fühlt sich wohl eine echte Familie an.

Daran könnte ich mich gewöhnen.

21

EINE PINKE ROSE

Sloan

„Ich komme mit dir, Sloan", sagt Gareth und schaut mich hart und unnachgiebig an, während er auf der gegenüberliegenden Seite meiner Küche steht und sich ein Geschirrtuch über die Schulter geworfen hat.

„Gareth, das ist die Beerdigung von Sophias Großmutter. Sie ist eine Coleridge. Und die gesamte High Society von Manchester und London wird am Gottesdienst teilnehmen. Die Leute würden dich bestimmt erkennen."

„Das ist mir scheißegal." Er wirft das Handtuch ins Spülbecken und verschränkt seine muskulösen Arme vor der Brust.

„Wir haben vereinbart, unsere Beziehung bis nach der Weltmeisterschaft geheim zu halten. Du und deine Brüder seid jetzt schon seit zwei Wochen in den Schlagzeilen."

„Das ist alles nicht mehr wichtig", knurrt er und lehnt sich gegen den Tresen. „Das hier ist anders, Sloan. Das hier ist das wahre Leben. Ich werde nicht zulassen, dass du und Sophia das alleine durchstehen müsst."

Ich atme tief ein und werfe Gareth einen Blick zu. „Ich habe mit Sophia schon viel Schlimmeres durchgemacht. Ich kann damit umgehen."

„Ich weiß, dass du es kannst, aber ich kann es nicht!", ruft er und die Adern in seinem Hals treten wütend hervor. „Verstehst du denn nicht, Sloan? Es würde mich umbringen, nicht an deiner Seite zu sein. Als Trost, als Freund, als jemand, an den du dich anlehnen und zu dem du aufschauen kannst. Ich *will* nicht, dass du alleine damit umgehst!"

Plötzlich steht Sophia zwischen uns und hat die Arme ausgestreckt, als müsse sie uns auseinanderhalten. „Gareth kommt mit, Mummy."

Ich starre sie an und schüttle den Kopf. „Sophia, ich habe dir gesagt, du sollst auf dein Zimmer gehen."

„Nein, ich will nicht, dass ihr euch streitet", erwidert sie.

„Wir streiten nicht", antworte ich und werfe Gareth einen Blick zu. „Wir haben nur eine Meinungsverschiedenheit."

„Das ist egal. Ich habe gesagt, dass Gareth mitkommen kann und Großmama auch", sagt Sophia und dreht sich zu mir um, die Hände in die Hüften gestemmt, wie eine winzig kleine Wonder Woman.

„Wann hat deine Oma das gesagt?", frage ich und schaue auf Sophia hinunter, die immer noch keine einzige Träne geweint hat, seit ich ihr die Nachricht von Margarets Tod erzählt habe.

„Sie hat es zu mir gesagt, als ich sie das letzte Mal gesehen habe", antwortet Sophia und ein düsterer Ausdruck huscht über ihr Gesicht, als eine Erinnerung deutlich über sie hereinbricht.

„Was hat sie noch zu dir gesagt, Sophia?", frage ich und knie mich hin, um meiner Tochter in die Augen zu schauen.

Sophia atmet tief durch und antwortet: „Wir haben uns verabschiedet. Das ist alles. Aber, Mummy, sei bitte nicht böse auf Gareth. Ich will ihn nicht auch noch verlieren."

Ich schaue zu Gareth auf, dessen harte Augen sofort weicher geworden sind.

Er lässt sich auf der anderen Seite von Sophia auf die Knie fallen und zerzaust ihr das Haar. „Ich gehe nirgendwo hin, kleiner Fisch. Du sitzt für eine lange, lange Zeit mit mir fest."

Ein Gefühl der Beklemmung macht sich in meiner Brust breit. Ich bin nicht die Einzige in dieser Beziehung mit Gareth. Bei weitem nicht.

In der Kirche sitzt Sophia mit Callum und Callie auf der ersten Kirchenbank. Ihr braunes Haar ist zu einem Pferdeschwanz zurückgebunden. Ihr schwarzes Kleid mit weißem Kragen ist perfekt und makellos, so wie Margaret es gewollt hätte. Mir war nie klar, wie schwer es sein würde, Sophia dabei zuzusehen, wie sie ohne mich ein Teil der Coleridge-Familie ist. Mitzuerleben, wie sie mit ihrem Vater und seiner Verlobten durch eine emotionale Zeit geht, in der ich keinen Platz habe. Mir fällt auf, dass Callum Sophia nie tröstet. Er umarmt sie nie.

Sophia folgt ihm einfach auf die Kirchenbank, setzt sich in perfekter Haltung hin und wartet darauf, dass sie die Lesung halten kann, um die Margaret sie gebeten hat. Was auch immer Margaret mit meiner Tochter geteilt hat, als sie sich das letzte Mal vor zwei Wochen gesehen haben, hat sie besser auf diesen Tag vorbereitet, als ich es mir je hätte vorstellen können.

Gareths Arm legt sich fest um mich, als ich sehe, wie mein kleines Mädchen zum Altar geht, darauf wartet, dass der Pfarrer das Mikrofon auf ihre fast achtjährige Größe einstellt, und dann mit einer völligen Anmut, die sie von mir nicht bekommen hat, einen Abschnitt aus der Bibel liest.

Das ist alles Margaret.

Durch stolze Tränen hindurch schaue ich zu Gareth hinüber und stoße ein stummes Dankeschön aus. Ich wollte ihn nicht hier haben, aber dass er hier ist, ist genau das, was ich brauche.

Auf dem Friedhof entscheidet sich Sophia dafür, mit Gareth unter meinem Schirm zu stehen, anstatt mit ihrem Vater und Callie. Ich beobachte, wie ihre stille Zurückhaltung langsam zu bröckeln beginnt, als der Pfarrer Erde auf den Sarg streut und die letzten Worte über Margarets Leben spricht.

Meine kleine Kämpferin hat bis zu diesem Moment noch keine einzige Träne vergossen. Sobald ihr eine herausrutscht, ist es, als wären die Schleusen geöffnet worden. Sie versteckt ihr Gesicht in meinem Kleid, schnieft laut und drückt mich so fest um meine Hüften, dass ich sicher bin, dass ihre Arme erschöpft sind.

Gareth tröstet mich, während ich Sophia tröste. Als die Beerdigung zu Ende ist und sich alle auf den Weg zu ihren Autos machen, bleiben wir drei zurück. Als alle gegangen sind, lässt Sophia mich los und wischt sich heftig die Tränen ab, während sie zum Grab hinübergeht.

„Was machst du da, Sophia?", frage ich.

„Ich möchte eine Blume", erklärt sie und zeigt auf den Rosenstrauß, der über dem Sarg drapiert ist.

Mein Blick trifft auf Gareth und er nickt verstehend.

„Die pinke", sagt Sophia zu Gareth und zeigt auf die eine pinke Rose, die zwischen all den weißen Rosen versteckt ist.

Gareth lächelt freundlich und streckt seine lange Gestalt hinüber, um die Blume aus dem Sargstrauß zu pflücken, dann kniet er sich hin und reicht sie Sophia. Sie drückt sie sofort an ihre Nase und sieht mit tränennassen Augen zu mir auf.

„Großmama hat gesagt, die ist für mich."

Ohne ein weiteres Wort dreht sich mein perfektes kleines Mädchen um und geht zurück zur Limousine, vorbei an einem wartenden Callum.

Ich kämpfe gegen meine eigenen Tränen an, während Gareth seine Hand auf meinen Rücken legt und wir uns umdrehen, um ihr zu folgen.

Callum räuspert sich, als wir ihn erreichen. „Hast du meine E-Mail über das Treffen nächsten Monat bekommen?"

Mit einem Stirnrunzeln schaue ich zu ihm rüber und nicke. „Mit Margarets Anwalt? Ja, ich habe sie bekommen. Ich werde da sein." Ich schaue mich um, verärgert darüber, dass er es ausgerechnet hier anspricht.

„Gut. Komm nicht zu spät", spottet er und schaut Gareth kurz an, bevor er sich auf dem Absatz umdreht und zu Callie und Sophia in die Limousine steigt.

„Was soll das denn?", fragt Gareth, der Callum argwöhnisch beobachtet.

Ich schüttle den Kopf. „Wahrscheinlich Sophias Erbe. Aber bei Callum bin ich immer misstrauisch."

THEATER DER TRÄUME

Sloan

In den nächsten Wochen wird das Leben ein wenig ungewöhnlich. Fotos von mir und Gareth bei der Beerdigung erscheinen in mehreren Klatschmagazinen. Die Besuchszahlen auf meiner Website erreichen ein Allzeithoch und mein schlummerndes Instagram-Profil, das ich für mein Unternehmen eingerichtet habe, hat plötzlich zwanzigtausend neue Abonnenten.

Ich erhalte auch eine Handvoll Anrufe von potenziellen Kunden, die auf der Suche nach individuellen Designs sind. Freya ist damit beschäftigt, alle zu überprüfen, um festzustellen, ob sie seriös sind. Wenn ja, werden wir in naher Zukunft vielleicht ein etwas anderes Geschäft betreiben.

Ich bekomme sogar ein paar E-Mails mit Interviewanfragen, von denen Gareth mich angewiesen hat, sie an seinen Agenten weiterzuleiten. Das hat man wohl davon, wenn man mit einem Sportler von Manchester United ausgeht.

Aber Gareth nimmt das alles gelassen und ist es offensichtlich gewohnt, diese Art von Aufmerksamkeit zu ignorieren. Er sagte mir, dass sein Vater sie so erzogen hat. Keine sozialen Medien und keine Interviews, es sei denn, sie werden sorgfältig koordiniert. Vaughns Ideale sind auch der Grund, warum Gareth keine überzähligen Mitarbeiter oder Luxusfahrzeuge und -häuser hat wie andere Sportler. Die Harris-Familie – so dynamisch und interessant sie auch sein mag – neigt dazu, sich größtenteils zurückzuhalten.

Das ist irgendwie eine Erleichterung. Das bedeutet, dass Gareth, wenn er nicht auf Reisen ist oder trainiert, bei mir zu Hause ist und trotz der Aufmerksamkeit, die wir gerade bekommen, einfach normal ist. Wir essen zusammen mit Sophia und Freya zu Abend. Dann versuchen Freya und ich, unsere Herzaugen zu verbergen, während wir ihm fast jeden Abend beim Spielen mit Sophia im Garten zusehen. Dafür, dass er ein hochbezahlter, berühmter Sportler ist, ist Gareth sehr gut darin, ein ganz normales Leben zu führen. Das lässt mich glauben, dass es eine gute Chance auf ein normales Leben gibt, wenn er sich eines Tages zur Ruhe setzt.

Und nach dem Streit, den Sophia in der Küche zwischen Gareth und mir beendet hat, ist klar, dass sie sehr an ihm hängt. Der Gedanke macht mir Angst, denn ich will nicht, dass sie sich zu sehr von ihm abhängig macht. Es gibt noch so viel, was sich zwischen uns ändern kann. Es gibt keinen Ring, keine Verpflichtung. Und selbst das ist keine Garantie für irgendetwas. Ich meine, er ist immer noch ein berühmter Fußballspieler – so bescheiden er auch sein mag. Wer weiß, was unsere Zukunft bringt?

Ich durchstöbere gerade meinen Kleiderschrank auf der Suche nach Sophias Regenschirm, als mein Handy in meiner Tasche vibriert. Es ist Callum. Er soll Sophia in einer Stunde abholen, und als ich seine Nummer sehe, habe ich ein ungutes Gefühl.

„Hallo?", antworte ich mit vorsichtiger Stimme.

„Sloan, hallo. Hör zu, ich kann Sophia dieses Wochenende nicht nehmen."

„Callum, tu das nicht", antworte ich mit zusammengebissenen Zähnen. „Du hast das Wochenende mit ihr schon vor zwei Wochen abgesagt und sie war so enttäuscht."

„Ich weiß, aber ich bin im Büro überfordert und Callie hat Familie in der Stadt."

„Dann nimm Sophia mit!", rufe ich mit hoher Stimme. „Ihr beide seid verlobt! Ich bin mir sicher, dass Sophia gerne einen Teil ihrer zukünftigen Familie kennenlernen würde."

„Tut mir leid, dieses Mal nicht." Callums Stimme ist so ruhig und geschäftsmäßig, dass meine Wut hochkocht.

„Callum, so kann es nicht weitergehen", presse ich hervor. „Sie hat gerade ihre Großmutter verloren, die du besser kanntest als jeder andere. Sie könnte deinen Trost jetzt gut gebrauchen. Bitte sag ihr nicht wieder ab. Lade sie wenigstens zum Mittagessen ein oder so."

„Sloan, hör zu, ich muss los. Sag Sophia, dass es mir leidtut."

Damit legt er auf und die Leitung verstummt, während ich zu zittern beginne. Mit einem mächtigen Schrei werfe ich mein Telefon gegen die Schrankwand und bedecke mein Gesicht mit meinen Händen.

Als die Tränen zu fließen beginnen, werde ich von warmen, starken Armen umarmt. Gareths Duft umhüllt mich, während er mich an seine Brust drückt und mir sanfte Küsse auf mein Haar gibt.

„Was ist passiert?", fragt er in unheilvollem Ton.

„Callum hat Sophia wieder abgesagt", krächze ich, meine Stimme gedämpft an seiner Brust. „Das wird sie zerstören. Ich könnte ihn umbringen."

„Nicht, wenn ich ihn zuerst erwische", erwidert Gareth und spannt seine Arme um mich herum an.

Ich ziehe mich zurück und kämpfe wütend gegen meine Tränen an. „Er macht mich einfach verrückt, denn wenn unsere Zukunft mit ihm so aussieht, ist es mir lieber, er verschwindet für immer, als sie jedes zweite Wochenende zu enttäuschen. Als Callum und ich noch zusammen waren, war es zumindest einfacher, diese Enttäuschungen vor ihr zu verbergen."

Gareths Gesicht verzieht sich bei meiner letzten Bemerkung und seine Augen verengen sich leicht, während er mich beobachtet. „Soll ich dir helfen, es ihr zu sagen?"

Ich rucke mit dem Kopf von einer Seite zur anderen. „Nein, sie ist meine Tochter. Ich werde es ihr sagen."

Mit einem schweren Seufzer gehe ich an ihm vorbei, um aus meinem Schrank zu kommen und Sophia zu suchen. Gareth schlingt seine Hand um mein Handgelenk, um mich aufzuhalten. Seine Augen sehen mich flehend an, als ich mich umdrehe und er sagt: „Sloan, ich kann dir helfen."

Meine Haltung richtet sich auf. „Es ist okay. Ich kann damit umgehen. Warum gehst du nicht nach unten, während ich mich um das hier kümmere?"

Sophia schluchzt zwanzig Minuten lang in meinen Armen. In diesen zwanzig Minuten überlege ich mir siebenundvierzig verschiedene Möglichkeiten, wie ich Callum ermorden und die Leiche verstecken kann, damit niemand davon erfährt. Nachdem sie sich beruhigt hat, bittet sie um etwas Privatsphäre. Ich beschließe, eine heiße Dusche zu nehmen und hoffe inständig, dass mir dabei eine Lösung für dieses Chaos einfällt.

Als ich aus dem Schlafzimmer komme, um nach Sophia zu sehen, höre ich, wie sie murmelt: „Ich hasse meinen Dad."

Mein Herz zieht sich aufgrund des Schmerzes in ihrer Stimme zusammen, aber ich verlangsame meine Schritte, als ich höre, wie Gareths tiefes Glucksen als Antwort auf ihren Kommentar den Flur hinuntertönt.

„Hass ist ein starkes Wort, kleiner Fisch."

„Ich weiß, aber er hat das letzte Mal, als er abgesagt hat, versprochen, dass wir Rex am See von Großmama besuchen werden. Ich vermisse Rexy. Er muss sich fragen, wo ich geblieben bin."

Ich gehe auf Zehenspitzen näher, damit ich Gareths Antwort hören kann.

„Na, hoffentlich kann deine Mutter dich bald mal hinbringen. Ich glaube, es gibt noch ein paar Erwachsenensachen von deiner Großmutter, die zuerst geklärt werden müssen."

Sophia brummt. „Ich hasse ihn trotzdem."

Ich spähe durch die Tür und bin fast sprachlos, als ich die beiden sehe, einander gegenüber auf dem Bauch liegend, während Sophia Gareths Fingernägel lackiert. Gareths große Hand liegt ausgestreckt auf einem Handtuch, während Sophia ihre Zunge herausstreckt und versucht, den Lackpinsel gerade zu halten.

Er schaut sie einen Moment lang an, bevor er sagt: „Weißt du, mein Vater hat mich oft im Stich gelassen, als ich in deinem Alter war."

Sophia hebt ihre großen Augen. „Wirklich?"

Gareth nickt. „Früher war ich so wütend auf ihn, dass ich mein eigenes Spielzeug kaputt gemacht habe, um Dampf abzulassen."

Sie nickt nachdenklich und schaut wieder nach unten, während sie den Lackpinsel zurück in die Flasche taucht. „Ich lackiere lieber deine Nägel, als mein Spielzeug kaputtzumachen."

Gareth gluckst. „Ich mag diese Farbe wirklich."

„Ich auch!", ruft sie und tupft noch mehr auf seinen kleinen Finger.

„Es ist das gleiche Rot wie die Farbe meiner Mannschaft. Vielleicht lasse ich den Nagellack für mein Spiel morgen drauf."

Sophia kichert und schüttelt ungläubig den Kopf. „Das würdest du nicht tun."

Gareth sieht sie mit zusammengekniffenen Augen an. „Du hast recht. Aber ich werde einen lackiert lassen, wenn es dich aufmuntert."

„Das wird es, das wird es!", sagt sie mit einem Kichern, das mein Herz vor Freude höher schlagen lässt. Sie lackiert einen Moment weiter, bevor sie fragt: „Magst du deinen Vater jetzt lieber? Im Krankenhaus schien er nett zu sein."

Gareth lächelt. „Weißt du was? Ich mag ihn jetzt wirklich lieber. Ich glaube, manche Männer brauchen einfach ein bisschen mehr Zeit, um erwachsen zu werden als andere."

Sophia runzelt die Stirn, als sie darüber nachdenkt. „Ich bin froh, dass du schon so erwachsen bist, Gareth."

„Ich auch, kleiner Fisch. Ich auch."

Sophia macht Gareths Nägel fertig und lächelt breit. „Ich bin fertig!"

Gareth rollt sich schnell auf den Rücken und setzt sich auf. Dabei achtet er darauf, dass er sich nicht die Nägel stößt, während er seine neue Maniküre begutachtet. „Ich sag dir was. Ich lasse zwei Nägel für das Spiel morgen lackiert. Einen für dich und einen für deine Mutter, damit ihr wisst, dass ich während meines Heimspiels an euch denke."

„Das ist perfekt!", quiekt Sophia glücklich und beginnt, den Nagellack wegzuräumen.

„Vielleicht lässt dich deine Mum ja auch mal zu einem Spiel kommen."

Sophias Augen weiten sich und sie dreht sich zu mir um, als hätte sie die ganze Zeit gewusst, dass ich hier stehe. „Können wir, Mum? Können wir?"

Mein Gesicht erhitzt sich vor Verlegenheit, als Gareth mir einen Blick zuwirft, weil ich schamlos gelauscht habe. Ich verschränke die Arme und zucke mit den Schultern. „Klar, wir können zu einem Fußballspiel gehen."

„Juhu! Wann?", fragt Sophia und dreht sich zu Gareth um, der sie strahlend anlächelt.

„Wie wäre es mit morgen?" Gareth wackelt grinsend mit seinen Fingern. „Ich habe mir extra dafür die Nägel machen lassen."

Das Old Trafford ist am Spieltag der Wahnsinn. Da ich schon viele Sportler und ihre Frauen oder Freundinnen gestylt habe, wusste ich, was mich in der Menge erwartet. Allerdings habe ich mir noch nie ein Spiel im Spielerfrauen-Bereich angeschaut, so wie ich es heute vorhabe. Und schon gar nicht hatte ich Sophia im Schlepptau, wie ich es jetzt tue.

Sophias Augen sind weit aufgerissen und blicken überall hin, als wir uns auf den Weg zu unseren Plätzen machen. Die Musik ist laut, und die siebzigtausend Menschen, die in den Park strömen, sind ganz aus dem Häuschen. Selbst ein Nicht-Fußballfan wie ich kann nicht anders, als sich von der Energie anstecken zu lassen.

Das Old Trafford selbst hat schon immer eine besondere Seele und Geschichte gehabt. Wenn man durch die Tore geht, hat man wirklich das Gefühl, Teil von etwas Besonderem zu sein.

Im Bereich der Spielerfrauen herrscht eine etwas gedämpftere Energie, als Sophia und ich unsere Plätze finden. Er ist voller Frauen, die in keinster Weise in Spielkleidung ausgestattet sind wie Sophia und ich. Stattdessen sind sie aufgetakelt mit Frisuren und Make-up, High-Fashion-Outfits mit meterhohen High Heels und Designertaschen, die mehr kosten als meine monatlichen Autoraten.

Sie sehen fantastisch aus.

Ich sehe aus wie die Mutter, die gerade zweihundert Pfund im Geschenkeladen ausgegeben hat, um ein paar Trikots mit der Aufschrift HARRIS zu kaufen, um ihr Kind glücklich zu machen.

Es gibt noch ein paar andere Mütter mit Kindern im Schlepptau, aber die Kinder sind so in ihre Handys vertieft, dass sie die Aufregung um sie herum gar nicht bemerken.

Ich sehe ein paar meiner Kunden und winke ihnen zu. Sie winken höflich zurück, aber ich spüre, wie sie mich durch ihre riesigen Sonnenbrillen misstrauisch beäugen. Dann sehe ich eine Kundin, die genauso gekleidet ist wie ich.

„Brandi!", rufe ich aus, helfe Sophia in unsere Reihe und stelle fest, dass unsere Plätze direkt neben ihr sind. „Ich wusste nicht, dass du hier sein würdest!"

Brandi lächelt und drückt ihren Finger auf ihre Lippen, um mich zum Schweigen zu bringen. „Nenn mich hier Layla. Meine Mannschaftskameradinnen dürfen nicht wissen, dass ich in ManU-Klamotten zu Hobos Spiel gekommen bin." Sie beugt sich vor, um mich zu umarmen und zwinkert Sophia zu. „Obwohl ich sicher bin, dass diese Spielerfrauen keine Ahnung haben, wer ich bin. Sie interessieren sich nicht für Frauenfußball, also kann es ihnen egal sein, ob ich hier eine Verräterin bin."

Ich lache über ihre Bemerkung. „Du bist doch sicher keine Verräterin, es gibt doch Männer- und Frauenligen. Das sind kaum konkurrierende Vereine."

Brandi schüttelt den Kopf. „Wenn es um Fußballfans in England geht, kann man keine Logik anwenden. Und schon gar nicht bei den Fans von City und United. Außerdem hat das alte Theater der Träume hier etwas Magisches an sich."

„Theater der Träume?", frage ich neugierig. „Was ist das?"

„Es ist ein Spitzname für Old Trafford. Es gibt mehrere Gründe, warum er auf diese Organisation zutrifft. Zum Beispiel haben sich vor langer Zeit ein paar Eisenbahnarbeiter zusammengetan, um Fußball zu spielen und ManU gegründet. Dann stürzte vor einiger Zeit ein Flugzeug ab, bei dem acht Spieler ums Leben kamen, aber der Verein erreichte in diesem Jahr das Finale des FA-Cups. Das ist ein anderer. Es gab so viele Male, dass diese Mannschaft mit einem Tor oder mehr zurücklag und dann doch noch die Wende schaffte. Man nennt sie die Comeback Kings. Dieses Spielfeld hat einen großartigen Geist. Ich bin immer noch eine stolze City-Spielerin, aber es ist wirklich ein Theater der Träume, verdammt noch mal. Inspirierend, findest du nicht?"

Brandi schaut nach unten und zeigt auf Sophia, die sie mit großen Augen anschaut. „Ich sehe es."

„Was siehst du?", frage ich und schaue auf Sophia hinunter.

„Sie träumt schon. Stimmt's, Kleine?"

Sophia lächelt schüchtern, nickt Brandi aber zu und bestätigt damit ihre Gedanken. Plötzlich dröhnt die Musik und die ManU-Spieler laufen auf das Spielfeld, jeder hält die Hand eines kleinen Kindes.

Brandi erklärt, dass ManU und viele andere europäische Mannschaften verschiedene lokale Schulen, Vereine oder Jugendsieger eines Turniers auswählen, um mit den Spielern auf das Spielfeld zu gehen. Damit wird die Botschaft vermittelt, dass Fußball für Kinder einen Unterschied macht. Heute sehe ich, dass alle Kinder-T-Shirts den Schriftzug Kid Kickers auf der Brust tragen, und mein Herz schwillt vor Stolz, Gareths Organisation so präsentiert zu sehen.

Gareth hält die Hand des kleinsten Jungen auf dem Spielfeld. Der kleine Knirps bremst die ganze Reihe aus, während er zu den Tausenden von Menschen hinaufschaut, die das Spielfeld umgeben.

Sophia zerrt an meinem Arm und flüstert mir ins Ohr: „Ich will eines Tages mit Gareth rausgehen, Mummy."

Ich lächle und schlinge meine Arme um sie. „Vielleicht eines Tages."

Mein Blick fällt auf Gareths rotes Hemd, seine weißen Shorts und seine schwarz-roten Socken. Seine Augen sind intensiv, als er in die Menge starrt, aber als er auf seine kleine Begleitung hinunterblickt, verwandelt sich sein Ausdruck in süße Zuneigung. Als würde er von uns wie ein Magnet angezogen, richtet sich Gareth auf und entdeckt mich und Sophia in unserem Bereich.

Sophia quiekt: „Gareth sieht uns, Mummy!" Sie stößt einen Jubelschrei aus und wirbelt herum, um ihm die Rückseite ihres passenden Trikots zu zeigen, das sie mich angefleht hat, für uns beide zu kaufen.

Sie zupft an meinem Shirt und ich zucke mit den Schultern, drehe mich um und zeige ihm auch den Rücken von meinem. Er lacht und winkt uns zurück. Dann macht er mit seiner Hand ein Peacezeichen und dreht sie so, dass wir seine beiden rot lackierten Nägel sehen können. Sophias Lächeln könnte einen Weihnachtsbaum zum Leuchten bringen, so glücklich ist sie. Und so bleibt sie auch während des gesamten Spiels.

Die nächsten neunzig Minuten haben Sophia, Brandi und ich einen Riesenspaß dabei, uns das Spiel anzusehen und in die Gesänge der Menge einzustimmen. Sophia und ich stopfen uns mit Chips voll, während Brandi uns über das Spiel und die Rivalität zwischen Chelsea und ManU aufklärt. Es ist das zweite Mal, dass sie gegeneinander spielen, und ManU hat sie beim ersten Aufeinandertreffen in London vor ein paar Monaten anscheinend fertig gemacht.

Das Spiel ist größtenteils ein voller Erfolg, abgesehen von den wenigen Minuten in der Halbzeitpause, in denen ich höre, wie einige der Spielerfrauen hinter uns tuscheln.

„Sie ist eine Stylistin?"

„Hat sie sich wirklich so angezogen?"

„Sie hat schon mal für mich gestylt. Sie ist ziemlich gut."

„Ist das die, mit der Gareth Harris auf einer Beerdigung war?"

„Ich frage mich, mit welchen anderen Kunden sie geschlafen hat."

„Ich hoffe, es ist nicht mein Mann."

„Ich frage mich, wessen Kind das wirklich ist."

Brandi wirft ihnen einen vernichtenden Blick zu, aber ich ignoriere sie, denn Sophia hat ihre Kommentare nicht gehört und das Allerletzte, was ich tun möchte, ist, ihr den Tag zu verderben, indem ich die Aufmerksamkeit auf die Situation lenke.

Als ich mich entschloss, mich auf Gareth einzulassen, wusste ich, dass ich von vielen Leuten kritisch beäugt werden würde. Das ist eine Sache, auf die mich die Heirat in die Familie Coleridge sehr gut vorbereitet hat. Ich glaube, ich habe nicht bedacht, dass auch Sophia unter die Lupe genommen werden würde.

Der Gedanke ist mir unangenehm.

Das Spiel ist eine spannende Zitterpartie, die mit einem 3:1-Sieg für ManU endet. Gareth blockte kurz vor Schluss einen Chelsea-Spieler und die beiden lieferten sich ein Wortgefecht, bei dem ich mir wirklich wünschte, ich könnte es hören. Es sah so schlimm aus, dass ich Sophia die Augen zuhielt, aber als sie meine Hand von ihrem Gesicht wegzog, ging Gareth mit einem gequälten Ausdruck in den Augen davon.

Brandi führt uns zum Toreingang, wo die Spieler nach dem Duschen rausgehen. Ich kann sehen, dass Sophia sich noch mehr in Fußball verliebt hat als zuvor. Der Geist des Fußballs wächst in ihr mit allem, was sie sieht.

Sobald sich die Stadiontüren öffnen, stürmen mehrere Leute durchs Tor. Ich sehe über ihre Köpfe hinweg, dass es Gareth ist, der als Erster herauskommt. Er lässt sich Zeit und unterschreibt Programme, Trikots, Arme und Papiere. Was auch immer sie haben, er unterschreibt es. Er lächelt und scheint sich mit der Aufmerksamkeit wohlzufühlen.

Als er endlich bei uns ankommt, zerzaust er Sophias Haare und sagt: „Das ist ein tolles Outfit, das du da hast, kleiner Fisch. Soll ich es signieren?"

„Ja!", strahlt sie aufgeregt und dreht sich um, damit er seinen Namen auf die Rückseite ihres Trikots kritzeln kann.

Gareth, der offensichtlich in seiner eigenen kleinen Welt lebt, lächelt mich an und fragt: „Möchtest du, dass ich auch auf deinem unterzeichne?"

Ich lächle, schüttle den Kopf und murmle so, dass nur er es hören kann. „Du kannst später etwas anderes unterschreiben."

Er wackelt mit den Augenbrauen und fragt dann, ob wir feiern gehen wollen. Sophia jubelt vor Aufregung, als Gareth einem Sicherheitsbeamten zunickt, um uns durch das Tor zu lassen. Ich sehe Fotografen, die Fotos schießen, als wir uns von Brandi verabschieden, die immer noch auf Hobo wartet.

Wir lächeln alle, als wir Gareth zu seinem Auto folgen, das auf dem Parkplatz der Spieler geparkt ist, aber meine Gedanken werden in eine andere Richtung gelenkt, als Gareth Sophia auf den Rücksitz setzt.

„Ich muss dir etwas sagen", sagt er, ergreift meine Hand und führt mich zur Beifahrertür.

Meine Augen bleiben an seinen hängen. „Was ist los?"

Er schluckt langsam und antwortet: „Ich glaube, ich erinnere mich an etwas von dem Angriff."

Gareth

Ich fahre Sloan und Sophia zu einem Restaurant, von dem ich weiß, dass es kinderfreundlich ist und viele Arcade-Spiele hat, die Sophia spielen kann, während ich mit Sloan rede. Sobald wir uns niedergelassen haben und die Kellnerin unsere Bestellungen aufgenommen hat, nickt Sloan Sophia zustimmend zu, die ohne zu zögern losrennt.

Sobald sie außer Hörweite ist, beuge ich mich ganz nah vor. „Weißt du noch, als der Arzt sagte, dass etwas meine Erinnerung an den Angriff auslösen könnte?"

Sloan nickt und beugt sich ebenfalls vor. Ihre rötlichen Lippen sind feucht, als sie sie in den Mund zieht und nervös darauf kaut.

„Als ich heute Abend den Stürmer Vince Sinclair daran gehindert habe, ein Tor zu schießen, hat sein Teamkollege etwas gesagt, das die Sache ins Rollen gebracht hat."

„Was hat er gesagt?", fragt sie und wringt ängstlich die Hände auf dem Tisch.

„Er sagte: ‚Das war ein guter Schuss, Sinny.'" Sloan runzelt die Stirn. „Okaaay … Wie hat das bei dir etwas ausgelöst?"

„Weil Sinny kein Spitzname ist, den ich jemals zuvor für Vince Sinclair gehört habe. Ich weiß nicht, ob er neu ist oder ob nur seine engen Freunde ihn benutzen. Aber in der Sekunde, in der ich ihn hörte, erinnerte ich mich daran, dass ich diesen Namen in der Nacht, in der wir überfallen wurden, in meinem Haus gehört hatte."

„Ist das dein Ernst? Wie, war er es? Er war da?", fragt sie mit großen Augen, während sie alles, was ich sage, verarbeitet.

Ich schüttle den Kopf. „Das *glaube* ich nicht. Vince ist dumm, aber nicht so dumm. Aber ich erinnere mich plötzlich an eine Stimme, die sagt: ‚Sinny hat nie etwas über eine Frau gesagt.'"

Meine Stimme bleibt mir in der Kehle stecken, während ich meine Hände auf dem Tisch zu Fäusten balle. Sloan streicht mit ihren Fingern über die meinen und beruhigt mich, während ich daran denke, wie sie geschlagen wurde und zu Boden ging.

„Gott, Gareth. Was hat das zu bedeuten? Warum sollte er dir das antun wollen?"

„Ich weiß es nicht", gebe ich kopfschüttelnd zu. „Ich hätte sie aufhalten sollen. Besser aufpassen sollen. Nach oben schauen, bevor ich mich neben dich kniete."

„Bist du sauer auf dich selbst, weil du zuerst nach mir geschaut hast?", fragt sie mit ungläubigem Gesichtsausdruck. „Gareth, wenn ich einen Verbrechensbekämpfer oder einen Ordnungshüter wollte, würde ich mich bestimmt nicht mit einem Fußballer einlassen."

Ich lächle halb, als sie das Wort Fußballer benutzt und schüttle den Kopf. „Wie kannst du Witze machen, wenn ich glaube, dass ich weiß, wer hinter dem Angriff auf uns steckt und ihm gerade auf dem Spielfeld gegenüberstand?"

Sloan fährt mit ihrer Hand meinen Unterarm auf und ab. „Weil es uns gut geht. Weil du hier bist und Sophia gleich da drüben, und weil wir nichts verloren haben."

„Falls ich recht habe, Sloan – falls die Polizei herausfindet, dass er etwas mit dem Anschlag zu tun hat – dann schwöre ich bei Gott, dass ich …"

„Du wirst nichts tun, denn du wirst der Polizei davon erzählen und der Gerechtigkeit wird Genüge getan. Dann kannst du wieder Fußball spielen und Zeit mit mir und Sophia verbringen. Du musst jetzt an mehr als nur an dich denken."

Ich atme schwer ein und aus und nicke die ganze Zeit. „Du hast recht. Du hast oft recht, weißt du. Es ist wirklich frustrierend."

Sie grinst mich an. „Wenn du willst, kann ich mich auch bei etwas anderem irren, damit du mich später bestrafen kannst."

„Versprochen?", frage ich mit einem bösen Grinsen, dann wenden wir uns Sophia zu, die gerade ein Tanzspiel mit einem Jungen begonnen hat, der nach Ärger aussieht.

Am nächsten Tag rufe ich auf dem Polizeirevier an und der Beamte, der im Dezember mit meinem Fall betraut war, bittet mich, mir das Überwachungsmaterial anzusehen. Sie hatten mir empfohlen, es nicht anzusehen, weil es für Opfer eines Angriffs ziemlich verstörend sein kann. Aber mit diesen neuen Informationen scheint es notwendig zu sein.

Als ich ankomme, sehe ich, dass es sich um einen korpulenten Kerl namens Bernie handelt, der ein wenig überarbeitet wirkt, aber ziemlich aufgeweckt zu sein scheint.

„Mr. Harris, vielen Dank, dass Sie gekommen sind. Wie ich höre, ist ein Teil Ihres Gedächtnisses zurückgekehrt."

„Das stimmt", antworte ich und stopfe meine Hände in die Taschen meiner Jogginghose.

„Gut, gut. Vielleicht können wir mit Ihrer neuen Erinnerung den Rest der Lücken füllen, wenn wir uns die Überwachungsvideos ansehen. Kommen Sie mit nach hinten."

Er führt mich in ein dunkles Büro, in dem ein Mann vor zwei großen Computerbildschirmen sitzt.

„Das ist Fiero, unser Computertechniker. Er kann die Bilder nach Bedarf verbessern. Okay, Fiero, führe uns durch. Mr. Harris, Sie halten uns an, wenn Sie etwas Interessantes sehen."

Fiero scrollt durch das Videomaterial, das drei Männer zeigt, die über das schmiedeeiserne Tor springen, das mein Grundstück umgibt. Einer scheint mit erstaunlicher Geschicklichkeit ein offenes Fenster im ersten Stock zu finden. Es ist ein unheimliches Gefühl, ihn dabei zu beobachten, wie er wie Spiderman die Wände meines Hauses erklimmt. Ein Bild, das ich nie vergessen werde.

Als das Filmmaterial zu Innenaufnahmen wechselt, fällt mir etwas Wesentliches auf. Eine ganz offensichtliche Sache. „Tut mir leid, aber können Sie das bitte zurückspulen?"

Fiero geht zurück.

„Halten Sie genau hier an", sage ich und beuge mich ganz nah heran. „Können Sie das Bild vergrößern?"

Er nickt und klickt ein paar Tasten auf der Tastatur. Das Gesicht des Täters ist mit einer Skimaske und einer Kapuzenjacke bedeckt, aber seine Schuhe sind makellos weiß. „Können Sie auf die Schuhe zoomen und sie noch einmal vergrößern?"

Fiero tut, was ich verlange. Als das Bild klarer wird, trete ich zurück und fahre mir mit den Händen durch die Haare. „Ich kenne diese Schuhe."

„Okay", antwortet der Beamte langsam und schaut sich die Schuhe an den Füßen des Mannes genauer an.

„Das sind die neuen Adce-Fußballschuhe, die vor ein paar Monaten auf den Markt kamen", erkläre ich, während die beiden Herren mich mit verwirrten Blicken anstarren. „Ich bin Profisportler und habe schon frühe Ausgaben neuer Turnschuhe erhalten. Das hat meistens mit den Sponsoren zu tun und hilft, die Werbetrommel für ein neues Produkt zu rühren. Ich weiß mit Sicherheit, dass Adce im November einen Vertrag mit Vince Sinclair abgeschlossen hat. Mir wurde derselbe Vertrag angeboten, aber ich habe abgelehnt. Ich glaube, der Mann, der diese Turnschuhe trägt, ist irgendwie mit Vince Sinclair verbunden, der für Chelsea spielt."

„Wie viele frühe Ausgaben geben diese Firmen normalerweise heraus?", fragt Bernie, zieht einen Notizblock aus seiner Gesäßtasche und beginnt zu kritzeln.

„Sehr begrenzt. Normalerweise nur eine", antworte ich, während mein Herz in meiner Brust pocht. „Detective, nach dem, was ich Ihnen erzählt habe, weiß ich, dass Vince etwas damit zu tun hat. Wer auch immer diese Schuhe trägt, muss sie von Vince als eine Art Bezahlung bekommen haben."

Bernie nickt und greift nach dem Telefon auf dem Schreibtisch. „Ich werde ein paar Anrufe tätigen und sehen, was wir herausfinden können."

„Okay. Was soll ich bis dahin tun?"

„Nichts. Ich glaube nicht, dass Sie in unmittelbarer Gefahr sind. Der Angriff ist schon Monate her und es gab keinen weiteren. Wir werden das so schnell wie möglich untersuchen und uns bald wieder bei Ihnen melden."

Ich nicke und Fiero steht auf, um mich hinauszubegleiten. „Danke, Detective."

„Danken Sie mir erst, wenn jemand hinter Gittern ist", antwortet er und dreht mir den Rücken zu, während er sich daran macht, die Bastarde zu fangen, die mir und der Frau, die ich liebe, das angetan haben.

MEHR GELD, MEHR PROBLEME

Sloan

Das Büro von Margarets Anwalt ist alt und opulent. Glänzendes dunkles Holz, altmodische Vorhänge und ein Holzboden, der auf Schritt und Tritt knarrt. Es gibt sogar ein Paar ausgestopfte Stockenten, die auf dem Kaminsims stehen. Das ganze Gebäude gibt mir das Gefühl, dass ich direkt in das Haus in der Rossmill Lane zurückgekehrt bin, in dem ich so viele Jahre gelebt habe. Der Ort, an dem ich unsichtbar und ungeliebt war.

Aber ich bin nicht mehr dieselbe Person, die ich war, als ich in diesem Haus lebte. So vieles an mir hat sich verändert. Genau deshalb habe ich mich heute geweigert, Gareths Anwalt mitkommen zu lassen, worauf er so hartnäckig bestanden hat. Ich breite meine Flügel aus und lerne endlich, allein zu fliegen. Ich bin zwar immer noch Sophias Vater ausgeliefert, solange er in ihrem Leben ist, aber das sind nur zehn Prozent der Zeit. Die anderen neunzig Prozent kann sie bei mir sein.

Irgendwie fühlen sich diese Entchen wie ein Witz von Margaret aus dem Jenseits an, und ich kann mir ein Lächeln nicht verkneifen. Ich denke, das ist das Schöne daran, wenn man sein Leben wirklich genießt. Die kleinen Dinge stören nicht mehr wie früher.

Margarets Anwalt, Harry Morrison, ist ein großer, drahtiger Mann mit schwarzem Haar und trägt einen Anzug, der gut und gerne fünftausend Pfund kostet. Er breitet ein paar Papiere auf seinem Schreibtisch aus und sieht schließlich zu mir und Callum, wie wir in den Ohrensesseln auf der anderen Seite seines Schreibtischs sitzen.

„Danke, dass Sie beide heute hier sind", sagt er mit seinem vornehmen britischen Akzent. „Ich muss mit Ihnen über den Nachlass von Margaret Coleridge und ihr Testament sprechen, das mir anvertraut wurde."

Callum lächelt wissend, lehnt sich in seinem Sessel zurück und schlägt feminin die Beine übereinander. „Schön, Sie wiederzusehen, Harry. Bevor wir anfangen, können Sie mir bitte sagen, warum meine Ex-Frau hier dabei sein muss?"

Harry schenkt Callum ein gezwungenes Lächeln. „Nun, sie ist im Testament Ihrer Mutter als Begünstigte aufgeführt."

„Was?", ruft Callum und spuckt fast, als er ein ungläubiges Lachen ausstößt.

„Das wird alles in diesen Briefen von Margaret erklärt, die sie mich gebeten hat, Ihnen heute zu überreichen, anstatt eine normale Verlesung ihres Testaments vorzunehmen."

Harry nimmt zwei versiegelte Umschläge und überreicht mir den einen mit meinem Namen und Cal den anderen.

Ohne eine Pause zu machen, reißt Callum den seinen auf und faltet das Papier auseinander. „Das muss ein Scherz sein. Mutter würde das nicht tun."

Mit einem neugierigen Stirnrunzeln öffne ich langsam meinen Brief, um zu sehen, was es mit dem ganzen Trubel auf sich hat.

Liebe Sloan,

Ich habe einen großen Treuhandfonds für Sophia eingerichtet und ihr das Anwesen im Lake District mit allen dazugehörigen Ländereien geschenkt. Dieses Haus ist der Ort, an dem ich mit ihr die meiste Freude erlebt habe. Wir haben dort viele schöne Erinnerungen und ich möchte, dass sie es weiterhin so oft genießen kann, wie sie es möchte.

Wie du sicher weißt, sind das Haus und der Treuhandfonds eine große Geldsumme wert. Aufgrund von Sophias Alter setze ich dich als Nachlassverwalterin ein, bis sie fünfundzwanzig Jahre alt ist. Zu diesem Zeitpunkt gehen der Treuhandfonds, das Haus und der Grundbesitz an sie über.

Diese Tatsache wird bei meinem Sohn wahrscheinlich nicht gut ankommen, aber ich habe viele Gründe, dich mit dieser Aufgabe zu betrauen. Ich möchte dir nicht alle nennen, aber einige werde ich dir verraten.

Ich möchte, dass Sophias Bildung und Träume unendlich sind. Dieses besondere kleine Mädchen ist voller Fantasie, Hoffnungen und Ideen. Ich vertraue darauf, dass du am besten geeignet bist, sie auf ihrem Weg zu begleiten, um diesen Träumen zu folgen, wohin auch immer sie führen mögen.

Die andere wichtige Sache, die du wissen musst, ist, dass ich auch einen pauschalen Erbschaftsbetrag für dich beiseite gelegt habe. Das ist keine Wohltätigkeit. Das ist das, was dir zusteht.

Als ich dich zum ersten Mal in Amerika traf und mein Sohn mir von eurer gemeinsamen ungeplanten Schwangerschaft erzählte, war ich entsetzt. Ich dachte, dass deine bescheidene Erziehung bedeutet, dass du hinter dem Reichtum meines Sohnes her bist und dieses Kind als eine Art Falle benutzt. Deshalb habe ich dich gebeten, diesen schrecklichen Ehevertrag zu unterschreiben, bevor ich zugestimmt habe, euch beide heiraten zu lassen.

Ich habe jetzt erkannt, dass ich falsch lag – ein Adjektiv, das mir nicht gefällt. Deshalb wird Harry dich einige Papiere unterschreiben lassen und dir dann einen Scheck geben. Das ist der angemessene Geldbetrag, den eine Frau, die einen Mann wie meinen Sohn heiratet, bei einer Scheidung erhalten sollte.

Dieses Geld wird dir Autorität verleihen. Es wird dir Kontrolle geben. Es wird dir Freiheit geben. Und bitte denke immer daran, dass die Frau, die den Geldbeutel in der Hand hat, auch die Macht hat.

Ergebenst,
Margaret Coleridge

Als ich aufschaue, hat der Anwalt einen zweiten Umschlag für mich und einen weiteren für Callum.

Cal reißt ihn auf und steht auf, wobei er fast seinen Stuhl umstößt. „Das ist lächerlich! Meine Mutter war nicht bei klarem Verstand, als sie das unterschrieben hat. Das kann nicht sein!"

„Callum", unterbricht Harry meinen auf und ab gehenden Ex-Mann und hält ihn auf. „Ich versichere Ihnen, dass Margaret bei klarem Verstand war."

Die Adern in Callums Hals treten wütend hervor. „Wie konnte sie nur solche Gefühle für mich haben? Ich bin ihr einziger Sohn."

Ich schaue nach unten und reiße meinen zweiten Umschlag auf. In dem Moment, in dem mein Blick auf die Anzahl der Nullen fällt, bekomme ich meinen eigenen inneren Anfall. Obwohl ich vermute, dass unsere Reaktionen aus sehr unterschiedlichen Gründen erfolgen.

Harry dreht sich um und reicht mir Sophias Umschlag. Er ist etwas dicker, da es sich um einen Treuhandfonds und nicht nur um einen Scheck handelt.

Ich kann kaum geradeaus sehen, geschweige denn ihren Umschlag öffnen, also hat Harry Mitleid mit mir und sagt ruhig: „Es ist sogar mehr als Ihres."

Ich schüttle den Kopf, aber meine Augen sind auf Harry gerichtet. „Das muss ein Fehler sein."

„Genau das sage ich auch!", brüllt Callum, breitet seine Hände auf dem Mahagonischreibtisch aus und beugt sich über Harry.

Harrys Gesichtsausdruck ist völlig gelassen, als er langsam antwortet: „Es ist kein Fehler."

„Wie viel hat sie bekommen?", fragt Callum und wirft einen Blick auf den Scheck, der bereits wieder gefaltet im Umschlag ist. „Sloan, sag mir bitte, wie viel du und Sophia bekommen habt."

Harry mischt sich schnell ein. „Ms. Montgomery, ich rate Ihnen, jetzt kein Wort zu sagen. Das sind eine Menge Informationen, die Sie erst einmal verdauen müssen."

Ich nicke nachdenklich und sehe zu Callum auf. Auf seiner Stirn hat sich ein leichter Schweißfilm gebildet, und ich kann nicht anders, als darüber nachzudenken, wie sich die Dinge zwischen ihm und seiner Mutter so drastisch verändert haben. Es ist noch nicht lange her, da waren sie eine geschlossene Front und haben mich eingeschüchtert, um das Sorgerecht zu teilen. Jetzt scheint es, dass Margaret auf *meiner* Seite ist.

„Also, was jetzt?", frage ich und meine Kehle schnürt sich zu, als ich meinen Blick wieder auf Harry richte.

Harry öffnet einen großen Aktenordner. „Ich habe ein paar Papiere, die Sie unterschreiben müssen, und das war's. Ich kann Ihnen auch einen guten Finanzberater empfehlen, oder ich übertrage die Details an denjenigen, den Sie möchten. Ich schlage vor, dass Sie mit jemandem darüber sprechen, wie Sie am besten mit dieser Summe umgehen, Ms. Montgomery. Es ist sehr wichtig."

Ich schlucke langsam und verarbeite seinen Rat, während Callum sich auf die Kante seines Sessels zurückfallen lässt. „Sie bekommt also das Familienvermögen und ich das baufällige Haus in der Rossmill Lane? Das ist nicht richtig, Harry! Der Lake District ist ein Familiensitz! Sloan ist nicht einmal eine Coleridge. Sie hat nie meinen Namen angenommen."

Harry wirft einen steifen Blick auf Callum, der aussieht, als würde er jeden Moment einen Schlaganfall erleiden. „Ich fürchte, so ist es."

Ich schwöre, ich sehe ein Funkeln in den Augen des Anwalts, als er auf all die Stellen zeigt, die ich unterschreiben muss, und mir die Schlüssel für das Anwesen im Lake District überreicht.

Harry entlässt mich, aber bevor ich rausgehe, drehe ich mich um und frage: „Was ist mit Rex, dem Hund?"

„Oh! Das hätte ich fast vergessen. Mrs. Coleridge hat Rex an Sophia vererbt. Zurzeit lebt er mit dem Hausmeister in dem Haus auf der Rückseite des Grundstücks. Rex kann dort bleiben, oder Sophia kann ihn mitnehmen. Das ist ganz Ihnen überlassen."

Ich lächle. „Bitte rufen Sie ihn an und sagen Sie ihm, dass ich Rex jetzt abholen werde."

Harry lächelt und nickt. „Sehr wohl."

„Danke für Ihre Zeit", antworte ich.

Ohne ein weiteres Wort verlasse ich sein Büro, nachdem sich meine Welt vor den Augen einiger Stockenten völlig verändert hat.

Gareth

Als der Signalton ertönt, springe ich aus dem Eisbad. Ich wickle ein Handtuch um mich und versuche, das Zittern meines Körpers zu unterdrücken, während ich die entsetzlich kalte Flüssigkeit von mir abwische. Eisbäder sind eine mittelalterliche Folter. Aber je älter ich werde, desto mehr brauche ich sie. Früher war ich wie die jüngeren Spieler, die stundenlang am Tag trainierten und noch am selben Abend ausgingen, ohne einen Gedanken daran zu verschwenden. Jetzt nicht mehr.

Jetzt halte ich kaum noch bis neun Uhr abends durch, bevor ich einschlafe. Zum Glück fällt es mir leicht, mich an die Routine in Sloans Haus zu gewöhnen, da Sophia viel öfter da ist. Manchmal gehen wir ins Bett, wenn sie ins Bett geht, und das ist verdammt schön.

Mein Handy leuchtet auf dem Tisch neben mir auf, also humple ich mit meinen gefrorenen Knochen hinüber und wische über das Display, um abzunehmen.

„Gareth, hey! Bist du mit dem Training fertig?", fragt Sloan.

Ich habe den ganzen Tag über sie nachgedacht, weil sie heute Nachmittag ein Treffen mit Margarets Anwalt hatte. Wir haben uns Anfang der Woche ziemlich gestritten, als ich wollte, dass sie meinen Anwalt mitnimmt, was sie abgelehnt hat. Ich hasse es, dass sie allein hingegangen ist. Ich traue Callum nicht. Nicht im Geringsten.

„Ja, ich kühle mich gerade ab", antworte ich und zwinge meine Zähne dazu, nicht mehr zu klappern. „Ist es gut gelaufen?"

„Es lief mehr als gut", antwortet sie mit hoher, aufgeregter Stimme.

Neugierig runzle ich die Stirn, als ich durch den Flur vom Physiotherapieraum zur Umkleidekabine gehe. Die meisten meiner Teamkollegen haben sich schon aus dem Staub gemacht, aber Hobo und ein paar andere lungern noch herum. Ich erreiche meinen Spind und nicke Hobo zu, der ein paar Plätze weiter sitzt und auf seinem Handy tippt.

„Wo bist du? Es hört sich an, als ob du fährst", frage ich, während ich mich auf den Stuhl vor meinem Ankleidebereich fallen lasse.

„Das tue ich", bestätigt sie. „Ich bin auf dem Weg in den Lake District, um Rex abzuholen. Freya holt Sophia von der Schule ab, also werde ich ihn nach Hause bringen und sie überraschen!"

Ein zufriedenes Lächeln breitet sich auf meinem Gesicht aus. „Rex, der Hund, richtig? Das ist genial! Sophia wird begeistert sein."

„Ich weiß", antwortet sie. „Er hat anscheinend im Haus des Hausmeisters gewohnt, aber ich glaube, er gehört zu uns nach Hause."

„Da stimme ich zu", antworte ich mit einem leichten Lächeln. „Und, ist das alles? Ich meine, es gibt doch sicher noch mehr."

„Oh, da ist noch mehr." Sloan nimmt einen tiefen Atemzug, der nervös klingt.

„Ich hoffe, du willst nicht auch noch ein Pferd zu dir nach Hause bringen, denn ich muss dich warnen: Ich glaube nicht, dass dein Auto eine Anhängerkupplung für einen Pferdehänger hat."

Sloan kichert ein wenig zu viel und die Vorfreude auf das, was sie gleich sagen wird, ist groß. „Eigentlich können die Pferde am See bleiben, denn er gehört jetzt Sophia und, nun ja, mir stellvertretend. Margaret hat mich zur Verwalterin von Sophias Erbe ernannt."

„Verdammte Scheiße", antworte ich, wobei meine Miene entgleist. „Sophia hat das gesamte Grundstück? Das ist ein ziemlicher Schock. Ich meine, ich bin davon ausgegangen, dass Sophia etwas bekommen würde, aber ich bin überrascht, dass Callum nicht dafür zuständig ist, nachdem du gesagt hast, dass er seiner Mutter so nahesteht."

„Nun, ich bin mir nicht sicher, ob Margaret Callum am Ende so nahe stand, denn sie hat mir auch Geld hinterlassen."

„Dir?"

„Ja, eine Menge Geld. Mehr Geld, als ich je in meinem Leben gesehen habe."

Ich fahre mir verwirrt mit der Hand durch die Haare. „Warum hat sie es dir hinterlassen?"

„In ihrem Brief steht etwas darüber, dass der Ehevertrag, den ich unterschrieben habe, als Cal und ich geheiratet haben, unfair ist. Aber ich glaube, das liegt vor allem daran, dass sie verärgert darüber war, wie Callum das gemeinsame Sorgerecht nach unserer Scheidung gehandhabt hat. Es ist alles so seltsam. Ich konnte mein Gesicht kaum spüren, als ich die Papiere unterschrieben habe."

„Sicher. Ich kann mir vorstellen, dass du eine Menge zu verdauen hast." Ich lasse mich auf dem Stuhl zurücksinken und denke darüber nach, wie sich das alles entwickelt hat.

„Aber das Allergrößte ist, dass ich frei bin!" Sie kichert fröhlich ins Telefon und ihre Stimme wird vor Aufregung immer lauter. „Ich brauche Freyas Miete für das Gästehaus nicht mehr. Ich muss nicht mehr in der Nähe der Rossmill Lane wohnen, mich nicht mehr darum sorgen, dass Callum mir mit Anwälten auf den Fersen ist, und ich muss auch nicht mehr als Stylistin arbeiten. Mit so viel Geld ist der Himmel die Grenze! Ich kann sogar zurück nach Chicago ziehen, wenn ich will, denn ich habe jetzt die Mittel dazu. Wenn Callum versucht, mich zu bekämpfen, kann ich mich wirklich wehren! Ich fühle mich unantastbar, weißt du?"

„Verstehe", antworte ich mit angespannter Stimme, während mein Kiefer schmerzt, weil ich die Zähne so fest zusammengepresst habe.

„Was ist los? Ich dachte, du würdest dich für mich freuen!", schreit sie. „Endlich bin ich nicht mehr unter der Fuchtel der Coleridges. Ich bin von niemandem abhängig!“

Ein dunkles, bedrohliches Gefühl macht sich in mir breit. Hobo muss es spüren, denn er rutscht mit besorgtem Gesichtsausdruck auf den Sitz neben mir.

„Gareth, sag etwas“, fügt Sloan in flehendem Ton hinzu.

Ich schlucke den Kloß in meinem Hals hinunter und sage: „Ich bin glücklich, dass du glücklich bist.“

„Warum klingst du so seltsam?“

Ich räuspere mich und schaue mich in dem fast leeren Raum um. Mein Handy knackt in meiner Hand, als mein Griff fester wird. „Mir geht's gut. Es sind nur sehr viele Leute hier, also reden wir später weiter, okay?“

„Okaaay“, antwortet Sloan langsam, ihr Tonfall ist verwirrt.

Ich lege auf und werfe mein Handy quer durch den Raum. Es prallt gegen die gegenüberliegende Wand und fällt zu Boden.

„Schlechter Empfang?“, trällert Hobo neben mir und schießt sich einen Schluck Wasser in den Mund.

Ich stehe auf, drehe mich auf dem Absatz um und reiße mein sauberes T-Shirt vom Bügel. „Kein schlechter Empfang. Ich verliere wohl gerade den Verstand.“

„Was ist los, Harris? Rede mit mir“, sagt Hobo, der sich an den Schrank neben mir lehnt und mit den Wimpern klimpert. „Brandi sagt, dass es gut für uns ist, über unsere Gefühle zu reden.“

Ich ziehe mir eine Jeans an, knöpfe sie zu und werfe Hobo einen amüsierten Blick zu, während ich mein Hemd zurechtrücke. „Sloan hört sich an, als würde sie zurück nach Amerika ziehen.“

„Was?“, fragt Hobo mit hoher, überraschter Stimme, während er sich auf seinem Stuhl nach vorne lehnt. „Wann?“

Ich atme schwer aus und setze mich neben ihn, mit dem Gesicht nach vorne, die Ellbogen auf den Knien und den Kopf tief hängend. „Ich weiß es nicht. Das hat sie nicht direkt gesagt, aber sie klingt … anders. Sie hat heute einen Haufen Geld von ihrer Ex-Schwiegermutter geerbt und ich habe das Gefühl, dass sich alles ändern wird.“

Ich spüre Hobos Augen auf mir, als er fragt: „Was für Bedingungen sind an diese Ladung Geld geknüpft, von der du sprichst?“

Ich zucke mit den Schultern und meine düstere Stimmung verdüstert sich weiter. „Sie hat nicht gesagt, dass es eine Bedingung gibt. Sie sagte, sie hätte ein paar Papiere unterschrieben und das war's. Es schien so einfach zu sein."

Hobo stupst mich am Bein an. „Mein Vater ist Brite und stammt aus einer reichen Familie wie den Coleridges. Eine Sache, die ich über die reichen Briten weiß, ist, dass sie nichts tun, ohne Bedingungen zu stellen. Das hast du sicher schon bei den Sponsoren der Kid Kickers gesehen. Reiche Leute sind immer auf ein eigennütziges Tor aus. Deinem Bruder würde dieses Wortspiel gefallen, oder?"

Ich stoße ein leises Lachen aus und bin überrascht, dass Hobo irgendetwas sagen kann, das meine Stimmung aufhellt. „Ja, Camden würde dieses Wortspiel gefallen. Aber was soll ich jetzt tun? Sloan scheint meine Hilfe nicht zu wollen. Sie hat sich bereits geweigert, meinen Familienanwalt heute bei sich zu haben. Sie dachte, das würde Callum unnötig verärgern."

„Vielleicht solltest du deinen Anwalt einen Blick auf das werfen lassen, was sie unterschrieben hat. Sich ihre Papiere ansehen und so weiter. Das kann doch nicht schaden, oder?"

Ich nicke zustimmend. „Ich rufe Santino an und frage ihn, was er davon hält."

„Super", antwortet Hobo mit einem Lächeln. „Das wird schon gut gehen, Gareth. Sloan wird nicht zurück nach Amerika ziehen. Es gibt viel zu viel, was sie hier hält."

Ich schaue zu ihm rüber und schüttle den Kopf. „Da bin ich mir nicht ganz sicher."

Sloan

Gareth ist beim Abendessen ungewöhnlich ruhig. Ich dachte, er würde Fragen zu meinem heutigen Treffen haben, aber er spricht es nicht mehr an. Ich dachte, er würde sich mit Sophia und dem Hund im Garten amüsieren, aber er ist still. Nachdenklich. Er sitzt neben mir auf der Terrasse, während wir Sophia dabei zusehen, wie sie einen Ball für Rex wirft, aber er ist mit seinen Gedanken ganz woanders. Vielleicht macht ihm das zusätzliche Training für die Weltmeisterschaft schließlich zu schaffen? Ich weiß, dass er sich dem Ende der regulären Saison für ManU nähert und sein Team nicht so stark abschließt, wie er es gerne hätte. Ich habe gesehen, wie schwer das als Mannschaftskapitän auf ihm lastet.

Aber irgendetwas stimmt nicht mit ihm.

Als ich mich bettfertig mache, findet er mich in meinem Kleiderschrank und greift von hinten um mich herum, um meinen Körper an den seinen zu drücken. Er schweigt, während seine Lippen meine Schulter berühren und er einen langsamen Weg meinen Hals hinauf küsst. Als er meine Wange erreicht, befiehlt er mir leise, meinen Kopf zu drehen, damit er meine Lippen haben kann.

Ich gebe sie ihm bereitwillig, weil ich hoffe, dass es ihn zu mir zurückbringt. Seine festen Hände reiben mich durch meine Kleidung, hart und fast schmerzhaft. Er ertastet meinen Schamhügel und drückt meine Brüste so fest, dass ich in seinen Mund schreie und die harte Liebkosung das Blut zwischen meinen Beinen in Wallung bringt.

Ohne ein Wort zu sagen, dreht er mich um und trägt mich zu meinem Bett, wobei er innehält, um die Tür abzuschließen. Er lässt mich auf den Rücken fallen und beugt sich vor, um mein Oberteil auszuziehen. Dann hakt er die Finger in die Seiten meiner Pyjamahose ein und zieht sie zusammen mit meinem Slip nach unten. Schnell rutsche ich auf dem Bett hoch und mein Atem geht schwer, als ich den dunklen Blick in seinen Augen sehe.

Nackt liege ich da und warte, während er sich das Hemd über den Kopf zieht und langsam seine Shorts so weit nach unten schiebt, dass ich nur noch die starken Linien seiner Hüftknochen und ein paar dunkle Haare sehe, die im Bund verschwinden.

In diesem Moment ist er ganz Mann. Von seinem Körper über seine Haltung bis hin zu dem besitzergreifenden Blick in seinen Augen. Es ist überwältigend.

Sein Blick senkt sich auf die feuchte Stelle zwischen meinen Beinen. Mein Körper drückt sich unwillkürlich gegen die Matratze in Erwartung dessen, was kommen wird.

„Berühr dich für mich, Sloan", befiehlt er mit tiefer, kehliger Stimme.

Ich lege den Kopf schief. „Was?"

Er leckt sich über die Lippen, ohne auch nur einen Hauch von Neckerei im Gesicht. „Ich möchte, dass du dich selbst berührst."

Ich stoße einen gehauchten Seufzer aus, während sich meine Hand widerwillig zu meiner Mitte bewegt. Seine Augen verengen sich, als ich langsam anfange, meine Klitoris zu umkreisen. Ich wende keine großartige Technik an, aber ihn dabei zu beobachten, ist an sich schon extrem erregend.

„Erinnerst du dich an das erste Mal, als du mich dazu gebracht hast, mich selbst zu berühren, Treacle?", fragt er mit fester Stimme.

Unser erster gemeinsamer Abend blitzt in meinem Kopf auf. Meine Hüften heben sich, als ich meine Hand reite und „Ja" stöhne.

„Diese Art von Hingabe hat etwas Schönes, nicht wahr? Kannst du sie spüren?"

„Ja", stöhne ich erneut, als Gareth langsam in seine Shorts greift und seinen dicken, langen Schwanz herauszieht.

Er umfasst sich vor mir und streichelt von der Basis bis zur Spitze. Sein Blick streift über meinen Körper, sein Unterarm spannt sich bei jeder Bewegung an. „Aber es ist auch schön, etwas vollständig zu dominieren. Findest du nicht auch?"

„Oh mein Gott, ja!", schreie ich und drücke meine Beine vor lauter Frustration über meiner Hand zusammen.

Das Bett senkt sich, als Gareth zwischen meinen Beinen hochkriecht und meine Hand festhält. Ich sehe, wie er seine Finger fest um meine Handgelenke schlingt und sie zur Seite schiebt. Er drückt sie auf die Matratze, beugt sich über mich und flüstert gegen meine Lippen: „Was würdest du tun, wenn ich dir das alles wegnehme?"

„Was wegnehmen?", keuche ich und spüre, wie die weiche Spitze seiner Erektion meine Innenseite der Oberschenkel streift.

„Meinen Mund, meine Hände, meinen Körper, meinen Schwanz … mich."

Er senkt seinen Kopf zu meinen Brüsten hinab und saugt fest und heftig an meinem Nippel. Ich schreie auf wegen des pochenden Gefühls, das direkt aus meiner Brust kommt und sich zwischen meinen Beinen sammelt.

„Fick mich, Gareth!", flehe ich, meine Stimme ist eine Mischung aus kehligem Verlangen und Verzweiflung. „Bitte, bitte fick mich."

Er lässt meine Brustwarze los und beißt sich auf die Lippe. In seinen Augen liegt ein besitzergreifender Ausdruck, als er auf mich herabschaut, als wäre ich genau so, wie er mich haben will. Selbstgefällig und begierig. Schlaff und wartend.

Seine Hände umschließen meine Handgelenke fester. „Willst du, dass ich dich ficke, Treacle?"

„Ja!", rufe ich, schlinge meine Beine um seine Hüften und ziehe ihn zu mir. „Bitte, Gareth. Du musst mich ficken."

Sein Körper versteift sich gegen mich und seine Hände lockern ihren Griff. „Brauchst du mich?", fragt er, sein Gesicht ist in der Dunkelheit nicht zu lesen.

„Ich brauche dich", bettle ich, während sich meine Hände aus seinem Griff befreien und langsam in zärtlichen, liebevollen Streicheleinheiten seine Arme hinaufwandern. „Ich brauche dich so sehr."

Er atmet tief ein und positioniert sich an meinem Eingang. Dort hält er inne und wartet darauf, dass sich mein Blick mit dem seinen verbindet. „Du gehörst mir, Sloan. Verstehst du das?"

„Ja", antworte ich, mein Körper ist ein Chaos aus chaotischen Regungen und überwältigendem Verlangen.

Mit einem gewaltigen Stoß füllt mich Gareth aus. Er füllt mich perfekt. Er füllt mich, als wäre er nur für mich geschaffen worden. Mit Leib und Seele.

ÜBERSCHREITUNG

Sloan

Der heutige Tag fühlt sich an wie ein ganz normaler. Das Geld, das auf mich zukommt, ist immer noch ein bisschen wie ein Traum. Ein fremdes Konzept, das ich noch nicht ganz als mein eigenes akzeptiert habe. Im Moment konzentriere ich mich darauf, mich daran zu gewöhnen, einen Hund im Haus zu haben und ihn von den Kleidern fernzuhalten, die Freya und ich für unsere Kunden schneidern.

Nach der letzten Nacht habe ich das Gefühl, dass sich bei Gareth etwas verändert hat. Ich weiß nicht, ob es der Stress der bevorstehenden Weltmeisterschaft ist oder was, aber irgendetwas stimmt nicht. Als er heute Morgen zum Training ging, hat er mich nicht wie sonst geweckt. Er ist einfach ohne ein Wort rausgeschlichen.

Freya, Sophia und ich sind gerade mit dem Abendessen beschäftigt, als es an meiner Tür klingelt. Mit aufgeregten Augen rennt Sophia zur Tür, und ich rufe ihr hinterher: „Überprüfe die Kamera, bevor du aufmachst!"

Ich wische mir die Hände ab und gehe hinüber, um zu sehen, wer es ist, als ich Sophia rufen höre: „Es ist Daddy!"

Sie öffnet die Tür und schlingt ihre Arme fest um seine Hüften. Es ist über zwei Wochen her, dass er sie gesehen hat, also ist es keine Überraschung, dass sie so reagiert.

Callums Lächeln wirkt steif, als er Sophias Kopf unbeholfen tätschelt. „Hallo Sophia."

„Bist du gekommen, um mit uns zu essen?", fragt sie fröhlich. „Bist du gekommen, um Rexy zu sehen? Mum sagt, wir müssen ihn im Garten halten, wenn es draußen schön ist. Komm mit nach draußen, ich zeige ihn dir!"

Sie ergreift Callums Hand und versucht, ihn ins Foyer zu ziehen.

„Nicht sofort, Sophia. Ich muss erst mit deiner Mum sprechen." Er sieht zu mir auf und lächelt verlegen. „Hast du einen Moment Zeit?"

Plötzlich taucht Freya bei uns im Foyer auf und erklärt: „Sophia! Ich glaube, wir beide sollten mit Rex einen Spaziergang machen. Ihm die Gegend zeigen. Was sagst du dazu?"

„Ja!", ruft Sophia aus, doch dann verzieht sie das Gesicht. „Daddy, bist du noch da, wenn ich zurückkomme? Kannst du zum Abendessen bleiben?"

Callum schaut zu mir rüber und setzt ein Lächeln auf. „Das würde ich gerne, wenn deine Mutter einverstanden ist."

Sophia wendet sich mit großen, flehenden Augen an mich. „Mummy Gumdrops, bitte, kann Daddy zum Essen bleiben? Bitte, bitte, bitte!"

In meiner Brust brodelt Angst, denn ich weiß, dass Gareth bald vorbeikommen wird, aber ich weiß nicht, wie ich ihr Nein sagen soll. Ich kämpfe gegen mein Augenrollen an, nicke und antworte: „Klar."

Sie quietscht vor Freude, dann packt sie Freyas Hand und zerrt sie durch den Flur in den Garten, um Rex zu holen.

Ich werfe Callum einen Blick zu. „Das war peinlich."

„Was?", erwidert er und rückt seine Krawatte zurecht.

„Du hättest nicht Ja zum Abendessen sagen sollen. Das ist meine Zeit mit ihr."

„Komm schon, Sloan. Wir sind eine Familie. Wir sollten miteinander essen können."

Ich atme tief durch, bevor ich antworte: „Du solltest dich an unsere Sorgerechtsvereinbarung halten und an den Wochenenden, die dir zustehen, für sie da sein. Du enttäuschst sie wirklich jedes zweite Mal, Cal."

„Deshalb bin ich hier, um zu reden. Können wir uns setzen?", fragt er und deutet auf das Wohnzimmer.

Ich verdrehe die Augen und stapfe zum Sofa, während mir die Nerven durchgehen, was Callum jetzt wollen könnte. Ich setze mich und anstatt dass Cal den freien Sessel gegenüber von mir nimmt, setzt er sich direkt neben mich. Viel zu nah, um noch angenehm zu sein.

„Callum, wenn du versuchst, mich um mehr Zeit mit Sophia zu bitten, solltest du wissen, dass ich bereit bin zu kämpfen."

Callums Augen verengen sich, während er sein blondes, frisiertes Haar zurückstreicht. „Ich bin nicht hier, um mit dir zu streiten, Sloan. Ich bin hier, um dir zu sagen, dass ich unsere Familie zurückhaben will."

Mein Gesicht verzieht sich so, dass ich mir sicher bin, wie ein Picasso-Gemälde auszusehen. Callum hätte mir sagen können, dass er eine fliegende lila Kuh ist, und ich hätte das mehr geglaubt als das hier. „Du machst wohl Witze", antworte ich lachend. „Du bist mit Callie verlobt."

„Nicht mehr", antwortet er und rückt näher, um meine Hand in die seine zu nehmen. „Ich habe nach der Beerdigung mit ihr Schluss gemacht. Als ich dich und diesen Fußballer zusammen gesehen habe, wusste ich, dass ich einen schrecklichen Fehler gemacht habe."

„Callum", antworte ich und starre auf seine Hand, die sich wie eine böse Schlange um die meine gelegt hat. „Du liebst mich nicht einmal."

„Natürlich tue ich das, Sloan. Du bist die Mutter meines Kindes", sagt er so leichtfertig, als wäre das, was ich gesagt habe, lächerlich. „Ich habe ein paar Fehler gemacht, aber ich möchte wieder ein Teil deines und Sophias Lebens sein."

„Aber du hast Sophia jetzt schon zweimal hintereinander abgesagt. Wie kann es sein, dass du ein Teil ihres Lebens sein willst?"

„Ich habe zuerst versucht, mein eigenes Leben auf die Reihe zu kriegen", erwidert er, seine blauen Augen auf mich gerichtet. „Aber ich bin jetzt anders. Wenn wir wieder zusammenkommen, wirst du das sehen."

Ich knirsche mit den Zähnen und starre ihn an, während ich mich um Ruhe bemühe. „Es ist wirklich ein Zufall, dass du das alles nach unserem gestrigen Treffen mit dem Anwalt sagst. Was genau stand in deinem Brief von Margaret?"

Sein Gesicht färbt sich rot und er antwortet: „Ich wollte nach dem Treffen mit dir reden, aber du bist zu schnell gegangen."

„Weil du immer wieder über die Tatsache gejammert hast, dass ich keine Coleridge bin!", rufe ich, ziehe meine Hand aus seiner und rutsche von ihm weg.

„Das will ich ändern", antwortet er und rückt wieder näher an mich heran. „Wir können wieder eine richtige Familie sein. Wieder heiraten. Du kannst meinen Namen annehmen und wir werden alle zusammen Coleridges sein. Ich werde dieses Mal besser sein, Sloan. Ein richtiger Vater, so wie du es dir immer gewünscht hast. Ich weiß, wie schwer es für dich war, ohne Vater aufzuwachsen, und ich will dieses Leben nicht für Sophia."

Seine Worte durchdringen einen dunklen Teil meines Herzens, den ich verschlossen halte. „Ich auch nicht."

„Siehst du? Dann sind wir auf der gleichen Seite. Und es wird wie in alten Zeiten sein, nur besser." Er streckt seine Hand aus und streichelt meine Wange, die Berührung ist fremd und überraschend. „Du wirst immer noch die volle Kontrolle über Sophia haben. Ich werde dir dabei nicht im Weg stehen."

Ich weiche seiner Berührung mit einem Ruck aus, weshalb er seinen Arm hinter mir auf die Lehne des Sofas legt.

„Das ist lächerlich, Callum. Du kennst mich überhaupt nicht. Du hast mich nie gekannt."

„Ich weiß, dass es dich umbringt, nicht jeden Tag Zugang zu Sophia zu haben. Wenn wir wieder zusammen sind, ist das alles vorbei. Keine Sorgerechtsvereinbarung mehr. Keine Teilzeitmutterschaft mehr." Callum beugt sich vor und hat eine Dringlichkeit und Hoffnung in seinen Augen, die ich noch nie gesehen habe. „Willst du das nicht, Sloan? Willst du nicht jeden Tag mit Sophia unter deinem Dach aufwachen?"

„Natürlich will ich das", antworte ich und meine Kehle schnürt sich zu, weil ich es so sehr hasse. Wie sehr ich es hasse, dass er immer noch ein Teil ihres Lebens sein darf.

„Lass mich dir das geben, Liebling."

Callum beugt sich plötzlich vor, um mich zu küssen, aber ich weiche zurück und schüttle schockiert den Kopf.

„Was zur Hölle ist hier los?", knurrt Gareths tiefe Stimme. Mein Blick fällt auf ihn, wie im Foyer steht und die Tür hinter sich weit geöffnet hat.

Callum hält immer noch mein Gesicht fest, unsere Körper berühren sich immer noch. Alles sieht so viel schlimmer aus, als es in Wirklichkeit ist. Und Gareth ist komplett wütend. Wie ein riesiger, wütender Bär, der zum Angriff bereit ist. Er lässt seine Trainingstasche auf den Boden fallen und seine Hände sind zu Fäusten geballt.

„Gareth, hier ist nichts los! Callum ist verrückt." Ich stoße mich von ihm ab und stehe auf. Ich streiche mein Kleid glatt und fühle mich schrecklich, weil es so schlimm ausgesehen haben muss.

Gareth wendet seinen strengen Blick von Cal zu mir und ich zucke zusammen, als ich ein Aufflackern von Schmerz in seinem Gesicht sehe. „Du hast sicher nicht dem widersprochen, was er zu sagen hatte."

„Das wollte ich gerade!", erwidere ich und verschränke meine Arme vor der Brust, um mich auf erbärmliche Weise zu schützen.

Gareths Blick ist unerbittlich auf mich gerichtet, während sein Kiefermuskel wütend unter der Haut zuckt. „Du willst also sagen, dass nichts von dem, was er gesagt hat, wahr für dich ist?"

Mein Mund öffnet sich, aber es kommen keine Worte heraus. Alles ist in mir an einem seltsamen, verworrenen Ort eingeschlossen, zu dem ich keinen Zugang habe.

Er nickt wissend. „Das ergibt eigentlich absolut Sinn, Sloan."

„Wie?", rufe ich mit angespannter Stimme.

„Nun, du brauchst mich nicht mehr", erwidert er. „Das hast du gestern deutlich gemacht. Und wenn Callum anbietet, wieder ein Vater für Sophia zu sein, dann sind alle deine Probleme gelöst. Ich weiß, wie sehr es dich quält, wenn er nicht für sie da ist. Wenn du wieder mit ihm zusammenkommst, kannst du sie beschützen."

„Bist du verrückt?", schreie ich und schreite um das Sofa herum, um mich vor Gareth zu stellen. Er ist groß und ragt über mir auf. Er hat eine furchterregende Miene aufgesetzt, die ich noch nie gesehen habe.

„Wie kannst du nur so wenig von mir halten?", erwidere ich. Meine Augen brennen von der Art, wie er mich ansieht.

„Ich halte nicht wenig von dir", antwortet er mit zusammengebissenen Zähnen und geht einen Schritt auf mich zu. „Ich halte alles von dir. Und ich kenne dich, Sloan. Du wirst Sophia immer an die erste Stelle setzen und ich kann dich nicht daran hindern."

„Sloan, sag ihm einfach, er soll gehen", wirft Callum ein, der zu uns herüberkommt und versucht, meinen Arm zu ergreifen. „Wir waren gerade mitten in einem Gespräch."

„Callum, du gehst!", schreie ich, drehe mich auf dem Absatz um und gehe direkt auf ihn zu, um ihn rückwärts an die Wand zu zwingen. „Hier gibt es nichts für dich. Ich bin mit Gareth zusammen und ich will, dass du gehst."

Callum lacht ein hochmütiges, bellendes Lachen und verengt seine Augen auf Gareth. „Bevor du mich rauswirfst, solltest du vielleicht deinen Fußballer fragen, warum sein Anwalt in unseren persönlichen Angelegenheiten herumschnüffelt."

Ich runzle die Stirn. Ich schaue zu Gareth hinüber und sehe, dass seine harte Maske verrutscht ist, woraufhin Schuldgefühle zum Vorschein kommen. „Was?", krächze ich.

Callum grinst spöttisch und fügt hinzu: „Harry Morrison hat mich heute angerufen, um mir zu sagen, dass ein Anwalt aus London namens Santino sich nach dem Papierkram erkundigt hat, den du gestern unterschrieben hast. Er sagte, er sei der Anwalt der Familie Harris und wolle sicherstellen, dass alles mit rechten Dingen zugeht."

„Ist das wahr, Gareth?", frage ich. Meine Brust schmerzt durch den Verrat.

„Ich wollte es dir erzählen", erwidert Gareth, der mir näherkommt.

Ich trete zurück. „Mir erzählen, dass du hinter meinem Rücken einen Anwalt engagiert hast, der sich in meine persönlichen Angelegenheiten einmischt? Wir haben bereits darüber gesprochen. Ich habe dir gesagt, dass ich gut allein zurechtkomme."

„Ich habe versucht, das Beste für dich zu tun", argumentiert er und sieht mich mit flehenden Augen an.

Callum gluckst leise neben uns. „Siehst du, Sloan? Du brauchst einen Mann wie ihn nicht. Er wird dich nur dein ganzes Leben lang kontrollieren. Er wird dich psychisch kaputt machen. Wahrscheinlich wird er dasselbe mit Sophia machen."

Gareth wirft Callum einen strengen Blick zu. „Sprich nicht über meine Beziehung zu Sophia."

Cal lacht schallend und rückt seine Manschettenknöpfe zurecht. „Na, hoffentlich bist du nicht so anmaßend wie dein Vater. Ich habe gehört, dass er so ein Monster ist, dass deine Mutter sich umgebracht hat, um von ihm wegzukommen."

Gareth stürzt sich auf Callum, packt ihn am Revers und schleudert ihn gegen die Wand. „Du hast keine Ahnung, wovon du redest, verdammt noch mal!"

Callum schaut mit großen Augen zu mir rüber. „Du siehst doch, wie dieser Mann ist! Er ist völlig außer Kontrolle. Wehe, er fasst meine Tochter so an, oder, so wahr mir Gott helfe …"

„Halt die Schnauze!", brüllt Gareth, sein Gesicht ist nur Zentimeter von Callums Gesicht entfernt. „Du bist ein rückgratloses, wertloses, verzweifeltes Schwein von einem Mann. Du verdienst es nicht einmal, ein Mann genannt zu werden. Ein Mann ist für seine Familie da, für seine Frau, für seine Tochter. Ein Mann ist da, wenn er es soll, und nicht nur, wenn er Geld braucht! Du liebst Sophia nicht einmal, du verdammter Mistkerl."

Plötzlich ertönt hinter mir ein lautes Wimmern. Ich drehe mich um und mir rutscht das Herz in die Hose, als ich Sophia mit Rex an der Leine in der offenen Tür stehen sehe. Ihre großen, tränennassen Augen sind auf Gareth und Callum gerichtet. Ihr Kinn bebt, ihre Hände zittern.

Sie sieht zu mir herüber, und ich lasse mich vor ihr auf die Knie fallen. „Sophia", flüstere ich und will sie in die Arme nehmen.

Sie zieht sich zurück und starrt zu Gareth hoch, der Callum schnell loslässt und sich neben mir auf ein Knie sinken lässt. „Sophia, ich wollte nicht …"

„Du bist ein Lügner, Gareth!", schreit sie und ihre Worte durchdringen den Raum wie zerbrochenes Glas. Sie lässt Rex' Leine fallen und stürzt sich auf Gareth, zieht ihre kleinen Fäuste zurück und schlägt damit auf seine Brust. „Du bist nicht erwachsen! Du bist ein Lügner!"

Er dreht sein Gesicht zur Seite, seine Augen sind voller Schmerz und Qual, als er krächzt: „Es tut mir so leid, kleiner Fisch."

Ich will sie davon abhalten, ihn zu schlagen, aber sie reißt ihre Hände von mir weg und rennt die Treppe hinauf, während Rex ihr folgt und seine Leine hinter sich herzieht. Meine Augen treffen sich mit denen von Gareth, während wir beide tiefe Atemzüge nehmen.

Dann erscheint Freya in der Tür und sagt außer Atem: „Verdammt, Sophia und Rex sind zu schnell für mich. Wir sollten darüber nachdenken, uns einen Crosstrainer zuzulegen, Sloan. Oder ein Laufband. Irgendwas! Das Nähmaschinenpedal tut nichts für den

Umfang meines Hinterns." Ihre Stimme stockt, als sie sich im Raum umschaut und uns alle sieht, wie wir vor Entsetzen erstarrt dastehen. „Was habe ich verpasst?"

Gareth schüttelt den Kopf, steht langsam auf und hebt seine Tasche vom Boden auf. „Ich gehöre nicht hierher."

Er will zur Tür hinausgehen, hält aber inne, als ich ihm hinterherrufe: „Gareth."

Er schüttelt wieder den Kopf und weigert sich, mich anzuschauen. „Ich gehöre nicht hierher."

Damit verschwindet er aus meinem Haus und aus meinem Leben.

KEIN ORT IST SCHÖNER, ALS ZUHAUSE

Gareth

Das Sonntagsessen. Es soll der eine Tag in der Woche sein, an dem die Familie Harris zusammenkommt. Der eine Ort, der uns Freude bereitet und uns daran erinnert, warum wir so gerne Harrisse sind.

Der heutige Abend ist die Hölle auf Erden für mich.

Ich sitze am Küchentisch, umgeben von allen. Dad hält Rocky im Arm. Vi, Hayden, Camden, Indie, Tanner, Belle. Booker und Poppy haben jeweils ein Neugeborenes im Arm. Sie alle drängen sich so dicht um mich, dass ich kaum atmen kann.

Als ich ankam, versuchte ich zu schweigen. Ich wollte ihnen nicht von Sloans Erbe erzählen, von dem Streit mit Callum, von Sophias gebrochenem Herzen oder von der unbeantworteten SMS, die ich Sloan geschickt habe, um ihr zu sagen, dass es mir leidtut. Ich habe so sehr versucht, alles für mich zu behalten, es zu verschweigen und zu schützen.

Dann haben sie den Harris-Shakedown bei mir angewendet. Sie haben alles herausgefunden. Jedes noch so miserable Detail. Jetzt sitze ich hier vor Gericht, während sie versuchen, mein Leben für mich zu regeln.

„Gareth, sag mir noch einmal genau, was Sophia dich hat sagen hören", sagt Vi, lehnt sich über die Spüle und stützt ihren Kopf in die Hände.

Ich stöhne und bedecke mein Gesicht mit meinen Händen. „Sie hat mich sagen hören, dass ihr Vater sie nicht liebt."

„Was verdammt wahr ist!", erwidert Tanner am anderen Ende der Theke, während er sich Schokolade in den Mund steckt.

„Das mag ja sein, aber das ist nichts, was eine Siebenjährige jemals hören sollte, egal wie abscheulich der Vater ist", korrigiert Vi, die mich mit so viel Mitgefühl ansieht, dass ich kotzen möchte.

„Ich wollte es nicht sagen. Ich wollte meine Hände nicht an ihn legen. Ich bin einfach ausgerastet." Ich neige den Kopf und fahre mir mit den Händen durch die Haare.

„Du warst territorial und beschützend", sagt Tanner entschieden.

„Er war ein Harris", fügt Camden hinzu.

„Das ist genau wie damals, als du vor ein paar Jahren bei meinem Ex-Freund ausgeflippt bist", legt Vi ein weiteres Eisen ins Feuer. „Du bist ein Hitzkopf, Gareth, und du musst es in den Griff bekommen, wenn du Vater werden willst."

„Ich werde kein Vater sein!", rufe ich, während er mir der Schädel brummt. „Ich verdiene es nicht, Vater zu sein", murmle ich, schüttle den Kopf und sehe wieder den entsetzten Schmerz in Sophias Augen.

Dieser Blick, dieser Ausdruck, dieser Schmerz. Ich habe ihn verursacht. Meine Handlungen. Es war, als ob ich nach einem der Anfälle meines Vaters in den Spiegel meines achtjährigen Ichs starrte.

Ich bin ein verdammtes Monster.

„Aber in neun von zehn Fällen ist Gareth kein Hitzkopf!", argumentiert Booker, während er sein Baby in den Armen wiegt und seine Stimme defensiv wird. „Es kommt nur zum Vorschein, wenn es nötig ist, und dieser Callum-Typ war hinter Sloan her. Er hatte es verdient. Das Arschloch hat viel Schlimmeres verdient. Gareth sollte sich nicht dafür entschuldigen müssen."

Booker starrt mich mit so viel blinder Ergebenheit an, dass es mich schockiert. Mein jüngster Bruder ist normalerweise ein sanftmütiger und ruhiger Typ. Aber in diesem Moment drückt er sich ohne Umschweife auf, und ich fühle mich dessen nicht würdig. Sloan und Sophia sind nicht meine Familie, und ich kann nichts tun, um das jetzt zu ändern.

Dad bleibt schweigend im Hintergrund, hört zu und beobachtet alles, während der Rest unserer Familie eine Reise nach Manchester plant, um Sloan und Sophie einem persönlichen Harris-Shakedown zu unterziehen. Es ist ein verdammtes Durcheinander. Die ganze Unterhaltung wird so verrückt, dass ich es nicht mehr aushalte, ihr zuzuhören.

Ich murmle etwas davon, dass ich aufs Klo muss und schaffe es, von meinem Hocker zu rutschen und die Küche zu verlassen. Mein Körper schaltet auf eine seltsame Art von Autopilot um, als ich das Klo links liegen lasse und zur Treppe gehe.

Ich steige langsam jede Stufe hinauf, während meine Gedanken in die Vergangenheit abdriften. Im ersten Stock bleibe ich stehen und schaue in den Flur. Alle vier Zimmer aus unserer Kindheit, zwei auf jeder Seite. Ich sehe noch, wie Poppy sich in Bookers Zimmer schleicht, wie sie es so oft getan hat, als sie noch klein waren und dachten, dass niemand hinsieht. Ich sehe Tanner und Camden, wie sie heimlich Mädchen die Treppe raufbringen. Ich sehe Vis Make-up auf dem Tresen verteilt und wie sie uns anschreit, wir sollen uns von ihren Sachen fernhalten.

So viel Zeit meines Lebens habe ich damit verbracht, auf meine Geschwister aufzupassen. Kinder, die nicht meine waren. Aber irgendetwas an Sophia war anders. Sie war mein Kind. Sie fühlte sich von der ersten Sekunde wie meine Tochter an, seit ich sie auf dem Spielfeld im Kid Kickers Camp traf.

Ich biege um die Ecke und steige in den zweiten Stock des Hauses hinauf. Ich bleibe vor der Tür zum Schlafzimmer auf dem Dachboden stehen, das wir nach dem Tod meiner Mutter nur noch selten betreten haben.

Ich drehe den Knauf, der wahrscheinlich schon seit Jahren nicht mehr angefasst wurde, und drücke die Tür auf, um den Raum der verfluchten Erinnerungen zu öffnen. Er ist völlig leer. Kein Bett, keine Kommode. Keine Fotos an den Wänden. Nur ein heller Holzfußboden, drei große Fenster und jede Menge Dinge, die ich lieber vergessen würde. Ich trete ein und erinnere mich sofort an Mums Bett. Ein großer Messingrahmen, weiße Laken. Ein Infusionsständer ist bei der Wand und eine Sauerstoffflasche in der Nähe. Mum trug immer weiße, seidige Nachthemden, die so weich waren, dass ich mich noch gut daran erinnern kann, wie sie sich anfühlten. Ich öffne die Tür zum Kleiderschrank, in dem sie immer hingen. Er ist leer. Dad hat die meisten ihrer Kleider kurz nach ihrem Tod im Kamin im Erdgeschoss verbrannt. Ich erinnere mich, wie Vi weinte, weil sie einen Pullover von Mum haben wollte und er sich weigerte.

Ich konnte nicht glauben, wie furchtbar er war, dass er seiner einzigen Tochter kein Kleidungsstück von ihrer Mutter gab.

Ich habe ihn so sehr gehasst.

Jetzt verstehe ich, wer dieser Mann vor so vielen Jahren war.

Sein Herz war gebrochen. Er war untröstlich, weil die Frau, die er liebte, gestorben war.

Sie war verdammt noch mal gestorben.

In den letzten Tagen hatte ich das Gefühl, dass mein Leben vorbei ist, und dabei ist nicht einmal jemand gestorben. Sloan ist in Ordnung. Gesund und in Ordnung. Sie ist reich, gedeiht und ist unabhängig. Sie hat eine Tochter, die sie liebt. Geld, um alle ihre Träume zu verwirklichen. Sie ist lebendig.

Und ich habe das Gefühl, dass sich die Mauern um mich herum schließen.

Ich gehe zum Fenster, dann höre ich ein Knarren hinter mir. Mein Kopf schnellt hoch und ich sehe meinen Vater in der Tür stehen. Sein Brustkorb ist hochgezogen, als ob er den Atem anhält, während er den Raum vor sich in Augenschein nimmt. Er schaut sich jeden Quadratzentimeter genau an, als ob auch nur ein Fleckchen Schmutz eine Erinnerung birgt.

Seine Hände klammern sich am Türrahmen fest, als er sich räuspert und mit heiserer Stimme sagt: „Ich war seit Jahren nicht mehr hier oben."

Ich beobachte ihn aufmerksam, schweigend und nervös. Er sieht gequält, aber entschlossen aus, als er sich darauf vorbereitet, hineinzugehen. Ich drehe mich um, betrachte den Raum und antworte: „Es ist nicht mein Lieblingszimmer im Haus, so viel kann ich dir sagen."

Er zwingt sich zu einem knappen Lächeln und macht vorsichtig einen Schritt hinein. „Meines auch nicht."

Ich schiebe meine Hände in die Taschen meiner Jeans und wippe auf meinen Fersen zurück. „Ich wurde heute aus irgendeinem Grund hierher gezogen."

Er nickt und macht sich auf den Weg zu mir. Er schaut aus dem Fenster, während er antwortet: „Deine Mutter war immer gut in einer Krise."

Ich atme schwer aus. „Ist es das, was mein Leben jetzt ist? Eine Krise?"

Dad dreht sich um und lehnt sich mit einer Schulter an die Wand neben dem Fenster. Das Sonnenlicht fällt herein, wirft Schatten auf sein

Gesicht und beleuchtet die grauen Haare an seinem Kinn. „Es tut mir leid, was mit Sloan passiert ist, Gareth."

„Ich habe es wirklich vermasselt", antworte ich, zucke mit den Schultern und verschränke die Arme vor der Brust. „Ich habe Sloan nicht zugetraut, ihre eigenen Entscheidungen zu treffen. Ich habe Sophias Herz gebrochen und ihren Vater entfremdet – einen Mann, der immer in ihrem Leben sein wird, egal was passiert. Es gibt keine Möglichkeit, das zurückzuholen, was ich verloren habe."

Dad nickt düster. „Es scheint, als hättest du dich so verhalten, als hättest du schon verloren."

Ich runzle die Stirn über seine unerwartete Antwort. „Warum sagst du das?"

„Nun, du hast das Schlimmste von ihr angenommen. Du dachtest, sie würde wegziehen. Du dachtest, sie würde ihren Ex-Mann zurücknehmen. Es ist fast so, als hättest du um sie getrauert, bevor sie dich überhaupt verlassen hat. Ähnlich wie ich es tat, als deine Mutter krank war."

Seine Worte treffen mich wie ein Schlag in die Magengrube. „Ich habe nicht um sie getrauert. Ich habe nur gespürt, dass sie mich nicht mehr in ihrem Leben braucht wie damals, als ihre Ehe zerbrach."

„Du wolltest dich selbst schützen."

„Wovor?"

„Vor unvorstellbarem Schmerz. Gareth, ich hätte nicht gedacht, dass ich jemals den Tag erleben würde, an dem du dein Herz jemandem schenkst. Ich dachte, du hättest diesen Teil von dir verloren, als deine Mutter starb. Aber als ich sah, wie Sloan in diesem Krankenhausbett über dir stand und dich so leidenschaftlich verteidigte, wusste ich, dass ich mich geirrt hatte. Und verdammt noch mal, mein Sohn, als du aufgewacht bist und sie angesehen hast, habe ich gesehen, wie verliebt du warst. Aber du warst noch nie ein Mann, dem die Untätigkeit lag. Du greifst ein und handhabst Situationen. Du bist proaktiv, nicht reaktiv. Aber die Beziehung zu einer alleinerziehenden Mutter bringt Dinge mit sich, die du nicht kontrollieren kannst. Und ich glaube, je tiefer deine Gefühle für Sloan und Sophia wurden, desto mehr Angst hattest du."

„Du hast verdammt recht, ich habe Angst. Sophia verdient einen

Vater, und egal, was ich tue, ich werde das nie für sie sein. Das liegt an den Genen. Das kann ich nicht ändern."

„Vater zu sein, ist kein Geburtsrecht, Gareth. Das solltest du besser als jeder andere wissen." Er deutet die Treppe hinunter und schüttelt mit zusammengekniffenen Augen den Kopf. „Du hast einen ganzen Haufen wohlmeinender, neugieriger Leute, die dich bedingungslos lieben. Sie werden dich nicht fallen lassen. Sie werden nicht zulassen, dass du zerbrichst. Sie werden dich wieder zusammenkleben und alles wieder ganz machen, egal wie sehr du versuchst, auseinanderzufallen. Es geht nicht darum, dich Vater zu nennen. Es geht darum, sie deine Familie sein zu lassen. Sloan und Sophia sind deine Familie, Gareth."

Ein schmerzhafter Kloß bildet sich in meinem Hals bei seinen Worten. Worte, von denen ich mir wünsche, dass sie wahr sind. „Was ist, wenn ich Dinge gesagt und getan habe, von denen ich mich nicht mehr erholen kann?"

„Blödsinn", knurrt er und richtet sich auf, um mir fest in die Augen zu blicken. „Die Liebe einer wahren Familie ist bedingungslos. Sieh dir an, was ich in meiner Vergangenheit getan habe, und trotzdem tolerierst du mich."

Ich kann nicht anders, als über seine leichtfertige Bemerkung zu lächeln. Die Leichtigkeit, mit der er jetzt seine Fehler zugibt. Er ist ein ganz anderer Mensch als früher, aber tief in meinem Inneren weiß ich, dass dieser verständnisvolle Mann schon immer da war. Er hat diesen Teil von sich nur eine Zeit lang aus den Augen verloren.

„Ich tue mehr, als dich nur zu tolerieren, Dad.", Ich atme schwer aus und lege eine Hand auf seine Schulter. „Ich liebe dich."

Seine Mundwinkel verziehen sich, während er gegen die Gefühle ankämpft, die durch die drei Worte, die ich seit Ewigkeiten nicht mehr zu ihm gesagt habe, in ihm aufsteigen. Ich ziehe ihn zu einer längst überfälligen Umarmung heran. Wir halten uns gegenseitig fest, atmen ein und aus und lassen zu, dass die natürlichen Bezeichnungen von Vater und Sohn wieder dorthin zurückkehren, wo sie hingehören, wenn auch nur für einen Moment.

Schließlich zieht er sich zurück und drückt meine Schultern, während er mir tief in die Augen schaut. „Ein Fehler und eine Tugend des Harris-Daseins ist, dass wir, wenn wir uns verlieben, uns wirklich verlieben. Aber es ist für immer, mein Sohn. Diese Art von Liebe kann man nicht so einfach aufgeben."

„Gareth?" Vis Stimme unterbricht uns und ihr Blick schweift nervös durch den Raum, als sie sagt: „Da ist jemand, der dich sehen will."

Sie tritt zurück und mein Atem stockt in meiner Brust, als ich Sloan in der Tür stehen sehe.

Sloan ist hier. In London. Im Haus meines Vaters.

Meine Augen saugen ihren Anblick in sich auf und mir wird klar, dass ich sie nach nur wenigen Tagen schon mehr vermisst habe, als ich je für möglich gehalten hätte. Sie trägt ein langes schwarzes Kleid und Stöckelschuhe und hat ihr Haar hochgesteckt. Ihre Augen sind niedergeschlagen und traurig, wie an jenem Abend, als sie kaputt und außer Kontrolle zu mir kam. Damals, als sie mich wirklich brauchte.

Ihr Blick hebt sich zu meinem und trifft mich mit ihren goldenen, rotgeränderten Augen mitten ins Herz. Und dieses Gefühl – dieses überwältigende Gefühl, sich ergeben und gleichzeitig dominieren zu wollen – ist überall um uns herum präsent und stark.

Sie atmet schwer aus und ihre Stimme ist zittrig, als sie fragt: „Können wir reden?"

Dad räuspert sich und klopft mir auf die Schulter, bevor er aus dem Zimmer schreitet und Sloan im Vorbeigehen sanft an der Schulter berührt. Sloan verschränkt die Hände hinter dem Rücken und geht weiter in den Raum hinein, wobei ihre Absätze auf dem harten Holz klacken, während sie den Raum umrundet.

„Vi sagte, das sei das Zimmer deiner Mutter?", fragt sie und schaut sich um, während das Sonnenlicht den Raum in einem goldenen Licht erstrahlen lässt.

Ich nicke. „Als sie krank war, ja."

„Gibt es hier also viele schlechte Erinnerungen?"

Ich zucke mit den Schultern. „Manche sind auch gut."

Ihre Schritte sind langsam und gleichmäßig. „Spürst du ihre Anwesenheit hier drin?"

Ihre Frage lässt mir sofort einen Kloß im Hals entstehen. „Ich glaube, das tue ich tatsächlich."

Ihre traurigen Augen verengen sich nachdenklich. „Wie fühlt es sich an?"

Ich bewege mich in die Mitte des Raumes und zwinge die Luft in meine Lungen und wieder heraus, während ich mich auf dem Absatz umdrehe und ihre Bewegungen beobachte. „Wie Licht … wie Liebe."

Sloans Augenbrauen heben sich und sie hält inne, um aus dem Fenster zu schauen, als ich frage: „Was machst du hier, Sloan?"

Ihre Mundwinkel ziehen sich nach oben, als sie über ihre Schulter zu mir blickt. „Bin ich wieder Sloan?"

Ich zucke hilflos mit den Schultern. „Wer willst du denn sein?"

Sie beißt sich kurz auf die Lippe, bevor sie antwortet: „Ich möchte viele Menschen sein, Gareth."

Sie hält inne, um auf ihre Füße zu starren, und ich hasse den traurigen Ausdruck in ihrem Gesicht. Dieses Mal bin ich dafür verantwortlich. Nicht Callum, nicht Margaret oder ihre Sorgerechtssituation. Nur ich.

„Okay. Also, wer bist du jetzt? Jemand, der den ganzen Weg hierhergekommen ist, um mit mir Schluss zu machen?"

Ihre Augen blitzen zu meinen auf. „Ist es das, was du willst?"

„Nein", antworte ich sofort. „Aber ich verstehe, wenn es das ist, was du brauchst."

Sie nickt und beißt sich wieder auf die Lippe. „Ich werde dir sagen, was ich brauche."

Ich beiße mir auf die Innenseite meiner Wange und kämpfe gegen die Worte an, die ich als Antwort aussprechen möchte.

„Callum dachte, dass ich Sophia immer unter meinem Dach brauche. Er dachte, das wäre alles, was ich bräuchte, um ihn zurückzunehmen." Sie hebt die Schultern und verschränkt ihre Finger vor sich. „Es stellte sich heraus, dass er mich nicht brauchte. Er brauchte Geld. Das habe ich herausgefunden, nachdem ich mit deinem Anwalt Santino gesprochen habe."

„Du hast mit Santino gesprochen?", frage ich hoffnungsvoll.

„Ja", erwidert sie. „Er hat mich angerufen, also habe ich ihn die Papiere überprüfen lassen, die ich unterschrieben habe. Offenbar hatte Margaret einen zweiten Treuhandfonds für Sophia eingerichtet, der an Callum gehen würde, wenn er wieder mit mir zusammenkäme. Wenn er das nicht tut, geht er an Sophia."

„Mein Gott", antworte ich, während ich wütend meine Hände anspanne.

„Ja", antwortet Sloan mit einem kleinen, selbstironischen Lachen.

„Also, was ist passiert?"

Sloan beginnt wieder zu gehen. „Ich habe Callum das Geld gegeben, das ich von Margaret bekommen habe."

Mein Blutdruck steigt in die Höhe. „Was? Sloan, du hast gesagt, es wären Millionen."

„Das ist mir egal, weil ich es nicht brauche", sagt sie fest und dreht sich zu mir um. „Was ich brauche, kommt in einem völlig anderen Paket." Sie schluckt und geht in der Mitte des Raumes auf mich zu, nur einen Meter von meinem Gesicht entfernt. „Gareth, ich muss wissen, wie du darauf kommst, dass ich mich noch einmal diesem Arsch von Mann aussetze?"

Mein Kiefer mahlt, während ich auf den Boden schaue. „Er ist Sophias Vater. Ich glaube, weil du sie immer an erste Stelle gesetzt hast, wirst du immer eine Schwäche für ihn haben, egal wie schrecklich er für euch beide ist."

Sloan lacht und ihr ganzer Körper zittert vor Aufregung, während sie sich mit einer Hand durch die Haare fährt. „Das war's also?", erwidert sie, während ihr Tränen in die Augen steigen. „Glaubst du, ich bin dasselbe emotionale Wrack, das an jener Abend weinend vor deiner Tür stand? Die, vor der du dich hinknien musstest, bevor sie zu Staub zerfiel?"

„Sloan … meine Güte, nein." Ich trete näher an sie heran, ihr Duft umweht mich, süß wie immer, und vermischt sich mit den Erinnerungen an diesen Raum. Er lässt alles in mir schmerzen. „Ich finde dich unglaublich. Du bist die stärkste Mutter, die ich kenne, und ich bin wahnsinnig in dich verliebt. Aber ich liebe Sophia jetzt auch, und ich würde eher durchs Feuer gehen, als ihr jemals wieder wehzutun. Also werde ich gehen, wenn es das Beste ist."

Sloans Augen werden weich und eine einzelne Träne gleitet über ihre Wange, aber sie wischt sie weg, bevor sie auf den Boden fällt. „Du hast recht, Gareth. Was das Beste für Sophia ist, kommt vor allem anderen. Ich habe sie immer an erste Stelle gesetzt. Das musste ich auch, weil sie so lange krank war und sich dann noch länger erholte. Ich habe mich immer so sehr auf die Bedürfnisse anderer Menschen eingestellt, dass ich vergessen hatte, wie es sich anfühlt, selbst welche zu haben."

Sie tritt noch näher heran, ihr Gesicht ist nur noch Zentimeter von mir entfernt. „Aber dann bist du gekommen. Und du hast mich ermächtigt, meine Gefühle zuzulassen. Meine Begierden. Meine Fantasien. Du hast mich sein lassen, wer ich sein wollte. Zum ersten Mal seit langem habe ich mich nicht mehr verstellt. Ich habe nicht mehr nur so getan, als ob, wie Sophia sagt. Ich war ich selbst, und zwar deinetwegen!"

Sie ergreift meine Hände, ihre Berührung ist wie ein Eisbad, das alle meine Sinne schockiert und auf Hochtouren laufen lässt. „Gareth, du hast mir die einzigen echten Momente des Vergnügens, des Glücks, des Schmerzes und der verrückten, intensiven Leidenschaft geschenkt, die ich ganz allein empfinden kann, ohne mich an jemand anderen anpassen zu müssen. Wie kannst du uns so einfach verlassen?"

Mein ganzer Körper ist zu gleichen Teilen von Freude und Schmerz erfüllt. „Das ist nicht einfach, Sloan. Nichts davon ist einfach. Die meiste Zeit meines Lebens habe ich diese Mauern um mein Herz gebaut und niemanden reingelassen. Ich wollte nie den Schmerz spüren, den mein Vater empfand, als er meine Mutter verlor. Ich dachte, ich würde das Beste für dich und Sophia tun. Ich dachte, ihr braucht mich nicht mehr."

„Natürlich brauchen wir dich!", ruft sie mit einem Schrei. „Ich will, dass wir eine Familie sind!"

Mit diesem magischen Wort nehme ich ihr Gesicht in meine Hände und presse meinen Mund auf den ihren. Ich öffne meine Lippen und küsse sie mit einer solchen Heftigkeit, dass ich vergesse, wo wir sind. Ich vergesse, wo wir gewesen sind und wohin wir gehen. Ich falle einfach. Ich springe von der Klippe, aus dem Flugzeug und lasse mich mit den köstlichen Worten, die aus ihrem Mund kommen, fallen.

Sie schmecken gut. Wie ein Versprechen, wie Hingabe und wie eine Zukunft.

Sie schmeckt wie meine.

Ich ziehe mich zurück und mein Körper kribbelt mit einem rohen, erderschütternden Erwachen, während ich auf ihre rötlichen Lippen starre und tiefe Atemzüge nehme. „Sloan … Treacle … Ich liebe dich und es tut mir leid, dass ich mich zurückgezogen habe. Es tut mir leid, dass ich dir wehgetan und nicht vertraut habe. Bitte dominiere mich, wann immer du willst, denn solange du mich willst, bin ich für dich da."

Sloan lacht und ein erstickter Schrei entweicht ihrer Kehle, als ich ihr die Tränen von den Wangen wische. „Lass uns einfach versprechen, zusammen aus dem Flugzeug zu springen, okay?"

Mein Lächeln ist breit, weit und glücklich. Wirklich verdammt glücklich. Ich drücke ihr einen Kuss auf die Lippen und murmle: „Was immer du sagst, Boss."

Ich schließe sie in meine Arme und küsse sie innig, hart, weich und langsam. Ich küsse sie auf die tausend verschiedenen Arten, wie ich sie im letzten Jahr geküsst habe, denn ich bin dabei. Ich bin voll dabei, egal wie beängstigend sich dieser Sprung anfühlt.

Sloan und ich gehen wieder zu den anderen nach unten. Ich bin begeistert, als ich sehe, dass Sophia mit ihr gekommen ist und im Garten mit meinen Brüdern Fußball spielt. Wenn ich sehe, wie sie mit ihr spielen, als wäre sie eine von ihnen, erfüllt mich das mit einem ganz neuen Gefühl von Stolz, das genauso außergewöhnlich ist wie der Tag, an dem ich Vis Kleine kennengelernt habe.

Ich frage Sophia, ob sie mit mir spazieren gehen will. Nach einigem Drängen ihrer Mutter stimmt sie zu.

Sie ist ganz still, als wir durch das hintere Tor gehen, das in den Wald hinter dem Haus meines Vaters führt. Ich erkläre Sophia, dass dieser bewaldete Park der Stadt gehört und dass wir vor kurzem in Schwierigkeiten geraten sind, weil wir Booker geholfen haben, hier ein Spielhaus zu bauen. Dann fange ich an zu erzählen, wie seltsam es ist, dass ein erwachsener Mann ein Spielhaus bauen will, bevor er überhaupt Kinder hat, denn damals hatten Booker und Poppy noch keine Kinder. Aber sie waren beste Freunde, als sie in Sophias Alter waren, und das Haus ist ziemlich niedlich geworden, also dachte ich, dass sie es vielleicht gerne sehen würde.

Ich schwafle viel.

Mein ganzes Leben lang war ich ein Mann der wenigen Worte und hielt alles unter Verschluss. Aber in dem Moment, in dem ich die Vergebung einer sturen Siebenjährigen brauche, bin ich plötzlich ein Plappermaul.

Sophia und ich finden das Spielhaus, das schließlich dem Park gespendet wurde, damit es nicht abgerissen wird. Es ist ein bezauberndes Häuschen mit schiefen Fenstern und einem hohen Spitzdach. Die Wahrheit ist, dass wir Harris-Brüder ohne Hayden, seinen Bruder Theo und seinen Freund Brody keine Ahnung gehabt hätten, wie man es baut.

Ich öffne die kleine Tür und Sophias Augen sind niedergeschlagen, als sie eintritt. Sie setzt sich sofort an den winzigen Tisch und schaut sich im Raum um, um alles zu betrachten.

Ich klopfe an den winzigen Türrahmen und sie blickt stirnrunzelnd zu mir herüber.

„Darf ich reinkommen?", frage ich mit einem halben Lächeln.

Sie zuckt mit den Schultern und nickt dann dezent. Ich muss auf Hände und Knie gehen und mich zur Seite drehen, um Platz zu finden. Gegenüber von Sophia steht noch ein weiterer Stuhl, also platziere ich mich darauf und zucke zusammen, als er unter meinem großen Körper knarrt.

Meine Knie sind unter meinem Kinn, als ich zu Sophia hinüberschaue und frage: „Wirst du mich jemals wieder ansehen?"

Sie starrt weiterhin stirnrunzelnd auf ihre Hände und hebt mit einem weiteren Achselzucken die Schultern.

„Wirst du jemals wieder mit mir reden?"

Sie zuckt wieder mit den Schultern und fängt an, an dem abgeplatzten Nagellack auf ihren Fingern zu kratzen. Ich greife unbeholfen in meine Tasche und ziehe eine Flasche Nagellack heraus, die Vi zum Glück in ihrer Handtasche hatte. Ich reiche sie Sophia und ihre Augen blitzen zu meinen auf.

Mit einem Lächeln lege ich meine Hand auf den Tisch und trommle erwartungsvoll mit den Fingern. „Die Weltmeisterschaft steht vor der Tür, also brauche ich ein komplettes Set."

Mit einem kleinen Lächeln öffnet sie die Flasche mit dem Lack und macht sich gleich an die Arbeit mit meinen Nägeln.

„Weißt du, Sophia, an dem Tag, als du mich mit deinem Vater gesehen hast, war ich nicht ich selbst."

„Oh?", sagt sie leise, ihre Aufmerksamkeit noch immer auf meine Finger gerichtet.

„Nein. Ich hatte Angst."

„Angst wovor?", murmelt sie, während sie den Pinsel wieder in die Flasche taucht.

„Ich hatte Angst, dich und deine Mutter zu verlieren.“

Sie hält inne und schaut mich mit ihren umwerfenden braunen Augen an. „Wo hättest du uns verloren?“

„Nun, nicht körperlich verloren. Ich hatte nur das Gefühl, dass ich vielleicht nicht gut für euch bin. Dass ihr mich vielleicht nicht mehr braucht oder wollt. Es schien, als wollte dein Vater bei euch sein und ich war nur im Weg.“

Sie schweigt, während sie weiter meine Nägel lackiert. Ich denke, dass das ganze Gespräch fruchtlos ist, bis sie sagt: „Du bist oft im Weg. Du bist ganz schön groß.“ Ich stoße ein kleines Lachen aus, bleibe aber still, um sie nicht von ihrem Gedankengang abzubringen. „Aber ich mag es, wenn du im Weg bist. Ich mag es, wenn du bei uns zu Hause bist. Es fühlt sich gemütlicher an, wenn du da bist, und Mummy lächelt immer.“

„Tut sie das?“, frage ich und meine Mundwinkel heben sich bei Sophias Bemerkung.

Sie nickt und ihr Gesicht fällt. „Sie hat diese Woche überhaupt nicht gelächelt. Das hat mich daran erinnert, wie sie im alten Haus war.“

Ich runzle die Stirn, aber bevor ich antworten kann, fragt sie: „Gareth, glaubst du wirklich, dass mein Vater mich nicht liebt?“

„Nein, Sophia … Nein.“ Ich lehne mich über den Tisch, mein Tonfall ist eindringlich, während ich mit meiner Hand beruhigend über ihren Arm streichle. „Du bist die liebenswerteste Siebenjährige, die ich je in meinem Leben getroffen habe. Es kann nicht sein, dass dein Vater dich nicht liebt. Ich habe das nur gesagt, weil ich wütend war. Ich habe es nicht so gemeint.“

Sie ist eine Minute lang still, während sie darüber nachdenkt, dann taucht sie den Pinsel zurück in die Flasche und murmelt leise: „Manchmal fühlt es sich so an, als würde mein Dad mich nicht lieben.“

„Hey“, antworte ich, fahre mit dem Finger unter ihr Kinn und zwinge sie, zu mir aufzusehen. Sie sieht mich mit Augen voller Enttäuschung und Traurigkeit an und ich weiß in dieser Sekunde, dass ich für den Rest meines Lebens alles für dieses kleine Mädchen tun werde, selbst wenn es mit Sloan und mir nicht klappen sollte. „Wenn du mich lässt, werde ich dich so sehr lieben, dass es für einhundert Väter ausreicht.“

Ein winziges Lächeln huscht über ihr Gesicht, aber sie verzieht schnell die Miene und trifft mich mit einem frechen Feuer in den Augen. „Tausend ist mehr als hundert."

Meine Augenbrauen heben sich angesichts ihrer Herausforderung. „Hunderttausend ist mehr als eintausend."

„Oder mehr als eine Million Väter!", sagt sie mit gerader Körperhaltung und einem echten Lächeln, während sie kichert und den Kopf schüttelt. „Das ist eine Menge Liebe. Aber drück mich nicht so fest, dass ich nicht mehr atmen kann. Mummy macht das, und manchmal denke ich, dass ich brechen muss."

„Geht klar", antworte ich mit einem Augenzwinkern. „Darf ich dich jetzt drücken?"

Sie zieht die Stirn in Falten und hebt einen Finger, um mich zurückzuhalten. „Nicht, bevor deine Nägel trocken sind."

GEBURTSTAGSÜBERRASCHUNG

Sloan

Gareths Hände drücken meine gebeugten Knie, während er mit seinen Handflächen meine Oberschenkel hinaufgleitet, bis seine Daumen meinen Schritt kitzeln. „Ich werde dich hier küssen", sagt er und ich nicke heftig. Meine Hände liegen ausgestreckt auf dem Bett, während ich mich bereitwillig diesem mächtigen Löwen vor mir hingebe.

Er senkt seinen Mund auf meine Hitze – die Stelle meines Körpers, die vor Verlangen pulsiert. Seine Zunge streicht über mein Nervenbündel und mein Becken zuckt als Antwort. Er war sieben Tage lang weg, um am Training der englischen Nationalmannschaft teilzunehmen. Jetzt, wo er wieder da ist, bin ich wie eine Sexsüchtige, die ihren ersten Schuss bekommt. Ich kann mich kaum noch beherrschen.

Ein leises Knurren vibriert in seiner Brust, als er mich in seinen Mund saugt und gegen meine Haut murmelt: „Fuck, Sloan. Du schmeckst so gut."

Ich schreie wegen des köstlichen Drucks auf und meine Hüften bäumen sich unwillkürlich zu ihm hoch. Seine Hände drücken sie, seine Finger graben sich tief in sie ein, während er mich auf der Matratze festhält, um die Lust, den Rhythmus und den Antrieb zu kontrollieren. Ich rufe immer wieder seinen Namen, während er leckt und neckt und schließlich einen Finger tief in mich einführt, um den G-Punkt zu treffen, an dem ich mich immer und immer wieder reiben will.

Mein Orgasmus ist nah. Zu nah.

Ich will, dass es anhält.

Schnell werfe ich ein Bein über seine Schulter und drehe uns auf dem Bett um, sodass er auf dem Rücken liegt und sein Gesicht zwischen meinen Beinen ist. Ich lächle in seine großen, gierigen Augen und reibe mich kurz an ihm, bevor ich mich an seinem schönen, nackten Körper hinunterbewege.

„Sloan", sagt Gareth mit warnendem Tonfall, offensichtlich nicht erfreut, dass ich ihm so schnell die Kontrolle entzogen habe.

Mit einem frechen Lächeln umschließe ich seine Spitze mit meinen Lippen. Sein überraschtes Grunzen ist das Versohlen, das mich später erwartet, allemal wert. Ich sauge ihn ein paar Mal in meinen Rachen und umfasse seine Eier mit meiner Hand, bevor ich ihn mit einem hörbaren *Plopp* von meinen Lippen befreie.

Er setzt sich auf und zieht mich zu sich, bis ich rittlings auf ihm sitze. Ich richte mich auf, bevor ich mich auf seine nasse, harte Erektion sinken lasse. Der Widerstand ist minimal, aber die Enge ist intensiv. Ich lasse meine Hüften auf ihm kreisen und streiche über seinen Schaft, während ich ihn so tief in mich aufnehme, dass ich die Fülle in meinem Bauch spüren kann.

Unsere Blicke treffen sich, während ich meine Hände auf seine Brust lege, um das Gleichgewicht zu halten, und mich auf ihm vor- und zurückbewege. Gareths Hände umschließen meine Brüste, reiben, tasten und rollen meine Nippel in seinen großen, fleischigen Pranken. Er kneift sie fest und ich schreie vor Schmerz auf, als ein Strudel der Übererregung eine Raserei zwischen uns erzeugt. Er gibt mir einen Klaps auf den Hintern, hebt seine Hüften vom Bett und stößt hart und schnell in mich.

Die Kontrolle von unten übernehmen. Die Geschichte unseres Lebens.

Unsere Atemzüge sind laut und unser Stöhnen leise, während wir auf dieser Welle des völligen Gebens und Nehmens bis zum Höhepunkt reiten.

Und was für ein Höhepunkt es ist.

Wenige Augenblicke später sind wir sauber, befriedigt und zurück in meinem Bett.

Es ist etwas mehr als einen Monat her, seit wir uns im Haus seines Vaters in London versöhnt haben, und seitdem läuft es gut zwischen uns.

Mehr als gut.

Gareths Saison bei ManU ist beendet, aber er reist immer wieder nach London zum Training der englischen Nationalmannschaft, um sich auf die Weltmeisterschaft vorzubereiten. Er kommt aber bei jeder Gelegenheit nach Hause nach Manchester.

Eine Woche ohne ihn zu verbringen, war brutal.

Abgesehen davon, dass ich Gareth vermisst habe, ist es hier ruhiger geworden. Ruhig. Callum macht immer noch das, was Callum am besten kann: Er lässt sich an den Wochenenden kaum bei Sophia blicken. Zum Glück scheint Sophia die Enttäuschung gut zu verkraften. Sie hat abendliche Videochats mit Gareth, von denen ich schwöre, dass sie dazu führen, dass sie im Schlaf lächelt. Das ist das Niedlichste, was ich je gesehen habe.

Alles war schön. Fast schon köstlich langweilig.

Ich schlafe gerade ein und bin froh, dass Gareth wieder hinter mir liegt, als seine Stimme die Stille unterbricht. „Ich glaube, ich werde mich aus dem Fußball zurückziehen."

Meine Augen öffnen sich. „Redest du im Schlaf?", frage ich und drehe meinen Kopf, um ihn wieder anzusehen.

„Nein, ich bin hellwach", murmelt er und drückt mir einen trägen Kuss auf die Schulter. „Ich habe noch ein Jahr bei ManU, bevor mein Vertrag verlängert wird. Ich glaube, dann will ich mich zur Ruhe setzen."

Ich drehe mich zu ihm um, die Straßenlaterne leuchtet durch das Fenster und bringt seinen todernsten Gesichtsausdruck zur Geltung.

„Gareth, sei ernst", antworte ich und verschränke meine Beine mit den seinen. „Du kannst dich nicht zur Ruhe setzen. Du bist Gareth Harris. Mannschaftskapitän. ManU-Star. In zwei Wochen gehst du nach Russland, um für England zu spielen. Was würdest du tun, wenn du dich zur Ruhe setzt?"

„Nichts", antwortet er achselzuckend und beugt sich vor, um mir einen Kuss auf die Nasenspitze zu geben. „Mein Buchhalter sagt mir, dass ich ziemlich reich bin und noch mehr Geld haben werde, wenn mein Haus in Astbury verkauft wird."

Seine Erwähnung des Hauses, in dem wir angegriffen wurden, lässt mich die Stirn runzeln.

„Nichts davon", murmelt er und presst seine Lippen auf die Falte, die sich zwischen meinen Brauen bildet. „Es war meine Entscheidung, zu verkaufen. Ich habe dir gesagt, dass es nichts damit zu tun hat, dass du nie wieder dorthin zurückkehren willst. Ich kann nur das Bild von diesen Leuten in meinem Haus auf den Überwachungsaufnahmen nicht abschütteln."

Ich lege meine Hand auf seine Wange, während ich daran denke, wie furchtbar diese Nacht war und wie weit wir gekommen sind. „Du wirst doch nicht den ganzen Tag rumsitzen und Toffees essen. Du würdest dich zu Tode langweilen."

Er atmet tief ein und reibt mit seiner Hand ziellos meinen Rücken auf und ab. „Du hast recht. Nichts zu tun, wäre nicht von Dauer. Die Wahrheit ist, ich denke, dass ich bei dem Kid Kickers Programm, das wir in London eröffnen, mehr mit anpacken kann."

Mein Körper spannt sich an, als er London erwähnt. Ich hasse schon die vielen Reisen, die er für sein Training in London zur Weltmeisterschaft unternehmen muss. Jetzt spricht er davon, noch mehr Zeit dort zu verbringen?

Ich räuspere mich und bringe eine ehrliche Antwort heraus. „Ich denke, du wärst großartig bei den Kid Kickers in London."

„Wirklich?", fragt er mit hoffnungsvoller Stimme. „Du würdest es also in Betracht ziehen?"

Ich schaue ihn in der Dunkelheit mit der Stirn an. „Was in Betracht ziehen?"

„Natürlich, nach London zu ziehen", antwortet er und drückt meinen Rücken.

„Was?" Meine Augen werden groß. „Du würdest wollen, dass ich und Sophia mitkommen?"

„Natürlich würde ich das", sagt er sofort. „Ich würde nicht ohne euch beide gehen. Und da Sophias Krebsuntersuchung letzte Woche negativ ausgefallen ist, wüsste ich nicht, was uns davon abhalten sollte. Ich weiß, dass deine Arbeit hier ist, aber ich weiß auch, dass du zu so viel mehr fähig bist. London ist die Modehauptstadt von England, nicht wahr? Ich bin sicher, dass du dort eine Menge tun kannst."

Ich beiße mir angesichts des Funkelns in seinen Augen aufgeregt auf die Lippe. Gareth hat mich dazu gedrängt, mir mehr Zeit für meine eigenen Entwürfe zu nehmen. Vielleicht ist das der Kick, den ich brauche, um die Dinge auf die nächste Stufe zu heben.

„Nach London ziehen." Ich wiederhole den Gedanken laut, um ihn in meinem Kopf mit Leben zu füllen. „Ich würde es in Betracht ziehen, denke ich. Sophia würde es hassen, ihre Freunde zu verlassen, aber sie ist jung genug, um neue Freunde zu finden. Und sie würde sie immer noch sehen, wenn sie Callum besuchen kommt."

„Siehst du? Es kann funktionieren. Und meine ganze Familie lebt dort, also kann Sophia mit ihren Cousins und Cousinen aufwachsen."

„Cousins und Cousinen?" Ich kichere über seinen Begriff. „Ich glaube, du überspringst da einen Schritt."

„Das kommt alles noch und das weißt du", erwidert er und küsst mich lächelnd auf die Lippen. „Wir sind gut zusammen, Sloan. Du und ich sind so gut zusammen."

Ich atme schwer aus und schüttle den Kopf. Das ist Wahnsinn. Völliger und totaler Wahnsinn. „Willst du wirklich den Fußball aufgeben?"

„Ja!", ruft er und nimmt mein Gesicht in seine Hand, um seine Antwort zu unterstreichen. „Ich habe das Spiel wegen dem geliebt, was es meiner Familie gegeben hat, aber diese Gründe gibt es nicht mehr."

Ich beiße mir auf die Lippe und beobachte ihn neugierig. „Und welche Gründe gibt es für dich, dich zurückzuziehen?"

„Zwei", antwortet er, hält seine beiden von Sophia lackierten Fingernägel hoch und fährt mit ihnen über meine nackte Schulter. Er drückt meine Taille und fügt hinzu: „Ich hasse es, von dir und Sophia getrennt zu sein, und ich weiß, dass meine Karriere nie besser sein wird, als wenn ich mit all meinen Brüdern bei einem WM-Turnier spiele. Der Zeitpunkt scheint perfekt zu sein, um mit einem Höhepunkt zu enden, meinst du nicht?"

Ich atme tief ein, schmiege mein Gesicht an seine Brust und drücke meine Lippen auf den Herzschlag, der unter seiner Haut pocht. Stetig, sicher und stark. Genau wie Gareth. „Ich bin bei dir, egal wie du dich entscheidest", murmle ich und kann das aufgeregte Lächeln nicht aus meinem Gesicht wischen.

Er vibriert mit einem leisen Lachen. „Bist du sicher, dass du mich nicht wieder herumkommandieren willst? Vor ein paar Minuten hast du das noch so gut gemacht."

Zwei Wochen später starrt Sophia mit einem Dauerlächeln auf eine riesige Geburtstagstorte in Form eines Fußballs, um die sich die gesamte Harris-Familie drängt.

Es ist ein schöner Sommerabend beim wöchentlichen Harris-Sonntagsessen in London. Nur ist der heutige Abend etwas ganz Besonderes, denn Sophia und ich waren *beide* schockiert, als wir in Vaughns Garten kamen und alle „Überraschung!" riefen.

Die Harris-Familie verwandelte den Garten in ein rosa Geburtstags-Wunderland für Sophia, mit Luftballons, Lichterketten, einer Hüpfburg und einer Zuckerwattemaschine.

Sophia ist eine glückliche Achtjährige, denn sie wusste nicht, dass sie dieses Jahr zwei Geburtstagspartys bekommen würde. Vor ein paar Tagen hatte ich eine kleine Poolparty in einem Hotel mit ein paar ihrer Schulfreunde. Callum und Callie sind auch gekommen, was mich dazu brachte, mich zu fragen, ob Cal überhaupt mit ihr Schluss gemacht hat. Nicht, dass es mich interessiert. Nach den rotzfrechen Bemerkungen, die Callie gegenüber Sophia macht, werde ich das Mädchen nicht warnen. Ehrlich gesagt, scheinen die beiden perfekt füreinander zu sein. Sie sind beide in schicken Outfits aufgetaucht, haben sich über die Hitze beschwert und sind zwanzig Minuten später wieder gegangen. Es ist klar, dass sich bei ihnen in nächster Zeit nichts ändern wird.

Die Kerzen leuchten auf Sophias Gesicht, während die Sonne langsam hinter den Bäumen verschwindet. Sie müht sich ab, ihr flauschiges rosa Tutu unter den Picknicktisch zu schieben, während alle aus voller Kehle „Happy Birthday" für sie singen.

Als sie fertig sind, bläst Sophia die Kerzen aus und alle jubeln, wobei Tanner am lautesten ist. Sophia wirft ihm einen harten Seitenblick zu. Sie findet Tanner überhaupt nicht witzig, also hat er es sich zur Lebensaufgabe gemacht, sie für sich zu gewinnen.

„Kleiner Fisch, möchtest du etwas von meiner Zuckerwatte zu deinem Kuchen?", fragt Tanner, während er sich auf den freien Platz neben ihr setzt. Er bietet ihr seine rosa Zuckerwatte an.

Ich sitze auf ihrer anderen Seite und kann sehen, wie sie mit den Augen rollt. Gareth steht hinter mir, weshalb ich spüre, wie er sich vor lauter Lachen schüttelt, als auch er ihren Gesichtsausdruck bemerkt.

Er räuspert sich und wirft ein: „Das solltest du sowieso nicht essen, Tanner. Wir fliegen in zwei Tagen nach Russland."

Tanner schnaubt übertrieben. „Was ist schon die Fußballweltmeisterschaft im Vergleich zum achten Geburtstag unseres kleinen Fisches?" Tanner stupst Sophia an und wackelt mit den Augenbrauen.

Sie starrt ihn weiterhin mit völliger Gleichgültigkeit und einem winzigen Spritzer Verärgerung an.

Gareth drückt mir liebevoll die Schultern und fügt hinzu: „Du gibst dir zu viel Mühe mit ihr, Tan. Sie kann die Verzweiflung riechen."

Tanner lässt seine Zuckerwatte schnaubend auf den Tisch fallen. Dann senkt er den Kopf, sodass er auf Augenhöhe mit Sophia ist. „Sophia, kannst du mir bitte sagen, was du an mir nicht magst? Ich lechze förmlich nach deiner Zuneigung! Ich kann nachts nicht schlafen! Frag Belle. Sie wird es dir sagen. Hast du meine Briefe nicht erhalten?"

Belle schüttelt von der anderen Seite des Tisches den Kopf. „Du brauchst ihm nicht zu antworten, Soph. Spiel weiter die Unnahbare. Das ist der beste Weg."

Sophia runzelt die Stirn und antwortet mit ernster Miene: „Wenn deine Haare nicht mehr länger sind als meine, können wir vielleicht reden."

Alle brechen in schallendes Gelächter aus, während Sophia mit ernstem Gesicht in die Runde schaut, da sie offensichtlich nicht versteht, wie bezaubernd sie ist.

„Ich schneide es für dich", sagt Tanner und knallt seine Hand auf den Tisch. „Frau! Bring mir die Schere."

Belle rollt mit den Augen über ihren verrückten Mann und Sophia grinst ihn schließlich an.

Vi fängt an, Kuchen zu verteilen, während Booker und Poppy sich um ihre Zwillinge Oliver und Teddy kümmern. Camden ist damit beschäftigt, mit Indie zu flirten, und Vaughn beobachtet alle mit einem süßen Funkeln in den Augen, auch wenn sie sich gegenseitig gnadenlos aufziehen. Sophia passt genau ins Bild, als sie ihren Kuchen verlässt, um mit Hayden und Rocky im Gras zu spielen.

Das ist das glücklichste Chaos einer Familie, das ich je gesehen habe. Ich bin mir ziemlich sicher, dass mein Lächeln jetzt dauerhaft ist. „Das ist so wunderbar, Leute. Ihr hättet das alles wirklich nicht tun müssen."

Vi schiebt mir ein Stück Kuchen zu. „Nun, Gareth hat den größten Teil davon gemacht."

Mir fällt die Kinnlade herunter und ich schaue ihn mit großen Augen an. „Das hast du?"

Er blickt seine Schwester kurz an und zuckt dann mit den Schultern. „Ich wollte, dass der heutige Abend etwas Besonderes wird."

„Nun, das ist er", antworte ich, stehe von meinem Platz auf und lege meine Hände um Gareths Nacken. „Danke. Ich wüsste nicht, wie es noch besonderer sein könnte."

Ich spüre, wie uns alle mit einem breiten, dämlichen Grinsen anstarren, weshalb ich verwirrt die Stirn runzle. Plötzlich steht Sophia an meinen Beinen und schaut uns mit ihren großen braunen Augen aufgeregt an.

„Ist es schon so weit?", fragt sie mit Blick auf Gareth.

„Was denkst du, kleiner Fisch?", fragt er, wobei er mit den Augenbrauen wackelt.

„Was habt ihr beide vor?", frage ich und schaue zwischen den beiden hin und her.

Gareth zieht mich an sich und presst seine Lippen auf meine Stirn, bevor er seine Finger mit den meinen verschränkt. Er führt mich unter den funkelnden Lichtern hinaus auf die Wiese und Sophia folgt mit einem schelmischen Grinsen im Gesicht.

„Gareth, was machst du da?", frage ich mit angespannter, hoher Stimme.

„Ich habe ein besonderes Geschenk für Sophia, das du sehen sollst, wenn sie es öffnet", antwortet er.

Plötzlich steht Vi neben uns, mit Rocky in einem Arm und einem riesigen rosa Geschenk im anderen. Gareth nimmt Vi das Geschenk ab und übergibt es Sophia, die auf die Knie fällt und wie ein Tier an dem Papier reißt. Aus den Augenwinkeln sehe ich, wie Belle mit ihrem Handy filmt. Als ich wieder nach unten schaue, sehe ich, dass Sophia die Schachtel geöffnet hat und nur eine weitere Schachtel zum Vorschein kommt.

Sie zieht die mittelgroße Schachtel heraus, die in passendes rosa Papier eingewickelt ist, und reißt sie als Nächstes auf. Sie kichert und schaut zu mir hoch, als eine dritte Schachtel in der zweiten Schachtel liegt.

„Was ist hier los?", rufe ich aus, denn die Spannung bringt mich schier um.

Gareths Augen funkeln amüsiert, als Sophia die letzte Schachtel aufreißt. Als sie diese öffnet, befindet sich darin eine schwarze Samtschatulle. Ich erschrecke, als ich sehe, dass Gareth auf einem Knie ist und Sophia mit so viel Zuneigung ansieht, dass mein Herz zu explodieren droht.

Sophia steht auf und hält die kleine Samtschatulle einen Moment lang fest, bevor sie sie Gareth übergibt. Sie tritt zurück, aber Gareth ergreift ihre Hand und zieht sie dicht neben sich.

Der Anblick der beiden vor mir lässt leise Schluchzer meinen ganzen Körper erschüttern. „Gareth", flehe ich. Die Spannung zerreißt mir das Herz.

Er lächelt sein perfektes, sexy, ach so wunderbares Lächeln und sagt: „Sloan, als ich mit Sophia in deinem Garten Fußball gespielt habe, hatte sie eine Menge zu sagen."

Sophia lächelt stolz zu mir hoch und ich schluchze wieder. Ich bin ein schluchzendes, unkontrollierbares Durcheinander.

„Ich habe dir von einigen Dingen erzählt, die sie zu mir gesagt hat, aber es gab einige, die ich für mich behalten habe."

„Stimmt das?", krächze ich zittrig.

Er stupst Sophia mit seinem Arm an. „Was hast du mich gefragt, kleiner Fisch?"

Sie schaut nach unten und beginnt schüchtern mit ihrem Tutu zu spielen. Gareth flüstert ihr ein paar aufmunternde Worte ins Ohr und sie blickt schließlich zu mir auf. „Ich habe ihn gefragt, ob er dich heiraten will."

„Du hast was?", rufe ich, völlig geschockt und beschämt. „Sophia!"

„Willst du wissen, was ich ihr gesagt habe?", wirft Gareth ein und lächelt zu mir hoch. „Ich habe ihr gesagt, dass ich hoffe, es eines Tages zu tun, aber ich wollte erst sicher sein, dass sie mich genug mag."

Gareth schaut zu Sophia hinüber, die zu mir aufblickt und in ihrem perfekten kleinen britischen Akzent trällert: „Mummy, ich mag ihn auf jeden Fall so sehr, dass ich ihn dich heiraten lasse."

Mit einem wissenden Lachen öffnet Gareth die Schatulle und enthüllt einen wunderschönen Diamantring. Meine Hände landen auf meinen Wangen, als mir die Tränen in die Augen steigen und mich die Emotionen dieses Moments völlig überwältigen.

Gareth räuspert sich und sagt: „Der gehörte meiner Mutter … Ich hätte nie gedacht, dass ich jemanden so sehr lieben würde, dass ich ihn ihr geben würde. Aber ich habe mich geirrt, Treacle. Ich liebe dich mehr, als ich es je für möglich gehalten hätte. Und ich liebe Sophia mehr, als ich es für möglich gehalten hätte … Genug für mehr als eine Million Väter. Ich liebe das alberne Paket, das ihr beide seid, und ich liebe das Chaos, das ihr beide in mein Leben bringt. Ich weiß, dass ich nicht ihr Vater bin, aber ich möchte für den Rest meines Lebens ihre Familie sein … und deine Familie, denn Familie ist nicht nur eine Sache. Sie ist alles. Willst du mich heiraten?"

Ein Schluchzen bricht aus meiner Kehle hervor, als ich vor Gareth auf die Knie falle und Sophia an meine Seite ziehe. „Ja!" Ich lache und wische mir über die Wangen. „Ja, ich will dich heiraten!"

Ich lege einen Arm um Sophia, lege meine andere Hand auf Gareths Wange und küsse ihn. Ich küsse ihn und wiederhole „Ja" auf seinen Lippen, immer und immer wieder, bis ich Sophia neben mir angewidert aufstöhnen höre.

Ich ziehe mich kichernd und unter Freudentränen zurück und sehe zu, wie Gareth mir den Ring an den Finger steckt. Ich zeige ihn Sophia, die glücklich nickt, bevor sie ihre Hand an mein Ohr legt und flüstert: „Mummy, du solltest auch wissen, dass ich Gareth um eine kleine Schwester gebeten habe."

Ich weine lachend und drücke sie an mich, während Gareth seine Arme um uns schlingt. Er hält uns und liebt uns vollkommen. Es fühlt sich gut an, so wie sich das Leben anfühlen sollte. Und ich habe vor, dieses Leben für Sophia und mich mit allem, was ich habe, festzuhalten.

HARRIS-CUP

„Nach dem Vorwurf des Foulspiels eines Spielers der Chelsea Premier League sind die Ermittlungen gegen den Stürmer Vince Sinclair wegen des Einbruchs und der Körperverletzung auf dem Gareth Harris-Anwesen in Astbury abgeschlossen worden."

„Mach das aus", knurre ich einen meiner Teamkollegen an, der gerade eine Nachrichtensendung auf seinem Handy abspielt. „Wir müssen uns auf ein Spiel konzentrieren. Nicht diesen Lärm."

Ich werfe den Tapeverband in ein Fach in unserer Umkleidekabine im Luzhniki-Stadion in Moskau und lasse mich auf eine Bank in der Nähe fallen. Ich stecke meine Ohrstöpsel ein und höre wieder Taylor Swift, während ich versuche, den Wahnsinn in England zu ignorieren.

Gerade als wir nach Russland aufbrechen wollten, rief Detective Bernie, der mich auf dem Polizeirevier verhört hatte, an, um mir mitzuteilen, dass sie ein schriftliches Geständnis von Vince Sinclair erhalten hatten. Es handelte sich um eine Art Strafmilderung, die Vince akzeptiert hatte und in der die beiden Kriminellen, die in meinem Haus waren, genannt wurden.

Bei der ganzen Sache dreht sich mir der Magen um.

Anscheinend hatte Vince im November mitbekommen, wie sein Trainer und Gary Austin die Vorbereitungen für ein geschlossenes Trainingslager der Nationalmannschaft auf dem Chelsea-Trainingsgelände getroffen haben – genau das Trainingslager, zu dem meine Brüder und ich für die Weltmeisterschaft eingeladen waren. Vince bekam die Liste der Spieler in die Hände und war empört, dass er nicht dabei war. Nachdem ich ihn auf seinem Heimspielfeld vorgeführt hatte, war er inspiriert, mich ins Visier zu nehmen, in der Hoffnung, Austins Plan zu vereiteln, alle vier Harris-Brüder ins Team zu holen.

Nachdem sich herumgesprochen hatte, dass in Hobos Haus eingebrochen worden war, heuerte Vince irgendwie die Männer an, die für den Einbruch verantwortlich waren, um dasselbe in meinem Haus zu tun, mit der Absicht, mich zu verletzen. Ich schätze, der Plan ist in die Hose gegangen, als Sloan als Erste durch die Tür kam.

Das ist der Teil, der mir wirklich Übelkeit verursacht. Was wäre passiert, wenn Sloan nicht bei mir gewesen wäre? Wie viel schlimmer hätte es sein können? Mit einer schweren Gehirnerschütterung davonzukommen, ist im Vergleich zu dem, was hätte passieren können, ziemlich harmlos.

Dies war offenbar die Tat eines verzweifelten Mannes. Der Detective erzählte mir, dass Vince hohe Spielschulden hat und sich darauf verließ, dass eine Einladung zur Fußballweltmeisterschaft ihm neue Sponsorengelder einbringen würde. Als er seinen Namen nicht auf der Liste sah, drehte er durch.

Vince wurde sofort von Chelsea entlassen. Ihm droht auch eine lange Haftstrafe, selbst mit dem Deal. Ich habe versucht, mich in Russland so weit wie möglich von der Situation zu distanzieren. Ich brauche nichts, was mich von dem ablenkt, was wir hier tun, nämlich verdammt guten Fußball spielen.

Das WM-Turnier ist der Wahnsinn. Vierundsechzig Spiele in etwas mehr als dreißig Tagen. Zwölf verschiedene Stadien in elf Städten. Jeden Tag finden mehrere Spiele statt. Es ist intensiv.

Die Gruppenphase war ein wackeliger Start für England. Aber als wir es in die K.o.-Runde geschafft haben, sind wir richtig in Schwung gekommen, was gut für England ist. Bei Weltmeisterschaften war wir in den letzten Jahrzehnten nicht besonders beeindruckend. Vielleicht hat Austins Theorie, gute Teamchemie der Statistik vorzuziehen, doch etwas für sich.

Die Wochen in Russland sind wie ein ständiger Nebel aus täglichen Trainingseinheiten, Teambuilding-Aktivitäten und Medieninterviews verstrichen. Meine Brüder und ich sind die Renner in der Presse, denn es ist das erste Mal, dass so viele Spieler aus einer Familie zusammen in einer Mannschaft spielen. Hobo versucht immer wieder, sich als fünfter Harris-Bruder einzubringen, aber die meisten Reporter stellen immer wieder infrage, wieso er für England spielen darf. Das macht ihn wahnsinnig und bringt uns alle zum Lachen.

Die Presse hat sich auch auf die Nachricht von meiner Verlobung mit Sloan gestürzt. Normalerweise hasse ich es, wenn mein Leben in den Zeitungen breitgetreten wird, aber jetzt ist mir das egal. Es gab eine Zeit, in der ich mich zurückgezogen und über so vieles geschwiegen habe. Die Vergangenheit meines Vaters bei ManU, meine Mutter. Jetzt ertappe ich mich dabei, wie ich mich den Medien gegenüber viel offener zeige, und das fühlt sich befreiend an. Ich glaube, dass sich meine Perspektive verändert hat, weil ich endlich gute Nachrichten für mich selbst habe.

Dad hat für den ganzen Monat einen Privatjet gebucht. Er ist zu jedem Spiel gekommen, zusammen mit Vi und verschiedenen Familienmitgliedern, je nach deren Zeitplan, einschließlich Sloan und Sophia. Sie haben sich in die Gruppe eingefügt, als wären sie schon immer da gewesen. Und der Ring meiner Mutter an Sloans Finger macht sie noch mehr zu einem Teil unserer Familie.

Leider bekomme ich nicht viel Zeit mit ihnen, wenn sie hier ein Spiel besuchen können. In unserer Mannschaft gilt die Regel, dass wir Familienmitglieder nur am Tag nach einem Spiel sehen können. Aber sie auf der Tribüne zu sehen, wie sie mich anfeuern, bringt mein Spiel auf ein ganz neues Niveau.

Ich denke, jedes Spiel, das wir spielen, wird unser letztes sein. Aber wir setzen uns immer wieder durch und schaffen einige der unglaublichsten Comebacks, die es seit Jahrzehnten bei der Weltmeisterschaft gegeben hat.

Jetzt stehe ich hier im Tunnel neben meinen drei Brüdern. Die Zwillinge in der Mitte, Booker am Ende. Wir warten auf die Freigabe, auf das Spielfeld zu gehen, um uns für das WM-Finale gegen Frankreich aufzuwärmen.

Tanner ergreift Camdens Hand.

„Ekelhaft. Was machst du da?", schnauzt Camden und reißt seine Hand weg. „Warum sind deine Hände so klebrig?"

Tanner lächelt und nickt langsam. Sein Bart ist lang und zerzaust, weil er sich während des ganzen Monats unserer Siegesserie nicht rasiert hat. „Das nennt man Vorfreude, Bruderherz."

„Was? Bäh … Ich will nicht wissen, was das bedeutet." Camden schaut mit gerümpfter Nase zu mir rüber.

Ich schüttle den Kopf, lächle und ergreife Tanners andere Hand. „Komm schon, Cam. Lass uns das richtig machen."

Bookers Hand ergreift Camdens freie Hand und ich sehe, wie Cam schwer ausatmet, bevor er schließlich Tanners Hand annimmt.

Als ich spüre, dass unsere Gruppe hinter uns drängt, rufe ich: „Three Lions, seid ihr bereit?"

„Bereit!", rufen sie alle zurück.

„Three Lions, seid ihr fit?"

„Fit!"

„Three Lions, seid ihr wild?"

„Wild!"

„Three Lions, lasst mich euch brüllen hören!"

Sie brüllen laut hinter mir und ich rufe über ihren Jubel hinweg: „Dann lasst uns mit erhobenem Kopf da rausgehen, unsere Körper voller Ausdauer und unsere Herzen bereit für die Herausforderung! Wir werden nicht kapitulieren. Wir werden dominieren, denn wir sind die Torhüter dieses Spiels!"

Hinter uns rufen sie immer wieder „Three Lions", während wir langsam und gleichmäßig aus dem Tunnel auf das Spielfeld laufen, wo das ohrenbetäubende Gebrüll der Menge alle unsere Sinne umgibt und wir uns auf das Spiel unseres Lebens vorbereiten.

Bevor das Spiel beginnt, schaue ich in die Menge und entdecke meine ganze Familie in den Trikots der englischen Nationalmannschaft. Dad, Vi, Hayden, Rocky, Indie, Belle und Poppy.

Poppys Eltern haben die Zwillinge Oliver und Teddy in London behalten, weil sie ihr mit ihnen geholfen haben, während Booker weg war. Vor allem, weil sie beide noch viel zu klein sind, um das Spiel auch nur annähernd zu verstehen. Und, seien wir ehrlich, Rocky ist auch noch zu jung, um es zu verstehen, aber Vi sagt, dass ihre Besessenheit irgendwo anfangen muss, und wo ginge das besser als beim Endspiel der Weltmeisterschaft.

Und was für ein Endspiel es ist.

Nicht einmal der leichte Regenschauer, den wir zwanzig Minuten nach Spielbeginn erleben, kann die Energie unserer Mannschaft an diesem Tag dämpfen. England kontrolliert für den Großteil der ersten Halbzeit den Ball. Camden und Tanner spielen sich die Bälle zu, als wäre eine Schnur zwischen ihnen gespannt. Frankreichs Abwehr und Torwart haben alle Hände voll zu tun, denn die Zwillinge machen einen Schuss nach dem anderen und ziehen sich mehrmals zu Hobo im Mittelfeld zurück, um dann wieder aufs Netz zuzugehen.

Nach einem hohen Pass von Tanner auf Camden schießt Cam den Ball über die Hände des Torwarts hinweg in die rechte hintere Ecke und erzielt das 1:0.

In der zweiten Halbzeit wird es dann richtig brenzlig. Frankreich hat in der Halbzeitpause einiges umgestellt und Booker und ich haben alle Hände voll zu tun, um den Ball aus dem Strafraum herauszuhalten. Wir halten die ersten zwanzig Minuten gut mit, aber ein unhaltbarer Elfmeter bringt Frankreich fünfzehn Minuten vor Schluss den Ausgleich.

Ein paar Minuten später täuscht Tanner einen Pass zu Camden an und schießt einen hohen, schwebenden Ball, der den Pfosten trifft und nach hinten ins Netz fällt. Zur Freude der Zuschauer tanzen die Zwillinge wie die Wilden auf beiden Seiten des Torpfostens. An einer Stelle zieht Camden Tanner wie einen Fisch an Land. Es ist einfach nur lächerlich … und genial.

Wir führen mit zwei zu eins und haben nur noch zwei Minuten zu spielen. Frankreich ist auf unserer Seite des Spielfelds und ich verhindere zwei Torversuche, bevor Booker einen davon abfängt und das Spiel wieder auf die andere Seite bringt.

Weniger als eine Minute vor Schluss gibt Tanner einen harten und schnellen Hochschuss ab, der vom oberen Pfosten abprallt und zurück in den Strafraum geht. Als ob Camden wüsste, dass der Schuss zu hoch sein würde, ist er direkt im Strafraum und springt unfassbar hoch in Richtung des abgefälschten Schusses und köpft das runde Leder in die linke Ecke des offenen Netzes.

Die Handschuhe des Torwarts streifen die Seite …

„Tor!", ruft Booker hinter mir und die Menge bricht in Jubel aus.

Camden fällt zu Boden und gräbt sein Gesicht ins Gras, offensichtlich hat er sich selbst mit seinem Glück überfordert. In der Arena herrscht totales Chaos, als der Schiedsrichter dreimal abpfeift und das Ende des Spiels anzeigt.

Ich drehe mich um und erblicke Booker, der aus dem Tor rennt und mir direkt in die Arme läuft. Ich hebe ihn hoch und lasse ihn schnell los, während wir beide über das Spielfeld zum Rest unseres

Teams rennen und uns auf Camden und Tanner stürzen. Wir umarmen unsere Teamkollegen und jubeln ihnen zu. Als sich die Zwillinge von der Gruppe lösen, hat Tanner Cam über seine Schulter geworfen. Er sieht mich und Booker und setzt Cam ab. Sein Gesicht verzieht sich vor Rührung, während ich sie alle in eine riesige Umarmung ziehe. Wir vier stehen im Kreis, die Arme um den Hals der anderen geschlungen, die Köpfe aneinandergepresst und mit einem breiten Lächeln im Gesicht, um das berauschende Erlebnis, das wir gemeinsam machen, in uns aufzunehmen.

Die Stimme aus dem Lautsprecher schreit: „England hat die Weltmeisterschaft gewonnen! England hat die Weltmeisterschaft gewonnen! England ist Weltmeister!"

Als wir uns trennen, weint Booker, also ziehe ich ihn unter meine Achsel und zerzause ihm die Haare. Der Trainerstab kommt hinter uns her und wir lassen uns von ihnen umarmen, während Fotografen und Kameraleute um uns herumschwirren.

Nachdem ich fast alle Teammitglieder umarmt habe, drehe ich mich um und erblicke Sloan und Sophia, die mit meiner Familie auf das Spielfeld gehen. Ich bewege mich durch den Kameraschwarm, ignoriere Camden und Indie, die knutschen, und Tanner, der Belle in seine Arme nimmt. Poppy und Booker stehen sich gegenüber, halten sich gegenseitig an den Wangen und reden leise miteinander.

Dad, Vi, Hayden und Rocky weinen und umarmen alle, einen nach dem anderen, aber ich habe nur Augen für meine Verlobte und meinen größten Fan.

Sloan beugt sich hinunter und zeigt Sophia, wo ich bin, als diese mit großen, tränennassen Augen die Menschenmassen auf dem Feld betrachtet. Sie dreht sich um und sieht mich endlich. Dann fängt die kleine, braunäugige Schönheit an zu schluchzen. Riesige, nasse Tränen fließen aus ihren Augen, als sie die Hand ihrer Mutter loslässt und im direkt in meine Richtung sprintet.

Ich falle auf die Knie und fange sie auf. Ich drücke ihren zitternden Körper an mich, während sie von allem, was uns umgibt, völlig überwältigt ist. Ich kann es ihr nicht verdenken. Der ohrenbetäubende Jubel und die zärtlichen Umarmungen reichen aus, um selbst einen erwachsenen Mann zum Weinen zu bringen.

Mit Sophia um die Hüften gewickelt stehe ich auf und befinde mich jetzt auf Augenhöhe mit Sloan, die ebenfalls ein weinendes Chaos ist.

Möglicherweise ist sie sogar noch schöner, als sie es gestern war.

Ich umfasse ihren Hinterkopf und drücke meine Stirn an ihre. „Ich liebe dich." Meine Worte sind einfach, denn das ist alles, was ich im Moment zu sagen vermag. Das Adrenalin des Spiels raubt mir jeden Verstand.

Sie nimmt mein Gesicht in ihre Hände und küsst mich auf die Lippen. „Ich liebe dich auch. Ich bin so stolz auf dich."

Sie lacht und klemmt sich unter meinen Arm, als wir uns meiner Familie zuwenden, und Vi stürmt mit einer leicht verängstigten Rocky in den Armen auf mich zu.

„Meine Brüder! Ihr verrückten, wahnsinnigen Brüder!", ruft sie und umarmt alle in einer großen Gruppe. „Ich liebe euch alle. Und eine Sache weiß ich ganz sicher: Mum lächelt auf euch vier verrückte, wunderbare, lächerliche und unglaubliche Harris-Brüder herab!"

ZÄRTLICHES LEBEWOHL

Gareth

1 Jahr später

Das Bild von Sloan, Sophia und unserem neuen Sohn, wie sie auf das Spielfeld von Old Trafford laufen, ist ein Bild, an das ich mich für immer erinnern möchte. Der Jubel der Fans ist unerbittlich, als ich meine Familie in meinen letzten Momenten auf diesem wunderschönen Spielfeld umarme.

Milo ist erst vier Wochen alt und schmiegt sich an Sloan, während sie ihren freien Arm um mich schlingt. Er trägt ein rotes ManU-Trikot, genau wie seine Mutter und seine große Schwester. Sloan zieht sich zurück und hat Tränen in den Augen, als ich Sophia in meine Arme nehme und ihr den Harris-Namen auf dem Rücken tätschle, der jetzt auch ihr gehört.

Das vergangene Jahr war nicht einfach. Sloan und ich haben kurz nach der Weltmeisterschaft geheiratet und wurden bald darauf mit einer Schwangerschaft gesegnet. Wir dachten, unser Leben würde bis zu meinem Rückzug voller unglaublicher Höhepunkte sein. Aber sobald wir verheiratet waren, hat Callum aufgehört, sich für Sophia zu interessieren. Keine Anrufe, keine E-Mails. Nichts.

Wir haben unser Bestes getan, um Sophia vor dieser Realität zu schützen. Wir gaben ihr Ausreden für Callums Abwesenheit, aber nach einigen Monaten begann Sophia zu begreifen. Eines Abends, als sie eng an mich gekuschelt eine Aufzeichnung von Camdens Spiel vom Vorabend anschaute, schaute Sophia zu mir auf und fragte mich, warum nicht ich ihr richtiger Vater sein könne.

Ich dachte, sie würde mich über die Bienchen und Blümchen ausfragen, da wir ihr erst kürzlich von Sloans Schwangerschaft erzählt hatten. Ich fing an, etwas über Liebe und unsere Körper zu murmeln, aber sie unterbrach mich und fragte, warum sie keine Harris sein könne. Es war eine einfache Frage, die mich dazu inspirierte, etwas zu unternehmen.

Ich besprach meine Gedanken mit Sloan und wir setzten Santino schnell an die Arbeit, um herauszufinden, ob das überhaupt möglich sein könnte. Es gab eine Menge Gespräche mit Callums Anwalt. Und nach dem Austausch einer beträchtlichen Summe hatte Callum freiwillig auf seine Rechte als Sophias Vater verzichtet.

Vier Wochen später unterzeichneten wir die Papiere und machten Sophia zu meiner Tochter, sowohl im Herzen als auch im Familiennamen. Es war der beste Tag meines Lebens.

Dann wurde Milo geboren und ich dachte, das sei der beste Tag meines Lebens.

Aber wenn ich sie hier mit mir auf dem Spielfeld in Old Trafford sehe, während fünfundsiebzigtausend Fans um uns herum „Harris" rufen, denke ich, dass dies der beste Tag meines Lebens sein könnte.

Ich stelle Sophia auf den Boden und drücke meine Lippen auf die winzige, zarte Hand unseres Jungen Milo, der zwei Wochen zu früh kam und mich dazu brachte, in meinem Fußballtrikot ins Krankenhaus zu sprinten, um rechtzeitig zu seiner Geburt da zu sein. Sophia war sauer, weil sie keine Schwester bekam, aber zu unserer großen Freude teilte sie uns mit, dass wir es nächstes Jahr wieder versuchen können.

Klingt nach einer tollen Idee.

Als Nächstes kommt der Rest meiner Familie zu uns aufs Spielfeld, zusammen mit meiner Cousine Alice Harris, die für das große Spiel aus Amerika angereist ist. Das Spiel heute Abend wurde von ManU organisiert, um meine Verdienste für das Team zu würdigen, also ist es eine reine Familienangelegenheit.

Booker hat seine beiden einjährigen Jungs auf dem Arm, während Poppy mit einem breiten Lächeln hinter ihm herläuft. Rocky läuft auf dem Spielfeld im Kreis und genießt die Aufmerksamkeit der Zuschauer. Vi hält einen großen Strauß weißer Rosen in ihren Händen, dicht gefolgt von Hayden, Camden, Indie, Tanner und Belle.

Ich schaue zu meinem Vater hinüber, um zu sehen, wie es ihm geht, und bin erstaunt, dass er überhaupt hier steht. Er beugt sich hinunter und nimmt Rocky in die Arme. Seine Augen glänzen, als er das Stadion sieht und voller Stolz lächelt.

Plötzlich wird ein Mikrofon an mich weitergereicht. Die Menge verstummt augenblicklich, ihre Stimmen werden wie von Zauberhand leise, um sich auf die Worte vorzubereiten, die ich gleich sagen werde. Ich halte mich an Sophias Hand fest, räuspere mich und versuche, die Worte zu finden, die ich an einem so besonderen Tag sagen möchte.

„Zuerst möchte ich euch allen danken, dass ihr zu meinem Abschied von Manchester United und dem Fußballsport hier seid."

Die Menge bricht in Jubel aus und ein leiser „Harris"-Gesang hallt vom Stretford End hinüber. Als sie sich wieder beruhigt haben, fahre ich fort. „Bevor ich etwas anderes sage, möchte ich kurz ein Familienmitglied ehren, das heute nicht hier ist."

Ich wende mich an Vi und sie nickt. Sie zieht sechs langstielige Rosen aus dem Strauß. Dann gibt sie Hayden den Rest zurück und verteilt eine Rose an unsere drei Brüder, Dad und mich und behält eine für sich.

„Unsere Mutter wurde uns viel zu früh genommen, aber niemand war ein größerer Manchester United Fan als sie. Also, Mum, die sind für dich."

Ich reiche Sloan das Mikrofon, greife nach der Blume und ziehe die Blütenblätter vorsichtig vom Stiel. Ich halte meine Hand hoch und streue sie langsam auf das Gras. Meine Brüder und Vi stellen sich in einer langen Reihe neben mich und tun dasselbe.

Mit wackeligen Beinen stellt sich Dad neben mich und hilft Rocky, ein Blütenblatt nach dem anderen abzubekommen. Die beiden sehen zu, wie die Blütenblätter auf das Gras fallen. Aus dem Augenwinkel sehe ich auf der großen Stadionleinwand eine Nahaufnahme der langen Reihe von weißen Blütenblättern auf dem saftig grünen Rasen.

Das ist ein Bild, an das ich mich für immer erinnern möchte.

Die Menge verstummt für einen Moment und ich höre Dad neben mir schniefen. Ich lege meinen Arm um ihn und wir drücken einander zum Trost. Er hat sich nie von diesem Team verabschieden können, also gehört dieser Moment genauso ihm wie mir. Ich schaue ihm lange in die Augen und ich schwöre, dass er meine Gedanken hören kann.

Wir beide haben im letzten Jahr wirklich einen langen Weg miteinander zurückgelegt. Dass ich selbst Vater geworden bin, hat so viel

Licht auf all das geworfen, was er gefühlt haben muss, als er Mum verlor. Und in vielerlei Hinsicht ist das, was Sloan und ich jetzt haben, das, was er und meine Mutter nie sein konnten. Dieser Moment auf diesem Spielfeld – diese Erfahrung mit unserer Familie – gehört ihm.

Es ist sein.

Es gehört ihm und es gehört uns.

Das ist der Moment unserer Familie.

Und ich bin so stolz darauf, dass er den Schmerz der Vergangenheit losgelassen hat, um mit uns in der Gegenwart zu sein. Er ist nicht nur mein Vater.

Er ist mein Geistesverwandter.

Mit einem Räuspern nehme ich Sloan das Mikrofon wieder ab und sage: „Danke."

Meine Geschwister gehen zurück zu ihren Partnern und lassen mich in der Mitte des Spielfelds stehen, wo ich in die Menge starre, die gesehen hat, wie ich mich auf diesem Rasen in einen Mann verwandelt habe.

„Heute Abend verabschiede ich mich von diesem Stadion und dem wunderbaren Fußballspiel." Ich halte inne, ein Kloß bildet sich in meiner Kehle, während ich gegen die Emotionen ankämpfe, die in mir aufsteigen. „Ich habe über ein Jahrzehnt lang in der Verteidigung gespielt, und es ist Zeit für mich, andere Positionen im Leben einzunehmen."

Die Menge jubelt laut und trommelt aufmunternd mit den Füßen auf den Beton.

„Ein Fan, ein Freund, ein Bruder, ein Onkel, ein Ehemann … ein Vater." Meine Stimme bricht und ich schniefe, um mich durch meine Worte zu kämpfen. „Ich war viele Jahre lang stolz darauf, dieses Spielfeld mein Zuhause zu nennen, aber jetzt ist es an der Zeit, dass ich mich auf das konzentriere, was mir im Leben am wichtigsten ist … meine Familie."

Ich sehe zu Sloan hinüber und sie schenkt mir ein Lächeln, mit dem ich bereit bin, alt zu werden. Ein Lächeln, das sich echt anfühlt, aufrichtig und ehrlich. Ich glaube nicht an das Schicksal, aber die Tatsache, dass ich meinen Anzug genau in der Nacht brauchte, als alles in ihrem Leben zusammenbrach, fühlt sich wie Schicksal an. Wir befanden uns beide im freien Fall und wurden gegenseitig zu unseren

Fallschirmen. Wir schlossen uns zusammen und all der Schmerz in unserer Vergangenheit ergab sich und erlaubte uns, zu dominieren. Gemeinsam.

Wir sind so viel mehr als eine Sache.

Wir sind alles.

Sie presst ihre Lippen auf unseren Sohn und drückt die Hand unserer Tochter. Wenn ich jemals daran zweifle, dieses schöne Fußballspiel verlassen zu haben, muss ich nur in ihre Augen schauen. Meine Familie.

„Meine Liebesgeschichte mit dem Fußball ist besonders und voller Tragödien, Triumphe, Höhen und Tiefen. Aber es kommt ein Punkt im Leben, an dem man anfangen muss, mit dem Herzen statt mit dem Kopf zu denken. Und mein Herz ruft mich nach Hause. Zu meiner Familie.“

Ende

Das war die gesamte Harris-Brüder-Reihe! Du findest alle deutschen Bücher von Amy hier auf ihrer Website:
amydawsauthor.com/deutsch

Du kannst auch den deutschen Newsletter von Amy Daws hier abonnieren, um über neue Veröffentlichungen Bescheid zu bekommen:
www.subscribepage.com/amydaws_deutscher_newsletter

MEHR ÜBER DIE AUTORIN

Bestseller-Autorin Amy Daws schreibt heiße Romance-Geschichten, die sowohl in Amerika als auch in England spielen. Sie ist vor allem für ihre wortwitzigen fußballspielenden britischen Harris-Brüder bekannt und dafür, dass sie im Wartezimmer einer Werkstatt geschrieben hat. Wenn Amy gerade mal nicht schreibt, richtet sie meist ausgefallene Boards mit allerlei herzhaften Leckereien von ihrem Zuhause in South Dakota aus an, wo sie mit ihrem Mann und ihrer Tochter lebt.

Mehr von den deutschen Ausgaben von Amys Büchern findest du unter: amydawsauthor.com/deutsch/und generell alles von Amy unter den unten stehenden Links.

www.facebook.com/amydawsauthor
www.tiktok.com/@amydawsauthor
instagram.com/amydawsauthor

Abonniere auch den deutschen Newsletter, um keine Neuigkeit zu den deutschen Veröffentlichungen von Amy zu verpassen: www.subscribepage.com/amydaws_deutscher_newsletter

EBENFALLS VON AMY DAWS

Die Harris-Brüder:
Challenge – Ein Bad Boy zum Verlieben
Endurance – Ein Feind zum Verlieben
Keeper – Ein bester Freund zum Verlieben
Surrender – Ein Boss zum Verlieben
Dominate – Ein Fußballstar zum Verlieben

Um herauszufinden, wann diese und weitere Bücher
herauskommen, schau hier auf Amys Website nach:
amydawsauthor.com/deutsch

Und wenn du einfach per E-Mail informiert werden
möchtest, wenn das nächste Buch erscheint, abonniere
Amys deutschen Newsletter hier:
www.subscribepage.com/amydaws_deutscher_newsletter